P9-CMQ-383

SV

Katharina Hacker
Die Habenichtse

Roman

Suhrkamp Verlag

Satz: TypoForum GmbH, Seelbach
Druck: Ebner & Spiegel, Ulm
Printed in Germany
Erste Auflage 2006
ISBN 3-518-41739-8

7 8 9 10 11 – 11 10 09 08 07 06

Die Habenichtse

1

–Alles wird anders, verkündete Dave, als der Umzugswagen klappernd davonfuhr, und hob Sara auf seine Schultern, was er schon lange nicht mehr getan hatte, und er galoppierte los, die Straße entlang bis hinunter zur Kirche, vor der ein Pfarrer stand, der ihnen freundlich winkte. Die Bäume begannen eben, sich zu verfärben, –nur ein bißchen, siehst du? sagte Dave, weil jetzt erst September ist, er blieb unter einer Platane stehen, damit Sara sich ein Blatt abreißen konnte. –Wie groß das ist, staunte Sara, und Dave setzte sie ab, hielt es vorsichtig vor ihr Gesicht. –Größer als dein Gesicht, verkündete er ernst. –Warum sind wir hier? fragte sie noch einmal, und Dave erklärte es ihr geduldig. –Du bist jetzt hier zu Hause, schloß er. Sara dachte nach. –Aber gestern noch nicht, sagte sie unsicher, –nein, stimmte ihr Dave zu, gestern noch nicht, gestern sind wir erst hergezogen. –Und wenn Tante Martha noch leben würde, sagte Sara, dann auch nicht. –Wenn Tante Martha lebte, dann würden wir noch in Clapham wohnen, bestätigte Dave, aber er hatte genug. –Steig auf, sagte er und ging in die Knie. Sie hob das Bein über seinen Kopf, hielt sich an seinen Haaren. –Nicht an den Haaren! rief Dave, und los ging es, die Straße hinunter, die Straße herauf, –kannst du dir das merken? fragte Dave, Lady Margaret Road Nummer 47. Sara wiederholte es gehorsam. –Du mußt das wissen, falls du verlorengehst, schärfte Dave ihr ein, jetzt, sagte er feierlich, da du in die Vorschule kommst, –da ich in die Vorschule komme, wiederholte Sara und galoppierte auf ihr neues Zuhause zu.

Die viktorianischen Häuser reihten sich eines an das andere, unterschieden sich nur in Details der Fassaden, manche der Häuser hatten eine Wohnung im Souterrain, andere nicht. Wo es keine *garden flat* gab, gehörte der Garten – ein

schmaler Streifen, von einer Ziegelmauer umgeben – zur Erdgeschoßwohnung, von der Straße führte ein kleiner Eingang zum Keller, in dem früher Kohlen gelagert wurden und wo jetzt ausgediente Möbel, Matratzen, kaputte Fernseher standen. Da war auch ein Kinderbett, Saras Vater schleppte es hoch und fluchte, –aber du solltest froh sein, sagte ihre Mutter enttäuscht zu ihm, und dann stritten sie über die Decke, die auf dem Sofa lag, eine Decke mit Schlingpflanzenmuster und einem riesigen Tiger dazwischen. Das Sofa stand im Erker, von draußen sah man den Tiger zwischen all dem Grün hervorleuchten.
–Da ist Polly! rief Sara, als sie auf Daves Schultern auf den Eingang zuritt. Die schwarz-weiße Katze sprang auf die Sofalehne und streckte sich aus, ihre Pfoten berührten den Tigerkopf. –Da ist Polly, wiederholte Dave und lauschte auf die erregte Stimme seines Vaters, und als sie klingelten, öffnete Mum und schaute mit starrem Blick an ihnen vorbei.
–Du wirst sehen, sagte Dave abends, auf ihrem Bettrand sitzend, er streichelte ihr Haar, –das ist etwas ganz anderes als Clapham. –Weil die Häuser anders sind? fragte Sara. –Weil die Häuser anders sind und die Leute auch, sagte er, Dad wird eine Arbeit finden, und hast du gesehen, wie Mum gelächelt hat? Sara schwieg zweifelnd. –Du wirst in die Schule gehen, sagte Dave, ganz bestimmt, er stand auf und legte sich in sein Bett. –Dave? fragte Sara, aber er war schon eingeschlafen.
Der nächste Tag war ein Montag, sie wachte von den Stimmen im Flur auf, und dann schlug die Tür zu. Keiner kam, um sie zu wecken, dann ging wieder die Tür zu, und es war still. Sie stand auf, lief zum Fenster, wo ein kleiner Bus hielt, der Fahrer klappte eine Trittleiter aus und wartete, bis aus dem Haus gegenüber eine alte Frau kam und in den Bus kletterte, während der Mann rauchte, dann klappte er die Trittleiter wieder hoch, stieg vorne ein und

fuhr davon. Dave war weg und ihre Eltern auch, aber Polly kam und schmiegte sich an Saras Beine. Im Wohnzimmer standen noch Kisten, ihr Spielzeug war auch in einer Kiste, und der Tag verging und verging nicht, bis endlich am Nachmittag, in einer neuen Schuluniform, Dave kam. Er roch es sofort und fand die Stelle, wo sie hinter dem Sofa gehockt und in die Hosen gemacht hatte, es war nur ein kleiner Fleck, und er boxte sie, –was kriege ich, wenn ich es nicht sage? Dann half er ihr, die Sachen auszuwaschen, er sah traurig aus. –Wir hängen sie vors Fenster, sagte er, Mum merkt es gar nicht. Er suchte für sie die Puppe, sie war in einer Kiste im Wohnzimmer, und während er Sachen auspackte, versteckte sie sich hinter dem Sofa und streichelte Polly. –Nun hilf mir doch, sagte Dave später, er hielt Teller und Besteck in der Hand. –Du wirst sehen, sagte er, Mum bringt etwas zu essen mit, und heute abend sitzen wir alle vier hier um den Tisch. –Und Polly, sagte Sara. –Und Polly, stimmte Dave zu.

2 Der Fernseher thronte auf einem niedrigen braunen Regal, über das Parkett flackerten die Schatten der in sich zusammenstürzenden Türme, der Menschen, die sich von den Fassaden lösten und in den Tod sprangen. Gläser und Teller für mindestens dreißig Gäste standen auf dem Eßtisch, aber die meisten waren nicht gekommen. Ginka hatte nachmittags drei Flaschen Gin gekauft und einen Kasten Schweppes, –für die, die etwas Stärkeres als Wein brauchen, sagte sie und zeigte auf Jakob, der zum ersten Mal eingeladen war. Am Morgen war er aus New York zurückgekommen, tags zuvor noch im World Trade Center gewesen, die anderen scharten sich um ihn wie um

einen Überlebenden und stellten Fragen, die er nicht beantwortete; er war unkonzentriert. Isabelle verschwand in Ginkas Arbeitszimmer, um Alexa anzurufen, der Anrufbeantworter sprang an, und Isabelle fragte sich, wo Alexa und Clara diesen Abend verbrachten. Vor dem Fernseher war Isabelle fast in Tränen ausgebrochen, mit dem Telefon in der Hand, Alexas kurzer Ansage lauschend, fand sie es absurd, über Menschen zu weinen, die man nicht kannte, und unzählige andere Tote unbeweint zu lassen. Ein kleines, graues Sofa stand in Ginkas Büro, der Lederbezug war abgesessen, ein Kissen verrutscht, jemand hatte versucht, einen Fleck wegzureiben, eine längliche, helle Verfärbung verriet es. Sie setzte sich, schnürte nach kurzem Zögern die Schuhe auf, legte die Füße auf die Lehne, sie wollte die Augen schließen, nur für ein paar Minuten, als es klopfte und Jakob eintrat, er setzte sich umstandslos neben sie, ihre Füße berührten fast seinen Hals. Du erinnerst dich nicht, konstatierte er. Sie betrachtete ohne Neugierde das rotblonde Haar, die etwas zu weichen Gesichtszüge, die rundlichen Backen, die den Mund kleiner erscheinen ließen und durch die kräftige Nase und hohe Stirn ausgeglichen wurden, er sah gut aus oder jedenfalls angenehm. Sie erinnerte sich nicht. Auf einem alten, kleinen Tischchen mit dünnen Beinen stand ein Wasserglas mit drei verblühten Rosen, die Stengel hatten sich schon dunkel verfärbt, im schimmernden Wasser schwamm ein Blatt darin, wie vergrößert. Ginka rief etwas, rief nach ihr oder nach dem Mann, der vorsichtig ihre Hand faßte, in der seinen hielt, die ein wenig feucht war, und wartete. Freiburg, dachte Isabelle. Ungeachtet der zurückgelegten Kilometer, der Jahre und unzähligen Entscheidungen, Handgriffe, spie das Gedächtnis seine Erinnerungen aus, an die regennassen Baumstämme, kahl und dunkel in der Dämmerung, an das ausgedünnte Unterholz, wie zerzaust von einem Sturm, der doch so tief in den Wald nicht eingedrungen sein konnte, an den steilen Anstieg zum Bromberg hinauf, wo im Sommer unter Buchen Gras wuchs wie auf einer Lichtung, da die Bäume entfernt voneinander standen, als wollte keiner in seiner Ruhe gestört werden. Erstaunt sagte sie seinen Namen. Jakob. Sie erinnerte sich an den Spaziergang vor zehn Jahren, an den Wald, die Dämmerung und Nässe, an die Verwirrung, die sie nach Jakobs Hand hatte greifen lassen, obwohl sie wußte, daß sie zu ihrem Liebhaber zurückkehren würde, in ihr verwahrlostes und demütigendes Zusammenleben. Durch die halb geschlossene Tür fiel ein Lichtstreif genau auf die drei Rosen.

Jakob atmete ruhig ein und aus, ihr Gesicht war noch immer faltenlos, vielleicht war der Leberfleck eine Spur größer geworden, und ihr Hals schien weicher, er hätte ihn gerne geküßt. Ihre Augen erwiderten unbefangen seinen Blick, sie hatte sich damals im Wald gefürchtet und in sein schlecht geheiztes Studentenzimmer mitnehmen lassen. Er begriff, daß sie nicht auf ihn gewartet hatte.

Ginka trat in die Tür, auf ihren Stöckelschuhen und schmerzlich grimassierend. Als sie die beiden auf dem Sofa fand, brach sie in Gelächter aus und rief den anderen etwas zu, das niemand verstand.

Zu Hause versuchte Isabelle noch einmal vergeblich, Alexa zu erreichen. Der Fernseher lief, in einer perfekten, geraden Linie flog das Flugzeug auf den zweiten Turm zu.

Am nächsten Morgen war sie im Büro die erste. Sie schaltete den Computer ein, öffnete die Fenster, das Kopfsteinpflaster sah nach dem gestrigen Regen frisch aus, die Backsteinbögen der S-Bahn-Trasse wirkten dagegen glanzlos, als dämmerten sie ihrem Verfall entgegen. Auf Isabelles Schreibtisch lagen Entwürfe, die sie gestern ausgedruckt hatte, um sie Andras und Peter zu zeigen, es war nicht dazu gekommen, die Buchstaben der Firmeninhaber, Pan-

nier & Tarnow, leuchteten blau, energisch unter dem Firmennamen: Hausordnung – Berliner Hausverwaltung. Sie mochte diese kleinen Aufträge, die den beiden Männern auf die Nerven gingen, Firmenschild, Broschüre, Briefpapier, Visitenkarten. Fertig. Kleinvieh, das auch Mist machte. Nur die Broschüre fehlte noch.
Um zwölf Uhr, Peter war endlich gekommen, ging sie in die Mittagspause. Sie lief zum Hackeschen Markt, der unbelebter war als sonst um diese Zeit, doch die Cafés und Restaurants hatten geöffnet, Touristen saßen darin, erkennbar unentschlossen, ob sie ihr Sightseeing-Programm fortsetzen sollten oder nicht. Überall die Zeitungen mit den Fotos. Isabelle ging, in einem halblangen und engen Rock, Turnschuhe an den Füßen, bis zur Oranienburger Straße – vor der Synagoge standen mehr Polizisten als gewöhnlich –, kehrte um, bog schließlich in die Rosenthaler Straße ein. Der Himmel war bedeckt, Straße und Schaufenster milchig, Passanten wie hinter einer dünnen Decke verborgen, als müßte man abwarten, sich vielleicht verstecken, und was sollte man denken, mit was für einem Gesicht herumlaufen? Isabelle stoppte vor einem Schuhgeschäft, um ihr Spiegelbild zu mustern, das keine Gefühlsregung zeigte. Sie nestelte das Gummi aus ihrem Haar. Hellbraune, mitteldicke Haare. Das Gesicht nur deshalb nicht durchschnittlich, weil es zu vollkommen war, ein ebenmäßiges, blasses Oval. Sie drückte ihre Nase nach rechts und nach links. Neben ihr stand, wie aus dem Erdboden gestampft, ein kleines Mädchen, äffte sie nach, dann grinste es Isabelle an und rannte los, in winzigen, pinkfarbenen Ballerinas. Isabelle warf einen Blick auf ihre Schuhe und trat in den Laden. Die Verkäuferin hob mißmutig den Kopf, schob die aufgeschlagene Zeitung vom Tresen, um sie achtlos zu Boden fallen zu lassen, unbekümmert um den weiteren Sturz derer, die auf dem Foto wie in der Luft festgefroren waren. Um acht Uhr, hatte Jakob gesagt, wür-

de er sie im *Würgeengel* erwarten, und das Problem, dachte Isabelle, waren nicht die Schuhe, sondern wie man sich darin bewegte. Sie ließ sich ein Paar mit kleinen, halbmondförmigen Absätzen geben, lang und schmal zulaufend, in einem matten, ungleichmäßigen Schwarzbraun. Auf der Höhe des Spanns wurden sie rechts und links von einem schwarzen Gummi gehalten; klappernd auf dem dünnen, neuen Parkett, das schon verkratzt war, lief Isabelle vor dem Spiegel auf und ab, –ich habe heute abend ein *date*, sagte sie, und ... –Heute abend? vergewisserte sich die Verkäuferin, als hätte Isabelle eine Beerdigung angekündigt. Es war unsinnig, sich vorzustellen, daß wie in einem schlechten Film statt Jakob ihr Freiburger Liebhaber auftauchen könnte, den Geruch nach Heu in den Kleidern, der so wenig zu ihm paßte. Ebenso wie Jakob würde er sie sofort erkennen, weil sie sich kaum verändert hatte, seit sie zwanzig war, weil ihr Gesicht glatt blieb, unschuldig.

Weiter ging sie vor dem Spiegel auf und ab, den Blick auf ihre Füße gerichtet. Die Verkäuferin schaute zu, kreuzte ihre Beine in langen, engen Stoffhosen, spielte mit ihren Schuhen, hochhackig, rosa, mit einem goldenen Insekt statt einer Schnalle, zog eine Grimasse und schwieg. Sie hatte vergessen, Musik aufzulegen, aber welche Musik legte man an solch einem Tag auf? Und draußen die Autos, als führen sie langsamer als sonst. Durch die Schaufenster sah man ein Kind auf einem Fahrrad, die Mutter hielt den Gepäckträger fest. Jakob hatte keinen Zweifel daran gelassen, daß sie sich heute abend sehen würden, im *Würgeengel*, und dann weiter. Dann sehen wir weiter. Er hatte es nicht sagen müssen, hatte nicht mehr gelächelt, während Ginka kicherte und betont rücksichtsvoll die Türe zuzog. Tak-Tak die halbmondförmigen Absätze auf dem Parkett, Musik hätte jetzt geholfen, ein Rhythmus, ein sentimentales Lied, die Verkäuferin ging zum Tresen, beugte sich zu einer Stereoanlage hinunter, anmutig, aus der Hüfte heraus, die Beine gerade durchgedrückt, nur ihr kleiner Po streckte sich nach hinten, die Bluse rutschte hinauf, gab ein Stück Rücken frei, beinahe weiß, sehr schlank, darunter die leichte Schwellung, wo die Pobacken ansetzten, glatt und fest. –Sieht cool aus, wirklich, sagte die Verkäuferin gleichgültig.

Vormittags hatte Isabelle endlich Alexa erreicht, –ich bitte dich, was soll uns passiert sein, im Hintergrund Claras Lachen, –um was machst du dir Sorgen? Es hatte Isabelle einen Stich gegeben, wie jedesmal, nicht an erster Stelle zu stehen, nicht die erste Geige zu spielen bei Alexa, niemals, und warum auch – weil sie eine Wohnung geteilt hatten für zwei Jahre? Jakob aber würde sie heute abend erwarten, –ich warte auf dich, hatte er gesagt und war gegangen. Im ersten Berliner Jahr hatte Isabelle wie besessen Kleider gekauft, um den Heidelberger, den Freiburger Provinzmief loszuwerden, doch Hanna hatte sie ausgelacht. Alexa war zu Clara gezogen, und seither hortete Isabelle das Geld, als horte sie ihre Vergangenheit und ihre Zukunft, um in dem schmalen Spalt dazwischen unberührt zu bleiben, rührte das Geld, das ihre Eltern schickten, nicht an, zur freien Verfügung, wie ihr Vater jede Weihnachten und jeden Geburtstag schrieb. Isabelle schlüpfte aus den Schuhen, stand in schwarzen Nylonstrümpfen auf dem Parkettboden und nickte der Verkäuferin zu. 279 DM. Draußen setzte sich quietschend eine Straßenbahn in Bewegung. Entschlossen ließ Isabelle die Turnschuhe in eine aufgehaltene Papiertüte fallen, schlüpfte wieder in die neuen Schuhe; deutlich klackerten die Absätze auf dem Bürgersteig, das Kind mit dem Fahrrad, ein kleiner Junge, sah zu ihr auf, strahlte, als er sich auf den Sattel setzte und schwankend davonradelte. Fast wäre er gestürzt, als er sich noch einmal nach Isabelle umdrehte. Kinder mochten sie, als wäre sie selbst ein Kind, nur verkleidet, eine gealterte

Vierzehnjährige, hatte Alexa behauptet und Kinderwäsche aus Frottee gekauft, in der sie Isabelle fotografierte. In der Luft kreiste ein Hubschrauber.

3 Jakob war früh aufgewacht und ging zu Fuß ins Büro. Nach dem gestrigen Regen trockneten die Straßen, aber es war ein kühler, unfreundlicher Tag. Im März war er dreiunddreißig Jahre alt geworden, die Zusammenfassungen eines verstrichenen Jahres schienen immer weniger Platz einzunehmen. Ab jetzt würde die Zeit anders vergehen, langsamer; für das, was vergangen war, genügte die Zusammenfassung, genügten ein paar Notizen zur Orientierung, dachte er, ein unkomplizierter Fall, der mit einem knappen Kommentar auskam. Die ernsten Gesichter der wenigen Passanten ärgerten ihn, es war ihnen nichts zugestoßen, es war nicht ausgemacht, daß ihnen etwas zustoßen würde, dachte er. Seit dem Tod seiner Mutter, war er selber von Unglück verschont geblieben. Sie war kurz vor seinem zwölften Geburtstag gestorben, und Tante Fini war zu ihm und seinem Vater gezogen, hatte mittags gekocht, mit dem Ausdruck heimlicher Genugtuung, daß ihr jüngerer Bruder ohne sie nicht zurechtkam, daß die Ehe mit einer Kleinbürgerin aus Pommern doch gescheitert war. Am Tod. Jakob hatte einige Wochen lang kaum gesprochen, schon gar nicht mit Tante Fini, die peu à peu das Schreibzimmer ihrer Schwägerin Anngrit leer räumte, ärgerlich, daß gegen den Biedermeiersekretär, ein Geschenk ihres Bruders an seine Frau, nichts einzuwenden war. Die Briefe und Fotos räumte sie aber aus den Schubladen, und andere Möbel ließ sie abholen, zwei Sessel, ein Tischchen, die bunten Jakobsen-Stühle, die Anngrit Holbach in den

siebziger Jahren gekauft hatte, durchsichtige, aufblasbare Plastikhocker, Lampen. Erst als Tante Fini vier Jahre später das Haus zugunsten der neuen Freundin ihres Bruders, Gertrud, hatte räumen müssen, bemerkte Jakob, wie sehr es verändert war. Er versuchte sich an seine Mutter zu erinnern, an die hellen Farben und klaren Formen, die sie geliebt hatte, und er sehnte den Moment herbei, da er ausziehen würde, nicht mehr die Tür in die dunkle Stille des Hauses öffnen müßte. Auch Gertruds Zuversicht war bald aufgebraucht. Sie kam abends, vor seinem Vater, mit Tüten beladen nach Hause, rief Jakob laut beim Namen, spielte in der Küche ihre alten Kassetten, Beatles, Fats Waller, Thelonious Monk. Aber es hielt nicht lange vor, nichts hielt lange vor in diesem Haus, das sie bewohnten wie Durchreisende, die rücksichtsvoll mit den fremden Möbeln umgingen und auf die Abreise warteten. Sein Vater blieb alleine zurück, denn mit Jakob, sagte Gertrud zu Jakob, würde auch sie das Haus verlassen. Er bildete sich nicht ein, daß sie seinetwegen geblieben war, aber er war in sie verliebt. Zum Abschied, sie hatte einen Minibus geliehen und ihn mit all seinen Sachen nach Freiburg gefahren, küßte sie ihn auf den Mund. Die Matratze hatten sie gemeinsam in sein neues Zimmer getragen, und monatelang grämte er sich, daß er nicht mit ihr geschlafen hatte. Bald darauf fing er einen Flirt mit seiner Mitbewohnerin an und schlief mit ihr, doch er bewahrte die Erinnerung an Gertrud, die wirklich seinen Vater verließ, wartete auf einen Brief, der nie eintraf, und erst als er sich, drei Jahre später, in einer Vorlesung über Rechtsgeschichte, neben Isabelle setzte, verliebte er sich wieder.

Er hatte Hans. Aus dem Kindergarten, antwortete Jakob, wenn er gefragt wurde, woher er Hans kannte. Tatsächlich hatten sie sich in Freiburg kennengelernt, am Tag nach Jakobs Ankunft, an dem Tag, an dem er sich neue Schuhe gekauft hatte und zum ersten Mal in die Mensa zum Essen

ging, in teuren Herrenschuhen von Bally, mit denen er den Anfang von etwas markieren wollte, seinen Anfang, den Punkt, von dem an er eigene Erinnerungen haben oder nicht haben würde, die Freiheit abzustreifen, was das kleinliche Gedächtnis anderer ihm aufzuzwingen versuchte. Sie waren beide alleine nach Freiburg gekommen, ohne Freunde oder Mitschüler, die ebenfalls dort Jura studierten, und es traf sich, daß sie in der Schlange vor der Mensa nebeneinanderstanden, in dem warmen Luftzug, vor dem verdreckten, vollgekritzelten Beton, im Essensgeruch, der Jakob Übelkeit bereitete und Hans wunderte. Schritt für Schritt schoben sie sich vorwärts, an einem Bücherstand vorbei, Tag für Tag würden sie hier stehen, und Jakob heftete seinen Blick auf das neue, braune Leder, auf die Nähte, die zuverlässig aussahen und haltbar sein würden. Weil er nicht aufpaßte, rempelte er Hans an, der vor ihm stand, mit dem Studentenausweis in der Hand, als rechnete er jeden Moment damit, sich rechtfertigen zu müssen. Er kam aus einem kleinen Dorf im Schwarzwald, wo seine Eltern einen Bauernhof hatten.
Die ersten vier Semester waren rasch vergangen. Sie wanderten über den Bettlerpfad nach Stauffen und weiter nach Basel. Sie fuhren per Anhalter nach Straßburg. Einmal nahm Hans ihn an Weihnachten zu seinen Eltern mit.
Während Hans Vorlesungen in Kunstgeschichte besuchte und keine größere Ausstellung in Basel oder Stuttgart verpaßte, ging Jakob lieber ins Kino oder Konzert, für Politik interessierte er sich wochenweise, dann studierte er mehrere Zeitungen am Tag, ausländische auch. Am Tag nach dem Mauerfall war er morgens zu einem Reisebüro gelaufen, hatte gewartet, bis der Besitzer kam, und zwei Flüge nach Berlin gebucht. Das Flugzeug flog von Stuttgart ab, er lieh sich ein Auto und fuhr mit Hans los, sie waren jedoch zu spät und erreichten den Flug nicht mehr. Danach

hatte Jakobs Neugierde wieder nachgelassen, die Regierungen Modrow und de Maizière, die Kommentare seines Vaters, der plötzlich fast täglich anrief, stießen ihn ab. Er fühlte sich, als zöge man ihm den Boden unter den Füßen weg, sein Land, die Bundesrepublik, verschwand, so daß er auswanderte, ohne es zu wollen, ohne sich vom Fleck zu rühren. Auch das war keine anhaltende Stimmung. Hans lachte ihn aus. Der Einigungsvertrag und das Gesetz zur Regelung offener Vermögensfragen beschäftigten Jakob dann aber dauerhaft. Ein Gespräch mit seinem Vater darüber setzte dessen Anrufen ein Ende. An Weihnachten klärte Tante Fini ihn, nicht ohne Häme, darüber auf, daß derlei Vorgänge unangenehme Erinnerungen weckten. In den fünfziger Jahren habe Herr Holbach um seine Firma gebangt, die zu einem sehr anständigen Preis dem jüdischen Partner von Jakobs Großvater abgekauft worden sei. Man wisse nie, so Tante Fini, was die Zukunft bereithielt. Jakob nahm sich vor, dem nachzugehen, das Wort Arisierung aber schreckte ihn zunächst, und im Herbst lernte er Isabelle kennen. Ein einziger gemeinsamer Spaziergang führte sie den Bromberg hinauf, im Tal, neblig, nieselig, lag Freiburg und verschluckte Isabelle nach nur einer Nacht. 1992 legte Jakob das Examen ab und wußte, daß er sein Thema gefunden hatte: offene Vermögensfragen. Zwischen ihm und Hans war ausgemacht, nach Berlin zu ziehen. 1993 traten sie beide das Referendariat in Berlin an, Jakob in der Kanzlei Golbert & Schreiber, die sich auf Restitution spezialisiert hatte und auf Immobilien in Berlin und Brandenburg. Den Gedanken an Isabelle schlug er sich nicht aus dem Kopf. Er mochte, in seinem persönlichen Leben, Kausalitäten nicht; den Gedanken, er könne sich für Restitutionsfragen interessieren, weil sein Vater beinahe einem solchen Vorgang ausgesetzt worden wäre, drängte er beiseite. Zu seiner Liebe zu Isabelle gehörte das Zufällige ihrer Begegnung unbedingt dazu. Andererseits

mußte sie in gewisser Weise ihm restituiert werden: Er hatte lange genug darauf gewartet, und wie man es drehte und wendete, dieses Warten selbst war ein Anspruch.
Jakob war beileibe kein Materialist, er mißtraute nur allem, was mysteriös schien, und er mochte keine verborgenen Handlungsmotive, keine Veränderungen, die nicht sichtbar wurden. Mit Grundstücken und Häusern beschäftigte er sich gerne. Er war gerne durch Brandenburg gefahren, es erinnerte ihn an eine Zeit, die er nicht kannte, als würde seiner Erinnerung etwas hinzugefügt über den Käfig seines Lebens hinaus. Die mißliebige Kausalität ließ sich nicht durchbrechen, aber etwas kreuzte sich, eine Zeitachse mit einer zweiten, empfand er auf seiner Fahrt durch die Dörfer, auf dem Weg zu irgendeinem Grundbuchamt, wo er Auszüge, Besitzwechsel einsehen sollte. Nach dem Krieg, als seine Mutter aus Pommern durch Brandenburg gekommen war, mußte es ungefähr *so* ausgesehen haben. Gepflasterte Straßen, die durch verloren schlafende Dörfer führten, in denen die Fenster fest geschlossen waren, damit keiner eindrang. In den Gesichtern derer, mit denen er sprach, Gier und Angst. Etwas Untertäniges, manchmal mit Hoffnung, manchmal mit Haß gemischt. Selten Ergebenheit. Oft schienen die Gesichter entrückt, die Augen wie überwachsen von den Ablagerungen der Geschichte, die er, Blatt für Blatt, Grundbucheintrag für Grundbucheintrag, nachzuvollziehen versuchte. Es war, als müßte man ein Puzzle auseinandernehmen, um die Teile, die ein trügerisches Bild ergeben hatten, in ihre eigentliche Reihenfolge zu bringen. *Schutzwürdig und damit redlich sollen diejenigen sein, die sich auf die in der ehemaligen DDR formell bestehende Rechtslage eingerichtet und sich – gemessen an dieser Rechtslage – korrekt verhalten haben.* Den Satz aus Fiebergs und Reichenbachs Einführung in das Vermögensgesetz kannte er inzwischen auswendig. Absichtlich hatte er einen alten Golf gekauft, kein neues Auto. Für

die meisten war er trotzdem ein Abgesandter der Siegermächte. Die Sowjetunion gehörte nicht mehr dazu.
Nach dem Referendariat bekam er ein Angebot von Golbert & Schreiber. Schreiber selbst und Robert, der gleichzeitig mit Jakob in die Kanzlei eingetreten war, befaßten sich mit Paragraph 1, Absatz 6 des Vermögensgesetzes: *Dieses Gesetz ist entsprechend auf vermögensrechtliche Ansprüche von Bürgern und Vereinigungen anzuwenden, die in der Zeit vom 30. Januar 1933 bis zum 8. Mai 1945 aus rassischen, politischen, religiösen oder weltanschaulichen Gründen verfolgt wurden und deshalb ihr Vermögen infolge von Zwangsverkäufen, Enteignungen oder auf andere Weise verloren haben.* Er selbst spezialisierte sich auf Fragen des Investitionsvorrangs. War ein vormaliger Besitzer nicht auffindbar, durfte ein Investor, unbeschadet der ungeklärten Besitzverhältnisse, seine Pläne in die Tat umsetzen. Vor den endgültigen Entscheidungen mußte das Leben weitergehen.
Hans war in ihrer ersten gemeinsamen Wohnung in der Wiener Straße geblieben. Noch nachdem Jakob längst ausgezogen war, trafen sie sich dort alle paar Tage, er und Jonas, Marianne, Patrick, mitsamt deren wechselnden Bekanntschaften, Maler meistens wie Jonas und Patrick oder Germanisten, Journalisten, nie ein Rechtsanwalt. Sie saßen an dem langen und wackeligen Tisch, den Patrick durch eine Spanholzplatte und zwei zusätzliche Füße auf zweieinhalb Meter verlängert hatte, die stillschweigende Verabredung besagte, daß jeder etwas zu essen oder wenigstens eine Flasche Wein mitbrachte, und später, als Hans nach dem Referendariat, dem zweiten Staatsexamen seine erste Stelle hatte und genug verdiente, kaufte er große, neue Töpfe und Pfannen, einen zweiten Herd, ließ sich den Wein liefern, duldete nicht länger, daß diejenigen Freunde, die sich mit Stipendien, dem viel zu seltenen Verkauf eines Bildes gerade über Wasser hielten, irgend etwas mitbrach-

ten außer allenfalls einer Zeichnung, einem Druck, einem Foto. In einem der beiden großen Zimmer, die er immerhin renoviert hatte, stand ein Grafikschrank. Die Wände waren weiß gestrichen, kahl.

Im Gegensatz zu Hans zog Jakob gerne um. Bücher und Kleider in Kartons, und weg damit. Verschenkte Bett und Tisch und Stuhl, kaufte etwas Neues, und so war auch Hans immer zufriedenstellend eingerichtet und ausgerüstet. – Idiot, was meinst du, für wen ich *dieses* Bett gekauft habe? Bestimmt nicht, um selber die nächsten zehn Jahre darin zu schlafen. Eines ihrer Spiele, die so lange schon und so gut funktionierten, daß Jakob manchmal zu glauben begann, es würde *kein* böses Erwachen geben eines Tages. Jedenfalls nicht, was Hans betraf. Und vielleicht gar nicht. Aus dem Kindergarten, antwortete Jakob, wenn sie gefragt wurden, woher sie sich kannten; inzwischen entsprach es beinahe der Wahrheit, sie kannten sich, seit sie denken konnten oder wollten. Da sie beide keine feste Freundin hatten, galten sie fast als Paar. Warum Hans alleine blieb, wußte nicht einmal Jakob. Er selbst traf keine Frau, die ihn begeisterte, also wartete er auf Isabelle. Zehn Jahre hatte er sich, nicht gänzlich ernsthaft, als Frist gesetzt. Wenn er Isabelle nicht bis 2001 wiedergefunden hatte, würde er sie vergessen.

Um zu feiern, daß er im August 2001 Partner bei Golbert & Schreiber geworden war, lud er Hans ins *Diekmann* ein, danach gingen sie in den *Würgeengel*. Es war Zufall, daß Hans sich zur Theke drängte, um ihnen zwei Whisky zu holen, Jakob unaufmerksam den Stimmen neben ihm lauschte. Isabelle. Zum ersten Mal seit zehn Jahren hörte er ihren Namen. Es war nicht schwierig gewesen, mit Ginka ins Gespräch zu kommen. Als sie ihn für den elften September einlud, verlegte er den Termin mit einem New Yorker Investor auf den neunten September und bat Julia, die Sekretärin, seinen Flug umzubuchen.

Er dachte an den Namen, der ihn damals überrascht hatte, an ihr Gesicht, ebenmäßig und eigenartig abwesend, als würde sie auf etwas warten, ohne neugierig zu sein. Sie hatte in nichts den Jurastudentinnen geähnelt, sie sagte, sie wolle Malerei oder Design studieren. Er erinnerte sich an ihr Gesicht, an ihre kleinen Brüste und daran, daß er keinen Augenblick verlegen gewesen war. Ich habe Isabelle wiedergefunden, hatte er noch im *Würgeengel* grinsend zu Hans gesagt.

Er hatte sie tatsächlich wiedergefunden. Es war der falsche Tag gewesen, bis zum Abend fürchtete er, die Einladung sei obsolet, die Party würde nicht stattfinden, doch dann war er mit dem Taxi in die Schlüterstraße gefahren, hatte geklingelt und war ohne weiteres eingelassen worden. Da war Isabelle.

Nach einem unkonzentrierten Vormittag in der Kanzlei wanderte er in der Mittagspause unruhig Richtung Potsdamer Platz und wieder zurück zur Mauerstraße. Er wollte die Zeitungen nicht sehen, die Gesprächsfetzen nicht hören. Vorgestern noch war er dort gewesen. Aber er war rechtzeitig abgereist. Er war verschont geblieben, Isabelle, dachte er, hatte ihn gerettet.

4

Mae war außer sich, sie klammerte sich an ihn, im Treppenhaus, schluchzend. Völlig hysterisch. Jim hörte, daß der Fernseher lief. Zu dritt waren sie unterwegs gewesen, Albert, Ben und er, und er hatte mit Ben gestritten, während Albert schwieg, wieder und wieder dieselbe CD abspielte, etwas, das Jim ekelte, als pinkelte Albert ins Auto. Es war nicht die Musik, sondern wie Albert zuhörte, großspurig mit den Händen in der Luft herumfuchtelte und nur nach dem Lenker griff, wenn es unvermeidlich war. Oder wenn ein Polizeiauto auftauchte, an diesem Tag häufiger als gewöhnlich, auf ihrer Strecke von Süden her, vor allem um die Docks herum, an den Zufahrtsstraßen, bei Silvertown. Jim fluchte, weil Ben diesmal zweifellos recht hatte mit seiner Nervosität. Was zum Teufel machte die Polizei hier? Aber Albert weigerte sich, das Radio einzuschalten, drehte die Musik lauter. Die Bässe, ein Chor, eine künstliche, elektronisch klingende Frauenstimme, *because it's been so long, that I can't explain and it's been so long, right now, so wrong*, er konnte sie nicht abschütteln, die hartnäckige, enervierende Stimme, und kurz darauf – Albert hatte ihn bis zur Pentonville Road gefahren – Maes hysterisches Schluchzen. Seine Hand traf ihre Schläfe, weil sie sich duckte oder stolperte. Er faßte sie unterm Arm und zog sie ins Wohnzimmer, in dem Augenblick, als auf dem Bildschirm der zweite der Türme in sich zusammensackte, zeitlupenlangsam, oder wie war das? Ein Trick? Bis er die Verbindung herstellte, zwischen den Bildern und Maes Hysterie, zwischen den Polizeiautos und den Bildern. Aber er begriff nicht, was geschah. Mae redete von den Toten, wiegte sich, als hielte sie ein Kind im Arm, später wiederholte sie immer wieder, was sie gehört hatte, daß es nie mehr sein würde wie bisher, die ganze Welt, das Leben, und nachts, als sie endlich eingeschlafen war, wimmerte sie. Langgezogen, pausenlos, bis er sie stieß oder rüttelte, ein winziges, nicht endendes Wimmern, wie ein *loop*, als wäre das Zeitmaß verändert, als hieße die gültige Geschwindigkeit seit diesem langsamen Zusammensacken der Türme Zeitlupe. Tagelang ließ Mae alles durcheinanderliegen, in der Küche und im Zimmer auch. Irgendwann blieb das Fenster offenstehen, der Teppich wurde naß, es stank, Mae sagte, daß es stank. Ließ alles liegen. Der Geruch blieb, nachdem Jim kurzerhand den Teppich herausgerissen hatte. Kein Leben so. Was ging Mae das alles an, was ging ihn das an? Auf dem Estrich lange Streifen von Klebstoff. Und wie sie auf dem Sofa hockte, dem gelben Sofa, früher gelben Sofa, früher fast neuen Sofa, das Albert ihnen gebracht hatte, wie auch den Tisch und die Stühle, seine Wohnungen, für meine Mitarbeiter, was Ben wie ein Papagei nachplapperte. Ben, der stolz darauf war, Alberts rechte Hand zu sein. Er hatte ein Auge auf Mae geworfen, ein mieses, unterwürfiges Arschloch, schaffte es, Jim aufzubringen, kam ungefragt, lästerte über die Wohnung, wo es stank und nichts im Kühlschrank war. Ein paar größere Sachen gab es, in den Vororten und sogar außerhalb, Albert hatte die Idee, bei Leuten einzubrechen, die aus London weggezogen waren, sich sicher fühlten, vor allem mittags sicher fühlten, tagsüber, in den kleinen Vororten und Städtchen, wo alles so friedlich war, daß sie keine Alarmanlagen einbauten und sogar die Fenster offenließen und einander vertrauten. Keine Einbrüche mehr, hatte er vor einem Jahr verkündet, aber jetzt galt das nicht mehr, und Jim sah die Gärten, kleine Häuser mit Gärten davor oder drumherum, er war seit zehn Jahren nicht aus London herausgekommen, und jetzt all diese Häuser, gepflegt, friedlich. Mae und er hatten nicht einmal ein Bett, nur eine Matratze. Field Street, der reine Hohn, kein Grün weit und breit, statt dessen Lärm und Baustellen und Dreck. Was Mae tat, wohin sie ging, sobald er aus dem Haus war, wußte Jim nicht. Die Straße hinunter, Richtung King's Cross, wo Albert sie aufgesammelt hatte. So laut hier, daß Maes Husten leise klang. Und er dachte an all die Programme für Aussteiger. Nur, wer glaubte daran? Anti-Drogen, Anti-Prostitution, Anti-Kriminalität. Er wollte weg, mit Mae. Sie lag auf dem Sofa ausgestreckt, sagte, sie wolle aufhören, versprach es ihm. Am Fenster stand sie, wenn er ging, lag auf dem Sofa, wenn er zurückkam, ihr Körper wurde schlaff, sobald er sie umarmte, und wenn er in sie eindrang, hustete sie, hustete, bis er fühlte, daß er taub

wurde. –Hör endlich auf! Er mußte genug Geld zusammenkriegen, damit sie wegkonnten. Keine Einbrüche mehr, nur noch Drogen, hatte Albert gesagt. Dann doch wieder Einbrüche, und Jim machte mit, um endlich ein paar Tausend Pfund zusammenzubekommen. Es waren mehr Polizisten, die herumliefen, kontrollierten. Der Spätherbst war kalt und naß. Die Fenster schlossen nicht, oder Mae vergaß, sie zu schließen. Die Heizung funktionierte nicht oder funktionierte allzugut, es war unerträglich heiß, es stank, Ben war dagewesen, hatte ihr irgendwas gebracht, Tabletten. Da stand sie, am Fenster, richtete sich auf, trug ein eng anliegendes blaues Wollkleid, dunkelblau, keine Schuhe. Sah aus wie ein Schulmädchen. Ihre etwas zu kräftigen, hübschen Oberschenkel zeichneten sich deutlich ab. Da stand Mae, hielt sich an der Tür fest, die Augen halb geschlossen. Da stand Mae, sah ihn, lachte, lachte und fiel auf das Sofa. Gelb, früher einmal gelb. Beugte sich vor, würgte, Schleim tropfte aus ihrem Mund; sie wurde immer dünner.
Sie sagte, daß sie den Staub verabscheue und daß es hier nicht besser sei als dort, in New York, und wie viele der Staub zugrunde richtete, daß keiner darüber redete, über die Toten. Sie wollte Tee. Es wurde Dezember, im neuen Jahr, sagte Jim, würden sie aus der Stadt weggehen, ein neues Leben beginnen, sobald er genug Geld hatte, aufs Land ziehen. Sie wollte Tee trinken und daß er Scones mitbrachte und Kuchen. Die Baustelle um King's Cross breitete sich immer weiter aus, sogar das Midland Grand wurde renoviert. Albert behauptete, in ein paar Jahren würde es eine gute und wohlhabende Gegend sein, sie würden dankbar sein, in der Field Street zu wohnen. Jim sagte, wenn Mae nicht bald zum Arzt ginge, mit den Tabletten aufhörte, würde sie keine Wohnung mehr brauchen.
Meistens saßen sie vor dem Fernseher, und Mae schlief ein. Er wußte nicht wo, war sich aber sicher, daß es eine

Falle gab. Ihr Gesicht. Er ging, zog die Tür hinter sich zu, lauschte, stieg die Treppen hinunter, stand auf der Straße. Lauschte. Eisiger Wind trieb Papierchen, Staub vor sich her. Plastiktüten. Eine Zigarettenschachtel. Ein Junge linste aus einem Eingang, winkte. Der Januar verging. Aber der Krieg ist längst zu Ende, sagte er ihr, die Türme, die Toten, verschleierte Frauen, zusammengerollt lag sie auf dem Sofa, weinte. Ben kam alle paar Tage. Sie leugnete es, aber Jim war sich sicher. Und nur, wenn Jim neben ihr saß, im Halbdunkel des Fernseherlichts, und ihr erzählte, daß sie einen Garten haben würden, eine Mauer, die er selber hochziehen würde, mit seinen eigenen Händen, und daß er wisse, wovon er spreche, weil sein Vater Maurer gewesen sei, und wie die Rosen blühen würden, im Sommer, nur dann sah sie ihn an und lächelte. Sie könnten im Garten Tee trinken, unter einem Kirschbaum, einem Nußbaum, unser Leben, wollte er ihr sagen, und daß sie daran denken solle, an den Garten und wie sie Tee trinken würden, unter einem Kirschbaum oder Nußbaum, von der Küche mit dem Tablett direkt in den Garten, der Kirschbaum in voller Blüte. Es war noch kalt, aber bald könnten sie spazierengehen, sie könnten nach Richmond oder Kew fahren, die Themse entlang spazierengehen, er würde sie nach Kew Garden's führen, sie waren beide noch nie dort gewesen, aber es sollte so schön sein, sagten alle. Ihr Gesicht war dünner geworden, sie aß fast nichts, sie rauchte zuviel, sagte er, aber er rauchte auch, und Ben kam, brachte ihr Tabletten. Amphetamine, Valium, sobald Jim aus dem Haus war. Jim packte sie an den Schultern, schüttelte sie. Das Leben, wollte er ihr sagen, er wollte vernünftig mit ihr reden, damit sie Ben nicht mehr hereinließ, und nur noch ein paar Wochen oder Monate, bis sie wegkonnten, aus London weg, und irgendwo auf dem Land würden sie neu anfangen, vielleicht sogar heiraten. Das war das Leben: neu anzufangen. Das war das Leben: nicht zu sterben. Sie

konnten nach Richmond oder nach Kew fahren, sie konnten ans Meer fahren. Aber Mae sagte, daß er voller Haß sei, und dann vergaß er ihren Geburtstag.
Ben hatte ihr, argwöhnte Jim, von Alice erzählt. Es war nicht der Verrat, der ihn aufbrachte, sondern etwas Tieferes, das er nicht ausdrücken konnte, ebensowenig, wie er sagen konnte, warum er Mae sah und dachte, daß er zu weit entfernt war, daß er vergeblich ihren Namen rief. Schlimmer war, daß sie nicht gerne mit ihm schlief. Nie gerne mit ihm geschlafen hatte, dachte er. Alice war etwas anderes gewesen, sie hatte sich ihm gegeben, sie mochte ihn, sie verhöhnte ihn, und dann hatte sie ihm dreihundert Pfund gestohlen. Betrunken, verludert. Es gab so viel, das man liebte, das man haßte, aber man konnte es nicht erklären. Alice war eine Schlampe gewesen, mit dem Gesicht eines kleinen Tieres, spitz, verschlagen, und wie sie es geschafft hatte, ihn zu betrügen. Sie hatte es nicht besser verdient. Ihr Zimmer in der Arlington Road hatte ihn geekelt, mit dem schmutzigen Geschirr, den Nadeln, mit dem Radio, das sie nie abstellte. Wie ein Tier, sagte er zu Albert, wütend, weil Ben behauptete, er habe ihr etwas angetan.
–Wer bist du, daß du dich über andere erhebst? Ausgerechnet Albert sagte es. Mae war fünfundzwanzig geworden, Jim hatte ihren Geburtstag vergessen. –Du bist voller Haß, sagte Mae. Er wollte mit ihr ins Kino gehen. Daß alles voller Polizisten sei, überall Kontrollen, sagte sie, daß sie nicht mit der U-Bahn fahren würde. –Was soll uns, so wie wir aussehen, denn passieren? Sehe ich denn arabisch aus? Oder du? fragte er sie. Voller Haß sei er, wiederholte Mae, und Ben kam, stand dabei und hörte alles. Zwei Tage später schaffte Jim es nicht, ein simples Haustürschloß zu öffnen, und sie waren unverrichteter Dinge wieder abgezogen. Albert hatte ihm die Hand auf die Schulter gelegt und laut gelacht, bis Jim sie abschüttelte

und aufgebracht losrannte. Albert hatte ihm seinen Anteil nie ausbezahlt, –bewahre ich für dich auf, alles sorgfältig aufgeschrieben, beschwichtigte er Jim, noch ein bißchen Geduld, hielt ihn zum Narren. Zahlte die Wohnung, das kleine, stinkende Loch, eure Wohnung, und sie sollten dafür noch dankbar sein. Es war aber fast wie ein Zuhause gewesen, trotz der undichten Fenster, trotz des Gestanks, nur lag Mae zusammengerollt auf dem Sofa, behauptete, daß sie noch immer die Toten sehe, die Lebenden, die aus den Fenstern sprangen, in die Tiefe, daß sie ihre Schreie hören könne, daß sie hören könne, was die Leute redeten, die in den Aufzügen und in den Fluren eingeschlossen waren. Und der Haß, sagte Mae, der Zorn, der auch sie treffen würde, sie beide, –wie konnten wir nicht wissen, daß sie uns aus tiefster Seele hassen? Er schwieg. Die Sirenen heulten die Straße entlang, von rechts nach links, und kehrten wieder um. –Und die Toten, sagte Mae, die wir vergaßen, rufen nach uns. Jim riß das Fenster auf, damit frische Luft hereinkam. Es war Februar. Man hörte die Baumaschinen bis ins Zimmer. Einmal gingen sie spazieren, zum Kanal, liefen am Kanal entlang, wollten bis zum Park und zur Voliere laufen, aber Mae schaffte es nicht, sie setzte sich auf eine Bank am Kanal und sagte, daß sie es nicht weiter schaffte, und er ging alleine weiter.

Später dachte er, daß sie zum ersten Mal verschwunden war, als sie dort alleine auf der Bank sitzen blieb, in einem kleinen Mantel, den sie nicht zuknöpfte, obwohl es kalt war, er hatte sich noch einmal umgedreht, aber sie hielt den Kopf gesenkt. Da ging er weiter, bis er sie nicht mehr sehen konnte, und sie verschwand, obwohl sie doch still saß und sich nicht rührte.

Am nächsten Tag erklärte er Albert, daß er in Zukunft fünfzig Prozent wolle, daß er das Geld wolle, bar, auf die Hand. Albert lachte, aber es war, wie er selbst zu Jim gesagt hatte: Wenn du keine Angst mehr hast, tun die Leute,

was du willst. So war es, und Albert willigte ein, bat ihn nur um etwas Geduld, willigte aber ein und streckte Jim die Hand hin. Sie wollten aus der Stadt weg und aufs Land ziehen, das sagte er Albert nicht, und dann traf er Damian, der ihm anbot, seine Wohnung zu benutzen, für ein paar Monate oder länger, eine richtige Wohnung mit zwei Zimmern, in Kentish Town, und sogar einen kleinen Garten gab es. Aber als Jim nach Hause kam, roch er den Gasgeruch und dachte, es ist gleichgültig, woran man erstickt, bis er doch losrannte und die Fenster aufriß und den Herd abdrehte. Sie lag da wie ein Tier, auf dem Küchenboden, und er erzählte ihr nicht von der Wohnung, er stand in der Küche, in dem schwächer werdenden Gasgeruch, trank ein Bier nach dem anderen, er sah im Hof hinterm Haus ein Kind, das mit einer Wäscheleine spielte, es fing wilde Pferde, schleuderte die Wäscheleine wie ein Lasso, und im nächsten Hof stand über ein Moped gebeugt ein Junge, klapperte mit Schraubenziehern und Ersatzteilen, Licht ging an in den Fenstern.
Es wurde Frühling. Vor einem Jahr waren sie nach West Finchley hinausgefahren und hatten Pfannkuchen gegessen, er hatte sie eingeladen und ihr die Tür aufgehalten, er hatte ihr Blumen gekauft, Tulpen, und zu Ostern einen kleinen Stoffhasen. Halbe Nächte hatten sie vor dem Fernseher gesessen und sich umarmt, und sonntags wünschte er sich ein Roast mit Gemüse und Kartoffeln. Er erinnerte sich daran und schaute in den Hof, er erinnerte sich, daß er vor ein paar Tagen ebenso am Fenster gestanden und sich an das vergangene Frühjahr erinnert hatte. –Hör mal, die Kleine ..., setzte Albert an und zuckte dann mit den Achseln. –Sie tut dir nicht gut. Jim wollte es nicht hören, und es war Ben, der sie nicht in Ruhe ließ, der Mae Sachen brachte, Amphetamine, Valium, sie gegen ihn, Jim, aufhetzte. Irgendwann hatte es soweit kommen müssen. Jim sah, daß Mae blutete. Sie lag auf dem Boden vor dem Sofa,

blutete, weinte. Sie hatte gesagt, daß sie die Toten sehe, die Toten und die Sterbenden, sie hörte nicht auf, davon zu reden, und er vergaß, wie sie ausgesehen hatte im letzten Frühjahr und noch im Spätsommer, ihr gleichmäßiges, ovales Gesicht, von den dunkelblonden Haaren eingerahmt und mit Augen, die manchmal grau und manchmal grün waren. Sie hatte etwas Kindliches, weich und glatt und nicht dünn, aber auch nicht dick, es war alles genau richtig mit ihr gewesen. Er hatte sie festgehalten, mit beiden Armen, und sie gehörte ihm, er hatte ihren Nacken umfaßt und gedacht, daß er ebenso zerbrechlich war wie der eines Kätzchens. Sie würden aufs Land ziehen und im Garten Tee trinken. Er ging in die Küche, um ruhiger zu werden, aber dann hörte er, wie sie telefonierte, mit Ben telefonierte, –komm schnell, flehte sie, und sie meinte nicht ihn, schrie auf, als er hereinkam, ein Messer in der Hand. Ben war zehn Minuten später da, schloß die Tür auf, Mae mußte ihm den Schlüssel gegeben haben, sie lag jetzt still, und Jim stand auf, er ging an Ben vorbei, der blaß war und sagte, –du haust hier besser ab, und nach dem Telefon griff.

Er stand eine Weile vor dem Haus, lief dann langsam los, alles war wie in Umrißlinien, nur die Umrisse, sogar seine Eltern fielen ihm ein, wie sie am Eßtisch saßen und auf ihn warteten, wie sie zu dritt auf seinen Bruder warteten, der noch nicht krank war und gleich kommen mußte, er konnte sich daran erinnern, auch wenn etwas fehlte, als wäre ein Loch in seinen Gedanken, da, wo eben etwas geschehen war, und so stand er auf der Pentonville Road, bis er die Sirenen eines Krankenwagens hörte und weiterlief. Man erinnerte sich an eine glückliche Zeit wie an etwas, das wirklich stattgefunden hatte. Es waren aber nur die Umrisse übriggeblieben, die Angst, nicht zu wissen, was geschehen war. Jim tastete nach dem Schlüssel, den Damian ihm gegeben hatte, und fuhr hoch nach Kentish

Town, fand die Straße, die Lady Margaret Road, und es war still, eine Katze sprang über die Straße, schwarz und weiß, versteckte sich unter einem Auto.
Ein paar Tage später rief Albert ihn an. Über Mae sagte er nichts, und Jim fragte nicht nach.

5 Es war noch immer Hannas Schlüssel, mit dem Isabelle die Eingangstür des Hauses aufschloß, in dem sich die Agentur befand. Am Tag vor ihrem letzten Krankenhausaufenthalt hatte Hanna ihr den Schlüssel überreicht, mit diesem Lächeln, immer strahlender, je fahler die Haut wurde, je mehr ihr Gesicht einfiel, bis nichts blieb als graue Augen und der volle Mund. Hanna hatte Isabelle umarmt, sie sanft mit ihrer Knochenhand in die Seite geboxt. –Nun komm schon, einmal sehen wir uns mindestens noch. Sie hatten sich mehr als nur einmal gesehen, denn der Tod schien verwirrt, abgelenkt durch das zärtliche Geflüster an Hannas Bett, durch Isabelles Gesicht, kindlicher denn je, und Peters Gelassenheit, der endlich seine Wut und die bitteren, ätzenden Sätze schluckte, die ihnen die letzten Monate vergällt hatten. Isabelle brachte den Schlüssel jedesmal ins Krankenhaus mit und hoffte, Hanna würde ihn zurückerbitten. Doch dann geschah, was zu erwarten war, Andras sagte es ihr, und sie liefen zusammen zur Charité. Hannas Lippen waren zusammengepreßt, und kein Laut war zu hören, die Ärzte wußten nicht, ob sie Schmerzen litt oder nicht. Manchmal öffnete Hanna die Augen, doch schienen sie nichts wahrzunehmen, nichts anderes auszudrücken als den Entschluß zu sterben. Peter kam nachts, er schlief auf einer Pritsche, die die Schwestern für ihn aufstellten. Tagsüber ließ er sich

nicht blicken, weder im Krankenhaus noch im Büro. So waren Andras und Isabelle zu zweit, den ganzen Tag lang und abends auch, denn Isabelle wollte nicht zurück in die leere Wohnung, die Alexa nur noch betrat, um etwas ein- oder auszupacken. In der Nacht, in der es vorbei war, schlief Isabelle bei Andras, er bezog ihr das Bett frisch und legte sich selbst auf das rote, durchgesessene Sofa, das wie ein lächerliches Requisit in seinem Wohnzimmer stand. Um fünf Uhr weckte sie Peters Telefonanruf, er bat sie, sich um das Büro zu kümmern, und sagte, daß er in einem Monat zurückkäme. Der 5. Oktober 1996 war Hannas Todestag gewesen, an diesem Tag hatte Isabelle zum ersten Mal die Haus- und die Bürotür aufgeschlossen, mit Hannas Schlüssel, und auf ihrem Schreibtisch einen kurzen Brief gefunden, eine Art Testament, das ihr Hannas Anteile an der Agentur zusprach. Für Isabelle, die – außer während einiger Londoner Monate – nie Grafikdesign studiert hatte, war es ein Ritterschlag, und ein paar Minuten lang lag sie fassungslos in Andras' Armen. Damals, vor fünf Jahren, hatte sie den Entschluß gefaßt, endlich ernst zu machen mit ihrem Beruf und ihrem Berliner Leben, aber immer war ihr etwas entglitten, wenn auch auf zufriedenstellende Weise, und schließlich hatte sie schon als Hannas Assistentin ebensooft bis spätabends gearbeitet, wie sie es jetzt tat.

Als sie, die Tüte mit ihren alten Turnschuhen in der Hand, die Bürotür öffnete, wäre sie beinahe über Andras gestolpert, der auf allen vieren kniete, die Zunge herausgestreckt, mit bekümmerter Miene, so, als müßte er etwas Verschüttetes auflecken. Für einen Augenblick verharrte er wie gelähmt, dann sprang er auf, während Peter, an seinem Tisch sitzend, scharf auflachte. Es war ein zorniges Lachen.

–Andras, sagte er, wollte mir demonstrieren, wie Suchhunde arbeiten, zwischen all den Trümmern und in der Asche, die ihnen die Nase verklebt. Andras warf einen Blick auf Isabelles Füße. –Du hast dir Schuhe gekauft.

–Ihr kotzt mich beide an, Peter warf im Aufstehen beinahe den Stuhl um, der eine spielt verrückt, und die andere hat nichts Besseres zu tun, als Shopping zu machen. Als die Tür hinter ihm ins Schloß gefallen war, öffnete Isabelle endlich den Mund. –Was ist los mit euch?
Doch Andras starrte stumm auf Isabelles Schuhe, nahm ihr die Tüte aus der Hand, holte einen nach dem anderen die beiden Turnschuhe heraus, stellte sie auf seinen Schreibtisch und strich sacht mit seinem Finger über die Schnürbänder, die Zunge, die Kappe. –Andras, hör auf damit! Es war still, auch hier war es still. Eine S-Bahn näherte sich stockend, blieb stehen. Andras drehte sich zwei-, dreimal um die eigene Achse, setzte sich auf die Tischplatte. Die S-Bahn war wieder angefahren, gewann an Fahrt, war verschwunden, bevor Isabelle sie mit den Augen zu fassen bekam, aber da war schon der nächste Zug, stand still, ruckte ein paar Meter vorwärts, hielt erneut an, und hinter den Scheiben tauchten Gesichter auf, als preßten sie sich nicht gegen Fensterglas, sondern gegen eine Linse, die vergrößerte, entstellte.
–Du bist ganz blaß, murmelte Andras, zögerte, ging ins Vorzimmer, das gleichzeitig als Küche diente, Honiggläser, Geschirr, Teebeutel, eine Espressomaschine, eine transportable Küche, schwer wie ein Eisenschrank, die Gasflasche unter dem Spülstein, zwei Flammen. Er setzte den Kessel auf, stellte auf ein Tablett eine Tasse, die Zuckerdose, das Milchkännchen, vergaß es zu füllen, wartete, bis das Wasser kochte, goß Tee auf. Im hinteren Raum hatten Isabelle und Hanna gearbeitet, im vorderen die beiden Männer. Nach Hannas Tod war Andras zu Isabelle gezogen, hatte Drähte die Wand entlang gespannt, um seine Entwürfe aufzuhängen und Isabelles dazu. Grünes Linoleum im hinteren Raum, rotes im vorderen, das Vorzimmer war blau. Isabelles Schreibtisch stand im rechten Winkel zwischen den beiden Fenstern, vor denen die Züge und S-Bahnen

vorbeifuhren. Neben dem Computer, dessen Bildschirm über einer Kugel zu schweben schien, lagen in bunten Schüsselchen Radiergummis, Spitzer, kleine Fläschchen mit bunter Tinte, standen in Gläsern Stifte und Federn. Andras hatte sie ermuntert, wieder mit der Hand zu zeichnen, sogar zu aquarellieren, wie sie es als Schülerin zuletzt getan hatte, und sie gewöhnte sich an seine Arbeitsweise, zeichnete oft stundenlang Straßenszenen, Interieurs, Serien von Bildern, um erst ganz zum Schluß die eigentliche Aufgabe in Angriff zu nehmen. –Es funktioniert, hatte sie Peter triumphierend gesagt, du siehst doch, keine Zeitverschwendung, im Gegenteil. Sie liebte das Büro. *New concept – new life*, das war es gewesen, für sie jedenfalls, als sie in Berlin eingetroffen war, über eine Wohnungsannonce Alexa und durch Alexa Hanna gefunden hatte. Alles verdankte sie Alexa, hatte sich an sie geklammert, bis Alexa zu Clara zog und Isabelle zwang, endlich eine eigene Wohnung zu suchen.
Andras stellte das Tablett ab, kehrte noch einmal um, holte Kekse und ein Glas Honig, setzte sich. –Du bist blaß, trink eine Tasse Tee. Gestern um diese Zeit hatte Isabelle überlegt, ob sie Ginka bei den Vorbereitungen helfen sollte, und mit zwiespältigem Vergnügen den Abend erwartet, den Trubel und den Alkohol, die unausweichliche Choreographie dieser Abende, die Ginkas Stolz waren. Sie machte keinen Hehl daraus, daß sie Singles als Gäste generell bevorzugte, und auch zehn Paare kurz vor der goldenen Hochzeit hätten sie nicht abgehalten, ihre Party zu einer Single-Party zu machen. In den ersten Minuten schon trennte sie Partner voneinander, mit ein paar beißenden Sätzen, einem Kompliment, einer spöttischen, herablassenden Bemerkung, unfehlbar in ihrem Instinkt, den Punkt zu treffen, der die Liebenden entzweien würde und in jedem einzelnen den Wunsch weckte, wenigstens für diesen Abend angenehmere und aufregendere Gesellschaft zu finden. Man

hätte es ihr übelgenommen, hätte nicht das Ergebnis ihre Taktik gerechtfertigt – nach weniger als einer halben Stunde hatten sich die festgelegten Formationen aufgelöst, und jeder gab sein Äußerstes an Charme und Unterhaltsamkeit, um auf diesem Karussell jemanden an sich zu binden, wohl wissend, daß er sonst hinuntergeschleudert würde in das Dunkel, das die Zimmer voller Gelächter und Gesumm zu umlagern schien. Wenn Ginka jemanden verabschiedete, fand sie Sätze, die ihre Gäste wie über eine schiefe Ebene wieder in ihre Ehen und Bündnisse zurückgleiten ließ, nicht ohne den Stachel der Unzufriedenheit, aber fügsam gewillt, neben dem in die Nacht hinauszutrotten, mit dem sie gekommen waren. Die echten Singles versuchte sie zu verkuppeln, auch darin war ihr Instinkt unschlagbar, obwohl sie Isabelle gegenüber zugab, daß es inkonsequent war, den *matchmaker* zu spielen und danach zu beklagen, daß es weniger und weniger Singles gab. Vor Isabelle machte Ginka nicht halt, allerdings mischten sich ihre Angebote mit der Drohung, sie würde Isabelle die Tür weisen, sollte sie es wagen, eine Langweilerin zu werden wie all die anderen Frauen Anfang dreißig, die plötzlich heirateten, Kinder in die Welt setzten und womöglich aufhörten zu arbeiten.

Andras legte seine Hand auf ihr Knie. –Nimm es nicht so schwer. Am Ende sind es weniger Tote, als sie jetzt glauben. Seine sonst so angenehme, ruhige Stimme klang hohl, er fuhr sich mit der Hand durch das dichte Haar, über das etwas zu breite Gesicht. Sie folgte seinem Blick, der auf ihre Schuhe geheftet war. Es war nicht das World Trade Center, was ihn beunruhigte, es waren die neuen Schuhe, die Anspannung, die von Isabelle ausging, Wellen, die sein Empfangsgerät auffing, ohne sie deuten, ohne sie verarbeiten zu können. Isabelle erinnerte ihn an ein gefangenes Tier, das täuschend reglos blieb, um seinen Ausbruchsversuch vorzubereiten, fühllos für alles andere als die eigene

Entscheidung. –Isabelle? Sie nahm die Tasse, wärmte ihre Hände daran. Er wagte nicht, sie nach Ginkas Party zu fragen. Sie war gestern direkt aus dem Büro nach Charlottenburg gefahren, ohne vorher nach Hause zu gehen und sich umzuziehen, in Jeans, den Sneakers, in einem braungelb geringelten T-Shirt. Andras konnte nicht übersehen, daß die meisten Männer ebenso empfänglich waren für Isabelle wie er selbst, den sie von Anfang an wie einen älteren Bruder behandelt hatte, zutraulich, manchmal herablassend neckte sie ihn, quälte ihn, wie man jemanden quälte, dessen man sich sicher war. Zum hundertsten Mal fragte er sich, warum er nicht nach Budapest zurückkehrte, seine paar Sachen zusammenpackte und losfuhr, ohne sich noch einmal umzudrehen, direkt nach Budapest, wo sein Schwager László mit ihm eine Werbe- und Grafikagentur aufmachen wollte. Eine Zeitlang hatte er sich eingeredet, daß er Lászlós Enthusiasmus nicht traute oder daß er den Gedanken, zu seinen Eltern zu ziehen, in das Haus, aus dem er mit vierzehn Jahren zu seinem Onkel und seiner Tante nach Deutschland geschickt worden war, unerträglich fand. Aber er wußte, daß er sich etwas vormachte.

–Gestern um die gleiche Zeit, brach Isabelle endlich ihr Schweigen und verstummte wieder. Andras schüttelte den Kopf. Irgend jemand würde für das bezahlen, was geschehen war, irgend jemand würde den Preis dafür bezahlen, daß sich hier, egal ob in Deutschland oder den USA, die Leute fühlten, als hätte man sie der ihnen zustehenden Wirklichkeit beraubt. Es wird Wirklichkeit in die Welt gebombt werden, dachte er, bis die Leute hier wieder beruhigt sind, beruhigt in der alten Ungerechtigkeit, die ihnen vertraut und angenehm ist. –Irgend jemand wird bezahlen, sagte er schließlich, und bestimmt nicht diejenigen, die verantwortlich sind.

Isabelle sah ihn an und hatte Tränen in den Augen. –Bis

sie tot waren, ich meine, sie müssen solche Angst gehabt haben. Vor sich sah sie Jakob, sah ihn plötzlich, wie er in Freiburg neben ihr über den Uni-Hof ging, neben ihr im Hörsaal saß. Er war dem Tod entgangen. Sie hätte von seinem Tod nie erfahren, hätte sich nicht mehr an ihn, verschwunden in der Gleichgültigkeit ihres Vergessens und der seines Todes, erinnert. Andras stand auf, um ihr ein Taschentuch zu holen. Er war ärgerlich. Er kam zurück, wischte ihr behutsam die Tränen ab und reichte ihr das Taschentuch. Sie sah wirklich unglücklich aus, unglücklich und schuldbewußt wie damals, als sie endlich begriffen hatte, warum Hanna sich den Schädel rasierte. Aber das war fünf oder sechs Jahre her, und seither war sie erwachsener geworden. –Komm heute abend zu mir, ich mache uns etwas zu essen. Gulasch, wenn du willst. Er stand auf und trat ans Fenster. Die Dircksenstraße entlang gingen drei Männer und zwei Frauen, liefen mitten auf der Fahrbahn, untergehakt und lachend. Nichts, wie es war, dachte Andras bitter, und dann war ihm so bang zumute, daß er am liebsten hinausgelaufen wäre, auf die Straße und weiter, in den Monbijoupark, die Spree entlang, immer weiter, bis er die Stadt hinter sich gelassen hätte.

6

Gegen sechs Uhr zog sich der Himmel zu, wie eine Wand näherten sich von Westen Wetter und Dämmerung der Stadt, lautlos zunächst, der Wind stockte, als lauschte er auf etwas, bis plötzlich der Regen einsetzte, ein Wolkenbruch, der alles übertönte. Andras stand am Fenster, der Regen lag wie eine schwere Persenning über den Dächern, darunter flimmerten die Lichter schwach, der Fernsehturm kämpfte sich mühsam aus der Schwärze, die

Videotafeln auf der gegenüberliegenden Seite des Alexanderplatzes warfen blasse Schatten. Vor drei Jahren hatte er ebenso am Fenster gestanden und den Entschluß gefaßt, daß es wirklich Zeit war zu gehen. Er hatte hinausgeschaut und überlegt, daß ein kleiner Transporter ausreichen würde, um die Bücher, einen Teil der Regale, die kleine, schwere Kommode und das rote Sofa nach Budapest zu schaffen. In einen der Keller dort, dachte er, die seine Eltern nach und nach besetzt hatten, Lattenverschläge, deren Türen schief in den Angeln hingen, von einem Vorhängeschloß gehalten, dahinter leere Kisten, für Kohle, für Kartoffeln, für Brennholz, Späne, und Kartons voller Schrauben, Nägel, Schnüre, all das, was Jahrzehnte in den Schubläden und Kästen der engen Wohnung aufbewahrt gewesen war, weil man nie wußte, wozu es gut sein würde. Und er selbst, hier, in Berlin, hatte jede Büroklammer, jedes Gummiband, jede Kordel aufgehoben, gefütterte Briefumschläge, leere Blechdosen, Gläser, er hatte sie alle paar Monate zusammengesammelt und nachts zu den Müllcontainern getragen, unbeobachtet, wie er glaubte; die nächsten Tage vermied er den Hof und sogar die anderen Mieter im Treppenhaus, bis die Müllabfuhr dagewesen war. Inzwischen atmete er nach solchen Aktionen längst nicht mehr auf, weil sie nicht vorhielten, nach einer Woche schon hatte sich wieder dies oder jenes angesammelt, ein Pappschächtelchen, eine Schnur ohne Knoten, nützliche Dinge, zweifellos, und es war besser, die guten Vorsätze aufzugeben, dafür zweimal im Jahr auszumisten.
Die Autos kämpften sich die Choriner Straße hinauf, die Scheinwerfer flackerten, noch hing das Laub an den Bäumen, verdeckte die Straßenlampen, funzeliges Licht, und gegenüber Fassaden, wie sie Zweiter Weltkrieg und Sozialismus hinterlassen hatten, während ein paar Häuser weiter Farben aufdringlich die Vorhut für Feinkostläden und Cafés bildeten. –Laß dich bloß nicht von diesen Frührent-

nern anstecken, hatte sein Schwager László ihm gesagt, *life style*, Handy, dabei steckt hinter den Markennamen nichts als Lahmarschigkeit. In Deutschland kannst du den Leuten die Nase einschlagen, und sie glauben, das sei hip. In Budapest schicken sie dir drei Jungs mit Messern auf den Hals, wenn du ihnen dumm kommst.

Andras klopfte gegen die Fensterscheibe, als wollte er dort draußen jemanden auf sich aufmerksam machen oder zum Schweigen bringen. Wind riß jetzt Stücke aus dem Regen, lange, graue Tücher, Andras lauschte zur Wohnungstür, aber Isabelle würde klingeln. Wenn sie kam. Sieben Uhr.

In der rückwärtigen Wand pochte es, all die Jahre hatte Andras sich gefragt, was da pochte, wo ein Haus ans nächste stieß, ein sachtes Geräusch, von den Windstößen jetzt fast übertönt. Dort stand das rote, abgesessene Sofa seines Onkels Janos, das Tante Sofi Andras überlassen hatte, so, als streckte sie ihm mürrisch eine weitere Tragetasche voll alter Damasttischtücher und Vorleglöffel hin, sie hatte die Lehne gepackt und getan, als schöbe sie es ein paar Zentimeter Richtung Tür, wenn du willst, dann nimm es mit, sofort, warten werde ich nicht darauf, und dann hatte sie die Transaktion – ein Auto mußte gemietet werden, ein Freund mußte tragen helfen – doch zum Anlaß genommen, ihre Abreise nach Budapest zu verzögern, in der schon ausgeräumten Wohnung Tag für Tag zu lamentieren, wann Andras endlich das Sofa abhole, was Onkel Janos sagen würde, warum die Glühbirnen kaputtgingen, ob Andras nicht das Vorlegbesteck und die Messerbänkchen und die Tischdecke doch dabehalten wolle, und obwohl es noch spätsommerlich warm gewesen war, hatte sie in einem Pelzkragen auf ebenjenem Sofa gesessen und alte Kinderlieder gesummt. –Du solltest mitkommen, nach Hause. Die Haare des Pelzes (ein sibirischer Silberfuchs, behauptete Tante Sofi) fand er immer noch auf dem Bezug und seinen Pullovern, und Tante Sofi war tot. –Du bereitest

ihm Verdruß, hatte sie Andras zum Abschied gesagt und hinter sich gezeigt, als säße dort sein Onkel Janos.
Er war geblieben. Seit Isabelle angefangen hatte, im Büro zu arbeiten, war es für ihn letztlich undenkbar, Berlin zu verlassen, ihre Stimme nicht mehr zu hören, kindlich hell und ohne Tiefe, unerwartet in ihren Verzögerungen, Abbrüchen, eine Stimme, die dahinglitt wie ein kleines Schiffchen aus Zeitungspapier, das plötzlich versank, oder davonstürmte wie der hüpfend aufleuchtende Schulranzen auf dem Rücken eines rennenden Kindes. Was ihn verblüffte, waren ihre Gutartigkeit und eine Art Gleichmut, darunter der unausrottbare Kern Hoffnung, dann und wann ein Ausbruch oder die kleine, gezähmte Gemeinheit, die fast alle mit sich herumtrugen wie ein schmutziges Taschentuch. Aber er liebte Isabelle. Er konnte an nichts anderes denken, und endlich, nachdem er sich gewehrt und gescholten und zur Ordnung gerufen hatte, akzeptierte er, endlich, endgültig, daß es keine Lebensordnung für ihn gab, so oder so, ob in Budapest oder in Berlin. Und wer würde ihn wiegen und für zu leicht befinden? Er war eine Randfigur, ein Fremder, ein disziplinierter, unauffälliger Vagabund. Vor siebenundzwanzig Jahren hatten seine Eltern ihn zum Flughafen gebracht, damit er seine Tante und seinen Onkel in West-Berlin besuche, ohne ihm zu sagen, daß er nicht zurückkehren solle. Die Tränen seiner Mutter hatten ihm die Abreise verdorben, seine erste Reise in den Westen, kein Grund zu heulen, und hinter seiner vierzehnjährigen Rüpelhaftigkeit versteckte er die eigene Bangnis, die sich Monate später entlud, als seine erste Liebe, Anja, ihm den Laufpaß gegeben hatte und er begriff, daß er nie nach Budapest zurückkehren sollte. –Wenn deine Eltern Rentner sind, tröstete ihn Tante Sofi und brachte mit der Hand Onkel Janos' Schnaufen zum Schweigen, dann kommen sie uns besuchen. Doch Onkel Janos' Schweigen war beredter, und Andras begriff. Sobald sein Deutsch gut ge-

nung war, schrieb er Anja sehnsüchtige Briefe nach Wilmersdorf; er weigerte sich, seinen Eltern und seiner jüngeren Schwester zu schreiben. Er weigerte sich, Ungarisch zu schreiben, bis fünf Jahre später sein Kindheitsfreund László nach Ost-Berlin kam. Von dort schrieb er Andras, und Andras antwortete, ohne auf die begierigen Fragen seines Freundes einzugehen. Die Jahre, seine ganze Jugend entlang und dann immer weiter, verstrichen wie einer der Nachmittage, die er auf der Wilmersdorfer Straße oder der Potsdamer Straße verbrachte. Alleine oder mit mehreren Jungs, auf den Boden spuckend, rauchend, auf Mädchen wartend, wie in einem ewigen Vorort, aus dem man sich wegsehnte, nur weg und kein Wohin, Bier später, ein paar kleine Diebstähle, Andras' Glanzleistung blieb ein Rasierapparat von Braun, und Bücher, seine Freunde lachten ihn aus, um zehn Uhr spätestens zu Hause, mit siebzehn noch, und wenn er die anderen zum Stuttgarter Platz begleitete, einige mit Fahrrädern unterwegs, andere zu Fuß oder als Schwarzfahrer, zum Bahnhof Zoo, hatte er Angst. Das bißchen Klauerei. Ein Joint. Demonstrationen. Mädchen. Andras ging in die Klavierstunde und machte keine Fortschritte. Daß er fast nicht sprach, bemerkte Tante Sofi nicht, weil sie selber redete, und Onkel Janos schwieg noch hartnäckiger als sein Neffe. –Misch dich nicht ein, sagte mit aufgeregter Stimme Tante Sofi, wenn Andras eine Zeitung ins Haus brachte, das geht uns nichts an. Euch bestimmt nicht, hatte Andras wie in leeren Raum hineingedacht, Onkel-Gespenst, Tante-Gespenst, zwei lästige, rührende Alte, petrefakt, unpassend wie ein Ponygespann auf dem Ku'damm. Oder die Schwärmerei seiner Tante für den Astronauten Armstrong. Mit ihm einmal tanzen! Auch dazu schwieg Onkel Janos, ging früh ins Krankenhaus, kam immer später zurück. Andras registrierte seine Existenz erst, als Janos Szirtes 1977 einen Fernseher kaufte und sich für den *deutschen Herbst* interessierte. –Man weiß nicht, wie man leben soll, sagte sein Onkel ihm, ein paar Leute umbringen hilft da auch nicht viel. Er wies auf die Schlaghosen seines Neffen, willst du nicht deiner Schwester ein Paar schicken? Eines der unverzeihlichen Versäumnisse, wußte Andras, aber die Liste war zu lang, um sie nicht gleich wieder zu vergessen, ebenso wie die Frage, welche Zeitrechnung galt, seit Berlin und Budapest nichts mehr voneinander trennte; mit jedem Besuch zu Hause erledigte sich die Zeitrechnung *vor Berlin* und *nach dem Fall der Mauer* aufs neue und hinterließ ein Rinnsal, das sich als Kontinuum ausgab. Drei Jahre verloren, er könnte längst in Budapest sein. –Wann heiratest du endlich? fragte seine Mutter, und neuerdings stimmten seine Schwester und selbst László ein, als wäre es die wirksamste Weise, ihm klarzumachen, daß er in Berlin nichts mehr verloren hatte, seit seine Tante und sein Onkel gestorben waren. Bis zum Schluß hatte Tante Sofie in dem tristen Wohnblock in der Potsdamer Straße gewohnt, in dessen Hausflur es nach Männerpisse stank und wo der Straßenlärm durch die Fenster drang, das Klavier umspülte, wenn Andras einmal übte oder wenn Tante Sofi eine der beiden Mozart-Sonaten spielte, die sie so liebte. Sie spielte schlecht, rätselhaft schlecht, und Andras hatte vermutet, daß ihr Studium am Budapester Konservatorium Legende war. Zu Unrecht, wie ihm sein Vater erklärte, vor ihrer Flucht 1956 hatte man ihr eine Karriere als Pianistin vorausgesagt, einer der Gründe für diese Flucht, die sie nicht verkraftete, nach wochenlanger Krankheit waren ihr musikalisches Gedächtnis, ihre Vorstellungskraft verloren. Sie hatten eine billige Wohnung gesucht, mit allem modernen Komfort, Küche und Dusche, nicht zu weit vom Steglitzer Krankenhaus, vor allem aber billig, damit er, Andras, frei war zu studieren, was er wollte. Daß sein Onkel im Steglitzer Krankenhaus jahrelang nicht als Arzt, sondern als Krankenpfleger gearbeitet hatte, bis Anfang der achtziger Jahre, erfuhr

Andras ebenfalls erst von seinen Eltern. –Was du ihnen zu danken hast! sie haben sich aufgeopfert für dich. Er war dankbar, und es war nicht seine Schuld, sondern konsequente Ironie, daß er seinerseits jahrelang log – das Kunststudium hatte er rasch aufgegeben, um Grafikdesign zu studieren. Sie bezahlten ihm ein Atelier mit Nordfenstern und ein Studentenzimmer, solange er nicht nach Kreuzberg zog, Sündenbabel für Tante Sofi, und sich von Politik fernhielt, einer Quelle angstvoller Visionen. Andras überließ sein Atelier in der Crellestraße Freunden und zeichnete in seinem winzigen Zimmer ein paar Häuser weiter, zeichnete und zerriß, was er gezeichnet hatte, als müßte er sein Teil zu den familiären Mißerfolgen beitragen, als wäre es das Opfer, das er bringen mußte, um doch endlich eine Entscheidung zu treffen. Nicht, um irgendwo hinzukommen, sondern um irgendwo zu bleiben, um Phantasie und Wille, die in seiner Familie so eine fatale Rolle gespielt hatten, zu hintergehen. Einzig Isabelle hatte Andras von seinen Bildern und Zeichnungen *vor Berlin* erzählt, und als bei einem Besuch in Budapest seine Mutter die Mappen aus dem Keller holte, sorgfältig in Packpapier eingeschlagen, hatte er einige davon mit nach Berlin genommen, um sie Isabelle zu zeigen. Straßenszenen, winzig, auf den zweiten Blick skurril und beunruhigend, als bestünden die Menschen aus dem gleichen porösen Material wie die Fassaden, als verspotteten die überladenen Gründerzeitfassaden die eintönigen und unübersichtlichen Verhältnisse. Warum er das alles aufgegeben habe, fragte Isabelle, aber er wußte keine Antwort. Er hätte gerne das Licht gelöscht, vielleicht hatte Isabelle nichts anderes erwartet, als daß er sie hierherlockte, um sie zu küssen, in seinem frischen, weißen Hemd, das außerhalb des Lichtkegels, in dem Isabelle mit seinen Zeichnungen und Bildern saß, hell leuchtend verriet, wo er stand. Wie in einer altmodischen Geschichte kramte sie nach etwas in ihrer Handtasche und fand es nicht, während sie begann zu erzählen, von ihrer eigenen Kindheit zu erzählen, und wie alle anderen ähnelte auch diese Kindheitserzählung einem verregneten, hilflosen Spaziergang durch den Zoo, wo hinter immer gleichen Tafeln sich die immergleichen Tiere versteckt hielten oder stumpf dem Auge darboten. Ähnelte Fotoalben, den komplizierten Abkommen von Lichtverhältnissen und chemischen Eigenschaften des Papiers, das unter einem Seidenhäutchen verblaßte und gerade damit seinen Platz verteidigte, den Anspruch auf ein inneres Auge, das gegen das Vergessen focht. So prägte sich in Andras' Gedächtnis diese Anekdote ein, die erzählte, wie der riesige Flügel ihrer kranken Mutter hochgehoben wurde und durch die Luft auf die erstaunte Fünfjährige zuglitt, ohne weiteres über sie hinweggetragen worden wäre, hätte nicht mit Erschrecken einer der Träger das Kind bemerkt und durch seinen Warnruf beinahe die Katastrophe herbeigeführt. Der Flügel rutschte in die Schräge und hielt sich nicht, vielleicht waren vor Schrecken die Hände (aber trug man keine Handschuhe?) schweißnaß geworden, das Instrument schlingerte noch einen Moment und prallte dann auf die Granitstufen, mit einem kläglichen Ton, leiser als zu erwarten, jedoch so unglücklich, daß ein Bein abbrach und der Korpus sprang. War die Katastrophe eingetreten oder vermieden? Die Mimsel, ihr Kindermädchen, habe sie gepackt und im Arm gehalten, obwohl aus einer Platzwunde am linken Auge das Blut nur so herabgeströmt sei – die Narbe sah Andras nicht, der sich wieder hingesetzt hatte, aufs Sofa, neben Isabelle, vor ihnen seine Zeichnungen und Bilder wie ein Spuk, er hätte mit dem Finger über die Narbe streichen müssen, um sie zu ertasten. Er hatte es nicht getan, die Liste der Versäumnisse war länger geworden. Schlagartig begriff er, daß jede Kindheit, ob glücklich oder unglücklich, eine Auflistung des Überlebens und eine der Fremdheit war, eine Geschichte des Exils und der Scham. Besagte Mimsel hatte Isabelle ins Krankenhaus gebracht, das eigentliche Drama, erzählte sie, war aber die Krankheit ihrer Mutter, die sich nicht ins Sterbebett, aber doch auf eine Chaiselongue legte und den Tod erwartete, der nach einem Jahr tatsächlichen oder eingebildeten Siechtums eine Kehrtwendung machte und im Nebel seiner zeitlichen Ungewißheit wieder verschwand, womit er Frau Metzel der nicht zu rechtfertigenden Ewigkeit eines schon abgelegten Lebens überließ. Ebenso verzweifelt wie über den drohenden Tod sei ihr Vater, ein bekannter Heidelberger Rechtsanwalt, über dessen Nicht-Eintreten gewesen, und aus Entsetzen habe er ein gigantisches Fest organisiert, das die zweite, betrübliche Phase von Isabelles Kindheit einläutete, ein unablässiges gesellschaftliches Treiben, das sie hinter Stapel von Tellern und unter riesigen Tabletts mit Cocktails verbannte, in der Gestalt des häßlichen Entleins. Andras war sich sicher, daß er der erste männliche Adressat dieser Erzählung war, und er begriff das Geschenk. Es ließ sich aber aus diesen Versatzstücken und Anekdoten keine wirkliche Geschichte machen, alles blieb seltsam matt, so daß Andras und Isabelle nichts einfiel, als wie Brüderchen und Schwesterchen nebeneinanderzusitzen, um wenigstens der Peinlichkeit einer Affäre unter Kollegen zu entgehen, und nur Andras hoffte brennend, es würde mit ihnen doch anders kommen. Aber es fiel ihm nichts ein, um den Kokon, in dem Isabelle steckte, zu zerreißen.

–Mach ihr einen osteuropäisch-melancholischen Heiratsantrag mit Handkuß und roten Rosen, hatte László ihm später – zu spät – gesagt, und obwohl er die Vorstellung noch immer abgeschmackt fand, hatte Andras sie als Versäumnis registrieren müssen, denn es wäre gescheiter gewesen als seine zögernde Idee, sie als Liebhaber zu erobern. Zögernd, weil er sich nicht sicher sein konnte, ob er als überraschender Liebhaber gegolten hätte, mehr noch aber, weil es nicht das war, was er wollte. Er liebte sie, es war eine herzzerreißend simple Tatsache.

Da zuviel Zeit verstrichen war, wurde gleichgültig, ob

jener Abend ein Versäumnis oder unbarmherzige Wahrheit gewesen war – Isabelle hatte sie beide so entschieden als Brüderchen und Schwesterchen zusammengefügt, daß sie ihm als erstem von ihrer Wiederbegegnung mit Jakob erzählen konnte. Und damit war es an der Zeit, alle Hoffnung aufzugeben: Er, Andras, ihr Ritter und treu bis in den Tod, hatte sich selbst zur komisch-traurigen Gestalt gemacht. Wie auf den Leib geschneidert, längst mit ihm verwachsen war diese Rolle.
Fahr endlich nach Budapest, du hast hier nichts mehr verloren.
Verloren drangen die Geräusche vorbeifahrender Autos herauf, die Kirchuhr schlug schon neun Uhr. Sie würde nicht mehr kommen.

7

Am späten Nachmittag stellte sich heraus, daß sein Kollege Robert noch in New York gewesen war. Von den zweiunddreißig Kollegen in der Kanzlei war Robert derjenige, mit dem Jakob am meisten verband. Sie arbeiteten Tür an Tür, beide mit derselben Sekretärin, Julia, und sie wußten, daß einer von ihnen beiden – wahrscheinlich Robert – nach London geschickt werden würde. Beide großgewachsen, gleich alt, auf angenehme Weise gutaussehend, galten als Freunde: Sie trafen sich hin und wieder in einer Ausstellung, zuweilen tranken sie im *Würgeengel* ein Glas Wein zusammen. Über die Möglichkeit, für ein oder zwei Jahre nach London zu gehen, hatten sie nie gesprochen, beide wollten nach London, beide wußten, daß keiner versuchen würde, den anderen bei Schreiber auszustechen. Robert, der ein Jahr lang in London studiert hatte, war die plausiblere Wahl.

London war das erste, woran Jakob dachte, als Julia in sein Zimmer kam, eine ausgedruckte E-Mail in der Hand, auf häßliche Weise gefaßt, nur ihre Hände ruderten fieberhaft herauf und herunter. – Er wollte mit dem ersten Flug nach Chicago, ich habe die zweite Mail gestern nicht mehr gelesen. Jakobs Gesicht brannte; immer wieder, stupide und beschämend, ging ihm derselbe Satz durch den Kopf: Das heißt, daß ich nach London gehe. Er stand auf. Es kam ihm vor, als bewege er sich nicht, sondern gleite von einer Position in eine andere, ohne etwas zu tun. Das Telefon war in seiner Hand, er wählte Roberts Handy-Nummer und hörte dreimal die Ansage, *Ihr gewünschter Gesprächspartner ist zur Zeit nicht erreichbar.* Heute abend war er mit Isabelle verabredet. Und da stand Julia, ihre Augen füllten sich mit Tränen. Schreibers Büro war im obersten Stockwerk, Jakob ging durchs Vorzimmer und wortlos an Frau Busche vorbei; Schreiber geriet in Wut, wenn man ihn unangemeldet störte, alle fürchteten seine Ausbrüche, aber diesmal konnte Jakob nichts aufhalten, heute nicht und nicht in nächster Zeit. Schreiber musterte ihn verblüfft, und einen Augenblick mischte sich Jakobs Gewißheit mit Kummer und Zweifel, der so profund war, daß seine Hände zitterten. Er hatte Isabelle gefunden, er würde nach London gehen, aber der Preis, wenn Roberts Tod der Preis war, war höher als gedacht. In zwei Sätzen informierte er Schreiber, sie schienen überflüssig, wie ein allzu absehbares Argument. Kaum anzunehmen, daß Robert noch lebte. Er hatte einen Mandanten im World Trade Center vor der Abreise nach Chicago noch einmal aufsuchen wollen. Schreiber ging ins Vorzimmer, sagte sehr leise etwas zu Frau Busche, und Jakob bemerkte, wie dunkel es im Zimmer war, durch die schweren Vorhänge stahlen sich nur vereinzelt Sonnenstrahlen, die Schreibtischlampe war auf den dunkelblauen Teppich gerichtet, der das meiste Licht schluckte. –Bentham wird es schwer nehmen, sagte

Schreiber, als er zurückkam. Bentham war Schreibers Partner in London. Frau Busche versucht über einen Freund von mir, in den Krankenhäusern nach ihm suchen zu lassen.

Erst beim dritten Mal hörte Jakob die Frage des Barkeepers und bestellte einen Whisky. Er rieb sich mit den Händen die Stirn und die Augen, griff nach dem Glas und trank einen großen Schluck. Jeden Moment konnte Isabelle durch die Tür hereinkommen, und er würde ihr von Robert nicht erzählen, auch nicht von Frau Busche, die geweint hatte und aufgestanden war, um ihn zu umarmen, als müsse sie sich vergewissern, daß er, Jakob, noch lebte. Irgend etwas erinnerte Jakob an den Tod seiner Mutter, aber da fand sich nichts, keine Verbindung, keine wirkliche Erinnerung. Man mußte abwarten, und nicht einmal lange, bis das Entsetzen, bis auch diese Episode Vergangenheit war. Zu Hause hatte er sein verschwitztes Hemd ausgezogen und geduscht, um abzuwaschen, was sich gegen seinen Willen wie ein dünner Film über seinen Körper gelegt hatte. Nach kurzem Zögern hatte er das Bett frisch bezogen und die Waschmaschine angestellt. Von seinem Vater war eine Nachricht auf dem Anrufbeantworter gewesen, ein Gruß und der etwas rätselhafte Satz *Anscheinend ist ja alles in Ordnung*. Sein Vater machte sich sicherlich keine Sorgen, wußte nicht einmal, daß Jakob in New York gewesen war. Die Uhr zeigte Viertel nach acht. Über den Tresen wurden Gläser hin und her geschoben, die Bar hatte sich gefüllt, vermutlich fing im *Babylon* bald ein Film an, keiner setzte sich, obwohl genug Plätze frei waren, eine Frau lachte schrill, ihre Haare standen wie eine Bürste nach allen Richtungen, sie schaute ihn an, hob ihr Glas, prostete ihm zu.
Und da war Isabelle.
Sie stand neben ihm, ihr glattes Haar glänzte, sie hob ihr Gesicht zu ihm auf, jemand streckte rücksichtslos seinen Arm nach einer Bierflasche aus, schob den Arm zwischen

ihnen hindurch, trat langsam den Rückzug an. Für eine Sekunde nur hatte er Isabelles Gesicht verdeckt, es war verschwunden, ausgelöscht, und zum zweiten Mal an diesem Tag durchfuhr Jakob nagender Zweifel, Kummer. Fast erwartete er, daß Isabelle tatsächlich wieder verschwunden wäre, nach all den Jahren, um ihm zu beweisen, daß seine Ansichten und Pläne lächerlich waren. Doch da stand sie noch, ungerührt, beinahe so, als hätte sie ihn während dieser Sekunde sehen können, sie lächelte ihn an und trank aus seinem Glas, die Begrüßung hinfällig machend. Er wartete, bis sie das Glas abgesetzt hatte, und küßte sie, sehr sanft, auf den Mund. Lange blieben sie nicht.

Zehn Tage später bat Schreiber Jakob, am 4. Oktober zu Roberts Beerdigung nach Hannover zu fahren, und fragte ihn, ob er zum Jahresbeginn 2003 nach London wechseln wolle.

Am Bahnhof wunderte sich Jakob, daß die Beerdigung erst jetzt, drei Wochen nach Roberts Tod stattfand. Die Zeit war schnell vergangen, Jakob hatte Isabelle nur fünf- oder sechsmal treffen können, doch war sie diese Nacht bei ihm geblieben, in seinem Bett, schlief noch, als er aufstand, sich hinausschlich, um zum Bahnhof zu fahren.

Der Tag war regnerisch und unangenehm. Jakob ging ins Zug-Bistro, stand gebückt, um aus dem Fenster in die graue, flache Landschaft zu starren, trank Kaffee und rauchte. Auf dem Friedhof würde es kalt sein, doch vermutlich gab es keinen guten Tag, um beerdigt zu werden, wenn man dreiunddreißig Jahre alt gewesen war, und wahrscheinlich würde es, da es keine Leiche gab, auch keinen Sarg geben und kein Grab, sondern nur einen Stein und eine Predigt. Er mußte nicht mehr tun, als den Eltern sein Beileid, das Beileid der ganzen Kanzlei auszusprechen, den Kranz, der telefonisch bestellt war, auf das zu legen, was kein Grab war. Den Atem anhalten, damit Zufall blieb, was Robert und ihn verbunden hatte und jetzt trennte, Koinzidenz, nicht Tausch, nur die rätselhafte, uneinsehbare Überschneidung zweier Linien, ebensowenig einsehbar wie der Punkt, an dem die Parallelen sich doch berührten. Sie liefen, dachte Jakob, wieder auseinander, in unermeßlich kleinen Schritten entfernten sie sich voneinander. Keine weitere Begegnung. Wie Übelkeit drückte ihn die Landschaft nieder. –Aber was schuldest du ihm? hatte Hans gefragt, als Jakob ihm erzählte, er fahre zu Roberts Beerdigung. Da waren schon die ersten Häuser, ein Bahnsteig, gleich wieder Häuser, umgeben von kleinen Gärten. Er wünschte, er hätte Hans' Angebot, ihn zu begleiten, angenommen.

Es war wirklich regennaß und windig, gegen jede Vernunft gab es einen Sarg, ein Grab, der Zug der Trauernden scharte sich darum, auf den leeren Sarg eine Handvoll Erde zu werfen, um endlich zu fühlen, mit eigener Hand, was über sie hereingebrochen war vor drei Wochen. Roberts Eltern standen dicht an dem Abbruch der frisch ausgehobenen Erde, gaben keinem die Hand. Sie sahen nicht auf, als das Defilee der Trauergemeinde unter Anleitung des Pfarrers sich neu aufreihte, hoben nur ein einziges Mal den Kopf, gleichzeitig und erschreckt, starrten Jakob an, sein vom Regen dunkles Haar, sie nahmen Maß an ihm, spürte er, um jeden weiteren Tag zu wissen, was sie verloren hatten.

–In gewisser Weise, hatte er Hans gesagt, als sie, ein einziges Mal, über den Tod seiner Mutter gesprochen hatten, ist der Tod ein Wechsel der Besitzverhältnisse. Was dem Toten gehört hat, geht in den Besitz anderer über, sein Hab und Gut ist bloß der kleinste Teil. Das nächste ist der Körper, er gehört denjenigen, die ihn schminken lassen oder nicht, aufbahren oder nicht, beerdigen oder verbrennen. Und dann nehmen sie in Besitz, was der Tote gedacht und gehofft und erlebt hat, selbst seine Erinnerung gehört bald

den Angehörigen, im Namen ihrer Liebe, im Namen ihrer Erinnerung. Mir wäre es am liebsten, daß die Leute mich vergessen, wenn ich tot bin.
Es war für ihn die zweite Beerdigung. Er wollte nicht nach der kleinen Schaufel greifen, die in einem Holzkasten voller Erde lag, er wußte nicht, wo der Kranz war, ob er ihn suchen mußte, er wußte nicht, ob er stehenbleiben müßte, da Roberts Eltern ihn noch immer anstarrten. Wie klein sie waren, so viel kleiner als ihr Sohn.
Das regennasse Laub war dunkel, zwischen all den schwarzen Regenschirmen leuchtete ein roter Schirm, darunter geduckt eine ältere Frau, ihr Gesicht konnte Jakob nicht erkennen, sie winkte ihm, mit einer kleinen, mutlosen Handbewegung, geh weiter, du stehst viel zu lange an dem Grab. Endlich erreichten sie den Ausgang, er stieg ins Taxi, endlich fuhr aus dem Bahnhof der Zug aus in die graue, flache Landschaft, Jakob stand im Bistro, gebückt, rauchte, trank ein Bier. Hans holte ihn ab. Als er abends Isabelle anrief, erreichte er sie sofort.

8 Es gab die guten Zeiten, sie begannen ohne Vorwarnung, morgens, mit Geräuschen aus dem Badezimmer und der Küche, die gleichen wie jeden Morgen, aber anders, das Hämmern gegen die Tür des Bads, und jedesmal hatte sie Angst, gerade jetzt aufs Klo zu müssen, so daß sie sich unter der Decke zusammenkauerte, einen Finger nach dem anderen zählte, so wie sie die Ziffern der Radiouhr im Wohnzimmer ablas, die keine Bedeutung hatten, weil sich nie jemand danach richtete, aber irgendwie vergingen so trotzdem die Minuten, und wenn sie Glück hatte, würde es nicht zu lange dauern, noch ein lautes Klopfen, das war

Dave, ihr Vater brüllte wütend. Und wenn Sara in den Flur kam, packte ihre Mutter sie an der Hand und zerrte sie vor die Tür, –dann pinkele eben, solange dein Vater sich rasiert, stell dich nicht so an. Aber die Badezimmertür war verschlossen, oder schlimmer noch, sie war nicht verschlossen, ließ sich öffnen, einen Spalt, der gerade breit genug war, daß sie hindurchpaßte, hineingestoßen wurde, stolpernd, in den Dampf, in die Wut hinein, der riesige, nackte Körper, der sie zur Seite schubste, weil sie ihm sonst zwischen die Beine geriet, und sie mußte schnell, schnell die Hand ausstrecken nach dem Klodeckel, weil es immer noch ein weiteres Hindernis gab, auch in den guten Zeiten, wenn ihr Vater aufstand und nüchtern war. Er hob sie hoch und ließ sie aufs Klo fallen, und sie konnte es nicht zurückhalten, auf dem Klodeckel, ohne ein Wort zu sagen, und plötzlich war es kein guter Tag mehr, sie sperrten Sara ein, schoben einen Stuhl unter die Türklinke, machten das Licht aus, den ganzen Tag lang waren sie weg, unter der Tür ein winziger Spalt, durch den sie Klopapier schob, als sie Polly hörte, und Polly versuchte mit ihrer Tatze, das Klopapier zu fangen, das Sara schnell wieder zurückzog, als hoffte sie, Polly durch den winzigen Spalt zu sich hereinzulocken. Sie sah Pollys Pfoten. Dann war es Polly langweilig, und Sara hatte vor der Badewanne auf dem Boden gehockt und die Finger gezählt, bis sie eingeschlafen war, bis schließlich Dave kam und sie herausholen wollte, aber sie sträubte sich, weil sie weinte vor Angst, und bald gab er es auf, aber bevor er den Stuhl wieder vor die Tür rückte, unter die Türklinke, half er ihr, den Klodeckel und den Fußboden sauberzumachen. In den guten Zeiten knallte morgens die Wohnungstür zu, weil ihr Vater hinausstürmte, die Tür weit aufriß und plötzlich losließ, so daß sie mit aller Wucht zurückschwang, ins Schloß krachte, er riß ihre Mutter mit sich hinaus in das Treppenhaus, im letzten Augenblick, und wenn Mum zu langsam war, konnte sie nicht

mehr nach ihrem Mantel greifen oder der großen Tasche mit Putzlappen und Tüchern und einem Staubwedel.
Draußen füllten sie die Straße mit ihren Stimmen, manchmal bremste ein Auto, Autotüren schlugen zu, und dann war es still. Sie wartete, um ganz sicher zu sein. Und wartete noch ein bißchen. Wenn sie zu früh ans Fenster ginge, würde sich alles wieder umdrehen, die Stimmen würden lauter werden, erst vor der Haustür und dann im Treppenhaus, bis die Klingel gedrückt wurde, –verdammte Scheiße, wozu hat man Kinder, wenn sie einem nicht mal die Tür aufmachen und die Sachen abnehmen. Dave! Sara!
Das war sie. Sara. Sara ohne H, wie Dave, der lesen und schreiben konnte, ihr erklärt hatte, und das H war ein Buchstabe, den man nicht hörte, der keine Bedeutung hatte, etwas, das nicht da war und bei ihrem Namen fehlte. Sara. Manchmal verschwand der Name vollständig. Sie selbst war noch da, aber der Name war verschwunden, wie das H. Dave war Dave, soviel war sicher. Dave nannte sie litte cat. –Weil du dich wie eine kleine Katze hinter dem Sofa versteckst. Schau doch, sogar Polly sitzt auf dem Sofa. Oben drauf.
In den guten Zeiten tauchte ihr Name auf, wenn ihre Mutter den Tisch deckte, ein ganzes, geschnittenes Brot auf den Tisch stellte und auf einem Teller Wurst lag, und ihr Vater sich zufrieden umschaute und grinste, –ich sag's ja, es geht uns verdammt noch mal beschissen gut. Und Sara bettelte Dave mit den Augen an, daß er aufstand und aus dem Kühlschrank Bier holte, Dave, Dave? Er stand auf, das Gesicht ausdruckslos, und bevor er die Dosen auf den Tisch knallen konnte, war sie bei ihm und streckte beide Hände aus, Handflächen nach oben, damit er ihr die Dosen gab, er tat es, mit ausdruckslosem Gesicht.
In den guten Zeiten ließ ihr Vater die Tür, die zu der kleinen Terrasse und zum Garten führte, unverschlossen oder ließ den Schlüssel stecken. –Ist ja ein Paradies, mit dem

ganzen Spielzeug, und gib acht, daß die kleinen Stinker nicht ins Haus kommen. Bis zum Nachmittag waren die anderen Kinder in der Schule, und es konnte nichts passieren. Sie schienen zu wissen, wann ihre Eltern nicht zu Hause waren, sie hievten sich, nach der Schule, auf die Steinmauer, warfen ein Steinchen gegen das Fenster, und wenn nichts geschah, wenn weder ihr Vater noch ihre Mutter, noch Dave auftauchten und schimpften, sprangen sie hinunter in den Garten, wo das Spielzeug lag, zerbrochenes, unbrauchbares Spielzeug aus Plastik, Eisenbahnschienen, ein Auto ohne Räder, ein kaputter Roller, ein paar Eimer und Sandförmchen. Die Bälle hatten sie längst mitgenommen, bunte Bälle, die zu einem Spiel gehörten, das Dave geschenkt bekommen hatte. Manchmal saßen sie nur da, an die Mauer gelehnt, und besprachen sich leise, oder sie kletterten auf den Baum, spähten in die Wohnung und warfen mit Steinchen, wenn sie Sara entdeckten, in der Nähe der Glastür kauernd. Wenn Polly draußen war, fürchtete sie sich, und Dave ging immer öfter gleich morgens fort, bevor ihre Eltern aufstanden.
In den schlechten Zeiten blieben ihre Eltern den ganzen Tag zu Hause. Ihre Mutter zog die Plastikhülle von der Nähmaschine, die im Kinderzimmer stand, und schickte Sara aus dem Zimmer. Sie schloß die Tür hinter sich ab, und Dad rief sie und trat dagegen, bis er es leid war und auf dem Sofa einschlief. Dave behauptete, daß er in die Schule ginge, er zog die Schuluniform an, die ihm zu kurz war, und grinste. –Little cat, paß auf dich auf, sagte er morgens, wenn er sich über Saras Bett beugte.

9 –Aber warum wollt ihr heiraten? fragte Alexa. Ein Buchhändler packte eilig seine Kisten zusammen und trug sie in den Laden. Eine Uhr schlug sieben.
–Es ist so passend, antwortete Isabelle zögernd. Rechts war das *Milagro*, aber sie wußte, daß sich Alexa nicht daran erinnern würde, an ihre erste Begegnung dort, nachdem Isabelle die Telefonnummer aus der Rubrik Mitwohngelegenheiten herausgesucht und angerufen hatte; Alexa war nicht sentimental, nichts weniger als das. –Hier, sagte sie ohne erkennbaren Zusammenhang. –Du schleppst jemanden den ganzen Tag durch die Stadt, und erst wenn es schon dunkel wird, weißt du, wo du ihn fotografieren solltest.
–Wer war es?
–Ein Saxophonist. Ich habe mir seine Musik angehört und mochte sie nicht. So ähnlich wie Garbarek, schrecklich. Morgen fahre ich mit ihm nach Brandenburg, an die Elbe. Wahrscheinlich Quatsch, ihn in der Stadt zu fotografieren.
Sie wandte sich Isabelle zu, die lächelnd neben ihr herging. –Ich finde Jakob aber sehr nett, sagte sie. Es klang wie ein Versprechen, dahingesagt, aber ein Versprechen, ein Stückchen des allgemeinen Wohlwollens, das gerade spürbar war, im lauwarmen Nieselregen, in der Bergmannstraße, mit ihren erleuchteten Läden, Cafés, so vertraut, und neben ihr Alexa. Seit sie mit Clara zusammengezogen war, hielt sie sich gerade, weil sie Yoga machte, täglich Kopfstand, täglich Dehn- und Streckübungen, langsam, tief ein- und ausatmend. Isabelle atmete langsam ein, hielt die Luft an. –Ich kann nicht so gerade gehen wie du, sagte sie.
Alexa antwortete nicht, zupfte nervös an ihrer Fototasche. –Sollen wir wirklich essen gehen? fragte sie. –Nein, stimmte Isabelle zu, wenn du willst, begleite ich dich wieder zurück.
–Gehen wir noch ein bißchen, sagte Alexa, ich habe bloß

keinen Hunger, an solchen Tagen nie. Der Typ von *Universal* hat mich wahnsinnig gemacht. Ich dachte, ich kann das Foto im Monbijoupark machen oder auf dem Kreuzberg irgendwo. Wir sind mit dem Taxi herumgefahren, irgendwann kam Clara dazu, und der Saxophonist wollte für sie spielen, kannst du dir das vorstellen? Sie haßt Jazz. Sie hat mich hinter einen Baum gezogen und geküßt, der Typ wäre fast ausgetickt.
Clara, dachte Isabelle, und es war wie ein kleines Klopfen in der Schläfe, im Augenlid, eine Erinnerung an den Kummer, als Alexa auszog und Isabelle sagte, sie könne in der Wohnung bleiben, den Mietvertrag übernehmen, wenn sie wolle. Keine Fotos mehr, und in der Schublade ordentlich zusammengelegt die Frotteewäsche, die Alexa ihr gekauft hatte. –Komm schon, nur ein paar schnelle Fotos, glaub mir, es wird grandios aussehen. Isabelles Kinderkörper, abgeschnitten oberhalb des Mundes, die kleinen Brüste, der leicht hervorstehende Bauch und die kräftigen Mädchenbeine. Alexa hatte sie so oft fotografiert, daß sie, obwohl sie es obszön fand, die rote Frottee-Unterhose schließlich herunterzog, bis unter ihre Scham, die nur von einem weichen, unsichtbaren Flaum bedeckt war.
Zwei Jungs, etwa zehn Jahre alt, kamen auf sie zu. –Habt ihr Zigaretten? Der kleinere spielte mit einem Golfball, Alexa ging weiter, zog Isabelle mit sich. –Nein, rief Isabelle über die Schulter, keine Zigaretten. Im letzten Moment konnte sie dem Ball ausweichen. –He, ihr Arschlöcher! Wie eine Furie stürzte Alexa los, aber die Fototasche behinderte sie, die beiden rannten davon. –Was ist denn mit dir los, willst du ihnen noch Feuer anbieten? schnauzte sie Isabelle an, die verlegen lächelte. –Nichts, sagte Isabelle. Ich glaube, es geht mir gut. Sie suchte den Golfball, hob ihn auf. Schau doch, da ist ein Herz draufgemalt.
Sie hätte Jakob die Fotos gerne gezeigt und traute sich nicht. Mit Alexa konnte sie darüber nicht sprechen, für

Alexa waren es Fotos, wie sie viele geschossen hatte. Alles war klar und unkompliziert und doch so, als wären Drähte gespannt, über die man stolpern könnte, in ein anderes Leben hinein, ein Leben, in dem Isabelle mit Alexa, nicht mit Jakob schlief. Sie war nicht verliebt in Alexa, nicht mehr. Die Fotos aber bewahrte Isabelle in einem Karton unter ihrem Bett auf wie einen Talisman.
–Und Andras? Alexa nestelte an dem Verschluß der Fototasche.
–Plakate für eine russische Tanztruppe, ein neues Literaturcafé, ein Kaffeeladen irgendwo in Zehlendorf. Peter hat einen Auftrag von StattAuto, und eine Kanzlei hat Visitenkarten und Briefpapier bestellt.
–Du hörst aber nicht etwa auf zu arbeiten, wenn du verheiratet bist?
Sie hatte es Alexa beim Essen sagen wollen, wenn sie beim Essen säßen im *Zagato* und zum hundertsten Mal den Zettel lasen *Füße runter von der Heizung, zaki-zaki!*, an einem Ort, der zu ihrer Geschichte gehörte wie die Bergmannstraße, Penne all'Arabiata, Penne Paradiso, sie mußten nicht eigens bestellen, Vater und Sohn hinter der Theke, Fotos von Fahrradrennen und Autorennen an der Wand. Isabelle hatte es sagen wollen, wie man eine Neuigkeit verkündet, auch wenn es ihr selbst nicht wie eine Neuigkeit vorkam, sondern wie eine dieser Tatsachen, die Jahre darauf warten, zum Vorschein zu kommen, und dann selbstverständlich sind wie die Luft. So, wie sie eines Tages gewußt hatte, daß ihr Studium eine Farce war und daß sie ihre Eltern nur noch an Weihnachten besuchen würde. So wie sie eines Tages gesehen hatte, daß ihr Elternhaus eine Schuhschachtel war, eine graue und längst unmoderne Schuhschachtel, als Bühne für Dramen und Unglück lächerlich ungeeignet, und wenn sie sich ausmalte, wie ihre Mutter täglich am Klavier gesessen, stundenlang geübt hatte, dann schien es von vornherein zum Scheitern verurteilt, der Traum, Pianistin zu werden, ebenso

wie ihre Krankheit, dieser angebliche Tumor, der nichts als ein kleiner, trauriger Klecks in einem tristen Kasten war, der ihre Eltern mit Stolz erfüllte. Ich mag Jakobs Gesicht, daß sie ihn mochte, hatte Isabell sagen wollen, aber Alexa war offensichtlich so beschäftigt gewesen mit dem Saxophonisten und mit Clara, daß Isabelle als erstes mit der Nachricht ihrer Hochzeit herausplatzte, die Alexa nicht allzusehr interessierte.
–Worüber brütest du? fragte Alexa und stieß Isabelle sachte in die Seite. Laß uns ins *Zagato* gehen. Sie blieb stehen, hielt Isabelle fest und küßte sie leicht auf den Mund, und Isabelle lächelte. Sie mochte Jakob, sie würde mit ihm glücklich sein, und Alexa fand ihn nett. –Wo sind deine neuen Schuhe? fragte Alexa grinsend und zeigte auf Isabelles alte Turnschuhe.

–Ich huste immer noch, sagte Jakob eine Woche später bekümmert, du wirst schlecht schlafen.
–Das macht nichts, sagte Isabelle, ich schlafe morgen mittag, ich kann mittags nach Hause gehen und eine Stunde schlafen.
–Wenn wir zusammenziehen, müssen wir Möbel kaufen, sagte Jakob.
–Schlimmstenfalls fahren wir rasch zu Ikea, und nach einer Stunde sind wir so verzweifelt, daß wir entweder auf Möbel verzichten oder in fünf Minuten alles beisammen haben.
–Von meinen Großeltern gibt es ein paar Sachen, wenn es dich nicht stört, in den Möbeln meiner Großeltern zu leben.
–Ich wünsche mir einen großen Zeichentisch, ein helles Zimmer mit einem großen Zeichentisch. Der Rest ist mir egal, sagte Isabelle.
–Wir könnten, sagte Jakob, eine Wohnung in der Wartburgstraße bekommen, eine Vier-Zimmer-Wohnung, im vierten Stock, mit Balkon.
Sie saßen in Isabelles Küche, Jakobs Blick wanderte über

die hell gestrichenen Dielen zu der Tür, durch die man ins Wohnzimmer sah, ein beigefarbener Teppich auf den Dielen, ein weißes, kleines Sofa, ein Tisch, drei Stühle. Schreiber hatte ihm von der Wartburgstraße erzählt, eine Wohnung, die Robert fast schon gekauft hatte, der Vertrag lag beim Notar, einem Freund Schreibers, und der Preis war gut, hatte Schreiber mit einem maliziösen Lächeln gesagt, –Sie haben die Eltern ja gesehen, sie brauchen keine Wohnung in Berlin.
–Ich würde sie auf deinen Namen eintragen lassen, wenn du einverstanden bist, sagte Jakob, dann behältst du einen Ort hier, falls du nächstes Jahr mit mir nach London kommst. Ich möchte so gerne, daß du mitkommst.
–Aber warum solltest du mir eine Wohnung kaufen?
–Es ist unsere Wohnung, antwortete Jakob, ich meine, wenn wir verheiratet sind, ist es unsere Wohnung, oder? Und wenn nicht, brauche ich sie sowieso nicht. Du kannst dort arbeiten, es gibt ein Erkerzimmer nach Süden. Alles, was noch fehlt, ist der Zeichentisch.
Und dann ziehen wir nach London, dachte er. Isabelle war aufgestanden und verschwand im Bad. –Wick Blau, sagte sie, als sie zurückkam, das blaue Töpfchen mit dem grünen Deckel in der Hand.
–Wieso Wick Blau?
–Weil man es auf der Brust verreibt, damit man im Schlaf die Dämpfe einatmet.

–Erinnerst du dich auch nie, was du geträumt hast? fragte Isabelle am nächsten Morgen. Jakob nickte. Er griff nach ihrer Hand, die bereitwillig auf dem Tisch lag.
Als er aufstand, registrierte er, daß Isabelle seine Hand ohne Bedauern losließ. Sie könnten noch einmal ins Bett gehen und miteinander schlafen, bis ihre warmen, zufriedenen Körper sich voneinander lösen würden. Sie blieb jetzt immer in Reichweite, dachte Jakob.

–Vielleicht träumt man tatsächlich nichts, sagte er, sieht nur vage Bilder, wie Erinnerungen, an die man sich nicht erinnert, weißt du?
In ihrem Gesicht war etwas Waches, Prüfendes, das er nicht kannte.

10

Die drei Männer standen immer an derselben Ecke, da, wo die kleine Straße mit den bunten Häuschen abzweigte, zwei in Anoraks, der dritte trug über einem Rollkragenpullover ein Jackett, sie hielten sich ein wenig abseits, als wollten sie niemanden stören, höflich, mit dieser verdammten Zurückhaltung, und Jim ärgerte sich jedesmal darüber. Er steckte die Hände in die Hosentaschen, schaute rüber, summte ein paar Töne und ging weiter. Kein Grund, sich zu ärgern. Die drei unterhielten sich, hoben nicht einmal den Kopf, redeten mit leisen, höflichen Stimmen in irgendeiner dieser verdammten Sprachen, als hätten sie ein Recht darauf, von niemandem verstanden zu werden, mitten auf der Straße, als wäre das ihr Wohnzimmer. *Peace Cabs* hieß das Taxiunternehmen ein Haus weiter. Vielleicht gehörten sie dazu. Sah aus wie eine Kneipe, eine Kneipe nur für Schwarze, rot gestrichen, und eine große Theke, ein paar Stühle, ein Fernseher standen darin. Wasser und Saft und natürlich Tee, dachte Jim, es könnte genausogut ein beschissener religiöser Club sein, *Congregation of Jesus*, *Cabs for Peace*, oder eher *Muhammad*, *The Black Muslim Community*, aber keiner störte sich daran, weil sie so friedlich waren, mit eigenen höflichen Gewohnheiten, und nichts mit dem verfickten Pack zu tun hatten, den Junkies, die sowieso meistens Weiße waren, oder etwa nicht? Kleine, miese Diebe wie er selbst. Während sie eben sauber waren, ein Jackett trugen, gebügelte Hosen. Jim ging langsam, um in das Kabuff nebenan zu spähen, ein schlecht beleuchteter Verschlag, Spanplatten, die was auch immer abteilten, völlig unklar, und nur ein einziger Stuhl, auf dem jetzt ein Kind saß, er blieb stehen, pulte eine Packung Zigaretten aus der Jeans, zündete sich eine an, weil da nichts geschah, gar nichts, eine friedliche Szene, Lamm und Wolf, oder eher Lämmer, jetzt kam eine Frau rein, steckte den Kopf durch eine Tür, die er nicht bemerkt hatte, und lachte breit, ihre weißen Zähne leuchteten, und das Kind lief zu ihr, in ihre Arme.

Er hustete, noch immer Husten, und es war idiotisch, im T-Shirt auf der Straße rumzulaufen, aber er wollte den Wind spüren, den kalten, feuchten Wind, Jim straffte die Schultern, viel kräftiger geworden von dem bißchen Training, Hanteln, Liegestützen, was er tagsüber so trieb, aus Langeweile, in dieser Wohnung, die viel besser war als alles, was er vorher gehabt hatte. Schieres Glück, daß er Damian getroffen hatte, der irgendwie verrutscht aussah und auf eine verrückte Weise begeistert, völlig durchgedreht, hatte Jim gleich gedacht und nicht herausgefunden, woran das lag. Schien ein bißchen Angst vor ihm gehabt zu haben, obwohl er Jim nichts schuldete, nur ein paar Gramm Kokain, die er nicht bezahlt hatte, und vielleicht war es das, vielleicht war das der Grund, daß er Jim den Wohnungsschlüssel mir nichts, dir nichts in die Hand gedrückt hatte. Durchgeknallt, als hätte er einen gigantischen Plan oder wüßte etwas, das kein anderer wußte. Jim hatte ihn im ersten Moment nicht erkannt, früher war Damian *posh* gewesen, mit schicken Lederjacken und einem Auto, das seine Eltern ihm gekauft hatten, ein Auto und diese Wohnung, die er Jim anbot, geradezu aufdrängte, er würde sie eh die nächste Zeit nicht brauchen, ein paar Monate oder sogar länger, und die Rechnungen wurden noch immer vom Konto seiner Eltern abgebucht, die auf dem Kontinent lebten, sich um nichts kümmerten. Behauptete Damian, und anscheinend war das die Wahrheit, denn nie hatte jemand etwas von Jim gewollt, in all den Monaten nicht, die er jetzt schon in der Lady Margaret Road war, tagaus, tagein, da er kaum noch rausging, nur dann, wenn es sich gar nicht vermeiden ließ oder wenn er unruhig wurde. Es war ein Treffer, genau im richtigen Moment, als Mae verschwunden war und er Albert und Ben endgültig satt gehabt hatte. Wahrscheinlich war etwas nicht in Ordnung, mit der Wohnung, mit Damians Gerede von der absoluten Klarheit, die sich mit Händen greifen lasse, so viel stärker als alles andere, daß er keine Drogen mehr brauche, seither nicht mehr, nur Mut und Entschlossenheit, wenn Jim verstehe, was er meine, und Jim verstand kein Wort. Er hatte nur zugehört, weil ihn die Sache mit der Helligkeit interessierte, ein gleißendes, weißes Licht, sagte Damian, in dem Sachen verborgen waren wie im undurchdringlichsten Dunkel, unerkennbar, und vielleicht, dachte Jim, war Mae dort, wartete auf ihn, gab ihm Zeichen. Viel mehr war aus Damian nicht herauszuholen gewesen, außer natürlich der Schlüssel, und diese Begeisterung, als er Jim sogar umarmte, sein Gesicht an Jims Gesicht pressen wollte. Aber die Wohnung war genau das richtige. Ein paar hohe Stufen führten zur *garden flat* hinunter, ein oder zwei Meter vom Eingang der anderen entfernt, so daß Jim seinen eigenen Eingang hatte, den er mit niemandem teilen mußte.

Er überquerte die Straße, ein Motorrad heulte an ihm vorbei, und da war schon der Kanal, der nette, vertraute Kanal mit der Schleuse. Ein paar Meter weiter lag *Sainsbury's*, der Eingang hinter dem Parkplatz, Betonpfeiler davor, so daß man weder die Einkaufswagen noch die fetten Mütter mit ihren Tüten und den erschöpften Gesichtern aus ihrem Schlaraffenland kommen sah. Er hatte nur noch dreißig Pfund und etwas Kleingeld. Vor der Bushaltestelle lag ein Besoffener, den Hut in der Hand, blutete aus der Nase, Jim kickte ihn vorsichtig mit dem Fuß, hätte Lust gehabt, zuzutreten, aber die anderen wurden schon aufmerksam, bückten sich nicht, klar doch, bückten sich nicht, um den Alten auf die Seite zu drehen, zu gucken, ob er auch nicht erstickte, an seinem Blut, seiner Kotze, es stank, ihn aber musterten sie argwöhnisch, weil er ein verflecktes T-Shirt trug, mit seiner Fresse darüber, unrasiert, aber irgendwie hübsch, sagte Mae, sagten alle. Jim hob den Kopf. Klar, ein hübscher Bengel, vor zehn, fünfzehn Jahren, und immer noch, er grinste die Frau mit den langen Beinen an, gute, lange Beine in Stiefelchen, mit flachen Absätzen, der Rock hörte unterm Po auf, da druntergreifen, er grinste sie an, versuchte zu lächeln, aber sie drehte sich bloß um, nicht einmal angeekelt, drehte sich einfach weg, und schon war er ausgeblendet, ausgelöscht. Er hätte doch gleich an der Schleuse runtergehen sollen zum Wasser, aber in letzter Zeit legte er Wert darauf, weiter der Straße zu folgen, bis zu Camden Town Station, aus der sich am Wochenende mit dem stickigen Luftstrom gackernde Teenager schoben. Auf der anderen Straßenseite schob ein Rausschmeißer gerade die letzten Kunden aus *The World's End*, eigentlich war es zu früh, der zweite Tresen, in dem ungemütlichen, zugigen Teil war noch in Betrieb, aber Jim ging nicht hinein. Er würde weitergehen, um die Station rum und zurück, Richtung Kanal, langsam die Brücke überqueren und sich anquatschen lassen, von den Jungs, die dort Drogen verkauften, den ganzen Tag über, während andere ihre Lederklamotten und Schuhe und Tattoos anpriesen, hey, wir sind cool, ihr seid cool, links davon der Gemüsemarkt, die längst leeren, sauber gefegten Stände, zur Straße hin Müllhaufen, eine alte Frau wühlte darin, zog etwas heraus, er konnte nicht sehen, was es war, aber etwas Saures, Brennendes stieg ihm in den Mund, und er spuckte aus. Es half nichts, er mußte Albert anrufen. Früher oder später. Dreißig Pfund noch. London war groß, aber nicht groß genug, was das Drogengeschäft anging, es gab zu viele Typen, die Jim kannten und nichts anderes zu tun hatten, als den ganzen Tag zu quatschen. Die nur allzu gerne die Gelegenheit nutzen würden, sich bei Albert lieb Kind zu machen. Und dann war da Mae. Ohne Albert würde er sie nie wiederfinden. Leute verschwanden, manchmal tauchten sie wieder auf, manchmal nicht. Zwei Mädchen kamen ihm entgegen, kicherten, die Dickere trug einen engen Rock, ihre plumpen Beine waren nackt. Wieder spuckte Jim aus, aber der bittere Geschmack blieb, und im Hals ein Klumpen, sosehr er sich auch räusperte. Am Haß stirbt man, hatte Mae gesagt, und sie war verschwunden.

11

Zwei Wochen vor dem Umzug sollte das neue Bett geliefert werden, Jakob bat Isabelle, in der Wohnung zu sein, da er einen Termin hatte, doch dann vertröstete er seinen Mandanten, Herrn Strauss, auf den späteren Abend und bat Julia, einen Tisch im *Borchardt* zu reservieren. Er feilte noch einmal an der Rückgabevereinbarung, die Strauss das Wohnhaus Prenzlauer Allee 178 sichern sollte, er sah das Haus, die schäbige Fassade, eine letzte Antragsschrift an das Landesamt zur Regelung offener Vermögensfragen war zu formulieren, bald würde alles abgeschlossen sein und ein weiteres Haus eingerüstet, renoviert werden, die Verträge mit dem Netto-Markt, der im Erdgeschoß vor zwei Jahren eine Filiale eröffnet hatte, mußten überprüft werden, alles war glattgegangen. Es gab nichts mehr zu besprechen, und Strauss war letztlich froh, daß sich die Verabredung auf den Abend verschob, so würde er den Abend nicht alleine verbringen müssen. Wieder fragte Jakob sich,

warum der 76jährige, kinderlos und wohlhabend, weder Mühe noch Kosten gescheut hatte, den früheren Besitz seiner Mutter wiederzuerlangen. Es war zu spät. Aber Strauss, selbst wenn er darüber nachgedacht hatte, würde über die Herausforderungen sprechen, die man gerade im Alter brauche, von der Entwicklung, die der Prenzlauer Berg genommen, und daß ein Verlag an dem gesamten Gebäude mit seinem riesigen Innenhof Interesse angemeldet habe; und dann würde er verstummen. Jakob hatte sich an den Blick seiner Mandanten am Ende vieler Fälle gewöhnt, eine beklommene Stille, vergeblicher Aufbruch, Verlassenheit. Draußen mochte es Triumph sein, Stolz sogar, als wäre fraglos eine Leistung nun erbracht, als hätte der Mandant selbst, nicht sein Anwalt, den Besitz erstritten, doch oft genug klammerten sich Mandanten an Jakob, riefen an, nur um die beruhigende Stimme eines erfahrenen Arztes zu hören, der von ihren Schmerzen wußte.
Isabelle hatte er nicht gesagt, daß er doch in der Wartburgstraße sein könnte, er wollte sie überraschen, eilte um fünf Uhr die Treppen hinunter und an Schreiber, der ihm schweigend Platz machte, vorbei und hielt ein Taxi an. Um zwanzig nach fünf war er in der Wartburgstraße. Vergeblich suchte er den Hausschlüssel, hatte ihn offenbar vergessen, und keiner öffnete, als er klingelte, die Fenster – von der gegenüberliegenden Straßenseite deutlich zu sehen – waren geschlossen.
Am Vorabend hatte Isabelle quer in seinem Bett gelegen und ihm mit ungeduldiger Handbewegung bedeutet, er solle ruhig sein, sie hatte ihren ausgestreckten Körper hochschnellen lassen, mit einer Muskelanspannung, die ihn wunderte, es sah aus, als stieße sie sich durch schiere Willenskraft von der Matratze ab. Dann hatte sie den Reißverschluß ihrer Jeans geöffnet, den Knopf danach und die Hose, mit einer Bewegung ihrer Hüften, abgestreift. Er stand zwischen Wohn- und Schlafzimmer, aus dem Wohn-

zimmer fielen Lichtstreifen bis über das Bett, für ihre Augen war er nichts als eine dunkle Umrandung. Ihre Schenkel sahen im Halblicht muskulöser aus, als sie waren. Er wurde steif. Sein Glied schmerzte, er wollte die Hand in die Hosentasche stecken, um es zu berühren, Einsamkeit und Verwunderung schnürten ihm den Hals zu. Es waren nicht mehr als zwei Minuten vergangen, als sie sich aufrichtete und provozierend, mit gespieltem Ernst, ihr Urteil fällte. –Du hast recht, wir brauchen ein neues Bett.
Er bat sie zu gehen, da er um fünf Uhr aufstehen müsse, es war kein Grund, sie hatte mit ihren klaren, undurchschaubaren Gesichtszügen gefragt, ob sie trotzdem bleiben könne. Die Hose hatte sie noch immer nicht angezogen, er wagte nicht, sie darum zu bitten; das Höschen war über der Scham durchbrochen, glatt und hell schimmerte die Haut darunter. Es irritierte ihn, daß sie kein Schamhaar hatte.
Jetzt, in der Wartburgstraße, starrte er vor sich hin, auf die quadratischen Platten des Gehwegs, eng verfugt, die eine am rechten Rand gesprungen, aus rötlichem gemahlenen Stein oder Kieseln. Es begann zu regnen.

Am Mehringdamm stieg sie aus, um ein Stück zu laufen, statt in die U7 nach Schöneberg umzusteigen, auf der Straße merkte sie erst, wie spät es schon war, aber die Transporteure würden warten, dachte Isabelle und lief Richtung Westen. Die Bäume am Fuß des Kreuzberges waren noch kahl, das Bett des Wasserfalls trocken. In einem Bogen, sacht ansteigend, lief die Straße auf die Monumentenbrücke zu, überquerte breite Gleisanlagen, sandige Flächen, Bauvorbereitungen, weit hinten die Stadt, ferngerückt und kinderspielzeuggroß der Fernsehturm, auf seinem spitzen Stab die Kugel. Es war diesig, Dämmerung stieg auf, täuschte die Augen, es kam Isabelle vor, als bewegten sich die Dächer, Türme des Potsdamer Platzes zur Seite, um neue, sichere

Positionen einzunehmen, die Kräne, Bagger und Betonmischmaschinen wirkten wie Beobachter von einem anderen Planeten. Seit alle sich bedroht fühlten, gefangen und der Willkür unberechenbarer Wärter ausgeliefert, schien ruhige Beobachtung den drohenden Schrecken nur zu verschleiern. Da. Ein Auto beschleunigte, dünner Rauch verlor sich aus dem Auspuff, der Wagen nahm die Anhöhe, rollte über die Brücke, verschwand in dem aufsteigenden Dämmer, nur die Rücklichter leuchteten noch einmal auf, es ähnelte einem Abschiedsgruß.
Erst im letzten Augenblick, bevor sie mit ihm zusammenstieß, bemerkte sie den Mann, der sich von der Brüstung löste und ebenso wie sie über die Gleise, den Sand geschaut hatte, den grauen, der aus dem Boden kam, und den hellgelben, der eigens antransportiert wurde, auf die riesige, zerfledderte Wolke, die sich vor den Abendhimmel schob, und es begann zu nieseln, aus beinahe klarem Himmel. Der Mann heftete seinen Blick auf sie, unerschrocken, während sie etwas stammelte, eine Entschuldigung, eine Begrüßung, ihr war, als wäre sie ihm schon einmal begegnet, sein Gesicht war blaß, und trotz der Kälte trug er unter dem dunkelblauen, nicht sehr sauberen Anorak nur ein T-Shirt, abgetragen, verwaschen, er sah verwahrlost aus, doch sein Blick traf sie mit solcher Schärfe, daß sie stehenblieb. Sie streckte die Hand aus, wollte ihn abwehren, aber er lachte nur, fing diese Hand, die zu leicht, zu kindlich war, im Flug und schob sie beiseite, Isabelle fürchtete, daß er sie schlagen würde, seine blauen, hellen Augen blickten sie unbeirrt an, er schien sich an ihrem Schrecken zu weiden, doch dann duckte er sich plötzlich, bewegte sich geschmeidig rückwärts und tauchte aus ihrem Sichtfeld, sie hörte ihn noch, wartete auf einen Stoß, einen Angriff von hinten, doch nichts geschah, nichts außer Stille, Lautlosigkeit, die anhielt, bis ein Auto sich näherte. Als sie sich umdrehte, war der Mann nicht mehr zu sehen, und während die An-

spannung langsam nachließ, fühlte sich Isabelle wie von einem Wachtraum geängstigt, der sich vor vertraute Gegenstände schob, vor ihr Leben, das nicht richtig und fest zusammenhängen wollte, sondern sich hartnäckig in einzelnes auflöste. Der Mann war wie vom Erdboden verschluckt, sie spähte sogar die Brücke hinunter, als könnte er an der Unterseite der Monumentenbrücke hängen. Keine Spur, natürlich nicht, längst war das Auto verschwunden, und die Zeit wurde knapp, hastig lief sie weiter, zur Langenscheidtbrücke, die wie eine Eisenbahnbrücke aus Kinderbüchern die S-Bahn überquerte, passierte schließlich außer Atem die Apostel-Paulus-Kirche und hatte endlich die Wartburgstraße erreicht. Gründerzeithäuser reihten sich so unbeschadet aneinander, als hätte ein Krieg niemals stattgefunden, die Fassaden wirkten ein wenig lächerlich. Das Licht der Straßenlampen mischte sich mit dem weichenden Tageslicht, laut zwitscherte eine Amsel, Isabelle entdeckte den schwarzen, rundlichen Körper in einem dürren Bäumchen, und da war eine zweite, auf einem der Simse hockte sie trillernd, aufgeplustert, als gälte es einen Wettkampf zu gewinnen. Von hier würde sie den Möbelwagen sehen. Plötzlich scheute sich Isabelle, alleine in die Wohnung hinaufzusteigen, sie tastete in ihrer Jackentasche nach dem Schlüssel, tastete ein kleines Loch im Futter. Leer lag die Straße, nur ein Fenster klapperte, ein Auto glitt aus einer Parklücke, verschwand, und ganz am anderen Ende, vor der nächsten Straßenecke, stand im Nieselregen ein Mann und hob den Kopf. Andras, dachte sie, wie er sich von ihr verabschiedet hatte im Büro, –so, du gehst schon, und er hatte ihr zugelächelt, ein galantes, trauriges Lächeln. Doch es war Jakob, sein rotblondes Haar glänzte, als er sie ansah und erkannte.

Später lagen sie auf den Matratzen, bedeckten sich mit den Kleidern, die sie hastig ausgezogen hatten, fröstelten, bis Jakob aufsprang und auf die Uhr sah und sie küßte, sich

hastig anzog, davonlief, an der Tür noch einmal umkehrte, einen letzten Blick auf sie warf, glatt und sehr jung und klein schien sie ihm.
Er fand gleich ein Taxi, feuerte den Fahrer an, zu der Verabredung würde er zu spät kommen, das Taxi überfuhr gelbe Ampeln, und der Regen war stärker geworden.

12 Er sah Ben den Hügel herunterlaufen, in einem grünblau karierten Hemd, wie ein dickes Kind, dachte Jim, das mit den Armen schlägt und rudert, rufend, eine kleine Szene, die perfekt ausstaffiert war, Sommertag, warm, ein leichter Wind in den Baumkronen, und auf dem Rasen Picknickkörbe, wie früher. Aber es war Ben, nicht irgendein Kind, er war wirklich dick geworden und rannte, rannte plötzlich, als wären sie hinter ihm her. Jetzt war er unter einem Drachen, der trudelte und zum Absturz ansetzte wie zu einem Sprung, der Junge mit der Schnur rannte hügelaufwärts, wo drei mächtige Eichen einen Halbkreis bildeten, mit weitgestreckten, stämmigen Ästen. –Worüber regst du dich auf? hatte Albert gesagt, bloß weil er ihr nachgelaufen ist, weil er ihr Tabletten gebracht hat. Bloß nachgelaufen, nichts weiter, nur Tabletten gebracht, seiner Freundin Mae, die blutend auf dem Boden gelegen hatte, und –stänkere hier nicht rum, hatte Albert gesagt, Ben hat den Krankenwagen gerufen, was hätte er sonst tun sollen? Und wer hat sie verprügelt, du oder Ben? Worauf Jim nichts sagen konnte, denn sie hatte blutend auf dem Boden gelegen, vor dem Sofa, das Telefon noch in der Hand, und Jim erinnerte sich genau, daß er in der Küche gewesen war, ein Bier getrunken hatte. Das war alles.
Jetzt erreichte Ben den Weg, schaute sich nervös um, der

Drachen hatte sich in den Zweigen der mittleren Eiche verfangen. Als lauerte ihm jemand auf, dachte Jim und grinste, –Fettsack, murmelte er vor sich hin, wirst schon sehen. Ein leichter Wind ging, die Wege waren von dicken Wurzeln durchzogen, und Hecken voller Rosen, dachte Jim, voller Gesumm und Gezwitscher, wie der Garten, weit weg von London, mit einer Mauer, mit Heckenrosen und Amseln darin, und staubigen Sommerwegen dahinter. Er mochte Amseln, und Mae hatte sie gemocht, sie hatten darüber gesprochen, von einem Haus und einem Garten, weil es solche Gedanken gab, und Hügel und Heckenrosen auch. Wenn er die Augen schloß, konnte er den Garten vor sich sehen. Aber dann rief Ben den Krankenwagen, und Mae war verschwunden. –Untergetaucht, ausgestiegen, höhnte Albert, siehst ja, wie sie an dich denkt, kein Anruf, keinerlei Nachricht, und Ben wußte nicht, in welches Krankenhaus sie gebracht worden war, behauptete er. Bald fünf Monate her, daß sie verschwunden war, und Jim wartete, drehte den Kopf da- und dorthin, suchte noch immer, wartete jeden Augenblick auf ihr Kommen, auf ihre Stimme. Hier war Ben, schwitzend, sah Jim mißmutig an, und Jim fühlte die Müdigkeit, die ihn immer noch überfiel, nach fünf Monaten, als wäre all das Warten der letzte Fetzen ihres Lebens, Mae war so müde, dachte er, vielleicht ist sie jetzt glücklich. Er verzog das Gesicht, als Ben etwas stammelte, noch immer schwitzend, hörte ihm nicht zu, streckte bloß die Hand aus, rücksichtslos, mitten auf dem Weg, fordernd. Dann liefen sie doch Richtung Lady's Pond, bis zu dem Schild, das ihnen weiterzugehen verbot, standen im tiefen Schatten und sahen die hellen Körper durch das dichte Laub aufblitzen und verschwinden, und Ben händigte Jim aus, was Albert ihm aufgetragen hatte, in einer Plastiktüte, ein kleines Päckchen, darüber Zeitschriften und Süßigkeiten, –mach's simpel, je simpler, desto besser, und eine Nachricht an Jim, die Adresse seines neuen Büros, wie Albert schrieb, in Brixton, und daß er ihn dort erwarte. Das Geld war in Jims Tasche, in einem Umschlag, ein lächerlich kleiner Betrag, zwanzig Pfund in Pfundnoten, Ben bewegte sich unruhig hin und her, und Jim grinste. Es war kindisch, Albert zu hintergehen, er würde Ben anschreien, und wenn Jim sich nicht meldete, würde es Ärger geben. Jim nahm die Tüte, streckte Ben den Umschlag entgegen und rannte los. Kindisch, lohnte die Anstrengung nicht, auch wenn es lustig war, Ben hinter sich keuchen zu hören, beleidigt, überrascht, und jetzt mußte der Dicke rennen, hinter Jim her, mit rotem Gesicht, Jim drehte sich noch einmal um, winkte und rannte dann weiter, leichtfüßig, voller Haß. Große Scherereien würde Albert nicht machen, denn Jim war trotzdem ein zuverlässiger Partner, einer der wenigen, seit alle auseinandergelaufen waren, seit sie aus King's Cross von den Baggern und Lastwagen und Ingenieuren vertrieben worden waren, worüber Albert jammerte, als wäre King's Cross das Wohnzimmer seiner Großmutter gewesen, als hätte er sich nicht längst in Clapham und Holloway und Brixton, in Camden eingerichtet. Jetzt konnte er Bens Schnaufen nicht mehr hören, er drehte sich um, der Mann suchte Deckung, obwohl sein rotes Gesicht ihn von weitem verriet, während Jim als Jogger durchgehen konnte, der den Park jetzt verließ, leichtfüßig über die Straße, an den weißen, halbhohen Wohnblocks vorbeilief, die angeblich besser gebaut waren als die Kästen der sechziger, siebziger Jahre. Ein Taxi versperrte die Straße, Autos hupten, ein Mann stieß den Kopf aus dem Fenster, brüllte unflätig, und Jim lachte. Die Wohnung war perfekt, Ben durfte keinesfalls davon wissen. In den Höfen würde er ihn abhängen, dort, wo sie jetzt Sportstudios und ein Restaurant bauten, Jim kannte die Schuppen und Ateliers, irgend jemand hatte dort eine Druckerwerkstatt eingerichtet, vor ein paar Wochen hatte Jim dort drei Briefchen verkauft, die er einem überraschten Typen in Camden Lock aus der Hand gepflückt hatte. Es gab eine kleine Straße, die einen Bogen machte und fast gegenüber der Kentish Town Station mündete, dort, wo die Straße anstieg, sich zu einem kleinen Platz erweiterte, der ohne erkennbaren Grund von einem Glasdach überwölbt war, von grünen Metallsäulen getragen, als hätte man den winzigen Abkömmling einer Markthalle bauen wollen. Auf den Bänken saßen aber nur Penner, hielten Bier- oder Ciderdosen in den Händen, prosteten den Passanten jovial zu, den Schulkindern in grünen oder schwarzen Jacken, karierten Faltenröcken, hievten sich mühsam bis zum Eingang der U-Bahn, wo sie *Issue* verkauften, um Fahrkarten bettelten, eine ekelhafte Bande, zu der auch die Frau gehörte, die einen langen, leichten Sommermantel trug und ihn anlächelte, er grinste zurück, trabte die Leighton Road hinauf, tauchte links in die Seitenstraße und schaute sich noch einmal um. Ben war abgehängt. Das fette Schwein. Es war nicht nur wegen Mae. Er hatte Ben und Albert und die anderen satt. Er hatte die Polizisten satt, die herumscharwenzelten, als verhinderten sie, daß alles in die Luft ginge, Häuser, die Menschen, Menschenteile, abgerissene Beine, er hatte es satt, daß nichts geschah. Er hatte die Teenager satt, die von weiß Gott woher mit dem Zug ankamen, auf der Suche, gierig und verdorben, die Mädchen, die um einen Drink bettelten, einen Schuß, und dann verschwanden oder in Hauseingängen hockten, zusammengekauert, verdreckt. Er hatte Angst, Mae dort zu finden, dort, wo sie gewesen war, bevor Albert sie aufgesammelt hatte. Ohne Mae würde er aus London nicht weggehen. Aber er wollte seine Ruhe haben. In seinem Hirn blitzte etwas auf, immer wieder, und dann fehlten ganze Stunden oder Tage, aber trotzdem war da ein weißes, gleißendes Licht, er mußte es nur finden, mußte Mae finden.

13 Die Regentropfen waren zu langen Streifen zusammengelaufen, die Streifen angeschwollen, sie hatten Ausbuchtungen, dicke Knoten gebildet, die platzten und auseinanderrannen, in dünnen, hastigen Fäden, deren Spitzen giftig aussahen, doch das täuschte, denn meist wurden sie von einem breiteren, viel langsameren Rinnsal geschluckt, unfähig, sich in Sicherheit zu bringen. Wenige nur entkamen, und die prallten auf die Querleiste des Fensterrahmens, auf den Kitt, der grau war, beinahe schwarz, und porös. Was danach geschah, konnte Sara nicht sehen, auch wenn sie ihre Wange an die Scheibe preßte und nach unten schielte. Währenddessen rannen die gefräßigen, breiten Bahnen fingerdick eine neben der anderen in einer Art Wettlauf herab, und weiter fielen die Regentropfen einer nach dem anderen aus dem Himmel auf die Straße, platzten auf, bildeten Pfützen und wurden von den Gullys verschluckt, gurgelnd, endgültig. In manche der dicken Tropfen, die fett auf der Scheibe auftrafen, dann einen Moment, wie verwundert, auf der Stelle verharrten, war etwas eingeschlossen, glänzend und vergrößert, ein winziges Insekt mit durchscheinenden Flügeln oder eine Rußflocke, ein Körnchen Sand oder Staub. Was immer es war schimmerte, schimmerte einen langen Augenblick, bevor es, verwirrt, spindelnd weggerissen wurde oder allmählich davonglitt, vielleicht noch einmal aufgehalten, um sich dem Auge in starrer Durchsichtigkeit darzubieten, etwas Winziges, Davongespültes, das nie mehr an seinen Ort zurückkehren würde.
Zuweilen trieben auch größere Gegenstände gegen die Scheibe, ein Blatt, verrottet nach einem langen Herbst und Winter, das Gerippe schadhaft, die Fasern dünn, ein Fetzen Papier, irgendein Schnipsel, der noch nicht vom Regen durchtränkt war und dem Wind keinen Widerstand geboten hatte. Und da waren Schlieren, zähflüssig wie Rotz, schwärzlich wie das, was nach einer langen Fahrt mit der

tube aus der Nase herauskam. Sie saßen auf der Scheibe wie Käfer, Sara suchte das ganze Fenster nach ihnen ab, starrte dann durch die Scheibe auf die regennasse Straße. Sie wünschte, der Radiowecker würde funktionieren, er stand auf dem Kaminsims, die Zahlen bewegten sich nicht, und Dave hatte versprochen, daß er eine Batterie mitbringen würde, eine Batterie oder sogar eine andere Uhr, nur für sie alleine. An Regentagen war schwer zu sagen, ob noch Vor- oder schon Nachmittag war und wie die Zeit verging. Der Mann mit seinem Handkarren kam im Regen selten, sie dachte, daß er nicht läuten konnte, mit seiner Glocke, die er hochhob und gegen den Himmel schwang, die Tropfen würden den Klöppel zum Schweigen bringen, und ohne Glocke wußte keiner, daß er in der Straße, vor dem Haus stand und wartete, ob jemand ihn hereinbat. Sie dachte, daß er ins Haus gebeten wurde, weil er Glück brachte, weil es ein gutes Zeichen war, wenn er etwas mitnahm, weil zuviel da war und es Sachen gab, die man nicht mehr brauchte. Die Leute im Haus nebenan hatten ihn einmal hereingebeten, und später war sein Karren hoch aufgetürmt beladen, so daß er sehr, sehr langsam die Straßen hinuntergehen und sich dabei gegen das Gewicht in seinem Rücken stemmen mußte. Meistens war aber der Wagen leer, oder es lag etwas darauf, das kaputt war. Sie staunte, als er jetzt durch den Regen näher kam, und er winkte, winkte ins Leere, vielleicht winkte er ihr zu, weil er sie hinter dem Fenster bemerkt hatte, und sie duckte sich, stützte sich mit beiden Händen auf dem Teppich ab, ihr Kopf stieß gegen den Heizkörper. Vorsichtig richtete sie sich wieder auf, ein Auto fuhr vorüber, im Regen waren die Autos lauter, auf der nassen Straße übertönten ihre Räder das Geräusch des Motors, rauschend, zischend, es mußte einen Bogen um den Mann herumfahren. Sie spähte hinaus. Er stand genau vor dem Haus, winkte wieder, mit der freien Hand, die etwas festhielt, nicht die Glocke, son-

dern etwas anderes. Sara zog sich an der Fensterbank hoch, stellte sich auf die Zehenspitzen. Er bedeutete ihr herauszukommen, ließ den zweiten Griff des Karren auch los und gab ihr Zeichen, zeigte auf das, was er mit der anderen Hand hoch in die Luft streckte, und sie erkannte es. Ihre Finger klammerten sich an der Fensterbank fest, das Holz war rissig, ein Splitter bohrte sich in ihre Haut. Jetzt stand er still da, sie konnte sein Gesicht nicht genau erkennen, es regnete immer noch, er ließ seinen Wagen auf der Straße stehen und kam auf das Trottoir gelaufen, bis an den niedrigen Zaun aus Gußeisen, und sein Gesicht war zu einem Lachen verzogen, er winkte wieder, sein Mund stand offen, für einen Moment fürchtete sie, daß er noch näher kommen würde. Ihre Blicke trafen sich. Sie tastete nach dem Auge, das geschwollen war und weh tat, ihr war wieder schlecht, wie gestern abend, und vor ihrem Gesicht verschwammen die Streifen, parallele, sehr ordentliche Streifen, die sie noch nie bemerkt hatte, wie eingeritzt in das Glas, damit der Regen besser abliefe und die Schlieren wegwischte, langgezogene Striche, von denen sie nicht wußte, was sie bedeuteten, weil sie nicht zur Schule ging. Dann aber sah die Scheibe aus wie immer, und Regentropfen prallten auf, zerliefen zu dünnen Fäden, vereinigten sich mit anderen.
–Hey, Miss! Er rief sie. Es war, als hätte er sie bei ihrem Namen gerufen, und sie dachte, daß Dave ihn geschickt hatte, von dort, wo er heimlich lebte, von diesem Ort, den er nur flüsternd erwähnte, den Finger auf den Lippen und mit einem Lächeln in den Augen, denn eines Tages würde er sie mitnehmen dorthin, und bis dahin war es ein Geheimnis. Aber da stand der Mann, grinste plötzlich häßlich und rammte die Puppe, die er in die Luft gehalten hatte, auf eine der gußeisernen Zaunspitzen, pfählte sie zwischen ihren schmutzigweißen Beinen, die unter dem grünen Kleid herausstakten, starr nach beiden Richtungen

gespreizt, und alles war lautlos, die Uhr und die Zeit und der Regen.
Später hörte es auf zu regnen, und das Wasser verschwand glucksend im Gully beim Briefkasten, die Farbe des Asphalts wurde heller, während der Himmel, obwohl die schwarzen Wolken weitergezogen waren, dunkler wurde, wie mit einem grünen Innenfutter ausgeschlagen. Dave hatte es ihr gezeigt, hatte ein Stück Stoff mitgebracht, für einen Mantel, sagte er, einen Mantel, den er tragen würde, wenn er sie mitnähme, dahin, wo lauter Prinzessinnen spielten und auf Sara warteten, und sie würden sich niemals mehr trennen. Der Mantel beschützte ihn. –Wenn du den Stoff nimmst und küßt, bringt er Glück, siehst du, so, und viel später kam Polly an die Gartentür und miaute, ihre gelben Augen richtete sie unverwandt auf Sara, die sich langsam näherte, mit Beinen, ganz steif vom langen Stehen am Fenster. Komm schon, little cat, würde Dave sagen, mach ihr auf, geh auf die Straße und rufe nach ihr – denn die Terrassentür war verschlossen –, und bis sie kommt, rennst du zum Zaun, es ist ganz nah, und nimmst deine Puppe, und zu dritt geht ihr wieder rein. Zu dritt. Polly war zwei Tage draußen, und Dolly hast du seit einer Woche gesucht, nicht wahr?
Sie war unten aufgerissen, und etwas gelbliches Füllmaterial quoll heraus, die grünen Arme hingen herunter, als wären sie ausgekugelt, aber das Gesicht war richtig, und der Geruch auch, obwohl sie naß war und die Wolle so roch wie Polly, wenn sie aus dem Regen hereinkam. Siehst du, flüsterte Dave, Dinge gehen verloren, aber die wichtigen Dinge tauchen wieder auf, die findest du irgendwann wieder.

14 Statt zu verreisen, blieben sie in Berlin und machten Ausflüge, wann immer Jakob Zeit hatte, und er kaufte ein Auto, einen Golf, den er Hans überlassen würde, wenn sie nach London gingen, aber bis dahin fuhr er Isabelle zum Stechlin, zum Müggelsee. An einem heißen Tag spazierten sie über die Pfaueninsel, Gewitterwolken zogen auf, aneinandergeschmiegt warteten sie, bis Regen und Sturm nachließen. Sie gingen in den Zoo, standen vor den Gehegen, ohne die Tafeln zu lesen, und schauten den Tieren zu, die in der Sonne lagen, regungslos und vielleicht zufrieden. Sie gingen ins Rathaus Schöneberg, meldeten sich an, im August würden sie heiraten. Da die Tage lang waren, kam Jakob vor Einbruch der Dunkelheit nach Hause, sie aßen auf dem Balkon, der schmal war, oder im Eßzimmer, dem Zimmer, in dem nichts weiter als ein Tisch und ein paar Stühle standen, weil sie weder Zeit noch Lust hatten es einzurichten. Isabelle kochte schlecht, Jakob war überrascht, er schlug vor, gemeinsam mit Hans zu kochen, Isabelle mochte Hans, und sie luden Andras ein, Alexa und Clara kamen, es wurde spät, der Tisch stand voller Flaschen, um Mitternacht fing Hans an, Pfannkuchen zu machen, sie trennten sich erst, als es dämmerte. Seither war Hans ihr ständiger Gast, manchmal brachte er seine anderen Freunde mit, oder sie trafen sich in ihren alten Kneipen und Bars, in der *Makabar* oder im *Würgeengel*, Jakob kam später dazu und ging meist vor den anderen. Er hatte Isabelle einen weißen Anorak, ein fast durchsichtiges, giftgrünes T-Shirt geschenkt, sie trug winzige Shorts dazu, es war heiß. – Ich habe sie nie so glücklich gesehen, sagte Alexa zu Jakob, und Isabelle lachte, als sie es hörte. Mitten in der drohenden Rezession florierte ihr Büro, *Universal Music* rief wöchentlich an, ein neues Magazin wollte ein Layout, ein Kinderbuchverlag bat um Illustrationen. Im Winter würden sie nach London ziehen, und Isabelle sagte, daß sie weiterarbeiten werde wie bisher auch. Mittags blieb sie

manchmal zu Hause, saß auf dem Balkon in der Hitze, schickte die Zeichnungen per Mail ins Büro oder an die Kunden; Jakob hatte ihr den großen Zeichentisch gekauft. Sie lief auf die Straße und zu dem Schülerladen um die Ecke, beobachtete die Kinder, die aus der Tür rannten, die Bürgersteige anmalten, gegen vier Uhr abgeholt wurden oder mit Ranzen und Fahrrädern verschwanden, ein kleines Mädchen blieb immer zurück, weil sie nicht schnell genug rennen konnte, und versteckte sich in einem Hauseingang, bis alle weg waren.

Sie wollten ohne großes Fest heiraten, auf dem Standesamt, nur mit den Trauzeugen Ginka und Hans, aber sogar Alexa protestierte, und deswegen würde es doch eine Party geben, ein Picknick im Park, ohne Eltern, sagte Isabelle und fuhr nach Heidelberg, um ihnen die Nachricht zu überbringen.

Das Haus, die graue Schuhschachtel, von falschem Wein fast überwuchert, sah freundlich aus, und als das Taxi hielt, trat ihre Mutter aus dem Haus, lief mit blassem Gesicht zu ihrer Tochter und umarmte sie heftig. –Mami, ich heirate doch nur, sagte Isabelle, und ihre Mutter lachte, es klang, als zerrisse ein Stück Stoff. Der graue Steinfußboden glänzte, das Wohnzimmer, in dem der Flügel gestanden hatte, schien wieder leer wie damals, als ihre Mutter stumm in ihrem Zimmer gelegen, in dem Mimsel, die Kinderfrau, Isabelles Tränen mit Bonbons und Scherzen zu trocknen versucht hatte, verschüchtert und stumm hatte Isabelle gekauert, wo der Flügel gewesen war, und wie ein Racheengel hatte Mimsel vor der Tür ihrer Dienstherrin gestanden und geflucht. –Habt ihr ein Bier? fragte Isabelle, während der Blick ihrer Mutter über den kurzen Rock, die gecrashte Bluse wanderte, über den Körper, der neben ihrer eigenen Magerkeit füllig schien und renitent. Frau Metzel schickte ihre Tochter hinauf, damit sie sich frisch machte, und ging zum Telefon, um ihren Mann zu

informieren. –Dein Vater, sagte sie, als Isabelle die Treppe wieder herunterkam, bringt Champagner mit, auf dem Glastisch vor dem schwarzen Sofa standen zwei Gläser mit Campari, ein Krug mit Orangensaft. Du wirst uns ja nicht zu deiner Hochzeit einladen, wiederholte Frau Metzel fügsam, und Isabelle dachte, daß sie morgen in Frankfurt aussteigen würde, um ihren künftigen Schwiegervater kennenzulernen, auch er nicht zur Hochzeit eingeladen, denn es würde nur ein Picknick geben, das war alles. Und dann kam ihr Vater, umarmte sie, als wäre er auf sie stolz, –meine große Tochter, und er lächelte beim Essen, als säße er alleine in einem Restaurant, während Isabelle die Gläser streichelte, die sie als Kind nicht hatte anfassen dürfen.
Es ist alles zufriedenstellend verlaufen, erzählte sie Jakob, und später würden ihre Eltern sie besuchen, in Berlin oder in London, man könnte an Weihnachten nach Frankfurt oder Heidelberg fahren, das junge Paar, spottete Alexa, aber auch sie war bei der Hochzeit gerührt, denn nicht weit vom Springbrunnen stand ein langer Tisch, eine Tafel, für die Andras gesorgt hatte, weiße Damasttischtücher seiner Tante, und Hans hielt eine Rede. Sie waren Freunde, und Isabelle drehte vorsichtig den Ehering hin und her, so vorsichtig, als wäre ihr Finger plötzlich zerbrechlich, sie lächelte Jakob an, er hatte gewartet, all die Jahre, und als es dunkel wurde, brachte Ginka Windlichter. Hans versuchte auf dem Brunnenrand einen Handstand, er war betrunken und fiel ins Wasser, Alexa und Clara nahmen Isabelle in die Mitte, Jakob fotografierte, und endlich wikkelten sie sich in Decken, weil es kühl wurde, weil es dämmerte, sie würden abwarten, bis die Sonne aufging. Der Sommer ging zu Ende, die Bäume in der Wartburgstraße verloren ihre Blätter, Ginka sagte, daß es der schönste Sommer seit langem gewesen war, und alle stimmten ihr zu.

15 Ein Vogel saß auf der Fensterbank, flog auf, taumelte gegen die Scheibe und verschwand unbeschadet. Andras ging ins Badezimmer, blickte in den Spiegel, der voller kleiner, weißer Flecken war, Rasierschaum, Zahnpasta, er überlegte, sich ein zweites Mal zu rasieren und betrachtete das gestreifte Hemd, dessen Streifen sich, als er die Arme hob, verschoben, rosa, hellblau, grün, dachte an diese wiedererwachte Eitelkeit, die ihn dazu brachte, Tag für Tag etwas anderes anzuziehen, eine andere Kombination von Farben auszuprobieren, Leder- oder Jeansjakke, verschiedene Schuhe, halbhohe Stiefel, der Schaft offen. Er fuhr oft in den Westen, zu dem Kinderbuchverlag in der Kantstraße, zur Galerie Alto in der Schloßstraße, Magda, die Galeristin, rief fast täglich an, brauchte Flyer, Visitenkarten, einen Katalog, da war ein junger ungarischer Künstler, den er kennenlernen sollte, sie hatte tausend Gründe, ihn anzurufen, versprach Kontakte mit anderen Galerien, dem Gropius-Bau, hielt ihr Versprechen. Am liebsten hätte sie ihn zum Partner, sagte sie im Scherz und wiederholte es. Die Galerie wurde aus dem Besitz ihres verstorbenen Mannes finanziert, drei Mietshäuser in Frankfurt, die sie selbst verwaltete, drahtig, mager fast, braungebrannt vom Arbeiten auf dem Dach, erklärte sie, zeigte Andras die Dachterrasse, große Tontöpfe mit Oleander, die Pergola, an der eine Glyzinie wuchs, darunter ein Steintisch und zwei Stühle. Sie mochte Isabelle, durchschaute kommentarlos, was Isabelle für Andras bedeutete. Auf dem Rückweg fuhr Andras in der Wartburgstraße vorbei. Er kam nicht umhin, Jakob zu mögen. Nicht einmal Eifersucht empfand er, wenn Jakob Isabelle umarmte, küßte; es war so vorgesehen, etwas, an dem Andras nie Anteil gehabt hatte, von Anfang an. Vielleicht blieb ihm nur, nach Budapest zurückzukehren, in die Wohnung neben László und seiner Schwester einzuziehen, den Nachmittag immer öfter am Kaffeetisch bei seinen Eltern zu versitzen,

als könnte er, wenn er nur stillsaß, die Himmelsrichtungen in seinem Leben miteinander versöhnen, von Ost nach West nach Ost, die eben doch nicht die Koordinaten eines Menschenlebens bildeten.

Als das Telefon klingelte, wußte er, wessen Stimme er hören, wessen Stimme er nicht hören würde, und er lauschte mutlos, antwortete zustimmend. In der Küche spülte er, was dort seit Tagen stand, das wenige, das er benutzte, vereinzelte Gegenstände, die ihn wie ein schadhafter Zaun von dem sich auftürmenden Berg hoffnungsvoller Erwartung und endgültiger Resignation seiner Tante und seines Onkels trennte. Aus einem Alptraum, hatte sein Onkel gesagt, wacht man umgekehrt, in der falschen Richtung auf, aus glücklichen Träumen gar nicht. Im Treppenhaus waren Schritte zu hören, jemand stapfte schwerfällig, aber entschieden aufwärts, vorbei an seiner Wohnungstür, dorthin, wo nur noch der Dachboden war, von einem Vorhängeschloß bloß symbolisch abgeschlossen, die Schritte wanderten über Andras' Kopf, dann war es wieder still. Es richtete sich dort vielleicht ein Obdachloser ein, mit einer Decke, ein paar Plastiktüten, versuchte ein Feuerchen zu machen, Andras seufzte, er würde nachsehen müssen. Dann nochmals Schritte, diesmal die Schritte einer Frau, und als Magda klopfte, öffnete Andras und schloß sie umstandslos in seine Arme. –Es riecht nach Winter in deinem Treppenhaus, murmelte Magda, schmiegte ihr mageres Gesicht an seine Schulter, lachte. Von wem hast du geträumt, von deiner Kleinen? Wie eine leichte, fast durchsichtige Stoffbahn schob sie sich zwischen ihn und seinen Kummer, er glaubte, als er über ihre spröde, sommersprossige Haut streichelte, Isabelle zu hören, flüsternd, ängstlich, den kleinen, klagenden Laut, begriff er nach einem Augenblick, hatte aber Magda ausgestoßen, sie schmiegte sich fester an ihn, die Schenkel geöffnet, mit einer bescheidenen Lust, die ihn anrührte, und es dauerte einen weiteren Augenblick, bis er begriff, daß es seine eigene Bedürftigkeit war, die sie widerspiegelte.

–Mein armer Schatz, sagte sie so leichthin wie abwesend, daß er ruhig liegenblieb, während sie sich erhob, ihre Bluse überstreifte und zuknöpfte, sich noch einmal zu ihm beugte, ihn küßte. Vielleicht passen wir so am besten zusammen, du mit deiner Isabelle, ich mit meiner Traurigkeit um Friedrich. Ich habe ihn geheiratet, weil er es wollte und ich nichts anderes wußte damals, und jetzt träume ich von ihm, er kommt mir so schön vor. Sie lachte, schritt durch das angrenzende Wohnzimmer, strich über das rote Sofa, setzte sich einen Moment darauf, er sah die helle Haut der dünnen Beine, wie eine alte Frau, zerbrechlich, anfällig sah sie aus, und es war leicht, sich seine Tante neben ihr sitzend vorzustellen, mit dem Kopf nickend, lautlos eine ihrer unendlich verschlungenen Geschichten erzählend, die von den Zimmern, den Häusern in Budapest handelte, über das Jahrhundert hinweg, das den Menschen den Platz von Schatten und Verlierern zugewiesen hatte.

–Laß uns nach Budapest fahren, sagte Magda. Glaub mir, es gibt keine bessere Grundlage für eine Ehe, als wenn der eine akzeptiert, daß der andere ihn nicht liebt. Andras stand auf, streifte Unterhose und Hose über und ging, mit nacktem Oberkörper, der ihm schwerfällig, zu unbeholfen vorkam, auf Magda zu. Er war sich ihres prüfenden Blicks bewußt, er sehnte sich, alleine zu sein, alleine zu einem Spaziergang aufzubrechen, in irgendeiner Kneipe etwas zu trinken, mit irgend jemandem ein paar Sätze zu wechseln, wieder in den Abend hinauszugehen und mit einem Taxi in der Wartburgstraße vorbeizufahren, um gegen Morgen erst hierher zurückzukehren, vielleicht betrunken, und dann an Magdas Körper zu denken, an ihre Zärtlichkeit, die ihn noch immer wie ein hauchdünner Stoff von Isabelle trennte. Er war dankbar dafür. Er war dankbar, daß Magda sich frisch ankleidete und auf den Weg machte, ihm von der Tür aus eine Kußhand zuwarf, keine zusätzliche Umarmung erwartend, nichts anderes erwartend, als was sie in seinen Augen las, daß sie ein Liebespaar sein würden. Vielleicht würden sie sich nur einmal in der Woche sehen, zum Abendessen, und miteinander schlafen wie ein altes Ehepaar, jedem sein Kummer, jedem seine Freude, und doch gab es jemanden, der diesen alternden Körper in seine Arme schloß, nicht um des Augenblicks, sondern um der verstreichenden Zeit willen, vielleicht das einzig mögliche Erbarmen, dachte Magda. Die Zeit war in so kleine Portionen unterteilt, daß es nicht lohnte, ihr Beachtung zu schenken.

Vier Tage später lud Andras sie zum Abendessen ein. Er wollte, sah Magda, sie nicht küssen, aber er nahm ihre Hand, streichelte sie, die faltigen Knöchel, die hübschen, unlackierten Fingernägel, die dünnen, deutlich sichtbaren Adern, streichelte sie, damit Magda für eine Weile vergessen konnte, was jetzt seiner Obhut überlassen war. Womöglich, dachte er, sind wir wirklich zu alt, um uns zu sorgen, ob es ausreicht. Und er erzählte ihr von dem Mann, den er auf dem Dachboden inzwischen aufgesucht hatte, von dem winzigen dunklen Gesicht, aus dem ihn die Augen erschreckt angesehen hatten, von den Wutausbrüchen desselben Mannes, der fluchend und schreiend in einen aussichtslosen Kampf mit marodierenden Gespenstern verwickelt war, die namentlich zu nennen der Mann nicht wagte, der sich als Herr Schmidt vorgestellte hatte. –Stell dir vor, sagte Andras, es ist sein richtiger Name, Herr Schmidt. Er sagt, daß er acht Geschwister hatte und als einziger noch lebt, als wäre er zu ewigem Leben verurteilt worden. –Und was machst du mit ihm? fragte Magda. –Ich habe ihm eine elektrische Kochplatte gekauft und einen Topf geschenkt. Magda lachte. –Zwei Teller, fuhr Andras fort, und Besteck hat er selbst, jetzt will er mich zum Essen einladen. Die Hausverwaltung kommt eh nicht

mehr hierher, sie warten nur darauf, daß ich endlich ausziehe und sie alles verkaufen können.
Es blieb nicht aus, daß Magda und Herr Schmidt sich trafen, und nachdem Herr Schmidt Gelegenheit gehabt hatte, auch einen Blick auf Isabelle zu werfen, klopfte er bei Andras an die Tür, krümmte sich verlegener als je zuvor und teilte Andras mit, daß ihn Unglück erwarte, wenn er die jüngere der beiden Frauen heiraten würde. Es fiel Andras leicht genug, ihn zu beruhigen, aber einen Stich gab es ihm ins Herz. Inzwischen war November, im Januar sollte Jakob nach London ziehen, eine Wohnung finden, Isabelle kurze Zeit später folgen.
Weihnachten feierte Andras mit Magda; Jakob und Isabelle waren Hans' Einladung gefolgt und in den Schwarzwald gefahren.
An Silvester trafen sie sich in der Wartburgstraße. Magda war in Rom. Andras kochte mit Ginka ein fünfgängiges Menü, Isabelle deckte den Tisch. Hans brachte eine Petition zugunsten von Häftlingen in Guantanamo Bay mit. Der nächste Krieg zeichnete sich ab. Jakob erzählte von einem Kollegen, der verbreitete, am Anschlag auf die Twin Towers sei tatsächlich der Mossad beteiligt, und daß sie sich in der Kanzlei dafür einsetzten, daß er bei Golbert & Schreiber jedenfalls nicht Partner würde. Um Mitternacht stießen sie auf ein friedliches Jahr an und wußten, daß sie nicht daran glaubten. Aber sie stießen auf den Frieden an und, ohne es auszusprechen, darauf, daß sie weiterhin verschont bleiben würden. Andras sehnte sich nach Magda, aber als er Isabelle in seinen Armen hielt, sie zu Neujahr küßte, wußte er, daß er alles aufgeben würde, wenn sie nur wollte. Er küßte sie, da Jakob auf dem Balkon ein Feuerwerk vorbereitete, auf den Mund, und sie, in seine Arme geschmiegt, das junge, hübsche Gesicht zu ihm emporgehoben, erwiderte seinen Kuß.

16 Am Flughafen noch wählte Jakob die Nummer seines künftigen Kollegen Alistair, die Sekretärin, Maude, antwortete ihm, –o dear, hörte er ihre Stimme, you arrived already, how wonderful!, und daß ihn Alistair um zwei Uhr am Eingang des British Museum erwarte. –He certainly will recognise you, don't you worry, Alistair is a man of extraordinary capacities.
Kleine Flugzeuge landeten und starteten, er war in London City Airport noch nie gewesen, wenige Reisende nur bewegten sich dem Ausgang zu, und da die Uhr erst ein Uhr mittags zeigte, beschloß Jakob, mit dem Zug zu fahren.
Tatsächlich erkannte Alistair ihn sofort, eilte die Treppen des Museums hinunter, faßte ihn, ohne sich nach der Anreise zu erkundigen, am Arm und zog ihn, fröhlich und viel zu schnell redend, als daß Jakob hätte folgen können, die Straßen entlang zu einem kleinen Deli. Die Besitzerinnen, zwei Frauen um die vierzig, begrüßte er herzlich, schob Jakob auf einen Stuhl und kam nach ein paar Minuten mit zwei vollgeladenen Tellern zurück. –Amira meint, du sähest erschöpft aus, berichtete er und fing an zu kauen. Also, sagte er, Bentham ist sechsundsechzig Jahre alt, er will, seit er die große Kanzlei verkauft hat, keine Partner, die einzig lose Verbindung ist die mit euch in Berlin. Er beteiligt uns am Gewinn, weil er keine Kinder und keine Verwandten hat, sein älterer Bruder ist kurz nach der Emigration gestorben. Vermutlich wird er alles eh verschenken. Würde zu ihm passen. Er ist nicht immer in der Kanzlei, aber man kann ihn jederzeit anrufen. Lohnt sich, sein Instinkt ist einigermaßen unfehlbar. Woran du arbeiten wirst, will er dir selber sagen; wahrscheinlich sollst du dich um die paar Alten und ihre Abkömmlinge kümmern, die in Ostdeutschland ihren Ruinen aus den Vorzeiten nachweinen. Du weißt schon, Seegrundstücke mit Datschen dort, wo früher eine Villa stand. Immobilien dazu. Erbschaftsstreitereien lehnt Bentham ab. Alles klar?

Alistair richtete sich auf, lachte Jakob an und winkte Amira, die zwei Espressi brachte und freundlich kopfschüttelnd Jakobs halbvollen Teller musterte. –Erst, wenn er aufgegessen hat, sagte sie zu Alistair und hielt das Täßchen in die Höhe, als wollte sie es dem Zugriff eines hüpfenden Kindes entziehen. –Amira, Jakob, stellte Alistair vor und gab Jakob einen sanften Stoß. Jakob stand auf, reichte ihr die Hand. –Ich bringe Ihnen einen neuen Espresso, wenn Sie fertiggegessen haben, und lassen Sie sich von Alistair nicht in Grund und Boden reden! Einen Augenblick später stand ein kleines Glas Weißwein vor Jakob, und Alistair nickte anerkennend. –Sie mag dich, sagte er und schwieg, bis Jakob aufgegessen hatte. –Ich freue mich auf London, sagte Jakob und errötete über seine törichte Bemerkung. Und du zeigst mir das Haus?
Alistair grinste, fuhr sich mit der Hand durch den blonden, dichten Schopf. Er hatte grüne Augen und Sommersprossen, die Krawatte hing schief unter einem eleganten Jackett, sein knochiges Gesicht wurde von sehr langen Wimpern und einem schön geschwungenen Mund kontrastiert. –In Primrose Hill gibt es eine Wohnung, die sehr anständig ist, vier Zimmer, feine Gegend und so weiter. Und dann gibt es ein viktorianisches Reihenhaus in Kentish Town. Eigentlich nicht die richtige Adresse für jemanden, der bei Bentham arbeitet, aber ihm ist es egal. Er erwähnte, du kämest nicht alleine, und in Berlin sei man viel Platz gewöhnt.
–Meine Frau, Jakob sprach es zögernd und, wie ihm erstaunt bewußt wurde, zum ersten Mal aus. Meine Frau begleitet mich, sie wird von hier aus weiter für ihre Grafik-Agentur arbeiten.
–Primrose Hill ist *posh*. Seid ihr *posh*? Alistair lachte über seine eigene Frage. In Amiras Deli kommt jeden Freitag eine Frau, die aus der Kaffeetasse liest, Bentham schwört auf sie. Wenn du dich nicht entscheiden kannst, bleib bis übermorgen.

Später wußte Jakob nicht mehr, ob ihn diese Auskunft bewogen hatte, Primrose Hill nicht einmal anzusehen. Aus der Kaffeetasse zu lesen schien ihm derart exotisch, in einem Deli, in dem Juristen und Geschäftsleute offenkundig die Kundschaft bildeten, daß er erschrak und sich provinziell fühlte oder wie ein Kind, das in die Welt reist. Er war so beschäftigt mit der Idee einer vorhersehbaren Zukunft, mit dem Foto einer stämmigen, schwarzhaarigen Frau, auf das Alistair ihn aufmerksam machte, daß er vergaß, sich von Amira zu verabschieden, und auch nicht darauf achtete, wohin Alistair ihn brachte. Nach einer hektischen Taxifahrt, die durch ein Labyrinth von Kränen, Bauzäunen führte, stiegen sie vor Kentish Town Station aus.
–Dann siehst du gleich, wie nahe es zur U-Bahn ist, erklärte Alistair, bog in eine Straße ein, die sacht anstieg, bog noch einmal ab. Große Platanen standen vor adrett aussehenden Häusern, irgendwo spielten Kinder, Jakob hörte ihre Rufe, auch das Aufdotzen eines Balles, und die Eingangstür, auf die Alistair zuging, war dunkelblau, verglast, durch ein schmiedeeisernes Gitter geschützt, dahinter sah man einen hellen Teppich. Die Aufteilung der Zimmer war angenehm, mit zwei größeren Räumen und einem kleinen Bad im Erdgeschoß, Isabelles Zimmer, dachte Jakob sofort, einer Küche und einem Wohn- und Eßzimmer im ersten Stock, zwei Schlafzimmern und einem Bad im zweiten Stock. Aus dem Erdgeschoß führten ein paar Stufen über eine Terrasse in den Garten, ein schmaler, anspruchsloser Streifen, auf dem ein paar Rhododendren und Hortensien wuchsen und struppig aussehender Rasen.
–Man hat ein paar Wände herausgerissen, erklärte Alistair. In den umliegenden Häusern gibt es pro Stockwerk eine Wohnung, und für Londoner Verhältnisse sind es nicht einmal kleine Wohnungen.
Als sie wieder auf die Straße traten, fuhr Alistair fort: –Du könntest natürlich auch in Notting Hill suchen oder in

Hampstead, es gibt wirklich feinere Gegenden, aber die Mischung hier ist gut, die Lage auch, und anderswo müßtest du das Doppelte zahlen. Das Haus gehört Bentham, er überläßt es euch für fünfhundert Pfund pro Woche, das ist wirklich geschenkt. Alistair nahm wieder Jakobs Arm, –laß uns zu Fuß gehen, sagte er und zog schon voran, schlug dann aber doch vor, mit dem Bus bis zum nordöstlichen Ende von Regent's Park zu fahren, von dort sei es nicht weit, ein schöner, angenehmer Weg, der den Zoo streife und durch die Länge des Parks hindurchführe, beinahe bis zur Devonshire Street. Man könne mittags im Park sitzen, Mister Bentham liebe es, sich dort zu besprechen während eines Spaziergangs, und selbst bei Regen, Jakob sei gut beraten, sich mit einer Regenjacke auszustatten, einer guten Regenjacke mit Kapuze, besser noch einem kurzen Mantel, allerdings halte Bentham auf Eleganz, er werde es gleich selber sehen. Jetzt erst fiel Jakob auf, daß Alistair ebenso groß war wie er selbst, und Robert fiel ihm ein. Alistair war blond, lebhafter, natürlicher, in seinen Augen konnte es allerdings boshaft funkeln, und während sie gingen, erzählte er von Konzerten und den Tricks seiner alten Tante, sich ohne Ticket ins Konzert zu schmuggeln, da sie all ihr Geld für Polo-Ponys und Veterinäre ausgab. –Ich wollte sie einladen, aber sie sagte nur, sie wäre mit dem Gegenwert in Cash besser bedient, begleiten würde sie mich natürlich trotzdem gerne, ohne Ticket. Sie verließen den Park, in dem Jakob von fern die Gitter des Zoos gesehen hatte, er war jetzt aufgeregt, da hatten sie die Devonshire Street schon erreicht, Alistair klopfte bloß an die schwere Tür, unsichtbar betätigte ein Mensch den Summer, Andrew, der Pförtner, war es, der ihnen entgegenkam, in der Hand ein dickes Buch, den Finger als Lesezeichen dort, wo sie ihn unterbrochen hatten, ein winziger Kopf saß auf dem faltigen Hals, einzig die Ohren waren groß und fleischig an diesem Menschen, der die Augen eines Nachttieres besaß und sich sogleich als verantwortlich für den Aufzug auswies, auch dringend riet, den Aufzug, wenn überhaupt, dann nur in seiner Anwesenheit in Betrieb zu nehmen. Die Treppen, bemerkte Jakob, als sie in den ersten Stock hinaufstiegen, sahen allerdings auch nicht zuverlässiger aus, schiefgetreten und mit einem abgerissenen Teppich bedeckt, die Türen warteten auf einen neuen Anstrich, die Wände ebenso, und der Bibliotheksraum wirkte, von den neuen Büchern und Zeitschriften in ihren penetranten Farben grell durchbrochen, wie die schlafende, nie benutzte Bibliothek eines dem Staub, der Zeit, den pochenden, heiseren Geräuschen überlassenen Herrenhauses. Doch der Eindruck täuschte, die schönen, alten Holztische waren frisch poliert, am hinteren Teil standen fünf neue Macintosh-Computer, zwei Männer, etwa in Jakobs und Alistairs Alter, lasen in schweren Ledersesseln, ließen sich von den Besuchern nicht stören. –Das ist Benthams Stockwerk, kommentierte Alistair, als sie den zweiten Stock hinter sich gelassen hatten, ins dritte Stockwerk stiegen, wo Alistair auf eine halboffene Tür wies. Daß er nicht mit ihm eintrat, bemerkte Jakob erst mit einer kleinen Verzögerung, als er sich nach Alistair umdrehen wollte, weil der Mann, der beim Fenster in einem Lehnstuhl saß, ein Herr in einem makellosen dreiteiligen Anzug aus schwarzem Tuch, statt einer Krawatte ein Seidentuch elegant um den Hals geschlungen, im Knopfloch des Revers eine kleine, weiße Blüte, sich nicht rührte, sondern ihn nur abwägend betrachtete. Eine heftige, unruhige Bewegung empfand Jakob und spürte sein Herz klopfen. Da regte sich der Oberkörper, der Mann erhob sich wie aus sich selbst heraus, ohne die Unterstützung der Beine, weniger dem Willen als einem Gedanken gehorchend, der die Gewichte, den breiten Brustkorb, den von der Weste gehaltenen Bauch und die eher zu kurzen Beine in perfekte Relation zueinander setzte, um jede Kraftanstrengung zu vermeiden. Hals und Gesicht waren groß und fleischig, die Nase ebenso wie das Kinn und die Backenpartie, buschige Augenbrauen überdeckten fast die Augen, die eher schmalen Lippen formten einen weichen, nachlässigen Mund. Seine Stimme war so tief und brummelnd, daß Jakob nicht gleich verstand, was er sagte, und es fiel ihm später nie ein, was Benthams erster Satz gewesen war und ob er Deutsch oder Englisch gesprochen hatte, so lange und so oft er darüber auch nachdachte.

Was Jakob, zurück in Berlin, Isabelle und Hans erzählte, belief sich auf eine Liste der Aufgaben, die ihn erwarteten. Über sein künftiges Bürozimmer verlor er kein Wort, erstaunt wurde er sich bewußt, daß er das geräumige Zimmer voller alter Möbel – darunter ein Sofa und eine schwere Holztruhe – für sich behalten wollte. Zweifellos sei es schäbig und nicht sehr hell, hatte Bentham gesagt, zudem gebe es im ersten Stockwerk – Alistair und zwei weitere Kollegen hatten ihre Zimmer im zweiten Stock – ein modernes Büro, es mußte, dachte Jakob, hinter dem Lesesaal liegen. Neben Mister Krapohls, des Bibliothekars, Kemenate, hatte Bentham zugestimmt, während Jakob errötete. Aus einer kleinen Küche war Maude, Benthams Sekretärin, mit einem Tablett herausgekommen, empört den Kopf schüttelnd, als sie von den Plänen der beiden hörte, –*this room up here* gehöre zuallererst gründlich ausgemistet und gestrichen, sie hatte Jakob ausführlich gemustert, eine etwa fünfzigjährige, rundliche Person, die ein Haarnetz trug und rote Backen hatte, als wäre sie gerade von draußen, aus irgendeinem Garten hereingekommen, die Schere noch in der Hand. Sie hielt aber das Tablett, auf dem eine Teekanne und zwei Schälchen mit Keksen standen, ein Teller mit Sandwiches dazu, Milchkännchen und Zuckerdose aus Silber, so glänzend poliert, als wollte sie beweisen, daß gute Pflege und Reinlichkeit das einzige

Mittel gegen ständig wuchernde Unordnung seien. Auf dem Weg zur Liverpool Street Station hatte Alistair ihm erklärt, daß es eine beständige Auseinandersetzung darüber gebe, ob man weiter die alten grauen Ordner benutzen oder sie endlich durch hellere, farbige ersetzen solle. Bentham selbst erwerbe benutzte Leitz-Ordner, wo immer er sie zum Verkauf sähe, eine der Marotten, an die man sich gewöhnen müsse. Falls Jakob Benthams Eigenarten veranschaulicht sehen wolle, hatte Alistair gesagt, müsse er nur dessen Lieblingsmuseum aufsuchen, John Soanes früheres Wohnhaus, eine krude und höchst skurrile Ansammlung von Objekten, in unmöglicher Enge und Zusammenstellung gelagert, denn von Präsentation könne keine Rede sein. Und all das, spürte Jakob, wollte er nicht erzählen bei seiner Rückkehr nach Berlin. Das Haus in der Lady Margaret Road bot genug Stoff, er schilderte es Isabelle enthusiastisch, verschwieg, daß er sich eine Wohnung in Primrose Hill nicht einmal angesehen hatte, Hans ließ er einen Blick auf die Akten werfen, die er zur Vorbereitung mitgenommen hatte, und so waren alle drei zufrieden, auch wenn Hans die Vorfreude der beiden nicht teilen konnte. Er würde sie vermissen.

Es war Andras, der schließlich nach Bentham fragte, Andras, der die Vorbereitungen ihrer Übersiedlung nie kommentiert und nur genickt hatte, als Isabelle und Jakob die Einladung nach London aussprachen. Sie standen nebeneinander auf dem Balkon, Ginka, Hans und Isabelle waren in der Küche, für einen Januarabend war es ungewöhnlich mild, und Andras rauchte, er zog nervös an der Zigarette, der vierten an diesem Abend. Magda erwartete ihn in zwei Stunden. Er zögerte, ihr abzusagen, zögerte, sie in die Wartburgstraße einzuladen. Er wollte nicht gehen, es würde einer der letzten Abende sein, die sie hier verbrachten. Er wollte Zeit gewinnen. Jakob schien erschrocken, als er ihn nach Bentham fragte.

–Schwer zu beschreiben, sagte Jakob schließlich, er ist nicht sehr groß, dicklich, mit zu kurzen Beinen für einen zu kräftigen Oberkörper, tadellos gekleidet, vielleicht eitel, sicher sogar eitel, obwohl es ihn offenkundig nicht kümmert, wie die Kanzlei aussieht, nämlich schäbig. In seinem Zimmer hängt ein Bild von Lucian Freud, kennst du ihn? Mit weißen Blumen, ich weiß nicht, was für welche das sind. Alistair hat erzählt, daß Freud ihn porträtiert hat. Ein großes Gesicht, eines von diesen Gesichtern, die ein bestimmtes Gewicht haben, die Nase, die Augenlider, alles hat ein Gewicht von soundsoviel Gramm, weißt du, was ich meine? Jakob errötete. Bentham war weder freundlich noch unfreundlich gewesen, oder doch freundlich, aber keineswegs überschwenglich. –Er ist so anders als Schreiber, ich habe jemanden wie ihn noch nie kennengelernt.
–Ist er Jude?
Jakob starrte Andras verblüfft an. –Keine Ahnung. Woher soll ich das wissen? Alistair hat gesagt, er sei als Kind nach England gekommen. Wieso meinst du? Andras zuckte mit den Schultern. Drinnen deckte Isabelle den Tisch. Sie schaute nicht zum Balkon, Andras sah, wie ihr Oberkörper sich bog, die Arme sich streckten, wie sie sich aufrichtete. Sie trug eine enge grüne Bluse und eine schwarze Jeans, die Füße steckten in dicken Socken. –Vielleicht deshalb, weil mich hier nie jemand gefragt hat, außer Hanna. Auch seltsam. Oder nicht, wer weiß.
–Bist du jüdisch? Jakob lehnte am Balkongitter und schaute auf die Straße hinunter.
–Ja, schon immer.
–Aber warum hätten wir dich fragen sollen?
–Weil mein Onkel und meine Tante emigrieren konnten, weil ich die deutsche Staatsbürgerschaft bekommen habe, weil viele Juden aus Ungarn emigriert sind. Andererseits, klar, warum hätte mich jemand fragen sollen?
Für einen Augenblick sah Jakob Bentham vor sich, wie

er aus dem Sessel aufstand, näher trat, sah ihn zwischen Maude und Alistair stehen, die winzige Geste, mit der Maude über Benthams Ärmel strich, und Alistairs Gesicht, in dem sich Lebhaftigkeit und Spott mit Zuneigung mischten.

Er dachte an den 11. September vor anderthalb Jahren, an seine hilflose Aufregung, die mit New York nichts zu tun hatte, an Bushs Rede, *nichts, wie es war.* Nichts hatte sich verändert. Es gab Schläfer, es hatte den Afghanistan-Krieg gegeben, es gab zerstörte Häuser, verbrannte Menschen, hastig beerdigte Tote und in unwegsamen Bergen weiter Taliban- oder Al-Qaida-Kämpfer, Namen und Dinge, die für sie hier nicht mehr bedeuteten als die Verwicklungen und Dramen einer Fernsehserie, über die alle sprachen, wie sie über *Big Brother* gesprochen hatten. Und jetzt sprachen sie alle über den Krieg im Irak. Wie viele Tote hatte es im letzten Irak-Krieg gegeben? Zigtausend, Jakob erinnerte sich an die Panikkäufe in Freiburg, Leute, die allen Ernstes anfingen, Konserven, warme Decken zu horten und Lichterketten veranstalteten gegen den Krieg, während auf Israel Raketen abgeschossen wurden. Der 11. September war inzwischen nichts als die Scheidelinie zwischen einem phantasierten, unbeschwerteren Vorher und dem ängstlichen, aggressiven Gejammer, das sich immer weiter ausbreitete. Nur für Roberts Eltern, dachte Jakob, hatte sich alles geändert, und für ihn selbst. Er hatte Isabelle gefunden, er würde nach London gehen.

17 Ärgerlich stieg Jim über leere Gemüsesteigen und Styroporkisten, die nach Fisch stanken, stolperte fast über eine Katze, die hinter einem Karton hockte, grau getigert, starrte sie einen Moment lang an, bückte sich dann und kraulte sie. Vorsichtig tastete er nach ihrer Kehle, strich sanft über Hals und Brust, das Tier, das erst erstarrt war, entspannte sich, stand still, den Schwanz hochgereckt, ohne zu schnurren. –He, warum schnurrst du nicht? Er wollte sie hochheben, aber an ihrem Bauch klebte etwas Feuchtes, Dreck oder Blut, die Katze stieß einen Schmerzenslaut aus, Jim fluchte. Er richtete sich auf, von der Brixton Road hörte er den Lärm, Autobusse, Geschrei auch, die Stimme einer Frau kam näher, aufgebracht, schrill. Die Katze hatte sich hingelegt. Jim hielt still, er unterdrückte den Impuls, die schmale Durchfahrt entlang zur Straße zu schauen, wo jetzt vermutlich, hinter seinem Rücken, die Frau stand, er bildete sich ein, jemanden atmen zu hören, der Straßenlärm schwappte regelmäßig wie eine ölige Flüssigkeit zwischen die Häuser. Zum zweiten Mal stolperte er über die Katze, beachtete sie diesmal nicht, sondern ging weiter, stieg über weitere Kisten, Müllsäcke, bis er eine braun gestrichene Tür erreichte, die er aufstieß. Vor der Treppe lagen Zeitungen, Reklamezettel, Dosen, er verzog das Gesicht und watete hindurch, stieg in den dritten Stock, an Türen vorbei, hinter denen die Händler ihre Ware lagerten, Gemüse, Kleider, Spielzeug, die Türen waren mit Vorhängeschlössern gesichert, nur eine stand offen, ein Junge sah ihn kurz an und verschwand eilig, es roch nach Essen. Oben wartete Albert. Er grinste, füllte mit seinem breiten Körper die Türöffnung. Die dünnen, grauen Haare waren ordentlich zurückgekämmt, er trug ein T-Shirt, der rechte Arm baumelte schlaff herab, die linke Hand stemmte sich gegen den Türsturz. Von drinnen drang nur schwaches Licht, Jim lauschte, ob er etwas hörte, er hatte, als er ihn anrief,

Albert gesagt, daß er nur ihn treffen wollte, nicht Ben, keinen von den Leibwächtern, die Albert sich hielt, Burschen, die er aufsammelte, wie er Jim aufgesammelt hatte. Straßendreck. Ziellos, meistens unbegabt. Zu nichts zu gebrauchen. Klauten Autoradios, Handtaschen, Telefone, Kameras. Hingen tagelang zugedröhnt auf den Matratzen, die Albert in seinen Unterkünften bereitstellte, über die Stadt verteilt und bis nach South Ealing hinunter. Ausweichquartiere. Fluchtstädte, wie Albert tönte, sieben Stück, wie im Alten Testament, und er nannte die Zimmer und verwahrlosten Wohnungen Paris, Rom, Jerusalem. Jim war in Jerusalem gewesen, mitten in Soho, über einem chinesischen Restaurant, in einem Zwischengeschoß voller Kühltruhen und Regalen mit Reisnudeln und anderen Lebensmitteln, hinter dem Zimmer für die Kellner und Köche, dort hatte Jim geschlafen und sich ein winziges Klo mit den anderen geteilt, das Waschbecken ohne Spiegel, den Gestank nach Pisse. Die dünnen, blaß aussehenden Männer hatten ihn nie angesprochen, vielleicht, weil sie kein Englisch konnten oder weil Albert es so wollte. Was er zusammenklaute, verstaute er in alten Nudelkartons, die Albert abholen ließ, als Gegenleistung gab es Hasch und manchmal Kokain, Versprechungen, warme Mahlzeiten. Die Reste, reichlich und nicht einmal schlecht. Jim lernte, morgens Suppe zu essen, kaltes Fleisch. Kokain war besser als mieses Marihuana und Bier, Soho besser als die Hauseingänge und Bushaltestellen in King's Cross. Es zog ihn trotzdem dorthin zurück, und Albert mußte ihn zweimal einsammeln, verprügelte ihn. Hatte ihn zu einem Friseur gebracht, in neue Kleider gesteckt, um ihn auf die Straße zu schicken, den hübschen Kerl. Zur Vorbereitung übergab er ihn zwei Freunden; das Geld drückte er Jim in die Hand, –hast du verdient, mit deinem süßen Gesicht und deinem süßen Arsch. Ein anderes Zimmer bekam er auch, versuchte trotzdem abzuhauen, aber Albert hatte seine Leute überall, und

dann kamen die Schläge dazu. –Tu nicht so, als wärst du es von zu Hause anders gewöhnt. Eingesperrt zwei Wochen, auf Entzug, irgendeine Marotte Alberts, wieder auf die Straße geschickt und wieder abgehauen, diesmal für drei Monate, weil er King's Cross mied, die City und Brixton und Clapham auch, überall, wo Albert war, aber Jim schaffte es nicht, versuchte es im East End, wurde diesmal von der Polizei eingesammelt, in eine Klinik gesteckt, und dann auf allen vieren zu Albert zurück. Noch immer, wenn er sich daran erinnerte, den Geschmack von Blut im Mund, weil er sich auf die Zunge gebissen hatte, während ihm einer von Alberts Freunden die Hose herunterriß, ihn zwang, sich nach vorne zu beugen. Danach Alberts Gesicht, und wieder das Loch in Soho. Schaffte es nicht, von den Drogen runterzukommen, klaute so lange, bis Albert ihn auf seine Touren mitnahm, und erst als Mae auftauchte, wurde es anders, weil Albert ihn brauchen konnte, weil sie die Wohnung in der Field Street bekamen.
Albert stand noch immer grinsend in der Tür, und Jim begriff, daß er niemals ohne Gegenleistung sagen würde, was er über Mae wußte. Wenn er etwas wußte. Er würde Jim nicht weglassen, würde ihn nicht in Ruhe lassen, nicht in London. Zu spät begriff Jim, daß hinter ihm jemand die Treppe heraufgekommen war.

Eine moderate Tracht Prügel, erklärte Albert und schickte die beiden anderen raus. Jim ließ die Augen geschlossen. Von nebenan hörte er Bens Stimme. Er bewegte die Beine und dachte, daß er wie ein Baby dalag, vorsichtig streckte er das rechte, dann das linke Bein. Anscheinend blutete er noch immer, es kitzelte am Kinn, am Hals. Der linke Arm schmerzte unerträglich, ausgekugelt, dachte er und schloß die Augen fester, wie ein Tier, dachte er und spürte, daß ihm die Tränen kamen. Mit einer jähen Bewegung gelang es ihm, die Schulter wieder einzukugeln, der Schmerz

schoß ihm ins Gehirn, trennte ihn vom Körper ab. Die Beine lagen jetzt gerade, und als Albert sich näherte, wußte er, was gleich geschehen würde, Albert kam von vorne, traf die Kniescheibe des linken Beins; Jim schrie auf. Als er wieder zu sich kam, war es sehr still. Mühsam richtete er sich auf, verlor das Gleichgewicht, fand es wieder, stützte sich mit der rechten Hand ab, öffnete die Augen, sah Alberts erschrockenes Gesicht. Im Zimmer standen nur ein Tisch und ein paar Stühle. Das also war Alberts neues Büro, wie er geschrieben hatte, die Wände frisch gestrichen, das zweite Zimmer diente wohl als Lager, Autoradios, Mobiltelefone, Alarmanlagen, was Albert in Charing Cross verkaufte, gebraucht oder auch neu, alles ein paar Pfund auf dem Weg zu Alberts Traum von einem Restaurant in Kensington. –Was denkst du nur von mir? murmelte Albert in scheinbarer Betrübnis, streckte die Hand aus, um Jim aufzuhelfen. Du hast mich hereingelegt, weißt du ja.
Jedem sein kleiner Traum. Ein Restaurant in Kensington. Ein Haus mit einem Garten und einem Kirschbaum darinnen. Was es bei Ben war, wußte Jim nicht, er sah dessen breites Gesicht durch den Türspalt linsen, schüttelte sich. Scheiß der Hund drauf. Kein Haus, kein Kirschbaum. Mae war verschwunden, und sie würden ihn zwingen weiterzumachen. Es kam nicht einmal darauf an, ohne Mae. Er spürte brennende Scham. –Wir wollen dir wirklich nur helfen, Albert verzog das Gesicht zu einem bedauernden Grinsen, hielt ihm ein Foto von Mae hin, mit dem üblichen Text der Vermißten-Poster in den U-Bahn-Stationen. Es war nicht das erste Mal, daß Jim auf einem der Poster ein Gesicht erkannte, halbe Kinder meistens, die, so wie er, in der Liverpool Street Station oder King's Cross St. Pancras aus dem Zug kletterten, gierig und dumm, bald hungrig, bereit, sich jedem an den Hals zu hängen, der ihnen ein paar Pfund und eine Fortsetzung ihres Traums von was

auch immer versprach, bereit, im Dreck nach dem zu wühlen, was sie sich unter Leben vorstellten, dem wahren Leben, sogar mutig auf ihre Weise, auch wenn sie nicht wußten, wogegen sie aufbegehrten und wozu. Und dann kehrten sie, wie er und Albert, zu einem kleinen, unerreichbaren Traum zurück, einem Bild geruhsamen Friedens, das ihnen ihre überreizten Hirne vorgaukelten, eine kindische Oase, in der alle Hoffnung wohnte, und sie bildeten sich ein, entdeckt zu haben, was ihr Stolz war, ihr Ziel, ihre Sehnsucht. Wenn es zu spät war. Ein paar von ihnen hatte Jim zusammengeschlagen, in Alberts Auftrag oder weil sie ihn piesackten, und er hatte nie viel dabei empfunden, eine gewisse Beruhigung allenfalls. Ganz kurz Verzweiflung, etwas, das erst nur ein feiner Riß war und plötzlich schmerzte, wie ein Messer, das ein Stück aus dem eigenen Kopf herausschnitt, die Erinnerung herausschnitt. Er hatte sich vorgestellt, daß er Mae einmal davon erzählen könnte, wenn sie miteinander schliefen, wenn er in ihren Armen lag, bevor er einschlief. In dem Riß war immer auch ein Licht, etwas Gleißendes. Maes Foto in den U-Bahn-Stationen. Vermißt. Nachrichten erbeten unter, private Handy-Nummer, oder wie stellte Albert sich das vor? Jim starrte auf das Bild. Er hatte kein Foto von ihr. Bewegte den Arm vorsichtig, stöhnte auf. Er mußte sich konzentrieren. Sie war ganz nahe, nicht in Rufweite, aber so, daß er nur die Hand nach ihr ausstrecken mußte. Wenn er sich erinnern könnte. So heftig die Sehnsucht, daß er es kaum aushielt, als wäre etwas aus ihm herausgerissen. Albert grinste. Er ging ins Nebenzimmer und kam mit einem Briefchen zurück, bereitete drei *lines* vor. –Erinnerst du dich, Jim, wie du von einem Schlußstrich gequasselt hast? Daß du einen Strich unter alles ziehen wolltest, aufs Land ziehen? Jim schwieg, er beobachtete, wie Albert und Ben sich über die Tischplatte beugten, das Pulver in die Nase sogen, ihm aufmunternd zunickten. Im Hintergrund sah er

schwach die Umrißlinien von Maes Nacken, ebenfalls vornübergebeugt. Er haßte es, wenn sie schnupfte oder Tabletten nahm, er haßte ihren Gesichtsausdruck und ihr albernes Gekicher, mit dem sie sich an ihn zu schmiegen versuchte, ihre Hand in seiner Hose. Sie hatten ihn damit aufgezogen, daß er sie verprügelt hatte. Hatten ihn Alices wegen aufgezogen. Er näherte sich ihnen, trat auf Ben zu. –Findest du nicht, daß du danke schön sagen solltest? fragte Ben. Albert griff ein: –Jetzt laß ihn sich doch endlich hinsetzen. Schob Jim einen Stuhl hin, verschwand, kam mit drei Bierdosen zurück. Irgend jemand mußte im hinteren Zimmer sein, hinter Jim die Treppe heraufgekommen, die Atemzüge, er hatte es sich nicht eingebildet, ein Schlag auf den Kopf, im Treppenhaus, während Albert ihn angrinste. Ihm war jetzt übel. Vor dreizehn Jahren war er das erste Mal von seinen Eltern weggelaufen, mit dreizehn Jahren, und dann, drei Jahre später hatte er es bis London geschafft, am 3. Juli, hatte den Tag jedes Jahr gefeiert, bis er Mae traf, seither den Tag, an dem er Mae zum ersten Mal gesehen hatte, im August, das Datum verriet er nicht einmal Mae, die sich nicht erinnerte. Er fühlte sich wie eine Attrappe, unbeweglich und hohl. Auf dem Fußboden, nacktem Estrich, trocknete sein Blut. Albert folgte seinem Blick, holte mit der Bierdose aus und kippte eine dünne Pfütze darüber aus. Sie würden es wegwaschen oder eintrocknen lassen, ihm war es gleich. –Du kannst nicht einfach aussteigen, das muß dir klar sein. Auf eigene Rechnung dein Ding drehen. Alberts Stimme klang jetzt sachlich. –Dafür helfen wir dir, nach Mae zu suchen, ohne daß die Polizei dir auf die Pelle rückt.
–Ich habe Mae nichts getan, Jim antwortete lahm, der Schmerz im linken Arm wurde wieder stärker. Albert machte eine beschwichtigende Handbewegung. – Für wie blöd hältst du uns eigentlich? Vergiß nicht, daß Ben sie gesehen hat.

Jim starrte Albert ratlos an.
–Und wie du Alice verprügelt hast, hast du das auch vergessen? Das war Ben, schnaufend, empört.
–Alice hat mir dreihundert Pfund gestohlen! Jim wurde rot. Er hatte sie liegenlassen, sie hatte in der Arlington Road ein Zimmer gehabt, ein Kellerzimmer, Albert hatte dafür gesorgt, daß sie keinen Ärger machte, und ihn gezwungen, mit Ben das Zimmer auszuräumen, hatte vermutet, ein paar Gramm Kokain wären dort versteckt. Vor fünf Jahren, vielleicht vor sechs. Und er erinnerte sich nicht. Wie sie sich auf ihn gestürzt hatte, als er ihr eine Ohrfeige geben wollte, und dann nichts. Er wollte aufspringen, sich auf Albert stürzen. Aber bis er aus dem Stuhl hochkam, war Ben schon bei ihm, die Tür ging auf, und ein dunkelhaariger arabisch aussehender Mann erschien, ein Messer in der Hand, das schmale Gesicht unbewegt. Jim versetzte Ben einen Hieb und setzte sich wieder.
–Und jetzt habt ihr einen Mufti zur Verstärkung, oder wie? Er starrte den Mann an, sein regelmäßiges, hübsches Gesicht, die bräunliche Haut, das gekränkte oder amüsierte Aufblitzen in den dunklen Augen.
–Wegen solcher Deppen wie dir, sagte Albert ruhig. Das ist Hisham. Kann sein, daß er ein Mufti ist, aber Englisch spricht er besser als du.
–Sag ihm, er soll mir ein Bier bringen.
Ben stand leichenblaß da, die Lippe aufgeplatzt. –Ich kann es bezeugen, du hast sie beinahe umgebracht. Sie wäre verblutet ohne mich.
Jim schüttelte stumpf den Kopf. Er erinnerte sich nur noch an die Umrisse, Mae auf dem Sofa, mit dem Telefon in der Hand, nicht mehr als Nasenbluten oder eine Platzwunde, und dann war er wieder in die Küche gegangen. Hatte er ein Messer in der Hand gehabt? War in der Küche geblieben, bis Ben zur Tür reinkam. Er versuchte sich zu erinnern, schüttelte den Kopf, stand auf. Von draußen hörte

man Regen, er dachte an die Katze unten, schaute zu Albert. –Ok, jetzt sag mir, was du willst.
Albert warf Ben einen zufriedenen Blick zu. –Erst einmal das Geld, das du mir schuldest, sagte Albert, und dann geben wir dir wieder eine Kleinigkeit mit, was meinst du?

Er schlief unruhig. Einmal wachte er auf, weil er fühlte, daß sein Herz zu langsam schlug. Er stand auf, holte eine Wolldecke aus dem Wandschrank, sie roch muffig, ein bißchen nach Hund. Menschen- oder Hundehaar, seine Finger suchten, fanden kurze Haare. Der Geruch war aufdringlich, aber ihn fror. Die Kälte wich nicht. Hisham hatte ihn hinunterbegleitet, wortlos und höflich, zum Abschied fast etwas gesagt, in seinen Augen etwas wie Mitleid. Vielleicht hatte auch er die Katze unweit der Türschwelle liegen sehen, ausgeblutet, als hätte jemand ihre Wunde neuerlich aufgerissen.
Jim fragte sich nicht, ob man ihm folgte, mit der U-Bahn war er bis nach King's Cross gefahren, hatte die Pentonville Road überquert und war bis zur Field Street gegangen, ohne auf die zu achten, die auf der Straße herumlungerten, aus den Augenwinkeln hatte er eine junge Frau bemerkt. Jünger als Mae. Was Albert ihm an Stoff mitgegeben hatte, würde sich in Camden leicht verkaufen lassen. Am Kanal war ihm ein Fuchs begegnet, der ohne Scheu an ihm vorbeischnürte, durch eine Zaunlücke in eine Brache am Kanal verschwand. Das war schon auf der Camden Street gewesen. Kurz hatte er gezögert, überlegt, ein Taxi anzuhalten, die Schmerzen im Arm waren kaum zu ertragen.
Zu Hause suchte er nach Schmerzmitteln, fand nur eine leere Packung. Im Wohnzimmer lagen leere Bierdosen, Kleider, schmutzige Unterwäsche. Mit der rechten Hand sammelte er Socken auf. Stieß eine Bierdose um. Wischte,

was nicht gleich in den Teppich einsickerte, mit einem T-Shirt auf. Er mußte das Fenster öffnen, lüften. Blumen kaufen, dachte er höhnisch.

Als er am nächsten Mittag mit einer Tasche sauberer Wäsche vom Waschsalon zurückkam und den Blumenstand neben Kentish Town Station passierte, blieb er stehen, kaufte ein paar Nelken und eine Lilie, die nur ein Pfund kostete. Eine Vase fand er nicht. Hielt in der Hand die Lilie, die Nelken fanden in einem Bierglas Platz, er roch an der weißen Blüte, mochte nicht, was er roch. Die Blüte welkte schon. Er wusch das Geschirr, räumte Bier in den Kühlschrank, Toastbrot und Käse, Eier, ein Paket mit Schinken.

Den letzten Nachmittag hatten Mae und er in dem Zimmer in der Field Street verbracht. Sie hatten sich gestritten. Es war komisch mit der Erinnerung, immer schien sie irgendwo zu warten und tauchte doch nie auf.

Vor seinem Fenster sah er ein kleines Mädchen, das sich nach etwas bückte, die Haare, dunkel und strähnig vom Regen, fielen ihr ins Gesicht. Sie ging zögernd ein paar Schritte, dann blieb sie stehen, es war, als wüßte sie nicht, wohin. Er beobachtete sie aufmerksam. Sie trug nur einen dünnen, grünen Sweater, der ihr zu weit war, die Ärmel verdeckten ihre Hände, das Gesicht wirkte blaß und spitz. Anscheinend hielt sie nach jemandem Ausschau, reckte den Kopf, stellte sich sogar auf die Zehenspitzen, aber niemand kam, und schließlich verschwand sie. Jim ärgerte sich darüber, als hätte sie etwas mitgenommen, was ihm gehörte.

Abends, als er hinausging, um einen Teil des Stoffs zu verkaufen, war er noch immer schlecht gelaunt. Kein gutes Vorzeichen, dachte er und bekreuzigte sich abergläubisch.

Am nächsten Mittag sah er an den Stationen von Kentish Town die Zettel mit der Aufschrift *Vermißt* und Maes Foto.

18 Jakob händigte ihr eine Liste mit Möbeln aus, die ihm seine Tante Fini zugeschickt hatte, Möbel seiner Großeltern und Großtanten; Isabelle mußte nur ankreuzen, was sie nach London mitnehmen wollte. Die ursprüngliche Liste, in Sütterlin geschrieben, konnte Isabelle nicht entziffern, Jakob fertigte eine Reinschrift für sie an, die allerdings kürzer ausfiel als das Original, denn die Anmerkungen zu Vorbesitzern, Farbe und Zustand der Politur berücksichtigte Jakob nicht. Die Möbel würden, mit Besteck, Geschirr und Bettwäsche, in Frankfurt verladen und nach London geschickt und dort von Jakob in Empfang genommen werden. –Du mußt dich, sagte Jakob, um nichts kümmern.
Sie brachte ihn zum Flughafen, durch die Scheiben konnte sie ihn hinter den Sicherheitskontrollen mit seiner Zeitung sehen, das Glas spiegelte, er sah sich suchend um und fand sie nicht.
Am nächsten Tag stand Maude in der Tür der Kanzlei und begrüßte Jakob an Benthams statt. Bei ihr im Zimmer saß Annie, die Sekretärin Alistairs, die auch Jakobs Post erledigen würde, ein dickliches Geschöpf mit einer Stupsnase, Mister Krapohl bot, beständig schniefend und ein wenig schielend, seine Dienste an, hielt ein winzig beschriebenes Blatt in der Hand, auf dem Buchbestellungen notiert waren, um fünf Uhr klopfte Maude an Jakobs Tür im dritten Stock und brachte ihm Tee und Scones. Durch die Fenster hörte Jakob das gleichmäßige Rauschen des Februarregens.
–Wir gehen noch ins Pub, rief Alistair ihm am Abend zu, wartete im Treppenhaus, mit dem linken Fuß über eine sich ausdünnende Stelle des Teppichs tastend, in Gedanken schon mit etwas anderem beschäftigt. Bentham würde erst Ende der Woche in die Kanzlei zurückkehren, erfuhr Jakob schließlich, es schien nichts ungewöhnlich daran zu sein. Vor dem Pub warteten schon zwei seiner künftigen

Kollegen. Paul und Anthony, sie schoben ihn durch die Tür, tranken auf sein Wohl, wechselten bald von Bier zu Whisky, stopften achtlos ihre Krawatten in die Jackentaschen, von dem verdreckten roten Teppich des Pubs stieg säuerlicher Geruch auf, um elf Uhr standen sie im Nieselregen auf der Straße, ein Mädchen gesellte sich dazu, sie küßte Paul lange auf den Mund. Jakob war betrunken. Alistair und Anthony entfernten sich, sie flüsterten, Paul holte sein Motorrad, hupte. Der Mond kroch hinter den Dächern hervor, Jakob bildete sich ein, das Meer zu riechen, und wieder war das Mädchen da, küßte Paul, hüpfte dann auf Jakob zu, er saß inzwischen auf dem Bordstein, sah Autos ohne Fahrer vorbeifahren, sie trug einen kurzen Pelzmantel, einen Minirock, ihr blondes Haar fiel Jakob ins Gesicht, sie lachten alle drei, beugten sich über ihn. –He, alles klar? Da war wieder Paul mit seinem Motorrad. Stöhnend drehte Jakob sich zur Seite. Das Mädchen zuckte, als Jakob die Hand jäh hob, –alles cool, rief Alistair ihm zu, zog ihn hoch und schob ihn in ein Taxi.
Am dritten Tag klopfte Annie und brachte ihm einen Wasserkessel und eine Teekanne. Er müsse, sagte Maude, die hinter ihr hereinkam, nur sagen, was er benötige, eine Schreibtischlampe, einen weiteren Sessel statt der verrückten Truhe, eine Wolldecke. Die Heizung gab ihr Bestes, aus einem Ventil strömte mittags pfeifend etwas Dampf, eine halbe Stunde, dann war es wieder still. Durch die Decke hörte Jakob manchmal Musik aus Alistairs Zimmer, Bach oder John Zorn, erklärte Alistair. Der erste Mandant meldete sich, ein Mister Miller, unzufrieden mit dem Anwalt, der bisher für seinen Rückübertragungsanspruch eines Hauses in Treptow zuständig gewesen war. Wenn Jakob mittags spazierenging, verlief er sich in den kleinen Straßen zwischen der Devonshire Street und der Wigmore Street. Ein zweiter Mandant, ein Gabelstaplerproduzent aus Hamm, interessierte sich für den Kauf einer britischen

Eisenbahngesellschaft und bat ihn um ein Treffen in der Liverpool Street Station, sie saßen in einem schlecht beleuchteten Café im Untergeschoß des Bahnhofs, und Jakob blätterte verzweifelt in einem Stapel Unterlagen, den Mister Krapohl für ihn ausgedruckt hatte, darunter mehrere Aufsätze über die Geschichte der englischen Eisenbahn. Das Wetter blieb scheußlich, meist war Jakob als erster im Büro, er liebte sein Zimmer, auch wenn er fror, und die Wohnung in der Lady Margaret Road war noch leer und unwirtlich. Am Wochenende erwartete er die Möbel.

Der Laster traf nachmittags ein, er versperrte die ganze Straße, weil im letzten Moment der Fahrer auf die rechte Fahrbahn gezogen hatte, ein entgegenkommendes Auto konnte gerade noch bremsen. Der Autofahrer schien unter Schock zu stehen. Es war ein älterer Mann, der mühsam ausstieg, sich mit beiden Händen fest an die Autotür klammerte und zu dem Lastwagen mit dem deutschen Nummerschild herüberstarrte, in dessen Fahrerkabine sich nichts rührte. Jakob stand unterdessen im Erdgeschoß, rüttelte an den Fenstern, weil er vergessen hatte, wie man die Schiebefenster entsicherte, rannte schließlich in Strümpfen auf die Straße und stürzte auf den Mann zu, dessen dünne weiße Haare sich im leichten Wind aufrichteten, die pergamentene Haut rötete sich an den Backen, doch als Jakob zu einer Entschuldigung ansetzte, schüttelte er würdevoll den Kopf, verschwand im Inneren seines Austin und ließ den Motor an. Wütend und beschämt drehte Jakob sich um, der Fahrer manövrierte, zum Glück war die Straße jetzt leer, nur ein kleines Mädchen tauchte plötzlich auf, wollte schon los- und vor den Laster rennen, Jakob packte es am Arm, ein blasses Ding mit einer roten Mütze und großen, grauen Augen, das ängstlich zurückwich und Jakob konzentriert anschaute, um zu verstehen, was von ihm erwartet wurde, und sich dann duckte, als fürchtete es, bestraft zu werden. Die Packer kletterten aus der Ka-

bine, riefen ihm durcheinander Kommentare und Rechtfertigungen zu, das Mädchen riß sich los, und da kamen, winkend, Alistair und Paul und Anthony, um zu helfen und Jakobs Einzug zu feiern. –Nicht schlecht, anerkennend schaute Alistair sich um. Auf der Straße stand schon die Biedermeierkommode seiner Großmutter, eine Schublade war aufgegangen, überquellend von alten Fotos, die Tante Fini nicht ausgeräumt hatte. Ein Schrank kippte fast zur Seite, hatte bereits einen Kratzer. Alistair diskutierte mit einem Polizisten, der sich aus dem Fenster seines Autos beugte. Das Mädchen war verschwunden. –Erst die Möbel! rief Jakob nervös, als die anderen auf den Hauseingang zumarschierten, alle sechs Männer, Alistair an der Spitze, einen der Spediteure untergehakt, lachend.
Sie hatten sich über die Stockwerke verteilt, Ratschläge gegeben, der helle Teppich zeigte die ersten Spuren von Nässe, ein Fleck breitete sich aus, wo Anthony seinen Regenschirm abgestellt hatte. In Isabelles Arbeitszimmer stand die Kommode, ein Sekretär und ein runder Tisch als Zeichentisch. Im Zimmer daneben ein Sofa, zwei kleine Sessel, die Polster schwarz-weiß gestreift, ein weiteres Tischchen. Ins erste Stockwerk kam der große Eßtisch mit sechs Stühlen und ein Bücherschrank mit verglasten Türen, ein Geschirrschrank. In den zweiten Stock wurde das Ehebett getragen und der Schrank mit dem Kratzer. –Wow, sagte Paul, und so wollt ihr wohnen? Er hielt einen quadratischen Spiegel in einem schmalen, schwarzen Rahmen, stellte ihn vorsichtig im Flur ab.

Schließlich standen alle Möbel an ihrem Platz, auch das Geschirr hatte er eingeräumt, die Waschmaschine war angeschlossen, er aß, wie zur Probe, im Eßzimmer, mit einem Glas vor sich, einer Flasche Wein, einem Schälchen Reiscracker. Sie zerkrachten zwischen seinen Zähnen, sonst war es still. Nachts war er manchmal so unruhig, daß er aufstehen mußte, ans Fenster treten, die nasse Februarluft tief ein- und ausatmen. Katzen überquerten die Straße, einmal trabte über den Bürgersteig ein weißer Fuchs, sprang auf eine Mauer, verschwand. Am Abend vor Isabelles Ankunft sah Jakob das kleine Mädchen mit der roten Mütze neben einem Halbwüchsigen in der Kentish Town Road, eine Tüte Pommes in der Hand. Als er in die Lady Margaret Road einbog, wäre er fast mit jemandem zusammengestoßen, dessen heller Anorak so plötzlich auftauchte wie ein Blitzlicht, Jakob schloß die Augen, der Mann zischte etwas, so haßerfüllt, daß Jakob erschrak. Die Platanen waren noch immer kahl, aber die Kirschbäume und Tulpen blühten schon. –Morgen also kommt Ihre junge Frau, hatte Maude gesagt, er fand den Ausdruck übertrieben und ein bißchen kitschig, und er dachte, daß er fast ebenso ungeduldig auf Benthams wie auf Isabelles Ankunft wartete.

–Sie fährt morgen zu ihrem Mann nach London, hatte die Sekretärin Sonja mittags einem Kunden telefonisch Auskunft gegeben. Aber es ist die richtige Entscheidung, dachte Isabelle. Sie würde, wenn sie in ein paar Wochen nach Berlin zu Besuch kam, alles vorfinden, wie sie es verlassen hatte, das Büro ebenso wie die Wohnung, kein Grund, sich zu sorgen, auch wenn aus heiterem Himmel ihre Mutter noch einmal anrief, ob es nicht gefährlich sei in London, da der Krieg mit dem Irak jederzeit ausbrechen konnte, und Andras, unfreiwillig Zeuge des Gesprächs, verzog angewidert das Gesicht, als er Isabelles beschwichtigende Sätze hörte. –Mein Gott, du fährst ja nicht nach Bagdad. Sie packte den Laptop ein, Peter hatte ihr die Londoner Einwahlnummer herausgesucht, er feilte noch an der Website, –sieht nach nix aus, murmelte er, und Isabelle versprach, ein Foto ihres Arbeitszimmers zu schicken, sobald sie angekommen war. –Es steht voller Biedermeier-

möbel, Andras grinste. Bevor man abreiste, kam es immer zu kleinen Gemeinheiten. –Wir werden immer weniger, sagte Peter. Sonja sah ihn an, verzog das Gesicht und beugte sich wieder über ihre Zeitung. Krieg kaum noch abzuwenden, war der Artikel überschrieben. Aufmarsch der Soldaten. Panzer, Waffengeschäfte, verstärkte Sicherheitskontrollen, Warnstufe Orange in Washington. Isabelle räumte ihre Schreibtischschubladen leer, fand ein Foto von Hanna, schwarzweiß, ihr Gesicht schon abgezehrt, wie die Ansicht einer Ortschaft, fuhr es Isabelle durch den Kopf, die Kanten der Häuser unrealistisch scharf abgehoben gegen einen dunkleren Hintergrund. Dann die Fotos, die Alexa von ihr gemacht hatte, sie hatte den Karton nach dem Umzug in die Wartburgstraße ins Büro mitgenommen. Isabelle lehnte sich zur Seite, damit Andras, der sie aufmerksam beobachtete, die Bilder nicht sehen konnte. Abgeschnitten oberhalb des Munds, die rote Frotteewäsche, der Bauch wölbte sich ein bißchen vor, sie hatte die Schenkel leicht gespreizt, und es erregte sie zu sehen, wie obszön die Fotos waren. –Was ist das? fragte Andras, Kinderporno? Sie mußte lachen, als sie sein Gesicht sah, boshaft, bekümmert. Wann soll ich dich morgen abholen? fragte er.
Zu Hause war beinahe nichts mehr zu tun. Im Flur standen drei große Koffer, der Kühlschrank war leer, auf dem weißgekachelten Boden lagen Krümel, nach ihrer Abreise würde die Putzfrau alles saubermachen, den Schlüssel ins Büro schicken, ein adressierter, gefütterter und frankierter Umschlag lag schon bereit. Das Telefon klingelte, fast kam es Isabelle unpassend vor zu antworten, es war Ginka, das Telefon klingelte wieder, es war Alexa, und dann rief Hans an, um noch einmal zu fragen, wie oft er nach der Post schauen solle. Sie trank eine halbe Flasche Rotwein und wünschte, Jakob käme, sie abzuholen.
Dann war es schon Morgen, Andras' Klingeln weckte sie,

er stieg die Treppen hinauf, mit Frühstückstüten in der Hand, mürrisch, abwartend. Isabelle verschwand im Bad. Er setzte ein Kännchen Espresso auf, zog aus den Küchenschränken Tassen, Teller. Der Kühlschrank war leer bis auf ein Glas mit Kapern. Abschiede blieben hier immer beiläufig. Er dachte an die Küsse seiner Budapester Verwandten, an das anschwellende Getöse bei jedem Weggehen, das sich als Abschied auslegen ließ, die unzähligen Personen, die eine Prozession bildeten auf dem Weg zum Flughafen oder zum Bahnhof und sogar zur Haustür, falls er das Haus nur verließ, um mit jemandem zu Abend zu essen. –Bei euch, so seine Mutter, stehlen sich selbst die Toten unauffällig davon. Ihr traten Tränen in die Augen, wenn sie an Onkel Janos und Tante Sofi dachte, an deren Sterbebett und Beerdigung, von denen es keine Fotos gab, Briefe gab es nicht, keine Liste derer, die Blumen geschickt hatten, nicht die Spur eines letzten Winkens in der Luft. Er wollte nicht, daß Isabelle ging. Er wollte, daß sie begriff, was Abschied bedeutete, Abschied von ihm, der vielleicht doch nach Budapest zurückkehren würde. Als sie aus dem Bad kam, trafen sich ihre Blicke. Etwas war anders. Nur im ersten Moment fürchtete er, sie verärgert zu haben, dann zuckte eine absurde Hoffnung in ihm auf, ein ängstlicher, glücklicher Herzstillstand. Aber nein.
Sie würde nicht bleiben. Und in ihre Augen trat etwas Unfreundliches, Angespanntes.

Als Isabelle die Sicherheitskontrollen passiert hatte, trat Andras in den kalten Februarwind und blieb dort stehen, bis ein Busfahrer, ein älterer Mann mit einem Schnauzbart, fragte, ob er helfen könne. Andras nickte lächelnd, dann verneinte er höflich und stieg in den nächsten Bus.
Im Büro fand er eine Notiz von Sonja, daß Magda angerufen habe. Er ging zum Abendessen zu ihr und blieb. Als er, es war sechs Uhr morgens, leise aufstand, um sie nicht zu

wecken, und durch die Dunkelheit lief, wußte er, was er in Isabelles Gesicht gesehen hatte, und er duckte sich gegen den Wind und Regen, duckte sich, weil er die Entschlossenheit in ihren Augen, eine unerbittliche Ziellosigkeit, nicht ertrug. Sie war schon in London.

19

Das Flugzeug setzte sanft auf, die Asphaltbahn schoß unter den Rädern dahin, und dann, als alles vorbei schien, geriet plötzlich die Maschine ins Schlingern, ein scharfer Ruck nach rechts ließ Passagiere überrascht aufstöhnen, Reisende, die in Gedanken schon Koffer vom Gepäckband geholt hatten, dem Ausgang zugeeilt waren, ihren Angehörigen und Freunden entgegen, nicht mehr Passagiere, sondern Angekommene, die das Flughafengebäude hinter sich ließen und sofort vergaßen, ihre vagen Ängste vergaßen und daß die Sicherheitslage prekär war. Terroristen, flüsterte irgend jemand, und ein zweiter, ein dritter griff es auf, ein Passagier schrie, kurz und schmerzlich, die Stewardessen in ihren Gurten bewegten sich hin und her, schaukelten, gaben unverständliche Zeichen. Noch immer schlingerte das Flugzeug, brach nach rechts aus, *brace, brace!*, wies eine Lautsprecherstimme aufgeregt an, doch Isabelle reckte sich zum Bullauge, sah ein Feuerwehrauto, ein zweites, sie war nicht sicher, ob das Dröhnen der Motoren lauter geworden war. Wieder aus dem Lautsprecher ein Ruf, unverständlich diesmal, gefolgt von einem Knattern, eine Stewardeß sprang auf, griff nach dem Mikrophon, aber obwohl ihr Mund, nur eine Sitzreihe vor Isabelle, sich deutlich bewegte, hörte man nichts, und in der Angst war etwas Jähes, Aufpeitschendes. Sie gestikulierte, die Stewardeß gestikulierte zu Isabelle, die noch immer aufgereckt dasaß, endlich den Kopf gehorsam senkte, mit einem Triumphgefühl, das die Angst übertrumpfte. Endlich kam aus dem Lautsprecher eine Stimme, –hier spricht der Kapitän, Schaum, dachte Isabelle, sie könnten die Landebahn mit Schaum präparieren. Nicht der geringste Anlaß zur Beunruhigung, lediglich ein Problem mit den Reifen, bitte angeschnallt bleiben, wir haben gleich die Parkposition erreicht. Aber etwas rauchte, sah Isabelle. Die anderen Passagiere schienen aufzuatmen, einige richteten sich wieder auf, fingen an zu reden, lachten. Noch immer rollte das Flugzeug, sackte ein, dann brach es nach rechts in sich zusammen, so langsam allerdings, daß es nur noch wenige Meter über den Asphalt schrammte, der Flügel vielleicht verletzt, es beschrieb einen Bogen, eine Wunde hinterlassend, Isabelle klammerte sich an die Lehne, Jakob, dachte sie, er wartete, wußte nicht, was ihr geschah. Endlich stand die Maschine still, auf einen Flügel gestützt und schief, so daß die Passagiere, verrenkten Gliederpuppen ähnlich, in den Gurten nach rechts überlappten. Sie würden, teilte die Stewardeß ihnen mit, über die Rutsche evakuiert, eine Sicherheitsmaßnahme, falls Explosionsgefahr bestehe, was aber so gut wie ausgeschlossen sei, und dann zerbrach etwas, die Selbstbeherrschung der Passagiere, die lostorkelten und zu dem Notausgang drängten, vor dem jetzt ein Mann stand, winkte. Isabelle war eine der letzten, die fürsorglich auf die orange Rutsche gesetzt wurden, sie glitt hinunter, genoß es fast, als wäre das nun tatsächlich ihre Ankunft in London. Obwohl sie ein College in Südlondon besucht hatte, kannte sie von der Stadt kaum mehr als das Studentenwohnheim, in dem sie ein Zimmer nehmen mußte, enge Flure voller Kakerlaken, verdreckte Waschbecken und stinkende Klos. Ein Geruch, der einem den Atem nahm. Sie hatte es Jakob ausgemalt, Zigaretten, altes Fett, verschimmelte Teppiche dort, wo durch die undichten Fenster Regenwasser ins Haus drang.

Nachts zu siebt in eines der winzigen Zimmer gequetscht, Wodka, bis sie betrunken waren, auf den Teppich kotzten, zu spät zum Unterricht erschienen, was den Lehrern gleichgültig war, solange bezahlt wurde, solange sie zeichneten und irgendeine Mappe ablieferten.
Die Passagiere redeten jetzt aufgeregt, erleichtert durcheinander, drängten sich in die Busse, einige schimpften über die Verspätung, einige spotteten über die Ungeduld der anderen, im Bus ging eine Flasche Parfüm zu Bruch, gleich sollte auch das Gepäck ausgeladen werden, aber Isabelle wartete nicht, lief, plötzlich voller Sehnsucht, hinaus und in die Ankunftshalle. Da war Jakob. Etwas war durchgesikkert, irgendeine Aufgeregtheit, er umarmte sie heftig, ließ sie nicht mehr los. Dann standen sie ratlos da. –Dein Gepäck, sollen wir es nachschicken lassen, was ist überhaupt passiert, wie kommst du wieder zur Gepäckabholung hinein? Beladene Gepäckwagen, Kinder, eilige Flughafenangestellte, Geschäftsleute strebten vorbei, Familien langsamer und komplizierter als die anderen, mit Puppen, Kinderrucksäcken und Täschchen, die von den Gepäckwagen purzelten, Mütter mit Babys im Arm, und dann kam ein ganzer Sportverein in blauen Trikots und weißen Trainingshosen. An den Schultern drehte Jakob vorsichtig Isabelle zu sich und küßte sie. –Laß uns nach Hause gehen, bat sie. Sie spürte seine Hände, seinen Atem. Doch dann drehte er sich um, sprach auf einen Mann in Uniform ein, und Isabelle durfte zurück zu den Gepäckbändern, die ihre Koffer im Kreis transportierten, und mit den drei Koffern kam sie, ernüchtert, zurück.
–Wir gehen nach Hause, versicherte ihr Jakob und schob den Wagen. –Nach Hause, und dann in ein Pub, und zwischendurch können wir einen Spaziergang machen. Er hatte den ganzen Nachmittag frei, Maude hatte ihn weggeschickt, obwohl er sich verwahrte, denn am Nachmittag sollte Bentham in die Kanzlei kommen. –Der erste Tag mit

Ihrer Frau!, und Maude ließ sich nicht umstimmen. Sorgsam verstaute der Taxifahrer die Koffer. Zwar war der Himmel klar, die Sonne jedoch blaß, die Landschaft noch fad. Die Bäume kahl, nur ein leichter Schleier grün, nichts, was das Herz erwärmte. Isabelle suchte seine Hand. –Und Andras, war er sehr traurig? Der Übergang war schwieriger als gedacht, fand Jakob und war erleichtert, als sie die Vororte erreichten, Häuser, die den Blick nach draußen rechtfertigten, dann, in Golders Green, Läden und orthodoxe Juden mit schwarzen Hüten, Jakob zeigte auf ein kleines Mädchen, das einen riesigen Kinderwagen vor sich herschob, und schließlich weiter nach Süden, die Hügel von Hampstead Heath.

Er händigte, das Taxi war schon abgefahren, Isabelle die Schlüssel aus und trug die Koffer an die Tür. Das Schloß erwies sich als widerspenstig, Isabelle stocherte unlustig, zog heraus und schob hinein, preßte sich gegen den Türrahmen, drehte sich nach Jakob um. Sie hatte ihn vermißt, wußte sie plötzlich, er stand da und lächelte, bemerkte nicht einmal, wie lange sie an der Tür hantierte, strich sich durch das rotblonde Haar, das zerzaust war. Er hatte ihr gefehlt, es war etwas kaum Sichtbares und Neues, das sie empfand, und irgendwann, dachte sie, irgendwann würde sie wissen, was es bedeutete. Dann endlich glitt der Schlüssel an die genau richtige Stelle, und sie trat ein, die Tür für Jakob aufhaltend. –Wo ist mein Zimmer? Jakob stand, lächelnd, noch immer im Eingang, sah sie erwartungsvoll an.

Aber sie streckte nicht die Hand aus, zog ihn nicht an sich, suchte nicht das Bett, das irgendwo stehen mußte, ihr Ehebett. Ja, Andras war traurig gewesen; einen Moment spürte sie es so deutlich, als sei es ihre eigene Empfindung. Dann ein Riß. Entfernt.

Sie öffnete die Tür rechts, warf in ihr Arbeitszimmer einen Blick, lächelte, Blumen auf dem Tisch, das Ganze, dachte

sie, wie man sich eine Pension wünscht, altmodisch, anheimelnd.
–Dein Reich, Jakob sagte es abwartend, distanziert. Oben Wohn- und Eßzimmer, die Küche. Wie eine telefonische Meldung, wiederholt. Deine Koffer trage ich gleich hinauf. Er war erleichtert, daß vor der Tür – Isabelle schaute aus dem Fenster – das kleine Mädchen nicht auftauchte, ein Bucklicht Männlein, unheimlich.
–Was sind das für Bäume?
–Platanen.
Noch kahl, fleckig die Stämme, die Zweige gestutzt. Ein Auto fuhr wie seitenverkehrt.
–Als führen sie ohne Fahrer, rief sie, gehen wir dann noch raus?
–Durch den Park, und wenn du willst, bis zur Themse.
–Ist das nicht zu weit?
–Nein, aber ein Stück können wir mit der U-Bahn fahren. Wir brauchen noch ein Paßfoto von dir, für den Ausweis, eine Monatskarte, damit du fahren kannst, soviel du willst.
Isabelle packte ihren Computer aus, lauschte nebenher auf ein Geräusch, das nicht von oben, sondern von seitwärts kam, anscheinend hörte man die Nachbarn, ihre Stimmen, etwas, das aufprallte, verrückt wurde, ein Möbelstück, oder war das doch Jakob?
Sie lief hinauf. Genug Schränke, für weitere Kleider reichlich Platz. –Setz dich aufs Bett, sagte sie, bis ich ausgepackt habe, und erzähle mir, wie es dir geht.
Da saß er. Während sie geschäftig in den Schränken räumte, seine Hemden übereinander und nach hell und dunkel sortierte, nach alltäglich und fürs Ausgehen, Hemden, zu denen er vielleicht Manschettenknöpfe hatte, vielleicht auch nicht, und obwohl eine Tür des Wandschranks aus der Schiene sprang, beinahe auf Isabelle, dann auf Jakob gestürzt wäre – er sprang auf und ließ sie zurück in die

Schiene gleiten –, bewegte sie sich heiter und geübt, dorthin die Gürtel, hier eine Schublade für Socken und Wäsche. Er saß wieder auf dem Bett. Ein durchs Fenster gleitender Lichtstrahl überquerte ihr Gesicht. Ihr Haar trug sie zurückgebunden mit einem schwarzen Gummi. Sie beugte sich zum Koffer, richtete sich auf, streckte sich. Inzwischen hatte er die Kanzlei (nicht sein Zimmer) und Maude beschrieben, den ersten Abend im Pub, den Platz unweit der Kanzlei, die Tauben dort und die Alte, die morgens die Tauben fütterte, aus Plastiktüten altes Brot holte, zerbröselte, Passanten beschimpfte. Die ersten Knospen, und wie der Regent's Park sich belebte. Noch ein paar Wochen, dann müßten sie nach Kew Gardens hinaus, wenn die Rhododendren blühten, und daß durch den Park die Themse fließe. Er betrachtete Isabelle, in ihren engen Jeans, dem blauen Pullover, ihr Po bewegte sich (bücken, aufrichten, ein Schritt rechts, einer links, präzise wie ein Spielwerk), er wollte danach greifen oder ihr sagen, sie möge einen Augenblick stillhalten. Schließlich verschwand sie im Bad, räumte in das Regal zwischen Waschbecken und Spiegel Creme und Deodorant und Zahncreme, stellte auf den Rand der Badewanne Shampoo, suchte für ihre Utensilien einen Platz. Dann tauchte ihr Gesicht wieder auf, so, wie es unzählige Male hinter einer Tür auftauchen würde, vertraut, ohne ihr Zutun vertraut, ohne Absicht. Wie einen Stich spürte er Gewohnheit, Liebe. Aber auch Unsicherheit, dachte er, weil die Gewohnheit nur einen Teil des Territoriums bedeckte, anderes nur zeitweilig überspülte, dann wieder freigeben mußte, weil etwas unberechenbar blieb.
Wenigstens Dinge sollten an ihren Ort zurückkehren, dachte er weiter, Häuser zu ihren Besitzern, Gründstücke zu ihren Eignern, die Turbulenzen, Ungerechtigkeiten konnten noch ausgeglichen werden, weil Menschen nicht nur Menschen (allzu kurzfristig und fahrlässig und ausgesetzt, hilflos nackt selbst unter der Schutzschicht funktionierender

Gesetze), sondern auch Rechtssubjekte waren. Gerechtigkeit, dachte er, gab es nur, wo sie sich materialisieren konnte, in Grundbucheinträgen, Verkaufsverträgen, notariellen Beglaubigungen, ein dünner Faden, den man aufnehmen und verfolgen konnte. Jetzt räumte Isabelle ihre Kleider ein, ihre Blusen neben seine Hemden, Pullover, zögerte, unterschiedliche Stapel, leuchtende Farben. Sie war mit ihm nach London gekommen. Wenn er jetzt an seine Fahrten durch Brandenburg Anfang der 90er Jahre dachte, an seine Hochgestimmtheit, ein Indiz, einen wichtigen Eintrag gefunden zu haben, der den Verlauf eines Verfahrens verändern konnte, begriff er, daß er naiv gewesen war, aber doch den Kern berührt hatte. Es gab keine abstrakte Gerechtigkeit, aber doch etwas wie einen Zustand von Gerechtigkeit, den er wiederherstellen helfen wollte. Menschen wurden wieder in ihre Rechte eingesetzt, weil sie Rechtssubjekte waren, Teile eines Geflechts aus Gesetzen und Geschichte. An der Idee, Dinge, wenn nicht zu heilen, so doch zu ordnen, hielt er fest. Besitztümer vermischten sich, weil sich die Lebensläufe von Menschen vermischten. Was gewaltsam als Trennung dazwischenfuhr, mußte vermieden oder rückgängig gemacht werden. Isabelle beugte sich zum letzten Mal zu dem dritten Koffer hinunter. Leicht berührte Jakob mit dem Daumen seinen Ehering. Dann klappte sie den Koffer zu. Er mußte an das kleine Mädchen der Nachbarn, dessen blasses Gesicht ihm unheimlich war, nun nicht mehr denken, der Weg zwischen seinem Zuhause und der Kanzlei war ein anderer geworden, kein Bucklicht Männlein, und sein Leben war das eines Ehemannes. *Schutzwürdig* und *redlich*, wie es in Fiebergs und Reichenbachs Einführung zum Vermögensgesetz stand, wenn schon nicht *in gutem Glauben*. Er lächelte in sich hinein, über diese Ungerechtigkeit sich selbst gegenüber; er würde sein Bestes tun. Veränderungen brachten immer etwas mit sich, das noch ungeordnet und wirr war. Gerade,

als er Isabelle von seinem Bürozimmer, von Bentham erzählen wollte, richtete sie sich verwundert lachend auf. Wie kindlich und weich ihr Kinn war. Sie kam zu ihm.
–Stell dir vor, ich habe vergessen, Schuhe einzupacken. Ihre Hände zeigten in die Luft. Leer. Hinter ihrer Stirn deutlich sichtbar, wenn auch durchsichtig und nicht zu fassen, ihre Gedanken, Wünsche. Sie näherte sich ihm, umfaßte seinen Kopf, fühlte die weichen Haare, so viel dünner als ihre eigenen, er kam ihr schutzlos vor. Die Sonne, von ihrem niedrigen Stand aus gerade über die Mauer eines Gärtchens reichend, schien jetzt direkt ins Zimmer, eine Sirene näherte sich und verebbte wieder. Er umfaßte ihre Hüften, die Finger tasteten die Nähte der Jeans entlang. Aufgenähte Taschen. Nieten. Wie weich die Haut darunter war, als er den Reißverschluß öffnete, schließlich die Jeans ein Stück weit hinunterzog, seine Finger verharrten unsicher, und dann noch weichere Haut, verborgen, täuschend, dachte er, als wäre ihre Berührung eine Illusion, die Zärtlichkeit seiner Küsse, während seine Gedanken ziellos umherwanderten. Er wünschte, sie wäre weniger hübsch. Andras hätte sie nicht anders geküßt, dachte er, aber sie gehörte ihm, sie stand vor ihm, lautlos, und dann ließ Jakob sich jäh aufs Bett fallen und zog sie mit sich.

Hand in Hand gingen sie die Straße entlang, vorbei an den Gemüse- und Zeitschriftenläden, den Tafeln mit den Schlagzeilen des *Evening Standard*, den Ständern mit den Zeitungen, es dämmerte schon, Inspektoren zurückgerufen, Ergebnisse der neuesten Umfragen, *Our intelligence officials estimate that Saddam Hussein had the materials to produce as much as 500 tons of sarin, mustard and VX nerve agent. In such quantities, these chemical agents could also kill untold thousands. He's not accounted for these materials*, las Jakob in einem Magazin, während Isabelle in der Fotokabine saß, den Stuhl hinauf- und hinunterdrehte, aber das ist doch alt, dachte er, das ist doch Bushs Rede vom Januar. Die schwerste Entscheidung meines Lebens, war das Blair?, und aus der Türkei die Nachricht, daß man zweiundsechzigtausend Soldaten doch nicht durch das Staatsgebiet fahren lassen wollte in den Irak. Immer wieder das Wetter, drohende Hitze. Sandstürme. Die Körper eingezwängt in ihre Schutzanzüge. Der Vorhang bewegte sich zur Seite, Isabelle schob, vorsichtig tastend, den Fuß aus der Fotokabine, eine Hand am Drehstuhl, dann richtete sie sich auf, stellte sich neben ihn. Sie warf auf eine der Überschriften einen Blick, zuckte zurück. Hinter dem Tresen hob der Verkäufer den Kopf und musterte sie mit schwarzen, harten Augen. *The materials to produce as much as 500 tons of sarin, mustard and VX nerve agent*, las Jakob, als, gewellt, das Foto aus dem Schacht fiel, in der warmen Luft hängenblieb, das Geräusch des Gebläses kaum hörbar durch den Straßenlärm von draußen. *What does the whole of our history teach us, I mean British history in particular? That if when you're faced with a threat you decide to avoid confronting it short term, then all that happens is that in the longer term you have to confront it and confront it an even more deadly form.* Dann waren die Fotos getrocknet, viermal lächelte Isabelle erwartungsfroh, –du kannst mir eines geben, sagte Jakob, für meine Brieftasche, und sie überquerten die Straße, Isabelle füllte das Formular aus, während Jakob bezahlte, das Wechselgeld einsteckte, und währenddessen fiel die Rolltreppe aus, so daß sie die einhundertfünfundsiebzig Stufen der Wendeltreppe hinuntersteigen mußten. Aber kaum standen sie am Bahnsteig, fuhr aus dem engen Tunnel der Zug ein, nahm sie auf, Wärme und maßvolle Geschwindigkeit und Gesichter, die desinteressiert nebeneinander mit den Bewegungen des Zugs schlingerten, zuweilen mit einem Ruck Gesicht und Hals und Oberkörper in Balance brachten. Die beiden bekamen Sitzplätze nebeneinander, ihre Hände berührten sich, sie waren ermüdet und mit dem winzigen Mißtrauen zu großer Nähe ineinander verwoben und von dem Wunsch beseelt, sich voneinander zu entfernen. Unmerklich verlagerte Isabelle ihr Gewicht von rechts nach links. Die stikkige Wärme rötete ihr Gesicht, sie rückte von Jakob ab, er behielt die Leuchtanzeige mit den wandernden Buchstaben im Auge, fürchtete plötzlich, statt des Namens der nächsten Station könnte eine Warnung auftauchen, *Alert! Terror Attack!,* der Zug stockte, blieb auf der Strecke stehen, setzte sich wieder in Bewegung, und Jakob gab sich auch einen Ruck, sein Gesicht wurde fester, männlicher, und dann stand da Charing Cross, sie stiegen aus. Es war schon dunkel, die geschäftigen Lichter der Autos, Läden, Cafés verzerrten die Konturen, Turbulenzen entstanden, Berührungen, Rempeleien, Blicke rissen die beiden aus dem eigenen Leben heraus und in etwas hinein, das futuristisch und mittelalterlich war, ein Gewimmel aus Reisenden, Händlern, Dieben, Ausrufern, Bettlern und Verrückten. Die Geschäftsleute, rastlos und mit verschlossenen Mienen. Dröhnende Beschleunigung der Bus-Ungetüme, die stolpernden, hastigen, dann verharrenden Schritte unentschlossener Passanten auf dem Weg nirgendwohin. Immer wieder wurden Jakob und Isabelle auseinandergedrängt; er fühlte, daß er ihr nichts bieten konnte, und er wurde unruhig. Es begann zu nieseln, die Tropfen brachen die Lichter, Isabelle schien es nicht zu bemerken, er wollte mit ihr Schuhe kaufen, vielleicht am Büro vorbeigehen, um ihr zu zeigen, wo er arbeitete. Sie trieb an ihm vorbei, wartete, rieb sich an ihm, wenn Entgegenkommende sie gegen ihn schoben, den Kopf hin- und herwendend, die Lippen leicht geöffnet, wie eine kleine Cousine, die man für ein Wochenende eingeladen hatte, aus einer Idee heraus, die schon vergessen war, um gleichgültige Verwandte zu befrieden oder weil man es sich nett vorgestellt hatte, einer so jungen

Frau die Stadt zu zeigen, und dann drängte sich eine kleine erotische Verwirrung störend in die Unbefangenheit. Isabelle bog rechts in eine Seitenstraße ein, rief ihn, rannte ein paar Schritte vorneweg, lockte, versteckte sich hinter einem Auto, ein Übermut, der provozierend und ihm fremd war, und dann steuerte sie – nur eine Straßenecke von der Devonshire Street entfernt – ein Restaurant an, stieß mit beiden Händen, als wollte sie etwas erproben, die Türe weit auf, und er folgte ihr. Bentham und Alistair saßen an dem Tisch, der dem Eingang am nächsten stand. Für einen endlosen Augenblick sah Jakob, wie die beiden ihre Blicke neugierig auf Isabelle richteten, sie stolperte, ein Kellner schoß herbei, ein zweiter folgte ihm, sie drängten Jakob in den Hintergrund, hinter ihm schwang die Tür wieder zu. Er spürte, wie Alistair, nachdem er sich an Isabelle satt gesehen hatte, an ihrem minzgrünen Röckchen, den Turnschuhen (sie hatten keine Schuhe gekauft, dachte Jakob schuldbewußt), ihn entdeckte, den blonden Schopf überrascht hochriß, amüsiert, während Isabelle einem der Kellner ihre Regenjacke aushändigte und das kurze T-Shirt zum Vorschein kam, weiß, verwaschen. Gleich einem Schüler fand Jakob sich vor Bentham stehen. Er fühlte, daß er errötete. –Hoffentlich war Ihr Spaziergang weniger hastig, merkte Bentham an, erhob sich vorsichtig, den schweren Oberkörper in prekärem Gleichgewicht über den Tellern ausbalancierend, und streckte erst Isabelle, dann Jakob eine nicht sehr große Hand entgegen. Die Berührung war warm und tröstlich, Jakob lächelte endlich, murmelte etwas, die Augen, die ihn aufmerksam betrachteten, waren verblaßt, ein mattes Violett umgab die braune Iris. Eine Speisekarte wurde Jakob vor die Nase gehalten, eine Flasche Wein auf den Tisch gestellt, Bentham machte eine kleine Geste und brummelte etwas, das Jakob nicht verstand, die Kellner aber begriffen sofort und schenkten die Gläser voll.

–Regent's Park ist zu jeder Jahreszeit empfehlenswert, aber

natürlich regnet es häufig, sagte Bentham, blickte zu Alistair und Isabelle, die unschlüssig nebeneinanderstanden, und Bentham stand auf, deutete eine Verbeugung an. Isabelle setzte sich, sie nahm Fahrt auf wie ein kleines Schulsegelboot, entzückend, jungmädchenhaft, ein Optimist in günstigem Wind, und da sagte Alistair etwas, machte einen Vorschlag, dem Isabelle zustimmte, dem Bentham zustimmte, aber Jakob hatte Bentham angeschaut und nichts gehört.

Irgendein Geräusch weckte sie morgens, wenn das Bett neben ihr schon abgekühlt war, die Bettdecke über den Rand hing wie erstarrt. Sie wußte nicht, was es war, und später, als sie hinuntergegangen war ins Erdgeschoß, hörte sie die Nachbarn lärmen, nicht jeden Tag, aber oft genug, um darauf zu warten. Wenn es windig war, klapperten die Fenster. Es war schon Anfang März, die Anzeichen des Frühlings mehrten sich, weitere Umfragen über den Irak-Krieg wurden veröffentlicht, sie kaufte am Kiosk neben der U-Bahn-Station den *Guardian*, in der Falkland Road gab es einen Lebensmittelladen, und zu *Sainsbury's* in Camden Town war es auch nicht weit. Ginka rief an, Alexa, sogar ihr Vater, sie fragten, ob es jetzt, da sich der Einmarsch der Amerikaner und Briten im Irak abzeichnete, nicht zu gefährlich sei und ob sie mit der U-Bahn fahre, unvermeidlich, sagte ihr Vater, daß etwas geschehe, früher oder später. Jakob bemühte sich, nicht allzu spät aus dem Büro zu kommen. Alistair war ihr erster Gast, zu Hühnchen bot Isabelle ihnen Erbsen in Minzsoße an, sie hatte nicht gewußt, daß es Minzsoße wirklich gab. Bentham, sagte Jakob, wolle sie einladen, und Jakob kaufte sich einen dunkelblauen Anzug und zwei Hemden von Paul Smith, sie waren in der Regent's Street gewesen, aber Isabelle lief noch immer in Turnschuhen herum, unkenntlich grau nach einer Woche. Obstbäume blühten, Blumen im Park und in den kleinen Vorgärten, auf der Fensterbank vor dem Schlafzimmer in verblichenen Blumenkästen die Osterglocken. –Hier schneit es, sagte Andras am Telefon, ich sehe aus dem Fenster, Schneeflocken sind das. Die Kunden rennen uns die Bude ein. Alles geht weiter wie bisher, ist das nicht wunderbar?

Jakob sah Bentham jetzt jeden Tag. Er kam nicht vor elf Uhr, saß bei Maude, dann in der Bibliothek bei Mister Krapohl, stieg schließlich die Treppen langsam, mit schweren Schritten hinauf (den Aufzug benutzte er nicht), hielt brummelnd vor Jakobs Tür, höflich, nicht einladend, ein Tanzbär, der seine Kunst für sich behielt. Um fünf Uhr brachte Maude auf einem Tablett ein Glas heiße Milch mit Honig, weil Bentham Tee nicht leiden konnte, nicht nachmittags, er war, sagte er Jakob, ein alter Mann mit einer alten Stimme, der heiße Milch mit Honig guttat, und Maude verbot ihm, vor sechs Uhr Whisky zu trinken. Das Jackett saß eng über dem vorgewölbten Bauch, er hatte sehr kleine Füße. Den ganzen Tag klingelte das Telefon, Maude rief die Namen der Anrufer aus wie ein Zeremonienmeister, aber es hörte sie nur, wer gerade im Treppenhaus war, und dann drückte sie unterschiedliche Knöpfe, verärgert, nervös, und oft mußten die Mandanten mehrmals anrufen. –Sie rufen wieder an, grinste Alistair, du siehst ja. Und wirklich taten sie das, unverdrossen, hoffnungsvoll, damit Bentham und seine Kanzlei lösten, was sich anderswo dahinschleppte oder unklar blieb. –Wir gehen nicht vor Gericht, natürlich nicht, wir schließen meistens nicht einmal die Verträge ab, sondern entwerfen sie bloß, erklärte Alistair. Bentham kann endlose Verhandlungen nicht leiden, er macht Vorschläge, und die Mandanten nehmen einen weiteren Anwalt, der sie umsetzt oder eben nicht. Bentham ist das ziemlich egal. Vielleicht funktioniert es deswegen so gut. Nur in Deutschland brau-

chen wir jemanden, der die Sachen vor Ort und vor Gericht durchficht, wenn es nicht anders geht.
Aber auch was die Fälle in Deutschland betraf, schien Bentham es nicht eilig zu haben. –Hetzen Sie sich nicht, riet er Jakob, gehen Sie mit Ihrer Frau spazieren, Maude wird Ihnen schon sagen, wenn etwas eilig ist. Sehen Sie, sagte Bentham, ich weiß einfach nicht, ob ich jemandem wie Miller wirklich wünschen soll, daß er etwa nach Berlin zieht. Was will er dort, mit seinen fünfundsechzig Jahren – ein Geschäft aufbauen? Sich um Mieteinnahmen kümmern? Es sind fast immer die wohlhabenden Leute, die sich jetzt noch um ihren Besitz sorgen, jedenfalls kommen zu uns nur die Wohlhabenden, und sie wollen keinen Vergleich, keine Entschädigung. Einsame Leute oft, und die Verfahren schleppen sich hin. Aber Sie sollten sich nicht hetzen müssen wie vermutlich in Berlin, nicht wahr?
Trotzdem blieb Jakob bis abends in der Kanzlei, bis Alistair oder Bentham zu ihm ins Zimmer kamen und ihn nach Hause schickten. Falls Isabelle enttäuscht war, ließ sie es sich nicht anmerken. Jakob lag jetzt manchmal schlaflos, und er fragte sich, ob auch sie wach lag. Atemzüge konnten täuschen. Es war, als beobachtete man den anderen mit Hilfe eines Spiegels unbemerkt. In den nächsten Tagen wollte Alistair ihr die Soane-Collection zeigen, die man einmal im Monat bei Kerzenlicht besichtigen konnte, Jakob würde einen Mandanten treffen und vielleicht nachkommen. Alexa hatte ihren Besuch angekündigt und wieder abgesagt, doch Isabelle schien nicht allzu unglücklich darüber. Sie arbeitete tagsüber oder lief durch die Stadt, er mochte es, wenn sie ihm beim Abendessen erzählte, wo sie herumgelaufen war, sie kannte London schon besser als er. Für einen Moment, bevor er dann doch einschlief, schoß ihm durch den Kopf, daß man sich entscheiden konnte, glücklich zu sein, und schon im Halbschlaf, war diesem Gedanken nichts entgegenzusetzen.

Morgens weckte ihn der Lärm eines Flugzeugs, das klang, als kratzte es mühsam eine Kerbe in den Himmel. Das Wetter war schön.

20

Er lief durch den Gang, an Mänteln vorbei, an Kartons, leeren Getränkekisten, für einen Moment verebbten die Geräusche, die Musik und Stimmen aus dem Gastraum, Jim grinste, noch ein paar Minuten, und wenn die Bullen dann da waren, würde das Geschrei einsetzen, ein Gejammer, als würden Betlehems Kinder geschlachtet, und jetzt drehte irgendein Idiot die Anlage so laut, daß auch der lauteste Warnruf untergehen mußte. Der Türsteher, der Albert kannte und wußte, daß Jim für ihn arbeitete, hatte ihn gewarnt. Irgendein Schleimbeutel, hatte er grinsend erzählt, verdiente sich ein paar Pfund damit, daß er Adressen und Uhrzeiten an die Polizei weitergab, die gerne einsammelte, was sie fand, Koks, Hasch, ein bißchen Speed und Ecstasy, und eventuell den Dealer dazu. Vermutlich war es der Türsteher selber, dachte Jim, der die Bullen anrief. Aber ihm konnte es egal sein, und er hatte verkauft, was Albert ihm geliefert hatte. Es wurde lauter, Straßenlärm, irgendwo ein offenes Fenster, hinter einer dieser Türen, hatte der Typ gesagt; drei waren abgeschlossen, die vierte offen. Er schrak zurück, ein Witzbold hatte vor dem Tisch ein Skelett aufgestellt und am rechten Arm eine Lichterkette befestigt. Kleine Glühbirnen, die den Arm hinaufkletterten wie Insekten. Und hier also war das Fenster, Pappe da, wo Scheiben sein sollten, Jim schlüpfte hinaus.

Draußen eine nicht sehr hohe Mauer, Müll, Autos, eine Werkstatt anscheinend. Ein paar Meter rannte er, ohne

Überzeugung. Nasses Pflaster, Pfützen, aufspritzendes Wasser, die Nacht dick und regenschwer, die Autos mühten sich voranzukommen. In der Tasche seiner Jeansjacke spürte er das Geld. Das Poster mit Maes Foto hatte er gesehen, Albert hatte es in Kentish Town Station aufhängen lassen, – damit du uns nicht vergißt, hatte er gesagt, als Jim anrief, tobte. Ich wollte sicher sein, daß du anrufst, hatte er Jim gesagt, so eine lange Zusammenarbeit gibt man doch nicht einfach auf? Und Jim hatte sich gefügt. Bevor er Mae nicht gefunden hatte, würde er nicht weggehen. Solange er in der Lady Margaret Road bleiben konnte. Bis Damian zurückkam, dachte er. Solange ihn keiner dort aufspürte.
Nur mit dem Jungen, Dave, der mit seinen Eltern in der Nummer 47 wohnte, redete er manchmal. Irgend etwas an ihm mochte er. Nebenan, in die Nummer 49 war ein jüngeres Paar eingezogen, bestimmt keine Kunden, er jedenfalls nicht, aber die Frau war Jim aufgefallen, obwohl er sie bisher nur von hinten gesehen hatte, in einem kleinen, koketten Regenmantel, mit Turnschuhen, ungefähr so groß wie Mae, das hatte ihm einen Stich gegeben. Ungefähr ihre Figur. Waren eingezogen mit allem Pomp, Möbeln und Kisten, in denen Geschirr und vielleicht Bücher waren. Es hatte Jim nie interessiert, wie andere das machten, einziehen, umziehen, sich einrichten, die ganzen Kisten, die ganzen Sachen aus den Kisten um sich herum aufgetürmt, daß man in ihrer Mitte sicher und gemütlich geborgen war, aber plötzlich sprang es ihm ins Auge. Sie waren eingezogen, zu zweit, wie in einer Umarmung, die den Regen abhielt, und alles andere auch. Jim hatte sich an die Lady Margaret Road gewöhnt, an den kleinen Garten, in dem die Eichhörnchen die Baumstämme hinaufrasten, wenn er die Tür öffnete, und von oben kam abends der Geruch des Abendessens, das die Leute kochten, die ihn nicht grüßten, vermutlich, weil sie mit Damian schlechte Erfahrungen gemacht hatten.

Als er sich zwei Tage später mit Albert am nördlichen Rand von Soho traf, ließ er sich hinreißen, darüber zu reden. –In einer richtigen Wohnung – nicht so einer Bruchbude, wie du sie immer für uns hast – bist du ein ganz anderer Mensch, nicht so ein Idiot, nach dem man nur pfeifen muß. Du glaubst, wir warten nur darauf, daß jemand nach uns pfeift, nicht wahr? Du pfeifst, und Ben versucht zu pfeifen, aber mit mir könnt ihr das nicht mehr machen. Man kommt auf Sachen, die einem sonst nie eingefallen wären, in einer Wohnung, meine ich, weil man immerhin ein Mensch ist, kapierst du? Nicht bloß so ein gehetztes Kaninchen mit ängstlichen Augen, sondern ein Mensch, der morgens aufsteht und sich wäscht oder so, und sogar daran denkt, in die Kirche zu gehen, wie als Kind, weil er Gottes Segen haben möchte oder daß jemand für ihn betet. Man erinnert sich plötzlich an Sachen, und all der Dreck ist wie eine dicke Kruste, unter der etwas anderes ist, das du bloß vergessen hast. Du erinnerst dich plötzlich, daß du als Kind einen kleinen Hund gehabt hast, also, nicht wirklich einen eigenen Hund, aber so gut wie, weil er jeden Tag zu euch herübergelaufen ist und du etwas für ihn aufgehoben hast.
–Wenn meine Restaurants richtig laufen, sagte Albert verlogen, dann stelle ich dich ein, und du kannst bei mir als Küchenchef arbeiten.
–Klar doch, fauchte Jim, als Küchenchef, der Spiegeleier macht.
–Warum gönnst du mir nicht auch meinen kleinen Traum? fragte Albert weinerlich, und Jim biß die Zähne zusammen, die verdammte Sentimentalität, Alberts und seine eigene, dieses weinerliche Gehabe. Doch irgendwann würde Albert kriegen, was er wollte, und Jim nicht. Mae, dachte er. Aber er haßte Albert nicht. Das dicke, gerötete Gesicht weckte keinen Haß in ihm. –Vergiß nicht, setzte Albert an, –daß du mich von der Straße weggeholt hast, ergänzte Jim

angeekelt. Der gute Albert, immer so weichherzig. Und mich dann auf die Straße zurückgeschickt, damit ich den Arsch für deine Freunde hinhalte.
Wenn die Tür des Pub aufschwang, hörte man den Regen, und Leute kamen mit Zeitungen herein und diskutierten, was geschehen würde, nächste Woche, wann es losgehen würde, und über die Demonstration und ob Blair recht hatte oder Blix, redeten, als würden sie nach ihrer Meinung gefragt, bevor irgendwelchen Ärschen im Wüstensand das Gehirn weggepustet wurde. Dabei kam es nicht darauf an, was die Leute sagten, dachte Jim. Wenn einer erst tot war, dachte Jim, war es, als hätte er einen falschen Namen und keine Adresse mehr. Alberts Gesicht war rot und aufgequollen. Er machte sich wieder Sorgen, wegen der Kontrollen, weil Ben kontrolliert worden war, sie hatten ihn nach Hause begleitet, wo zum Glück niemand gewesen war, aber natürlich sah man, daß er dort nicht alleine wohnte, in diesem Loch in Brixton, in Reichweite von Alberts Büro. –Und euer Mufti? fragte Jim. Meldet sich freiwillig für den Irak-Krieg und zieht gegen seine Brüder in den Tod? Er trank das Glas aus, ein neues Pint wartete schon auf dem Tresen, denn die Bedienung mochte ihn, lächelte süß, und Albert verzog das Gesicht, als hätte er auf Schlechtes gebissen, weil Jim ihm den Rauch seiner Zigarette in die Augen und in die Nase blies. –Stell dir vor, wie das hier wird, sagte er, du steigst in die U-Bahn und weißt nicht, ob du lebend wieder herauskommst. Alberts Obsession, seit dem 11. September. –Nicht wahr, du kannst es gar nicht abwarten, daß hier auch etwas passiert? grinste Jim, stieß mit dem Rücken gegen einen dicken, vergnügten Mann, der aufrichtig seine Entschuldigung aussprach, als Jim ihn anfunkelte, als wolle er gleich Genugtuung fordern, und dann verzog sich der Dicke mit seiner Freundin ans andere Ende des Tresens. Albert faselte weiter über das, was geschehen würde. –Versuch mal, eine

ganze Stadt zu evakuieren, oder die Züge unter der Erde, und wenn ein Tunnel eingestürzt ist. Jim schnitt ihm das Wort ab, wollte jetzt gehen, streckte ihm einen Umschlag hin, je weniger unauffällig, desto sicherer, Alberts Methode, die bislang tadellos funktionierte, und Albert nahm das Geld, sagte aber, daß er nichts bei sich habe, was er Jim geben könne, der schon die Hand ausgestreckt hatte und ihn erst verblüfft, dann aufgebracht anstarrte. –Versteh doch, wieder die weinerliche Stimme, ich muß ja an die Zukunft denken. Und folglich trug er nichts bei sich, das war es, Albert hatte mit Drogen nichts mehr zu tun, trank wie ein guter Bürger sein Bier, kassierte sein Geld, ließ andere rennen, das war alles, und hier, in einem Pub, konnte Jim ihm keine Szene machen. Malte sich Schrekkensbilder aus, richtete sich dahinter ein wie ein Eichhörnchen, sicher, behaglich, mit ausreichend Vorräten ausgestattet. Jim war blaß geworden. –Wenn du dir einbildest, daß ich noch einmal dein Scheißbüro in Brixton betrete und mir das Zeug selber abhole, dann hast du dich geschnitten. Und wie Albert ihn beschwichtigte und beruhigte; die Leute, dachte Jim, die sich alle Katastrophen ausmalen können, weil sie so sicher sind, daß ihnen selbst nie etwas zustoßen wird. –Und mit Ben treffe ich mich auch nicht, beharrte Jim. Schließlich einigten sie sich, daß Hisham bei Jim anrufen würde. –Hast du das Poster gesehen, mit Mae? fragte Albert zum Abschied, tätschelte ihm die Schulter.

Als er die Kentish Town Road hinaufging, sah er durch die Scheiben von *Pang's Garden* Dave, der sich gerade eine Tüte Pommes bestellte, und er ging hinein, wo Dave ihn anstrahlte und anfing, etwas zu erzählen, als könnte Jim Dinge in Ordnung bringen, fünf Pfund, die er für seine kleine Schwester geklaut hatte, und die Brüllerei und warum er nicht nach Hause ging heute nacht, obwohl er noch nicht wußte, wo er schlafen würde, weil die Jungs, die gesagt hatten, daß er zu ihnen kommen könne, ihm aufgelauert hatten. Jim bestellte sich eine kleine Portion Pommes und eine Frühlingsrolle, sie saßen auf der grünen Bank am Fenster, die einzigen, die nicht gleich wieder hinausgingen, sondern drinnen aßen und den vier oder fünf Chinesen zusahen, die hinter dem Tresen etwas zubereiteten oder putzten und dabei fernsahen. Dann öffnete sich in der niedrigen Decke eine Klappe, und drei Frauen staksten eine ausziehbare Leiter herunter. –Zwischendeck, warf Jim dem Jungen hin, vermehren sich wie die Karnickel da oben, und dann kommen sie runter und breiten sich überall aus. Dave schaute ihn erschrocken an und sagte nach einer Sekunde mutig: –Aber Sir, sie sind sehr nett hier. Sie haben mir schon oft etwas zu essen für meine Schwester mitgegeben. Der Alte, wahrscheinlich der Besitzer, hockte vor dem Fernseher, löffelte eine Suppe, während seine Frau die Pfannen wienerte und die zwei Söhne miteinander tuschelten.

Dave saß da und hielt sich gerade, er dachte daran, wie er Jim zum ersten Mal gesehen hatte, hier, als zwei von den Jungs aus der Schule draußen warteten, bereit, bis zum Morgen herumzulungern, immer wieder gegen die Scheibe klopften, und Jim hatte sofort begriffen, was los war. Es roch nach heißem Fett, aber das war okay, und Dave war jeden Tag vorbeigelaufen, um Jim wiederzutreffen. Kaufte eine Tüte Pommes, wenn er Geld hatte. Dann traf er Jim auf der Straße, in der Lady Margaret Road, nur ein paar Häuser weiter unten, und Jim hatte ihm gesagt, er solle sich unterstehen, bei ihm zu klingeln. Dave selbst störte ihn nicht, aber die Jungs, die ihn piesackten, gefielen Jim nicht, kleine Diebereien und Drogen und natürlich Schuleschwänzen, große Klappen und kleine Messer. –Ich werde keine Drogen nehmen, sagte Dave ernsthaft, und Jim nickte.

Zu Hause schloß Jim die Tür hinter sich ab und räumte

auf. Dann legte er sich aufs Sofa und schaltete den Fernseher ein. Die Gasheizung stieß ihre Rauchwolken vor dem Fenster aus. Wahrscheinlich hatte Dave sich nicht nach Hause getraut. Und wo war Mae? dachte Jim, während er sich vorstellte, wie Dave durch die Straßen schlich und das Paar aus Nummer 49 behaglich auf dem Sofa saß, vor einem künstlichen Kamin, und sich umarmte.

Sie trafen sich in der Edgeware Road, Jim kam aus der U-Bahn, Hisham trat aus einem Laden, ging rasch auf ihn zu. –Ich lade dich zum Essen ein, sagte er, und Jim blickte mißtrauisch hinter sich. –Ich lade dich ein, wiederholte Hisham achselzuckend, immerhin habe ich noch etwas gutzumachen. Die Tüte streckte er Jim gleich hin, ein Angebot, das Jim grinsend ablehnte. –Nein, trag du das nur, sagte er. Vor einem Café saßen Männer mit ihren Wasserpfeifen. In einem Restaurant sah man riesig an die Wand projiziert das Programm eines arabischen Senders, ein Kellner balancierte sein Tablett voller Teetassen, am Fenster aß alleine eine junge Frau mit Kopftuch, sie kaute an ihrer Pita, Tränen liefen ihr übers Gesicht. Dicht schob sich der Verkehr, laut. Es roch nach gegrilltem Fleisch, vor kleinen Läden lagen unbekannte Früchte, fahl, schuppig wie Eidechsenhaut, braune, knorrige Gebilde, die Hisham prüfend anfaßte, auf arabisch etwas murmelnd, das den Verkäufer zu empören schien, mit einer kleinen Verzögerung fuhr er wie eine Schlange auf, reckte den Kopf, züngelte, und Jim trat neben Hisham, kindisch, als wolle er nicht übersehen werden, wenn es zu einer Schlägerei kam, aber nichts dergleichen. Hishams Blick war es, der den anderen zur Ruhe brachte, sein sanfter, sanftmütiger Blick, und Jim lachte auf. So gingen sie weiter, Richtung Süden, bis sie ein bescheiden aussehendes Lokal erreichten, ein Bursche in Daves Alter kam herausgelaufen, verneigte sich leicht vor Hisham und führte sie an einen Tisch im Inneren, an den sogleich Tee gebracht wurde, und der Tisch wurde gedeckt, sorgfältig, mit Stoffservietten, die dünnen Arme und Hände des Jungen richteten alles geschickt ein, und dann kamen kleine Teller, Hackfleischbällchen, Falafel, eingelegter Kohl, Humus, erklärte Hisham. Jim setzte sich, unbehaglich, sein Hals juckte, er wollte sich umdrehen, überall hindrehen, aus Mißtrauen, aus Neugierde, weil die Gerüche fremd waren, weil Hisham kleine Zeichen gab oder unverständlich etwas sagte, und der Junge in die Küche stürzte, nicht unterwürfig, eifrig nur, fast aufgeregt, fast so, als sollten Jims Wünsche in Erfüllung gehen. Das war es. Als sollten seine Wünsche in Erfüllung gehen. Von den Lippen abgelesen. Kleine, graugrüne Oliven. Es war die Geste des Jungen, die ihn dazu brachte, sich zu nehmen, tastend, prüfend mit der Zunge über die glatte, etwas bittere Haut zu gleiten, von dem Fladenbrot ein Stück abzureißen und in das helle Püree zu tunken. Von den braun-grünen Bällchen abzubeißen. Mißtrauisch Hishams Gesicht beobachtend, der ebenfalls aß und sich nur unterbrach, um eine Anweisung zu geben. Mehr Tee. Eine Schale mit warmem Wasser, in das man die Finger tunken konnte, um sie zu reinigen. Es duftete nach Rosenöl. Halbdunkel war der Raum, die Tür schloß nicht fest, ein Windstoß zwängte sich durch den Türspalt, noch immer war kein anderer Gast eingetreten, nur der Junge lief hinein, hinaus, eifrig, glücklich, so alt wie Dave. Aber Hisham hatte Jim in Brixton von hinten niedergeschlagen, ohne ihn zu kennen. Jetzt hielt er ihm sanftmütig das lauwarme Wasser hin, in das Jim die Hände tauchte. Ein heller, scharfer Schmerz ließ Jim auffahren, er stieß die Wasserschale um, das Wasser ergoß sich über den Tisch, durchnäßte die Servietten, sammelte sich zwischen dem Besteck zu Pfützen, schwemmte Krümel an die Tischkante. Hisham blieb sitzen. Jim spürte, wie sich sein Gesicht verzog, der Mund. –Nicht, sagte Hisham. Immer gab es Lärm,

Lärm, der durch den Türspalt drang, Lärm der Autos, all die Autos, all die Menschen, die sich durch die Straßen drängten, all die Angst, und das Gedränge in den Bahnhöfen und Flughäfen, dies Gedränge, das dazu zwang stillzuhalten, abzuwarten, ruhelos und unglücklich, und jederzeit konnte etwas geschehen, konnten die Stimmen wieder laut werden, die Schlafenden aufwachen, das, was man vergessen hatte, wieder auftauchen. Ein kalter Windstoß traf ihn, die Tür bewegte sich, und Jim grinste, weil wie in einer kitschigen Fernsehserie eine junge Frau zögernd, abwartend davorstand, er schloß die Augen und dachte, Hisham habe Mae für ihn gefunden. Aber da war nur kalte Zugluft, die Bitterkeit, Zorn, dieser hilflose, wühlende Schmerz. Hisham saß immer noch ruhig da, sah ihn bloß an, der Junge und sein kleiner Bruder liefen herbei, mit Lappen, griffen sich die durchnäßten Servietten, lachten, klaubten Olivenkerne und Oliven aus dem Wasser, brachten frische Servietten, weitere Teller, noch einmal Brotfladen, der größere trug eine Platte auf, Spieße mit gegrilltem Fleisch und Zwiebeln und Tomaten, der kleinere zupfte Jim am Ärmel. –Die Brüder meiner Frau, sagte Hisham, es waren acht Kinder. Er rief etwas. Wieder zwängte kalter Wind sich durch die Tür, ein Paar trat ein, Touristen, dachte Jim, ihr Eintreten demütigte ihn, der noch immer ungeschickt am Tisch stand, ungeschickt die Hände auf halber Höhe hielt, über seinen Hüften, in der Luft, und diese Hände waren wie erstarrt, umgeben von unsichtbarem Eis oder gefrorener Luft. Das Paar, nach einem kurzen Blick auf die beiden Männer, setzte sich, der kleine Junge rannte wieder herbei, stand genau vor Jim, den Kopf in den Nacken gelegt, hob das Gesicht zu ihm und zog dann aus ihrem eisigen Gefängnis Jims rechte Hand, um sie zwischen seinen so viel kleineren Händen zu halten, als wollte er sie wärmen. Dann ließ er sie los, wie einen Ball, der davonhüpfen würde oder einen Vogel, der ängstlich gewartet hatte zu entkommen. Jim fand sich ihm gegenüber, lächelnd, verlegen, aber er setzte sich und fing an zu essen, während Hisham geschickt die letzten Fleischstücke von den Spießen löste.

Ruhig floß der Verkehr durch die Edgeware Road, und Jim ging zu Fuß bis zur Marylebone Road, er wollte nicht mit dem Bus oder der U-Bahn fahren, eine hübsche Strecke zu Fuß, und er rieb eine Hand in der anderen, bewegte die Finger, um sie aufzuwärmen, regnerisch und trüb war der Nachmittag, als wäre wieder Herbst, als steuerte man noch einmal auf ein Ende von etwas zu. Gereizt drängten sich die Passanten an den Ampeln, liefen gedrängt über die Fahrbahn. Ein korpulenter Herr stieß gegen Jim, drehte sich, merkwürdig schwerelos, ganz zu ihm und verharrte, als er Jims Gesicht sah. Hupend fuhr ein Taxi auf die beiden zu. – Jeder scheint so ungeduldig, nach Hause zu kommen, sagte der Mann. Sie entschuldigen mich, nicht wahr? Oder wünschen Sie irgendeine Satisfaktion? Noch einmal hupte das Taxi, und der Mann neigte höflich den Kopf, winkte dem Fahrer und ging weiter. Andere schoben sich dazwischen, Köpfe, Köpfe, darüber Schirme, noch war der Eingang zum Park geöffnet, in der Tasche des Anoraks fühlte Jim den Nylonbeutel, ein Polizeiauto verlangsamte, stellte das Blaulicht an, aber er war unsichtbar, tauchte in den dämmrigen Park, in dem nur einzelne Jogger noch ihre Bahnen zogen, Frühling, dachte er, und Mae hatte behauptet, daß das Ende immer höflich war, daß man immerhin doch beerdigt würde. Auch wenn es eine Schande war, wenn niemand dem Sarg folgte, mit Blumen in der Hand und bedauernden Reden. Sie redete zu oft über den Tod. Sie hätte Hisham gemocht, dachte Jim, seine höfliche Art, und ihn ausgelacht, weil er so mißtrauisch war, immer mißtrauisch. Fast war es, als würde sie ihn zu Hause erwarten. Man konnte sich derlei ausmalen, es kostete nichts.

Sie war von Anfang an ein bißchen abwesend und unaufmerksam gewesen, er hatte sie geschüttelt, wenn er nicht wußte, ob sie betrunken war oder bekifft oder eben nur unaufmerksam, schwer zu sagen bei ihr, das glatte Gesicht fast ohne Ausdruck, wie aus einem Film herausgeschnitten oder aus einem Foto, so, als wäre er nicht wichtig und sie auch nicht und Albert nicht. Niemand. Wenn du verloren bist, mußt du nichts mehr suchen, hatte sie gesagt, und er wollte sie schütteln. Sie war wie weggetrieben, vor seinen Augen verschwommen. Abgenommen hatte sie, die vorher so weich gewesen war wie ein Mädchen, mit runden, kindlichen Knien und Ellbogen, so überrascht, daß er nicht wegging, nicht ohne dich, hatte er gesagt, ohne dich gehe ich nicht. Und sie hatte manchmal ein Unterhemd von ihm angezogen, nichts sonst, wie sie auch ihre Pullis auf der nackten Haut trug, keinen BH darunter, enge, weiche Pullis, hellblau oder rot. – Ich kaufe dir, was du willst, hatte er gesagt, aber sie wollte nichts, keinen Rock, kein Kleid. Selten nur ging sie mit ihm nach draußen, Hand in Hand, oder ließ zu, daß er seinen Arm um ihre Schulter legte. Bevor er sie überreden konnte, mit rauszugehen, suchte sie hektisch eine Jacke oder einen Mantel, selbst wenn es warm war. Einmal sagte sie, daß es keineswegs Angst war und nicht einmal Vorsicht; sie riß den Mund auf und lachte. Er hatte sie an den Schultern gepackt, weil sie nicht aufhörte zu lachen, ihr gleichmäßiges Gesicht verzogen, die Arme zu den Seiten ausgestreckt. Aber eine Ohrfeige beruhigte sie. Er mußte sie beruhigen: Sie glaubte ihm nicht. Und da war all der Dreck. Sie glaubte ihm nicht, daß er sie liebte, daß alles gut werden würde. Ben, der um sie herumschlich und ihr Tabletten brachte. Ben, der sie umarmte, seine Hände an ihrer Taille. Die Demütigung, die beiden zu bespitzeln, eifersüchtig zu sein. Und dann war sie weggewesen.

– Jim, Jim, hatte Albert gesagt. Warum soll das die Polizei

interessieren? Nach einem Jahr? Oder glaubst du, daß sie Anzeige erstattet hat, daß Mae dich angezeigt hat? Grinsend. Wahrscheinlich hatte Ben die Poster gebastelt. Aber der springende Punkt war, daß Albert oder Ben ein Foto hatten, und er hatte kein Foto. Fast, als erwartete sie ihn zu Hause, jedenfalls versuchte er sich das vorzustellen. Es kostete nichts, aber dann tat es doch weh, und er hing seinen Gedanken nach, malte sich Sachen aus, vielleicht hing das mit der Wohnung zusammen, daß er eine Art Zuhause hatte, sogar einen Garten.
Ohne sich in dem Gewimmel um Camden Lock aufzuhalten, ging Jim nach Hause, öffnete die Tür, schloß sie hinter sich ab. Wenig später lief Dave vorbei, den Kopf abgewendet, bemüht, sehr langsam. Das Paar aus der Nummer 49 schlenderte die Straße hinunter, vielleicht auf dem Weg zur U-Bahn. Sie hielten sich nicht an den Händen.

21

Sie streckte sich flach auf dem Boden aus und hielt den Atem an, bis Polly kam und sie kitzelte. Solange sie nicht atmete oder lachte, hörte sie den Staub, jedes einzelne Staubkörnchen, jede noch so leise Bewegung, wie etwas sich sachte auf ihrem Gesicht, auf ihrem Bauch niederließ, sogar auf den offenen Handflächen, auch wenn man das nicht so gut sah wie gegen Sonnenlicht, in den Lichtbahnen, die Dave ihr zeigte, wo alles sich bewegte, tanzte, drehte, – unzählig viele, sagte Dave, weiter als je ein Mensch zählen könnte. Spürst du es? Denn das gehörte zu den Dingen, die man lernen, die er ihr beibringen konnte. Jedes einzelne Staubteilchen, das zu klein für die Augen war. Allerdings bedeutete das gar nichts, erklärte Dave, zu klein war nicht wichtig, wenn etwas ganz war, wenn es vollständig war, so wie ihre Füße oder Hände und wie jedes Baby, das winzig war, aber trotzdem nicht weniger als du oder ich, sagte er, ist doch klar, oder? Also mußte sie sich, wenn sie nicht wuchs, keine Sorgen machen, und wenn sie nicht in die Schule durfte – aber Dave verdrehte die Augen, wenn sie das sagte. –Irgendwann kommen sie ihm drauf, sagte er und meinte Dad, und dann kommt jemand von der Schule, um dich zu holen. Ist doch egal, wie groß du bist, sagte er, und daß sogar ein einziges Staubkorn vollständig und wunderschön sei, auch wenn sie es mit bloßem Auge nicht erkennen könne. –Schau nur, wie der Staub tanzt, sagte Dave, und immer wenn sie alleine sei, habe sie nicht nur Polly und ihre Puppe, sondern auch die ganzen Staubkörnchen, jedes einzelne ein winziges Mädchen mit wunderschönem langen Haar, lauter Prinzessinnen, die miteinander spielten, und wenn sie Sara nicht beachteten, liege das daran, daß sie so groß sei. Unsichtbar sanken, tanzten sie auf ihren nackten Armen, versuchten sogar, ihr etwas zuzurufen, und wenn sie still lag, den Atem anhielt, konnte sie hören, wie sie riefen, spielten, mit altmodischem Spielzeug, mit Reifen und Jojos und echten Puppenstuben. Sie lag still, um zu spüren, wie staubleicht die Körperchen auf ihr landeten, hielt den Atem an oder atmete behutsam, um sie nicht wegzupusten. Vielleicht hatten sie Fallschirme, wie Löwenzahn im Frühling, weiße, gleitende Fallschirme. Dave sagte, er würde sie bald wieder in den Park mitnehmen, aber ihre Eltern erlaubten nicht, daß er sie mitnahm, und dann war seine Schule da, wo auch der Park war, man mußte an dem riesigen Tor vorbeigehen, das von Daves Mitschülern bewacht wurde, und selbst wenn sie einen Bogen machten, waren irgendwo auf einer Bank oder auf dem Hügel, wo Leute ihre Drachen steigen ließen, die Schüler, dort, wo Leute auf Bänken saßen und miteinander redeten und sich küßten. Dave sagte nichts, aber Sara wußte, daß er Angst hatte, wenn sie

einem von ihnen begegneten. Sein Gesicht wurde spitz und blaß, und seine Hand schwitzte. Er fing manchmal an, vor sich hin zu reden, so leise, daß nicht einmal sie es verstehen konnte, er redete mit sich selbst, sogar im Schlaf redete er, und nur wenn die Eltern in der Nähe waren, verstummte er. –Wir gehen weg, sagte er zu Sara, du und ich, sobald ich alt genug bin.
Aber Sara wußte, daß es nie geschehen würde. –Doch, sagte er, ich bin der Prinz und hole dich auf einem Pferd. Aber er würde sie nicht mitnehmen, so wie er sie zum Schwimmen nicht mehr mitnahm, –es geht nicht, little cat, sagte er, ohne ihr in die Augen zu schauen. Wenn ich dich mitnehme, kriege ich sofort Ärger. Er zog ihr vorsichtig das T-Shirt aus und verzog das Gesicht. Sie hielt still, obwohl es weh tat, wenn er mit dem Finger über die blauen Flecken strich. Mit ihren Fallschirmen, dachte Sara, konnten sie überall hin. Es war besser, nicht schwimmen zu gehen, als wenn Dave sich mit ihrem Vater stritt, ihretwegen, weil sie nicht mit zum Schwimmen durfte. Dave schrie Dad an, daß er ein Mörder sei. Und dann rief Dad Sara zu sich, in seiner Stimme etwas, das ihr angst machte, –komm her, Kleine, und sie hatte Daves Blick gespürt, ohne ihn zu erwidern. Daves Blick auf ihrem Rükken, auf ihrem Gesicht, mit aller Kraft wollte er, daß sie sich zu ihm drehte, den Blick erwiderte, zu ihm lief. Sie hatte ihn verraten, –und was hat es dir genützt? fragte er bitter, denn ihr Vater hieß sie hinknien, und dann befahl er, daß sie den Gürtel, den er gelöst hatte, aus den Schlaufen zog, weil er ihr Vater war. Daves Blick wie der eines Fallschirmspringers, der zu Boden stürzte, weil sich sein Fallschirm nicht geöffnet hatte. Und dann riß Dave sich los, stürmte, ohne daß Mum versuchte, ihn aufzuhalten, aus der Wohnung und auf die Straße hinaus, während Sara vor Dad kniete und der Gürtel sauste. Fallschirmspringer verließen sich darauf, daß der Fallschirm sich rechtzeitig öff-

nete, hatte ihr Dave erklärt, sie trauten der Luft und dem Stoff, aus dem der Fallschirm gemacht war, schlossen die Augen und spürten, wie sie fielen, aber ohne Angst, und dann hatten sie eine Leine, an der sie mit einem Ruck zogen, damit sich der Stoff aufspannte, so daß sie sacht zu gleiten, zu schweben anfingen, mit einem Lächeln im Gesicht. Sie hatte es nicht verstanden und nicht fragen wollen, weil Dave nicht gelächelt, sondern sie ernst angeschaut hatte, als müsse sie verstehen, was er ihr sagte. –Wenn die Leine reißt, zum Beispiel, dann stürzen sie ab und sterben. So war jetzt Daves Blick, und sie kniete, wimmerte, als sie die Hand spürte, mit der Dad ihr die Hose runterziehen wollte. Weil sie sich mehr fürchtete, nackt zu sein, als vor den Schlägen, ließ sie sich zur Seite fallen. Dave war hinausgerannt. Und Dad ließ sie wieder los, fluchend, drehte den Gürtel um, so daß er das weiche Ende hielt und es nicht darauf ankam, ob sie die Hose anhatte oder nicht, und Mum stand still in der Tür, um sie ins Bett zu schicken, wenn es vorbei war. –Warum machst du ihn wütend? fragte Mum. Mum zog sie nicht aus, und sie mußte sich nicht waschen, obwohl Flecken auf der Hose waren, fast nichts, sagte Mum wegwerfend zu ihr. Alles würde morgen vorbei sein, nur daß sie stilliegen mußte, weil es weh tat, und es war laut, als wären die blauen Flekken, die weh taten, laut. –Deswegen, sagte Dave, und sie war traurig, weil seine Stimme böse klang, wegen der blauen Flecken kann ich dich nicht mitnehmen, begreifst du das nicht? Sie mußte die Augen fest schließen, um sich vorzustellen, daß diese winzigen Wesen, Prinzessinnen oder Feen, auf sie niedersanken und da- und dorthin schwebten, ohne ihr weh zu tun, auch wenn man sie nicht hören und ihr Tanzen und Drehen nicht sehen konnte, und dann war sie alleine, mußte warten, bis Polly wiederkam und sie mit ihrer Zunge leckte, bis ihre Eltern nach Hause kamen und nach ihr riefen, als wäre sie unsichtbar. Der Prinz, sagte Sara, ist ausgeritten, er kehrt bald von der Jagd zurück, aber eine Jagd dauert mindestens drei Tage. Und wenn der Prinz niemals zurückkehrt? Unzufrieden und rastlos liefen die winzigen Geschöpfe von da nach dort, besprachen sich flüsternd, warfen verstohlene Blicke auf Sara, die ihnen die Nachricht überbracht hatte. Sara spürte, daß sie Angst hatten. Sie schmiegte sich ans Sofa und überlegte, was sie tun könnte, um die Feen zu beruhigen, um zu erklären, daß Prinzen immer aufbrachen und wiederkehrten. Weil er der Prinz ist, dachte sie, aber der Satz, so entschieden er auch klang, schien doch zu schwach. Sie sagte, daß Dave der Prinz war und daß sie alle auf ihn warteten, daß sie Wachen aufstellen sollten, um ihn zu empfangen, Tag und Nacht, so wie sie selbst wartete, kaum atmete, kaum einzuschlafen wagte, weil er nachts zurückkehren könnte, nur für ein paar Stunden. –Little cat, sagte Dave, warum ziehst du dich nicht sauber an? Sie sah, daß er traurig war. Du weißt doch, daß ich zurückkomme. Er sagte: –Du weißt doch, daß ich dich nicht alleine lasse. Sie erzählte es Mum, als sie eines Nachmittags zu zweit waren und Mum sie zu sich rief, nach ein paar Stunden, in denen Sara unsichtbar gewesen war, in ihrem Zimmer, in das sie gelaufen war, als sie im Schloß den Schlüssel sich drehen hörte, auf ihrem Bett liegend mit dem Gesicht nach unten. Mum hatte nicht nachgeschaut, wo sie war. Aber nach ein paar Stunden rief sie plötzlich und umarmte sie, sie fragte sogar, ob sie gegessen habe, und Sara erzählte von den Prinzessinnen und Feen, die zu klein waren, als daß ein bloßes Auge sie sehen könnte, und der Atem ihrer Mutter war sauer. Daß sie leicht schwebten wie Löwenzahnsamen und daß Dave der Prinz war, der auszog und wiederkehrte. Er war aber seit vier Tagen nicht zu Hause gewesen, und Mum fing an zu weinen, leise, ihr liefen nur die Tränen über das Gesicht, dann stand sie auf.

22 In der Zeitung stand, daß man sich mit Decken, Batterien, Kerzen und Konserven eindecken solle. So stand es im *Guardian*: Decken, Batterien, Kerzen, Konserven. Sie kaufte Batterien. Batterien hatten sie, anders als Kerzen, Decken, Konserven, nicht im Haus, allerdings auch kein technisches Gerät, das mit Batterien funktionierte, stellte sie fest, als sie wieder in der Lady Margaret Road war und die Tüten mit den restlichen Einkäufen (frische Milch, zwei Avocados für ein Pfund, noch grün und hart) auspackte und überlegte, wo sie die Batterien aufheben würde. Fünf Päckchen mit vier Batterien in zwei Größen. Vielleicht besaß Jakob etwas, für das man Batterien brauchte. Die Avocados legte sie auf die Fensterbank in die Sonne. Zwei Wochen waren seit Isabelles Ankunft vergangen, und sie hatte sich eingelebt, sie ging gerne die Lady Margaret Road hinunter nach Kentish Town, und sie fuhr gerne mit der *tube* in die Stadt, sie waren in der Oper gewesen, und Alistair war sehr nett. Es war, an manchen Tagen, langweilig, zu Hause zu arbeiten, Andras und Peter und Sonja fehlten ihr, aber das war schließlich nur der Anfang, sie könnte auch hier Aufträge finden, Kunden, vor allem war endlich der Zeitpunkt gekommen, sich ernsthaft mit Illustrationen zu beschäftigen, Kinderbücher zu illustrieren, zu zeichnen. Früher hatte sie gezeichnet, jetzt würde sie es wieder tun. Und während Berlin gegen den Krieg votierte, zog London, obwohl es Proteste und Demonstrationen gab, mit seinen Soldaten in den Kampf, rief die Bevölkerung auf, sich mit Batterien, Decken, Kerzen, Lebensmitteln einzudecken, würde in ein paar Tagen ein Land sein, das sich im Krieg befand, in der Wüste, aber man konnte nie vorhersagen, was unterdessen hier geschah. Die Waffeninspektoren hatten den Irak verlassen.
–Aber sie finden nichts, sagte Alistair, sie haben nichts gefunden. Und die Türkei öffnet ihren Luftraum nicht. Was soll aus alldem werden? Sie erzählte ihm nichts von

den Batterien. Vielleicht war es blinder Alarm, aber es war Alarm. Jakob zeigte sie die Zeitung, erzählte von Decken, Kerzen, Batterien, doch Jakob lachte; es war nicht so, daß sie es wirklich ernst nahm oder sich tatsächlich fürchtete, aber zu lachen war nicht angemessen. Er meinte es nicht böse. Sie ärgerte sich trotzdem über ihn; womit war er beschäftigt? Mit seinem Mandanten Miller? Mit der Villa in Treptow? Er legte Geld in die Schale, die auf der Kommode stand, nie vergaß er, einen neuen Schein hineinzulegen, das war das Haushaltsgeld, das Geld, das sie verbrauchte, wenn sie nicht von ihrem Berliner Konto etwas abhob. –Was willst du heute abend essen? fragte Isabelle laut und deutlich, doch Jakob war nach oben gegangen. Sie war unruhiger als in Berlin, als wäre der Stoffwechsel angeregt. Drei- oder viermal in der Woche kochte sie ein warmes Abendessen. Trug Tüten in die Küche, stellte sie auf dem Kühlschrank ab, begann aus- und einzuräumen; diesmal kehrte sie noch einmal zum Eßtisch zurück und zur Zeitung, die über einer Stuhllehne hing. –Vielleicht brauchen wir doch einen Fernseher, rief sie zu Jakob hoch. Sein Handy klingelte, sie hörte die Töne durch die Decke, Schritte, seine Stimme. Isabelle ging in die Küche, schnitt dickes Plastik auf und griff nach dem kalten, glatten Fleisch. Im Ofen, dachte sie, mit Knoblauch und Wein und Thymian. Entweder Butter oder Olivenöl. Seit ihrer Ankunft in London, seit dem ersten Abendessen mit Alistair und Erbsen in Pfefferminzsoße, machte ihr das Kochen Spaß. Jakobs Stimme ließ sich hören, war aber nicht für sie bestimmt. Offenbar telefonierte er immer noch. Etwas Zitronensaft. Pfeffer. Der Herd erwärmte sich langsam. Sie würde den Reis ebenfalls im Ofen machen. Das Küchenfenster öffnete sich auf den Garten, sie hatten ihn noch nicht benutzt, nicht einmal betreten, als wäre er exterritorial. Das Eß- und Wohnzimmer war morgens blendend hell, alle Zimmer zur Straße hin blendend hell, sobald die Sonne schien, von nichts gehindert, von den kahlen Zweigen der Platanen nicht aufgehalten. Die Teppiche waren fast weiß. –Sollten wir uns angewöhnen, die Schuhe auszuziehen? rief sie nach oben, doch Jakob hörte nicht. Decken. Kerzen. Weil man frieren, weil man sich in der Dunkelheit fürchten könnte. Der Klang seiner Stimme machte klar, daß er ihr nicht beistehen würde. Kerzen, Decken. In Bagdad allerdings rechnete man mit Sandstürmen, mit Hitze. –Aber wir müssen doch daran denken, was all den Menschen zustoßen wird, hatte Alexa gesagt, als verteidigte Isabelle, da sie in London war, den Angriff. Sie hatten beide nicht gewußt, wie viele Tote es im letzten Golfkrieg gegeben hatte. Isabelle erinnerte sich an das Fernsehbild eines Mannes, der schluchzend in die Knie gebrochen war, das Gesicht in den Händen barg, weil er fürchtete, daß er gleich erschossen würde. Keine Grausamkeit, die man sich nicht ausmalen konnte. Könnte ich sie mir ausmalen? fragte sich Isabelle. Aber sie wollte nicht. Und Jakob kam langsam, Schritt für Schritt, die Treppe herunter. Sie wollte ihm um den Hals fallen und sich in seinen Armen sicher fühlen, sicher genug, um sein Gesicht zu streicheln, die nachwachsenden Bartstoppeln, die rötlichen Augenbrauen, die etwas zu fleischigen Wangen, die in London etwas dünner geworden waren. War er dünner geworden? Sie waren erst seit sieben Monaten verheiratet. Am Fuß der Treppe stand sie, sah hinauf, so lange es ging. Dann stand er neben ihr, zögernd, nachdenklich, dem Telefongespräch nachlauschend, unzufrieden. –Es war, sagte er schließlich, mein Vater, der fragte, ob du nicht zurückwolltest, zurück nach Berlin, falls es dort sicherer wäre. Wie albern, fügte Jakob hinzu. Decken und Batterien, so ein Unsinn, erinnerst du dich, wie es während des ersten Irak-Kriegs war? 1990 in Freiburg, als sie sich mit Konservendosen eindeckten, vermutlich in die Mülltonnen kippten, was sie nach Tschernobyl eingekauft hatten. All die

Ängste für nichts und wieder nichts. Ob ich dich nicht nach Berlin schicken wolle, hat mein Vater gefragt, kannst du dir das vorstellen? Du machst dir keine Sorgen, oder?
Sie entfernte sich, machte einen Schritt auf die Küche zu. Hühnchen mit Zitrone einreiben, dann die Gewürze. Sie rochen nach Heu, unbestimmt, einander allzu ähnlich. Sie wollte den Kopf an seiner Schulter vergraben. Aber Jakob war mit etwas beschäftigt, das weder sie noch den Krieg betraf. Wenn sie morgens in ihr Arbeitszimmer hinunterging, hörte sie die Nachbarn, lauthals, stampfend, stoßend, unerklärlich, was sie dort taten, hinter der Wand, oder es war mucksmäuschenstill, als wäre die Wohnung verlassen. Die Straße entlang fuhr der Milchwagen, nicht immer zur gleichen Zeit, und ein alter Mann mit einem Handkarren kam, schüttelte seine Glocke, sammelte Sperrmüll ein, verkaufte vielleicht auch, und Isabelle überlegte, was sie ihm mitgeben könnte, nächstes Jahr, in zwei Jahren, wenn genug Zeit verstrichen war. Ja, Jakob war dünner geworden, das Gesicht war dünner. Sie betrachtete ihn von der Küche aus, er stand in der Tür zum Eßzimmer, scheinbar nachdenklich, hielt etwas in der Hand, ein Billett, eine Notiz. –Es wäre albern, sich zu sorgen. Oder möchtest du zurück nach Berlin?
Anscheinend hatte sie allzu fest an dem Hühnchen gezogen, es knackte, der Flügel brach, drehte sich aus dem Gelenk, sie zuckte zusammen, als wäre es ein Stromstoß, das Geräusch, seine Frage, die er noch einmal wiederholte, von draußen hörte man eine Sirene sich entfernen. Wollte sie zurück nach Berlin? Sie war sich nicht sicher. Es gab etwas, das sie erwartete, hier. Das Polizeiauto war umgekehrt, die Sirene näherte sich wieder. –Ist dir aufgefallen, sagte Isabelle, wie oft sie das machen, die Polizeiautos, meine ich? Erst fahren sie in die eine Richtung und ein paar Minuten später in die entgegengesetzte. Er öffnete eine Flasche Wein. Eigentlich tranken sie jeden Abend,

Cider oder Wein, seit Freiburg, in Berlin und auch hier. Sie würden einander gegenübersitzen, zu zweit, und Hühnchen essen, Rotwein trinken, den sie überall kaufen konnten, so wie sie sich überall ein Zuhause schafften, in Berlin, in London. –Es geht alles so schnell, hatte ihr Vater gesagt, als sie ihm den Umzug ankündigte. Ich meine, sogar wenn ihr heiratet, sogar wenn ihr umzieht in ein anderes Land, hat es keine allzu große Bedeutung. Er hatte ihr ein bißchen leid getan, denn eigentlich hätte er sie gerne in Berlin besucht.
Sie wußte nicht, woran Jakob dachte, wenn er abwesend wirkte, vielleicht an die Eisenbahngesellschaft, wie er es nannte, die ein Mandant kaufen wollte, vielleicht war das eine bedeutsame Sache, wichtiger als Miller mit seiner Villa in Treptow.
Sie saßen am Tisch, sie aßen. –Es wird eine große Demonstration geben, sagte Isabelle, und Jakob fragte zerstreut, ob sie daran teilnehmen wolle. Noch immer hatte Isabelle keine Schuhe gekauft. Und dann gingen sie noch einmal aus dem Haus, die Lady Margaret Road hinunter, kühler Wind erhob sich, die Platanen sahen aus wie alte Tiere, die nichts mehr zu erwarten hatten. In einer Gartenwohnung bemerkte Jakob eine Glühbirne, die nackt von der Decke hing, er wollte es Isabelle sagen, die neben ihm ging, ihren Arm in seinem Arm, wollte sie auf diese Glühbirne hinweisen, und später, sie lagen schon im Bett, dachte er, daß ihr etwas anderes aufgefallen wäre, ein Stuhl vielleicht, eine Jacke über der Lehne, ein Glas auf dem Tisch im Wohnzimmer, denn anscheinend war es das Wohnzimmer.

–Miller will Sie bei Amira treffen? fragte Bentham trokken. Wahrscheinlich will er sich aus der Kaffeetasse lesen lassen. Er wird Sahar fragen, ob seine Zukunft eine Villa in Treptow bereithält, ein neues Leben, einen Neuanfang in Berlin. Seien Sie sicher, er wird Ihnen nicht verraten, was Sahar gesehen hat, und Amira wird lächelnd fragen, ob Sie noch ein Stück Kuchen möchten oder einen Kaffee. Haben Sie es schon einmal gesehen? Diese Kaffeetassen, dies feine Krakelee, die Linien auf dem Rand der Mokkatasse?

–Aber warum finden Sie ihn komisch? fragte Jakob. Er war noch nicht bei ihr, er hat mich nur gebeten, daß ich ihn in Amiras *Deli* treffe. Es ist sein gutes Recht, glauben Sie nicht?

–Meinen Sie, sich aus der Kaffeetasse lesen zu lassen? Oder meinen Sie die Villa in Treptow?

–Beides, sagte Jakob verwirrt.

Bentham nickte. –Natürlich ist es sein gutes Recht, sagte er tröstend.

Maude kam mit einem Tablett herein, darauf ein Glas heiße Milch, und Alistair streckte seinen Kopf ins Zimmer, neugierig, rief lachend Jakob zu, daß niemand so vollständig einen Rechtsfall zersetzen könne wie Bentham, so, daß nichts übrigbleibe, kein Recht, kein Unrecht. Und Bentham winkte ab, stand auf und ging ans Fenster, das hinter dicken Vorhängen vollständig verborgen war, wie in der Zeit der Verdunkelung, dachte Jakob, aber damals war Bentham ein Kind gewesen.

–Sein Recht, Millers Recht? Natürlich ist es sein Recht. Es ist sein Eigentum, nicht das des deutschen Staates oder der Treuhand oder irgendeines Käufers. Miller wird nach Berlin reisen, sagen Sie? Irgendwann werde ich das auch tun, Schreiber drängt seit Jahren. Aber verloren, verloren hat Miller nichts. Als er anfing darüber nachzudenken, was ihm gehört, was ihm nicht gehört, wußte er von dem Besitz in Berlin nicht einmal.

–Seine Eltern haben ihm davon erzählt, wandte Jakob ein und verstand nicht, worauf Bentham hinauswollte, brummelnd, wieder in seinem Sessel vergraben, nach einer Decke tastend.

–Natürlich, seine Eltern, da er das Glück hatte, daß sie überlebten, wenn man auch seine Großeltern vergast hat. Sie mißverstehen mich. Ich meine nicht, daß er sich nicht um den Wert bemühen sollte, den Gegenwert dieses Hauses, eine Entschädigung in Geldwert. Natürlich. Mich wundert, daß er das Haus will. Diesen Ort, als wäre es ein noch unberührter Ort, der zu seiner Geschichte gehört. Als wäre das Alter und die Traurigkeit dorthin nicht vorgedrungen. Die Traurigkeit und das Entsetzen, daß es keinen Ort gibt, der unberührt geblieben ist, von der Wahrheit, der Kälte. Als gäbe es eine Geschichte, die sich doch zusammenfügen ließe, über all die Jahrzehnte hinweg.
–Aber warum nehmen Sie solche Fälle überhaupt an? fragte Jakob.
Bentham stand auf, suchte etwas in seinem Schreibtisch, in den Schubladen darunter, suchte etwas oder dachte nach.
–Die Geschichte, Familien, Erbschaften, Kontinuitäten. Und wir Juristen sind rückwirkend immer Historiker einer als gerecht gedachten Geschichte, einer Rechtlichkeit, die objektiv ist. Allerdings hat Miller sich scheiden lassen, mit sechzig Jahren, und geht zu einer Weissagerin.
Jakob saß in dem Stuhl mit den perfekt geschwungenen Armlehnen, helles Leinen, Nußbaumholz, Roßhaar. Zur Tür schaute noch einmal Maude herein, kopfschüttelnd.
–Wenn es schon den Engel der Geschichte nicht gibt, nicht wahr, dann muß doch wenigstens etwas anderes zuverlässig sein. Gut, das finde ich auch. Aber warum kann es nicht das Gesetz, warum kann es nicht der schiere Gegenwert von etwas sein? Warum auf dem bestehen, was verloren ist, warum darauf, daß etwas geheilt wird? Es wird nichts geheilt.
Da war, was er gesucht hatte, eine Mappe aus Karton, ein Gummiband darum, blaßrot, mürbe, es zerfiel in zwei Teile, fiel auf den Boden, als Bentham es abstreifen wollte,

und er bückte sich, hob es aber nicht auf. Maude streckte zum dritten Mal den Kopf herein, energisch winkend jetzt, sie hielt ein Telefon in der Hand, gab Jakob Zeichen, und Bentham stimmte zu, das war alles, nickte er, kehrte sich seinem Schreibtisch zu, mürrisch, brummelnd, als wäre er aufgehalten worden. Aber anscheinend amüsiert. Worüber? dachte Jakob, was war es?
Zwei Stunden später stand Alistair in der Tür, um ihn abzuholen, er hatte mit Isabelle schon gesprochen. Sie waren eigentlich für den frühen Abend verabredet gewesen, Jakob und Isabelle, endlich Schuhe zu kaufen und eine Wolldecke, was nie schaden konnte, obwohl das Wetter schön war heute, ein Hochdruckgebiet, morgen würde ebenfalls die Sonne scheinen, Frühling war es, bald schon Frühling. Aber Jakob hatte ihre Verabredung vergessen. Aus der Bibliothek hörte man das Geräusch des Staubsaugers, Mrs. Gilman kam zwischen acht und neun Uhr, manchmal setzte sie sich in die Bibliothek zu Mister Krapohl, weil sie es nicht eilig hatte, weil sie die weite Fahrt nach Finchley verabscheute, sagte sie, und Alistair behauptete, sie hoffe, mit Mister Krapohl noch etwas essen zu gehen, er hatte die beiden einmal im British Museum gesehen, zu zweit an einem Tisch sitzend, oder war es die Wallace-Collection gewesen? –Ein nettes Paar, grinste Alistair, als sie an der Bibliothek vorbeigingen, und schließlich sei Krapohl *one of your lot*, aus Deutschland gebürtig, immer erkältet, doch äußerst liebenswürdig, er habe sich übrigens vorhin des längeren mit Isabelle unterhalten, die vor zwei Stunden hiergewesen sei, um Jakob abzuholen; sie habe erfahren, daß er beschäftigt sei, und darauf bestanden, ihn keinesfalls zu stören. Krapohl habe ihr erklärt, erzählte Alistair vergnügt, katzenartig boshaft, daß kein Anlaß bestehe, sich zu sorgen wegen des Kriegs, ob er nun stattfände oder nicht, wenn auch er, Alistair, hinzufügen müsse, daß die Terroranschläge damit aufgeschoben, nicht aufge-

hoben seien. Für heute abend aber habe er vorgeschlagen, daß sie sich zu dritt im National Film Theatre treffen sollten, das eine angenehme Cafeteria besitze, und er klopfte Jakob auf die Schulter, der ihn verwirrt anstarrte.

Um sechs Uhr hatte Isabelle sich von Mister Krapohl und Alistair verabschiedet, war die Devonshire Street entlanggelaufen, an den hoch aufragenden Fassaden vorbei, und dann nach Süden abgebogen. Auf der Baker Street hatte sie einen Kaffee getrunken, um schließlich Richtung Themse zu laufen, über die Waterloo Bridge – der Fußgängersteg war noch nicht fertiggestellt, aber man konnte ihn schon passieren – zur Southbank, am National Theatre vorbei, am National Film Theatre, Buchhändler packten ihre Bücher, ihre Stände zusammen, und sie lief flußabwärts, an den Sandbänken vorbei, auf denen man die Verbrecher, gefesselt, der Flut ausgeliefert hatte. Die Southbank war im Krieg dem Erdboden gleichgemacht worden, aber wer konnte sich das vorstellen, die Bomben, den Blitz, brennende Werften, brennende Häuser? Hier war Tate Modern, riesig, schwarz-braun, fast fensterlos, aber da kamen Damen in Cocktailkleidern aus dem Ausgang, rosa, hellgrün; ein Mann im Anzug steuerte zielstrebig auf Isabelle zu, im letzten Moment erst wich er aus. Die Dämmerung verschwand in der Dunkelheit. London leuchtete gegenüber auf. St. Paul's Cathedral glitt vorbei. Wie Bullaugen blinkten Fenster über den Fluß. Menschen, Jogger, Paare überholten sie, standen an der Brüstung, betrachteten das Wasser. Zwei Jungen radelten, sprangen im Flug ab, während ihre kleinen Fahrräder Kapriolen schlugen. Hunde strebten vor ihren Leinen und Besitzern vergeblich nach vorn, zwei Kinder waren auch da, ebenfalls an der Leine, mit weißen Geschirren um die kleinen Oberkörper. Jakob und Alistair würden sie um acht oder halb neun Uhr in der Cafeteria des NFT erwarten. Und da war wieder Tate Modern, ein alter Mann stand jetzt davor, murmelte, kämmte sich das Haar, den Kopf schief haltend, dann heftete er seinen Blick auf die Eingangstür, die sich ein letztes Mal öffnete, von einem gedrungenen, dunkelhäutigen Mann mit einem großen Schlüsselbund abgeschlossen wurde. Es war Zeit. Isabelle zog ihren grünen Cordrock gerade, der um neunzig Grad verrutscht war, schaute auf ihre Turnschuhe, hob den rechten, den linken Fuß, schmutziggrau der weiße Stoff, sie würde es nicht länger aufschieben, sondern morgen Schuhe kaufen und eine Decke auch.

–Da bist du, erfreut erforschten Alistairs grüne Augen ihr Gesicht, während sie sich Jakob zuwandte, ihn küßte, nicht auf den Mund, da er eine ungeschickte Bewegung machte, um auf dem hohen Stuhl das Gleichgewicht zu halten, und seine rechte Hand streckte sich nach ihrer Schulter aus. Sie erwischte die Schläfe. –Wir sollten, verkündete Alistair, in das Konzert von John Adams, John Zorn und John Woolrich gehen. –Wo? fragte Jakob ohne Interesse. Alistair studierte das Programm, –es hat schon angefangen, sagte er dann, die beiden Männer schauten Isabelle an. –Mir gefällt es hier, sagte sie, aber sie war vage enttäuscht. Als sollte nie etwas passieren, dachte sie, und Jakob löste den Knoten seiner Krawatte, stand auf, um ihr einen Cider zu holen.

Als sie später in Charing Cross auf die Northern Line warteten, sah sie auf den Gleisen Mäuse, rennend, hinter den gewölbten Plakatwänden hervorrutschend, schwarze Mäuse, die grau wären, sagte sie zu Jakob, wenn man sie waschen würde, unruhig hielt sie nach dem Zug Ausschau. Aber den Mäusen würde nichts zustoßen, noch nie war ihnen etwas zugestoßen, dachte Jakob ungeduldig. Verstimmt stieg er in Kentish Town Station aus, er hatte versucht, sie zu küssen, und sie mußten, weil wieder die Rolltreppe kaputt war, alle einhundertfünfundsiebzig Stufen hinauflaufen. Oben, an der Glasscheibe zur Straße hin, hingen zwei Poster, eine Vermißtenanzeige und ein Aufruf an etwaige Zeugen eines Überfalls, der tödlich geendet hatte. –Aber das war ja gestern! rief Isabelle aus, während Jakob das Mädchen auf dem anderen Poster betrachtete, eine junge Frau, jünger als Isabelle, und doch, es berührte ihn merkwürdig, das zu sehen: die Gesichtszüge auf dem Foto ähnelten Isabelles, kein Zweifel. Vermißt, seit einem Jahr vermißt, las er, Mae Warren, sechsundzwanzig Jahre alt, ein Meter neunundsechzig groß, dunkelblonde Haare, keine besonderen Kennzeichen. Er wandte den Kopf, um Isabelle, den Leberfleck auf ihrer Wange anzuschauen, aber sie war schon weiter, stand in der Tür, bereit hinauszugehen, trat dann auf die Straße und ging ein paar Schritte, so daß er sie nicht mehr sehen konnte.

Die kleinen, überflüssigen Dinge fehlen hier, dachte Isabelle, während sie abstaubte. Neben der kleinen Stereoanlage standen etwa zwanzig CDs, auf der Kommode eine Blumenvase und die Schale, in die Jakob das Haushaltsgeld legte. Auf dem Sims des Kamins, in den der Teppichboden hineinwuchs wie ein Bodenkriecher, hell unter der schwarzen Verkleidung aus Schmiedeeisen, standen zwei Kerzenleuchter. Ein schwacher Geruch nach Klebstoff hing immer noch im Zimmer, der Teppich war nicht lange vor ihrem Einzug verlegt worden. Auf ihrem Tisch stand der Laptop. Jedes Ding an seinem Platz. Der Kinderbuchverlag hatte sie gebeten, eine Visitenkarte zu entwerfen, sie war beinahe damit fertig. Setzte sich an den Tisch, prüfte noch einmal die Proportionen. Skizzierte einen zweiten Entwurf, ein rennendes Kind in einem kurzen Mantel. Sie dachte an Andras' Zeichnungen aus Budapest, die kleinen Figuren rannten die Straßen entlang, an der Kreuzung stürzten sie in eine Grube oder explodierten. Ein Haus wurde vom Sturm abgedeckt, winkend standen in den

Fenstern die Bewohner, und die Feuerwehr schien an der Straßenecke festgefroren, die Feuerwehrmänner wandten sich ab. Isabelle schrie auf, als in der Wohnung nebenan etwas gegen die Wand geschleudert wurde. Ein Stuhl? Ein Fernseher? Hysterisches Gelächter, eine Stimme, die immer lauter wurde, wie eine Sirene. Die Frau hatte Isabelle noch nie gehört. Entsetzt starrte sie die Wand an, die keinen Riß zeigte, sich nicht öffnete, und es wurde wieder still dahinter. Blieb still, während Isabelle angespannt dasaß, wartete. Rote Tusche, schwarze Tusche. Das Papier, dicke Bögen. Sie schob den Computer beiseite, schraubte die Gläschen auf, lauschte. Vielleicht war da eine dünne Stimme, sirrend, vielleicht war es auch ein anderes Geräusch, von draußen, weit weg, ein Flugzeug, ein kleines Flugzeug im Anflug auf was auch immer. Die Feuerwehr bog nicht um die Ecke, nichts geschah. Eine Tür schlug zu. Isabelle schaltete das Radio ein. Wüstensturm, in dem man keinen Meter weit sah, und so wurden die Spuren verwischt, *embedded journalism*, lautete das Schlagwort, aber man erfuhr doch nicht, was geschah, die Umfragen blieben stabil, Tony Blair würde ein getreuer Bündnispartner sein, was auch immer Deutschland und Frankreich sagen mochten. Sie sprang auf und lief zum Fenster, beugte sich vor, um zu sehen, wer das Nachbarhaus verließ: Eine Frau, ein Mann, ein Junge. Isabelle atmete laut, die Scheibe beschlug sofort, draußen bewegten sich drei Schemen, der Junge an der Jacke oder am Nacken gepackt und festgehalten, während die Frau, dünn, etwas abseits die Straße hinaufschaute, winkte, obwohl niemand sich näherte. Aber anscheinend wartete sie auf etwas. Isabelle wischte über die Scheibe, das Gesicht der Frau konnte sie nicht erkennen. Der Mann dagegen stand zu ihr gedreht, präsentierte sein verzerrtes Gesicht, brüllte den Jungen an. Der Junge, der ein Jackett, Teil einer Schuluniform, trug, reichte dem Mann bis ans Ohr. Er zeigte aufs Haus. Man sah dem Jun-

gen an, daß er zu argumentieren versuchte, nach etwas hinter den Fenstern dort ausspähte. Isabelle stellte das Radio aus, lauschte, die Frau brüllte plötzlich, –Dave, laß das sofort!, und Isabelle ging zur Wand, keiner beobachtete sie, keiner sah, was sie tat. Hinter dem Kamin preßte sie das Ohr an die Wand, überrascht von etwas, das wie ein Geräusch der Wand selbst klang, kaum ein Geräusch, eher eine Materie, die ihren eigenen Klang hatte, und sie löste sich scheu, preßte dann noch einmal ihr Gesicht an die kalte Fläche, und diesmal schien es eine Stimme, oder nur Ausdruck, flehentlich, an niemanden gerichtet.
Zum Fenster zurückgekehrt, sah sie, daß ein alter, grüner Ford hielt, mit laufendem Motor, die Frau stieg ein, ohne den Kopf noch einmal zu heben, hob bloß die Hände, als wollte sie etwas abwehren oder ihre Unschuld beteuern, während ihr Mann (wenn es ihr Mann war) den Jungen ein Stück weiter die Straße hinunterschubste, dann ebenfalls ins Auto einstieg, das im Schrittempo neben dem Jungen herfuhr, endlich beschleunigte. Sie schaute dem Auto, dem Jungen nach. Die Straße sah in dem gleichmäßigen Sonnenlicht endlos aus, vorne links konnte sie ein Stück der Kirche erkennen. Nebenan blieb es still, sie stand zwischen Fenster und Wand, vor dem Tisch, auf dem der Bildschirm ihres Computers schwarz wurde, bevor sich darauf Sternengewirr, der Mond zeigten.
Morgen war St. Patrick's Day. Alistair hatte ihr gesagt, daß Jakob sie zum Essen einladen müsse, aber sie beide wußten nicht, warum, und was für ein Feiertag das war. Vielleicht fielen morgen die ersten Bomben. Vielleicht gab es die ersten Toten. Das Wetter war makellos.

23 Jim sah, daß ihre Turnschuhe dreckig waren, der halblange Mantel, den sie nicht zugeknöpft hatte, da die Sonne schien, schlug gegen ihre Schenkel, kräftige, nicht allzu lange Schenkel, er bildete sich ein, das Geräusch zu hören, ein leises Flappen von Stoff. Sie lief vor ihm her. Etwas zu kräftige, aber hübsche Beine, die gleichmäßig auf- und niederfuhren, auf und ab, in Turnschuhen, in einem knielangen Mantel, mit nackten Waden, und die Sonne schien, als wäre jetzt wirklich Frühling. Bald ein Jahr, daß er in der Wohnung war. Es gab solche Straßen, in denen die Zeit nicht verging. Häuser standen da, wurden renoviert, vermietet, Bewohner zogen ein und zogen aus, und doch blieb alles, wie es war, ruhig, friedvoll. Er erinnerte sich, wie er die Wohnungstür mit Damians Schlüssel aufgeschlossen und alles vorgefunden hatte, als wäre es für Mae und ihn genau das richtige. Aber er hatte Mae mit Ben zurückgelassen, und die Sirene eines Krankenwagens hatte in seinen Ohren gegellt, während er losgelaufen war, wie Ben geraten hatte, sieh zu, daß du wegkommst. Mae hätte die Straße gemocht und den kleinen Garten, auch wenn es nur ein Streifen mit Gras war. Die junge Frau vor ihm blieb stehen, streckte die Hand aus, als wollte sie nach einer der Platanen greifen, deren Stämme aussahen wie gefleckte Tierhaut. Dann setzte sie sich wieder in Bewegung, bog nach rechts ab. Ihr Rücken straffte sich, als hielte sie den Atem an. Jim summte ein paar Töne. Für einen Augenblick dachte er, daß er sie ansprechen könnte, er fühlte sich plötzlich leicht und voller Hoffnung, als wäre ein Fluch von ihm genommen. Sein Vater hatte geflucht, er hatte Jim verflucht, und in der Kirche, von alten Leuten wurde man verflucht, die eigenen Taten verfluchten einen, dachte Jim und summte, das Unrecht, die Strafe, die ausblieb, das, woran man sich nicht erinnerte. Man erinnerte sich nie, dachte er und blieb stehen, um sich eine Zigarette anzuzünden. Sie hatten die Leighton Road erreicht und nä-

herten sich Kentish Town Station, die Frau zog aus der Jakkentasche das gelbe Mäppchen für die Zeitkarte, schob sie in den Schlitz und passierte die Barriere. Eine dicke Person mit Einkaufstaschen drängte sich an Jim vorbei, die Rolltreppe, sah er, war außer Betrieb, man mußte links die Wendeltreppe benutzen. Die Dicke schimpfte, sie zog den Blauuniformierten, der aus seinem Glashäuschen kam, am Ärmel, es roch nach Kaugummi und billiger Seife, Jim schlüpfte ohne Fahrkarte durch die Barriere, die offenstand, der Luftzug aus dem Schacht war stickig, er sah die flachen Stufen, die sich um den Kern in die Tiefe drehten, das Geländer, das abgegriffen war, die gefliesten Wände. Hinunter. Außer dem Luftzug, der leise pfeifend aus dem Erdinneren kam, war nichts zu hören. Dort eilte die junge Frau die Stufen hinunter, lautlos in ihren Turnschuhen, behende. Jim preßte die Lippen zusammen, ihn schwindelte, er hatte das Gefühl, nur die Hand nach ihr ausstrecken zu müssen. Rannte die Wendeltreppe hinunter, in das gelb-grüne, matte Licht, schwitzte plötzlich, weil es eng war und beklemmend, – irgendwann werden sie einen Tunnel in die Luft sprengen, hatte Albert beharrt, du wirst sehen, wie das ist, wenn so ein Tunnel einstürzt und alle losbrüllen im Dunkeln. Ein alter Mann tastete sich vorsichtig am Geländer entlang, Jim überholte ihn, schneller, immer schneller lief er, war schon unten, sicher, daß sie in die Stadt, nach Süden fuhr, aber auch wenn er den Bahnsteig richtig wählte, könnte sie doch schon eingestiegen, abgefahren sein. Er stolperte, prallte fast gegen die Wand, noch eine letzte Biegung, sechs Stufen zum Bahnsteig. Da war er, spürte den Luftzug stärker werden, sah die Rücklichter, die digitale Anzeige klackerte. Er kannte nicht einmal ihr Gesicht. In der Luft war Staub, Geruch nach stikkiger Wärme, nach Ersticken, er verzog angeekelt den Mund, die Dicke näherte sich, der Alte, die Digitaltafel verkündete den nächsten Zug, Bank Branch.

Dave stand trotz seines Verbotes eines Tages vor der Tür, in einem zu großen, verdreckten Anorak, mit einem Bluterguß, der unterm Auge verlief. Er war auf die Verachtung gefaßt gewesen, mit der Jim ihm öffnete, stand schuldbewußt da, aber dann winkte Jim ihn herein und holte aus dem Kühlschrank zwei Bier, knallte eins ärgerlich auf den Tisch vorm Sofa, bedeutete Dave, daß er sich hinsetzen solle. Da hockte Dave. Er erinnerte Jim an Hisham, hatte irgend etwas Sanftmütiges, so wie die, die gegen den Krieg demonstrierten, gegen das Böse, Hunderttausende, friedfertig und entschlossen, und Dave sah ihn an, als glaube er an das Gute. Hockte da, erzählte von einem Hinterhalt, in den sie ihn gelockt hatten, ein paar aus seiner Schule, die sich freiwillig melden wollten, und er hatte etwas darüber gesagt, daß es nicht die Schuld der Irakis wäre, nicht die Schuld der Leute, erzählte etwas von einer Schlägerei, deswegen, weil er gegen den Krieg war, und Jim grinste, ließ ihn reden, brachte ihm ein zweites Bier, wartete noch ein bißchen und gab ihm, als er schläfrig wurde, eine Decke. Dankbar sah Dave ihn an. Aber Jim zog ihm mit einem Ruck die Decke wieder weg, hielt sie in die Luft, als spielte er mit einem Hund, und Daves Gesicht verzog sich ängstlich, gleich würde er losheulen, er bewegte sich unruhig hin und her und zitterte, weil sein Versteck nicht taugte, seine Lüge nicht taugte. Kein Versteck taugt für lange, dachte Jim, es brach an den Rändern auf wie ein Pappkarton, er sah den Jungen dasitzen wie in einem Käfig, es ekelte ihn ein bißchen. – Mann, dein Vater hat dich verdroschen! Stimmt's? Er trat auf Dave zu, hatte Lust, ihn zu treten, trat ihn gegen die Hüfte, die knochig war. – Dein Vater, stimmt's etwa nicht? Dave wand sich, er war rot geworden, und Jim lachte, schwenkte die Wolldecke hinauf, hinunter, traf die Glühbirne, Glas zerbarst, die Splitter fielen auf das Sofa, den Tisch, er riß Dave am Arm hoch. – Von wegen Hinterhalt, dein Vater war es; er betrachtete ihn, wie er dastand, überführt, beschämt, noch immer rot. –Und du kleiner Bastard lügst mich an! Zu feige, nach Hause zu gehen, oder wie? Die Bierflasche kippte um. Jim wartete, aber Dave bewegte sich nicht, wehrte sich nicht. Er packte ihn am Schopf, riß ihn zu Boden. Nichts, nicht einmal ein Wimmern. Jim ließ ihn liegen, ging zur Gartentür, öffnete sie. Auf der Backsteinmauer saß eine Amsel, sang. Die hellgelben Spitzen dünner Zweige hingen über die Mauer, es wurde allmählich Abend, es ging allmählich der Tag zu Ende, von der Straße oder aus anderen Gärten hörte man Stimmen, von irgendwo einen aufheulenden Motor, Musik, einen Staubsauger. Jims Gesicht spiegelte sich in der Glastür, es sah hell aus, hell, schön. Er starrte es an. Schön, hell, hatte Mae gesagt. So wie früher, als er ein so hübscher Junge gewesen war wie Dave jetzt, als die Lehrer ihm gesagt hatten, daß es schade um ihn sei, daß er in die Schule gehen müsse, daß er durchhalten solle, hatte ihm ein Lehrer gesagt, als er mit den blauen Flecken, den Striemen, die sein Vater ihm beigebracht hatte, im Sportunterricht erschien. Dave hätte nicht kommen dürfen. Seine eigene Schuld, und er wußte es. Hatte sich auf irgendwas verlassen, auf Jim verlassen, auf seine Gutmütigkeit, oder wie? Jim drehte sich um. –Steh auf, sagte er. Ging in die Küche, holte sich ein Bier, kramte in einer Schublade, holte sich ein Briefchen, weiß und fein, fein und rein, scheiß drauf, dachte er, erwartete jeden Moment Mae zu sehen, hallo Mae, da bist du ja, wie sie auf dem Sofa lag, unter einer Decke, ihn ansah, und die Jungs wollten in den Irak, so wie er früher zur Fremdenlegion, weil sein Vater ihn verprügelt hatte, den Gürtel rasch aus den Schlaufen gezogen, und später wieder, als er sich für Albert den Arsch aufreißen ließ. Aber Dave hatte gelogen. Hatte Prügel bezogen, weil immer irgend jemand Prügel bezog, warum nicht Dave? Er atmete vorsichtig aus, machte sich eine *line*, atmete tief ein. Dave war aufgestanden, stand einfach da, mit hängenden Armen, trotzig, stolz. –Sie wollen aber in die Armee, sagte er, die Älteren. Und es war wegen meiner Schwester. Dad läßt sie nicht in die Schule. Er sagt, daß die Behörden uns nicht finden werden, weil wir in die Wohnung meiner Tante gezogen sind, und daß sie zurückgeblieben ist, weil sie nicht wächst, daß sie ein Schandfleck ist. –Dann verpfeif ihn doch, sagte Jim gleichgültig. Sag's doch deinen Lehrern in der Schule, die kommen sofort, darauf kannst du wetten. –Aber er schlägt sie, sagte Dave. Jim richtete sich auf, klarer jetzt, schüttelte sich, als könnte er abschütteln, was ihm durch den Kopf ging, der Junge und Mae, die junge Frau mit ihren nackten Beinen, den Turnschuhen, flink, erwartungsvoll, wie sie die Treppenstufen hinunterlief, ihr Mantel flatterte, und er wußte genau, wie sie aussah, ihre Hüften und ihre Brüste, obwohl er ihr Gesicht noch nicht gesehen hatte, und manchmal glaubte er, daß Mae tot war. Daß sie sich über ihn lustig machte. Die Stimmen, die Toten. Es war nur eine Täuschung gewesen, wie ein Tier, dessen Farbe sich der Umgebung anpaßt. –Wisch das Bier auf, sagte er zu Dave. –Ich könnte etwas zu essen holen? Dave sah ihn hoffnungsvoll an. –Ich könnte aufräumen, etwas zu essen holen? –Von meinem Geld? spottete Jim. Dave wurde wieder rot. –Nein, sagte er, das habe ich nicht gemeint.

Zwei Stunden später lag Dave auf dem Sofa und schlief, die Wolldecke mit beiden Händen festhaltend, das Gesicht ruhig und gerötet. Wachte nicht auf, als Jim den Fernseher anstellte, wieder abschaltete, hinausging und die Tür hinter sich abschloß. Gegen Morgen kam er zurück, Dave hatte tatsächlich aufgeräumt, nachts, in seiner Abwesenheit, und um sieben Uhr ging er.

Der Mann aus Nummer 49 – Dave hatte gesagt, es seien Deutsche – ging vorbei, rotblond, gepflegt und kräftig, einer von denen, die nach dem Einkaufen die Brieftasche so nachlässig einsteckten, daß es nicht einmal Spaß machte, sie zu stehlen, kräftig, gepflegt, und trotzdem sah man, daß er Sorgen hatte. Vielleicht wegen des Kriegs, der nachts angefangen hatte, mit Bomben auf Bagdad, keine Bodentruppen, einen Tag später dann, es war Frühlingsanfang, doch Bodentruppen, und Jim ließ den Fernseher laufen, obwohl er sich darüber ärgerte, weil es ihn nichts anging. Mae hatte es gehaßt, wenn er morgens schon den Fernseher einschaltete, eine dieser Sachen, bei denen sie irgendwelche Prinzipien hatte, zusammen essen, zusammen am Tisch sitzen und essen und keine Schimpfwörter benutzen, als hätten sie Kinder, Kinder mit einer vielversprechenden Zukunft, und sie mochte es nicht, wenn er darüber lachte und sich beim Essen eine Zigarette ansteckte und rauchte. Er lag vor dem Fernseher, rauchte. Ein Heizkörper tropfte, und dann fing der Fernseher an zu flimmern. Triumphierend die Lichter der Treffer, wenn es Treffer waren. Von der Eingangstür blätterte die Farbe. Man sah nicht die Bilder einer zerstörten Stadt, keine weißen Fahnen. Angeblich war Saddam tot, dann lebte er doch. Angeblich kaum Tote, vier oder fünf Tote? Mae hatte gesagt, daß es kaum noch Spatzen gab, kaum noch Spatzen, wo immer sie abgeblieben sein mochten. Im Garten hüpften kleine, gelbliche Vögel, abends sang auf der Mauer eine Amsel. Das Gras wuchs, an der Mauer gab es Osterglocken, er malte sich aus, wie Mae sich bückte, das Gras kurz schnitt, Blumen pflanzte. Die Vögel hatten keine Angst. Mae drehte sich um und lachte ihm zu. Was mit den Sachen aus ihrer Wohnung passiert war, wußte er nicht. Der Fernseher? Klappstühle, die sie gekauft hatten? Sogar ein Sonnenschirm, weil sie nach Brighton fahren wollten?

Der Notfall wurde in einer Station der Circle Line geprobt, die sowieso geschlossen war, und da bot es sich an, war es die Chancery Lane? Aber die Lichter waren ausgefallen, was eine Panik ausgelöst hatte, die medizinische Ausrüstung war zertrampelt worden und ein Arzt verletzt, das

Licht war nicht wieder angegangen. Hisham rief Jim an, gab ihm eine Adresse in Holloway, sie würden ihm, sagte er, den ganzen Stoff abnehmen, Serben, Albaner, Zigarettenschmuggler, die hofften, ins Drogengeschäft zu kommen, bevor sie von einer rivalisierenden Bande erschossen wurden. Dave lief, gehorsam den Kopf abgewandt, vorbei.

Nach Holloway ging Jim zu Fuß, zwanzig Minuten lang, um an der verabredeten Straßenecke angesprochen zu werden, sie traten in einen Hauseingang, drei Männer warteten dort, höflich, in billigen, dünnen Anoraks, mit harten, gierigen Augen, und auf der Straße liefen zu stark geschminkte Frauen vorbei. Keine Engländer, dachte Jim. Schlagzeilen verkündeten, daß eine junge Frau erschlagen worden war, vermutlich mit einem Backstein, ohne daß irgend jemand etwas bemerkt hatte, obwohl es am hellichten Tag in einem Park geschehen war. Er ging in ein Pub, nicht weit von Archway, stand am Tresen, summte, das kleine, häßliche Summen, trank einen Schluck. Die Kellnerin musterte ihn aus den Augenwinkeln, aus dem hinteren Teil des Pubs hörte man das Klingeln eines Spielautomaten. Aber Jim hob den Kopf nicht, er summte, mit achtundzwanzig Jahren konnte er noch immer nicht pfeifen. Ein richtiger Junge pfeift, hatte sein Vater verächtlich gesagt. Die Kellnerin stützte sich auf den Tresen und lächelte ihn an. –Denkst du an deine kleine Freundin? Jim sah sie kurz an, antwortete nicht. Hinten klingelte wieder der Spielautomat. Der Mann, der ihm das Geld ausgehändigt hatte, war vermutlich schon vierzig Jahre alt, ein massiger Kerl mit schlechter Haut und unstetem Blick. Jim drehte das Glas hin und her. Mit dreizehn Jahren hatte er sich vorgenommen, von zu Hause wegzulaufen, das war jetzt dreizehn Jahre her. Er hatte an London geglaubt, das war es gewesen, was ihm die Kraft gegeben hatte, mit sechzehn schließlich wegzulaufen. Aber es war ein Schock gewesen, anzukommen und vor dem Bahnhof zu stehen, nach all dem, was er sich ausgemalt hatte, ein Leben, das frei und wild war. Mit Mae wäre er aufs Land gezogen. Er mußte Albert loswerden und Mae finden und genug Geld haben. Aus der Küche kam Essensgeruch, eine Treppe, die mit einer Kordel abgesperrt war, führte in den ersten Stock. Noch immer das enervierende Klingeln des Spielautomaten; Jim drehte sich um, lief in den hinteren Raum, stieß den Jungen, der vor dem Automaten stand und ihn erschreckt anstarrte, so heftig, daß er hinschlug. –Hörst du jetzt endlich auf, du kleine Ratte? Die Kellnerin rief, –Gigi, hau ab, näherte sich, lächelte Jim an. Ohne ein Wort rappelte sich der Junge hoch und verschwand. Jim spürte, wie die Frau ihn abwartend anschaute. Nicht sein Typ, sah er, als er sich umdrehte, eine braunhaarige, füllige Person mit einem stark geschminkten Gesicht, das immerhin vertrauenerweckend aussah. Und das war also Holloway, wie ein schlechter Geruch, dachte er, aber sie hatte geduscht, ihr Haar roch frisch gewaschen, viel dickeres Haar, als Mae es hatte, er faßte es an, was sie geschehen ließ, dann lehnte sie ihren Kopf an seine Schulter, freundlich, auf eine so selbstverständliche Art, lächelte ihn an. Es war angenehm wie ein handfester Gegenstand, ein greifbares Wohlbefinden, ihre Hand tastete nach seiner, hielt seine Hand einen Moment fest und ließ sie los, um sich dichter an ihn zu schmiegen, ihn in einen kleinen Seitenraum zu drängen, sachte, zwischen Putzeimer und einen Staubsauger, eine kleine Kammer mit dicker staubiger Luft, kein Platz, sich hinzulegen, aber sie war geschickt und zärtlich, so daß er alles vergaß und dann verwundert ihre Lippen spürte, einen sanften, freundlichen Kuß. –Träumer, sagte sie. Die Straße war hell, und nach zweihundert Metern nahm er den Lärm wieder wahr, das Mißtrauen in den Augen, die ihn musterten, eine Frau mit einem kleinen Jungen an der Seite wich ihm aus, die Luft roch sommerlich, es hatte geregnet, an den Ästen eines Bäumchens glitzerten Tropfen, und ein Kind rannte auf ihn zu, wich im letzten Moment aus, den Luftzug spürte Jim, beinahe die Wärme des kompakten Körpers. Er stolperte, da lag mitten im Weg eine Plastiktüte, die etwas verdeckte, er schob das Plastik mit dem Fuß zur Seite, sah ein Stückchen Fell, eine Ratte, und in all dem lärmenden, hupenden, trostlosen Verkehr blieb er hilflos stehen, während kühler Wind aufkam, Regen seinen Anorak durchnäßte.

Er erinnerte sich nicht, wann er das letzte Mal krank gewesen war, richtig krank, nicht weil er betrunken war oder wegen irgendwelcher Tabletten, sondern mit Fieber, fiebrig schwitzend wie ein Kind. Jede Berührung schmerzte, als wäre die Haut durchsichtig, durchlässig, könnte die Nerven nicht länger schützen, und gleichzeitig war sie wie ein Panzer, in den er eingesperrt war. Er raffte sich auf, kochte Tee, im Küchenschrank ein einziges Durcheinander, Sachen von Damian, die er ein Jahr nicht angerührt hatte, ein Glas verschimmelter Marmelade, Konserven, schmutziges Geschirr, er rauchte, hustete, das Fieber stieg, und schließlich lag er auf dem Sofa, konnte, als Dave rief und klingelte, nicht aufstehen, hörte hilflos, wie Dave seinen Namen rief, wie Dave die Stufen wieder hinaufstieg und ging. Schlief ein, wachte auf, zu schwach, aufzustehen und zu essen, etwas Reis zu kochen, der auch im Schrank gestanden hatte, aber er konnte nicht aufstehen, er konnte nicht, und was er sah, war in Fetzen gerissen, das Wohnzimmer, die Küche in der Field Street, auf dem Herd richtige Töpfe, und wie Mae ihn auslachte, von den Toten faselte und ihn auslachte, der schwitzte und Schmerzen hatte. Über der Heizung bewegten sich schwarze Schatten, die junge Frau lief vor dem Fenster vorbei und suchte nach ihm, und wenn er sich konzentrierte, konnte er sie zwingen, sich umzudrehen und ihr Gesicht zu zeigen. Als er zu sich kam, war heller Mittag. Das Handy klingelte, brach ab, klingelte erneut, bis er endlich danach griff, ohne auf dem Display die Nummer zu kontrollieren. Es war Hishams Stimme. –Ich fragte mich, wo du geblieben bist. Die Stimme war ohne Spott. –Nichts mehr von dir gehört, seit Holloway, bist du zu Hause? –Geht dich einen Dreck an, sagte Jim, richtete sich auf. –Kein Problem, aber du klingst, als wärst du krank, bist du krank? fragte Hisham sanft. –Du verdammter Aufschneider, sagte Jim und legte auf.

Am Abend ging er hinaus, weil er Hunger hatte. Er lief hinunter bis zu *Pang's Garden*. Der Alte hockte an einem grünen Tischchen und löffelte, mit dem Ellbogen fast den Bildschirm des laufenden Fernsehers berührend, seine Suppe, schlürfte, schluckte, während in der Küche zwei junge Frauen Töpfe schrubbten. Hinter dem Tresen standen drei Männer, hantierten, schwätzten, sie beachteten Jim nicht. Zwei Schwarze kamen herein, sahen zu ihm hin und tuschelten. Er lachte auf, bestellte noch eine Frühlingsrolle. Sie schmeckte bitter.

Als er schließlich hinaustrat, sah er auf der anderen Straßenseite die junge Frau davongehen, sie schaute zu ihm hin, aber es war zu dunkel, um ihr Gesicht zu erkennen. Er summte etwas, fast den Anfang eines Lieds, sie schaute immer noch in seine Richtung, doch dann ging sie weiter, und Jim konnte nicht pfeifen.

24

Letztlich war alle Aufregung ausgeblieben. Von den Straßen verschwanden die Demonstranten, der Krieg aus den Schlagzeilen. Die chemischen Waffen waren aus der Wüste verschwunden und vermutlich von vornherein inexistent gewesen. Der Krieg führte sich, ferngerückt,

noch fort. Gerüchte wollten Saddam Hussein gefangen, tot, dann wieder unauffindbar wissen. Weil eine Lieferung fehlerhaft, die zweite unvollständig war, fuhr das Lieferauto von *Hayes & Finch, Candle Manufacturers and Church Furnishers* dreimal durch die Lady Margaret Road. Isabelle glaubte, Bienenwachs zu riechen, als die Tür sich öffnete, ein Mann braune Kartons in das Haus schräg gegenüber trug, obenauf eine dicke, überlange weiße Kerze. Dort also wohnte der Pfarrer. Die BBC-Stimmen sprachen die Namen *Basra* und *Nassaryia* geläufig aus, von *pocket resistance* war die Rede, dann wechselte das Vokabular.
Das Telefon klingelte, Isabelle nahm nicht ab, der Anrufbeantworter spielte ihre Ansage, dann ließ sich die lebhafte Stimme Alistairs hören. –Dein Mann hockt bei Bentham im Zimmer und angeblich bis spät, aber vielleicht gehen wir trotzdem aus? Zum ersten Mal war Isabelle nicht sicher, ob sie Lust dazu hatte, Pläne zu machen, jeder Wunsch schien in Erfüllung zu gehen, und doch fehlte etwas. Alexa war gekommen für vier Tage, hatte in Isabelles Arbeitszimmer geschlafen, sie hatten gemeinsam die Museen besucht und Tee getrunken, am besten hatten Isabelle die Watteau-Bilder in der Wallace-Collection gefallen, die Feste und Musikanten, auf eine schwer faßbare Weise heiter, und wie die Figuren dasaßen in Erwartung, warteten, ohne zu wissen, worauf. Am letzten Morgen begleitete sie Alexa nach Golder's Green zum Flughafenbus, fuhr nach Hause, zog das Bett ab und stellte die Waschmaschine an. Die Tage paßten wie Handschuhe. Jakob fragte nicht mehr, ob sie sich langweile, ob sie einsam sei. Sie zeigte ihm ihre Entwürfe für das Kinderbuch, allerdings war die Geschichte nicht geglückt oder jedenfalls nicht die richtige Geschichte, erklärte sie, für das Mädchen und die Szenen, die sie zeichnete; sie mochte es, wenn er hinter ihrem Stuhl stand, aufmerksam, und ihre Zeichnungen lobte. Er bat sie, sich auszuziehen, die Vorhänge waren

nicht zugezogen, er stellte sich vor sie, in seinem Anzug, und dann führte er sie an der Hand ins Schlafzimmer hinauf, sie schlief gerne mit ihm, ohne darüber aufgeregt zu sein. Wenn sie zu Hause aßen, was nicht oft geschah, erzählte er aus dem Büro, was sie schon von Alistair wußte, ein ebenso guter Beobachter war Jakob aber nicht. Einmal stritten sie, weil Jakob den großen Teller von Tante Fini zerbrach, einen weißen Teller mit einem Rand aus Rosen, ein großer, flacher Teller, der sich vielleicht wieder kleben ließ, kaputt war er trotzdem, und Isabelle fand, daß es ein Malheur war. Jakob wunderte sich über das Wort, er dachte, es sei nicht ernst gemeint, ein Malheur, doch war Isabelle wirklich aufgebracht über seine Achtlosigkeit. Eines Morgens, als sie im Café gesessen hatte, war sie von dem Mann angesprochen worden, den sie schon ein paarmal in der Lady Margaret Road gesehen hatte, Jim, ein gutaussehender Mann, jünger als sie, mit einem schmalen Gesicht und einem hübschen, etwas harten Mund. Er hatte sich, ohne zu fragen, zu ihr gesetzt und gefragt, wie sie heiße. –Ich wollte nur wissen, wie du heißt, falls wir uns noch einmal treffen, hatte er gesagt und war gleich wieder gegangen.

Sie mailte Peter die Entwürfe für den Prospekt einer privaten Kindermusikschule. –Bist Du schwanger? mailte er zurück, Du machst ja fast nur noch Kindersachen. Von Andras hatte sie seit ein paar Tagen nichts mehr gehört.

Sie tuschte dem Mädchen mit den langen Haaren einen roten Rock, als nebenan der Lärm wieder anfing, etwas gegen die Wand schlug, eine erregte Stimme laut wurde, und dann, ein paar Augenblicke später, während sie die grünen Strümpfe ausmalte, vollständige Stille. Vom Dach des gegenüberliegenden Hauses flatterte der Rauch, und vielleicht war es ein dünnes Weinen, was sie dann hörte. Vorsichtig legte sie die Feder beiseite und richtete sich leise auf. Sie scheute sich aufzustehen, als würde sie damit un-

terbrechen, was seinen Gang gehen mußte. Es war wieder still. In ihrer Wohnung klapperte eine Tür, das war der Wind, es zog selbst dann, wenn sie alle Fenster geschlossen hatte.
Drei Tage später traf sie Jim, als sie auf dem Weg nach Hampstead Heath war. Er stand vor der alten Feuerstation, die inzwischen eine Diskothek war, kanzelte einen Jungen ab, der ihn anzubetteln schien. Ohne zu fragen, wohin sie ginge, lief er neben ihr her, nahm sogar ihren Arm, kaufte in einem Kiosk eine Flasche Cola. Er trug ein weißes Hemd, Jeans. Im Park führte er sie in das Wäldchen nahe dem Lady's Pond, nahm ihre Jacke, breitete sie auf einer Bank aus. Die Art, wie er sie ausfragte, war beinahe rüde. Er ließ sie aus der Flasche trinken, trank selbst. Dicht nebeneinander saßen sie, sein Gesicht war ihr zu nahe, er hatte lange Wimpern, er wußte, daß er gut aussah. Ein bißchen zu sehr wie eine Zigaretten-Reklame, dachte sie. Dann sprang er auf, zog sie an der Hand mit sich in ein Gebüsch nahe am Teich, schob die Zweige mit den noch zarten Blättern auseinander und zeigte ihr drei etwa fünfzigjährige Frauen, die sich nackt ins noch kalte Wasser vortasteten, kichernd, die zu dicken Arme um die schlaffen Brüste geschlungen, die plumpen Hintern nach hinten gestreckt. Er beobachtete Isabelle grinsend; sie konnte den Blick nicht abwenden. Sie spürte, wie er sie musterte. Einen Moment fürchtete sie, er würde ihr befehlen, sich auszuziehen. Es war erregend, und sie hatte Angst. Unwillkürlich trat sie einen Schritt zurück, stolperte, als er loslachte, aber dann drehte er sich um und ging zum Weg zurück, summend, die Hände in den Hosentaschen, ohne ihre Jacke oder die Colaflasche aufzuheben. Dort wartete er, sie fühlte sich, mit der Jacke überm Arm und der Flasche in der Hand, beschämt. Er stand im Halbschatten, verzog keine Miene, als wäre sie nicht mehr als ein heller Fleck. In seinen Augen lag etwas Kaltes, sie stolperte, der Boden war un-

eben, voller dicker Wurzeln und Schlaglöcher. Sie wußte, daß sie ihn nicht überreden könnte zu bleiben, und er ging wirklich, drehte sich nicht mehr nach ihr um, und als sie aus dem Wäldchen ins Freie gelangt war, sah sie ihn in einiger Entfernung weiter unten, am Rand des Parks, durch eine Horde Schüler gehen, die vor ihm zurückwich und den Weg freigab, nur einer sprach ihn an, und Jim nahm den schlaksigen Jungen mit, der in den Händen unruhig einen Pullover knetete. Es gab ihr einen Stich. Sie brachte die halbvolle Cola-Flasche zu einem Papierkorb. Aber sein Geruch, Jims Geruch, blieb und ließ sich nicht abschütteln.

Wieder in der Wohnung, saß sie eine Weile vor dem Computer und scannte einige ihrer Zeichnungen. Zwei Geschwister liefen auf den Winterfeldtmarkt und kauften gestreifte Bonbons für das Mädchen, das von zu Hause weggelaufen war und jetzt auf einem Spreekahn bei dem Kapitän lebte, der schließlich die Mutter des Mädchens heiraten würde. Aber noch stand das Mädchen alleine in der Dämmerung an Deck des Kahns unter einer Wäscheleine, auf der die Küchenhandtücher flatterten, und wartete, ob seine neuen Freunde auf der Brücke auftauchten. Jakob rief an und sagte, daß er spät nach Hause kommen würde. Peter rief an und fragte nach dem Kostenvoranschlag für einen Buchprospekt. Alexa rief nicht an. Andras schrieb eine kurze, technische Mail – er wußte auch nicht, wo der Kostenvoranschlag war. Vor dem Fenster flog eine Elster auf. Nebenan schrie der Mann, vermutlich brüllte er seine Frau und seinen Sohn an.

Als es dämmerte, beschloß sie, nicht auf Jakob zu warten, sondern alleine in die Stadt zu fahren. Sie lief die Tottenham Court Road hinunter und weiter, bog nach links ab, Richtung Saint Martin's Lane, der Himmel war mit mattem Orange bedeckt, die Schornsteine drängten sich zu dritt oder viert auf den Dächern, aus einer Pizzeria quoll eine Schulklasse, kichernd schwenkten die Mädchen ihre nackten Arme, und Isabelle folgte ihnen ein Stück, sah, wie eine von ihnen zurückblieb, um einen Jungen zu küssen, der viel älter war und fordernd sein Knie zwischen ihre Schenkel drängte. Weil sie noch nicht nach Hause wollte, lief Isabelle ein Stück die Oxford Street hinunter und fand in einem kleinen Laden rote Lederstiefel, in einem hellen Kirschrot, die sie kaufte. Der Abend und auch die nächsten blieben aber unbefriedigend. Die Stiefel standen im Eingang, kirschrot, während Isabelle wieder in ihre Turnschuhe schlüpfte, es war enttäuschend, nahe auch an einem Streit zwischen ihr und Jakob, der nur vermieden wurde, dachte Isabelle, weil sie kein Thema fanden, und beide waren dankbar, als Anthony vorschlug, sie sollten sich am folgenden Abend gemeinsam King Lear ansehen, in einem Theater, das provisorisch umgezogen war, aber eine der spannendsten Produktionen bot, und seine Stimme klang auf erleichternde Weise begeistert, er kurbelte etwas an, London, das Leben im allgemeinen, all das, was aufregend war, und so stürzte Isabelle, als sie ihn vor dem Theater mit den Tickets winken sah, auf ihn zu, überschwenglich. Der Anblick des Zuschauerraums befremdete sie, die Stühle, sehr dicht aneinandergestellt, ließen etwa die Hälfte des Raums frei, vor allem einen breiten Streifen vor der Bühne. Jakob kam verspätet, setzte sich neben sie und gab ihr einen flüchtigen Kuß, sein Oberarm streifte ihre Schulter. Ich verstehe nur die Hälfte, flüsterte Jakob ihr nach einer Weile zu, tastete nach ihrer Hand, während sie sich reckte, da sie hoffte, von den Gesichtern abzulesen, was ihr entging, zu begreifen, warum die Katastrophe unabwendbar war. Die Morde waren vollbracht, der Schmerz wurde zu einem schrillen, unerträglichen Ton. –Der Narr war der Beste, flüsterte Alistair zu Jakob, und da waren Lears Worte, er heulte, flehte –*And my poor fool is hang'd! No, no, no life! Why should a dog, a horse, a rat have life, and thou no breath at all? Thou'lt come no more*, und ein paar Zeilen später stürzten die Wände, lautlos erst, als wäre es nur eine Projektion, dann plötzlich mit Getöse, krachten da hin, wo die ersten Stuhlreihen hätten sein können, zerbarsten, wirbelten Staub auf und hinterließen ein Bild der Zerstörung, auf das beklommene Stille folgte, und dann noch einmal, dünn, die Stimme des toten Lear, *Thou'lt come no more, never, never, never, never, never.* Sie hörte es noch, als sie aufsprang, um vor den anderen hinauszulaufen, da fing sie am Ausgang der Narr ab, ein kleinwüchsiger Mann mit verbissenem Blick, folgte ihr, als sie auf die Straße drängte, und er murmelte, murmelte, dicht hinter ihr stehend, denn sie konnte nicht weg, sie wollte vorausgehen, aber wagte es nicht. Es klang wie ein Fluch. Die anderen kamen gutgelaunt heraus, zu dritt nebeneinander, drei großgewachsene Männer, von denen einzig Alistair sogleich den Narren sah und ins Auge faßte, –noch ein Verehrer! sagte er spöttisch zu Isabelle. Sie gingen in einen arabischen Imbiß, und als sie sich auf den Weg nach Hause machen wollten, war die letzte U-Bahn schon abgefahren, eben wurden vor den Eingängen die Gitter heruntergelassen, nur auf dem überdachten Vorplatz standen noch ein paar Nachzügler und Nachtschwärmer. Die Haltestelle des Nachtbusses war verlegt worden, keiner wußte, ob in die Pentonville Road oder Richtung Camden, und Alistair schlug vor, doch Richtung Camden Town zu laufen, die Straße war so leer, als wäre alles abgesperrt, sie liefen den York Way entlang, der schlecht beleuchtet war, und Isabelle hörte noch einmal die Stimme Lears, hörte den Narren murmeln. Sie ging vorneweg, sah fünf Männer auf der gegenüberliegenden Straßenseite aus einem der eingerüsteten Häuser auftauchen, die Straße überqueren, und da war die Bushaltestelle, provisorisch auf dem schmalen Bürgersteig, der nur Platz für einen bot, dort sammelten sich die fünf, starrten ihr entgegen, helle Gesichter über schwarzen Anoraks, zwei lehnten an der

Mauer, wichen nicht, so daß Isabelle auf die leere Fahrbahn trat und weiterlief, ohne sich umzuschauen. Jakob, der als letzter ging, rissen sie am Mantel herum, schweigend, nur von Jakob ließ sich ein Laut hören, ein erstickter Ruf, der Isabelle herumfahren ließ. Drei der Männer, sie hatten Messer, die sie – nicht einmal drohend – zeigten, packten Anthony und Alistair, zwei hielten Jakob, sie bildeten einen dichten Halbkreis um Isabelle, in ihrem Rükken war die Mauer, und sinnlos grübelte sie, was es für eine Mauer war, die sich die ganze Straße entlangstreckte ohne Eingang. Bis auf eine Handbreit trat einer der Männer auf sie zu, sie konnte Atem und Schweiß riechen, konnte die Wärme seines Körpers spüren. Er stand ruhig da, als stütze er sich auf den blassen, verwunderten Schrecken ihrer Begleiter, sogar Alistair hatte es die Sprache verschlagen, und Isabelle schoß durch den Kopf, daß all das komisch war, ein Überfall, der weniger Schrecken für sie hatte als das Theaterstück, als der Ruf *Never!* –Na, Süße, wie wär's mit uns? Welcher von den Luschen ist denn deiner? Und sie sah in seine Augen, suchte etwas, dachte an die letzten Tage, die Ziellosigkeit, suchte, ob bei diesem Mann etwas zu finden war, während Jakob zusammensackte. Dann fing sie an zu lachen, lachte den Mann an und streckte die Hände nach ihm aus; wie ein Kind, sagte Alistair später, staunend, kopfschüttelnd, er glaubte ihr nicht, daß sie den Polizeiwagen, der in den York Way einbog, schon gesehen hatte, obwohl es fast dunkel war, die nächststehende Straßenlampe ein Stück entfernt, die Häuser gegenüber eingerüstet, Fenster grob mit Brettern vernagelt, dunkel jedenfalls, so daß die Scheinwerfer des Polizeiautos deutlich sichtbar waren. Sie hatte es gesehen. Wie ein Kind streckte sie die Hände aus und faßte nach seinen Ohren, hielt die warmen Ohrläppchen zwischen ihren Fingern und zog sein Gesicht näher, als wollte sie ihn küssen. Keiner außer ihr bemerkte, daß sich das Polizeiauto auf acht oder zehn Meter genähert hatte, der Fahrer die Scheibe herunterließ und sich hinausbeugte. Isabelle lachte wieder, dann stieß sie den Mann mit aller Kraft von sich und rannte durch die Lücke auf die Polizisten zu, winkend, gestikulierend, plötzlich erschreckt und verzweifelt. Licht flutete auf, die Männer ließen ihre Gefangenen los und rannten, überquerten die Straße, tauchten hinter einer Baustelle in eine Seitenstraße ein, den Vorsprung nutzend, den die Polizisten ihnen ließen, da sie erst Isabelle fragten, ob sie verletzt sei, dann fuhr das Polizeiauto den fünf Männern hinterher, und wie die Stille senkte sich wieder das schwache Licht auf Isabelle und die drei, die mit betäubten Gesichtern ihre Handgelenke rieben. Isabelle wich einen halben Schritt zurück, als Jakob mit unsicherem, schuldbewußtem Gesicht auf sie zutrat, und schaute unbeteiligt zu, wie Anthony loslief, den Polizisten hinterher, wie Alistair sein Handy aus der Tasche zog und auf eine Verbindung wartete. Sie waren allein. Anthony kehrte zurück. Die Mauer war riesig, rötlich, es war der Bahnhof, dahinter blinkten die Lichter des Gasturms und eines Krans, der aus dem Dach von St. Pancras ragte, jetzt sah Isabelle, daß an den dunklen, verkommenen Häusern noch Schilder hingen, Cafés waren es gewesen, kleine Hotels, Spielsalons, abgenutzt seit Jahrzehnten oder länger, die Fenster, wo sie nicht vernagelt waren, eingeschlagen, der Gehweg unregelmäßig gepflastert. Alistair war es gelungen, ein Taxi zu bestellen, Jakob und Alistair stritten sich, ob sie auf die Polizisten warten müßten oder nicht. –Bist du bescheuert, die machen sich an deine Frau ran, und du willst sie nicht einmal ordentlich anzeigen? Das Taxi kam, und sie stiegen ein, bedrückt, beschämt die Männer, Isabelle konzentriert, als müßte sie finden, was sich einen Augenblick lang gezeigt hatte, etwas, das die gelassene Aneinanderreihung der Dinge unterbrach. Sie fuhren nach Norden, Anthony hatte dem Fahrer die Adresse eines Clubs gegeben, er beharrte dar-

auf, daß es seine Schuld sei, weil er sie in das Theaterstück gebracht hatte, er lud sie ein, bestellte, ohne zu fragen, Whisky, zog Isabelle auf die Tanzfläche. Sie tanzten, Anthony und Isabelle, Alistair und Isabelle, nur Jakob schwang sich nicht auf, saß einigermaßen aufrecht auf seinem Barhocker, riß sich hoch, wenn er zusammenknickte. Sie tanzte, Isabelle tanzte. Sie versuchte sich das Gesicht des Mannes zu vergegenwärtigen, seine Augen, eine Handbreit vor ihrem Gesicht, sie verglich es mit Jims Gesicht, war betrunken und aufgekratzt, und als Alistair sie fragte, ob sie keine Angst gehabt habe, verneinte sie. –Es ist ja schon nicht mehr real, sagte Isabelle, obwohl erst zwei Stunden vergangen waren, und am nächsten Morgen würde nichts mehr davon wirklich stimmen, weil solche Sachen bereits einen Tag später zur Anekdote wurden, etwas, das sie Andras erzählen könnte, dachte Isabelle, aber sie sprachen so selten miteinander.
Wirklich rief sie tags darauf im Büro an, Sonja antwortete, und deswegen erzählte sie alles Sonja, die fragte, was Jakob gemacht habe, wozu es nicht viel zu sagen gab. Er hatte am Morgen gewartet, bis sie aufgewacht war, noch immer niedergeschlagen. Wie sehr er Gewalt hasse, sagte er wieder und wieder, er war ihr auf die Nerven gegangen; jetzt tat er ihr leid. Sie fragte sich, ob er von den Nachbarn nichts bemerkte, nie etwas hörte, weil es im Erdgeschoß war, in ihrem Zimmer, oder ob er es ignorierte, weil er Gewalt haßte, weil er nicht wollte, daß in seiner Welt vorkam, was er verabscheute. War da nicht ein winziger Riß, eine Verschiebung, die Unruhe und Neugierde hervorrief und Enttäuschung? Still war es, sie strich in der Wohnung, die so unberührt war, hin und her, sie wollte nicht arbeiten, und so ging sie hinaus, lief zur U-Bahn und fuhr nach King's Cross, in den Lärm von Menschen und Baumaschinen und Verkehr. Überall waren die Zeitungsstände, Reisende, Bettler, Geschäftsleute, die aus dem Bahnhof eil-

ten, Familien mit Koffern und unruhigen Gesichtern, eine großgewachsene Frau mit kurzen, blonden Locken lief strahlend auf einen kleineren Mann mit einem großen Kopf zu, die beiden umarmten sich, der Mann erinnerte Isabelle an Andras. York Way war auch am Tag still, an der Bushaltestelle wartete niemand. Im Sonnenlicht sahen die Häuser heruntergekommener aus als in der Nacht. Etwas blitzte auf, Licht, das eine Glasscheibe traf. Ein einzelner Baum, krüppelig, bewegte sich in einem Luftzug, auf dem Asphalt lag eine Papiertüte. Sie saugte ein, was sie sehen konnte, in einiger Entfernung einen behelmten Mann auf einem Kran, die rötliche Mauer. Sirenen gaben zwei oder drei Heultöne von sich, verstummten. An der Stelle, an der in der Nacht die Männer hinter den Planen hervorgekommen waren, blieb Isabelle stehen. Auch das, was einem selber zustieß, löste sich auf. Hier war nur ein heruntergekommenes Viertel, das abgerissen und wieder aufgebaut wurde, nichts weiter. Sie lief durch die kleinen Sträßchen, nicht bereit, sich abzufinden damit, daß nichts geschah, nichts geschehen war, es war sommerlich warm, sie spürte unter dem Rock ihre Schenkel, an den Füßen den Staub.

Als sie um die Ecke bog, erkannte Jim sie sofort, verwirrt, ärgerlich, denn sie hatte hier nichts zu suchen, in seinem alten Territorium, das er so lange gemieden hatte, in diesen Straßen, die Mae entlanggegangen war, die er mit ihr überquert hatte. Da war sie, strich sich mit den Händen über den Rock. Er suchte in der Hosentasche nach Zigaretten, nach dem Feuerzeug, rauchte. Aber sie spionierte ihm nicht nach, dachte er, auch wenn sie an der Ecke der Field Street stand, als warte sie auf jemanden. Die alte Wohnung stand leer, und auch den Gemüsehändler gab es nicht mehr, niemanden, den er fragen konnte, nur noch ein Gerüst, eine Plane, die die Fassade verdeckte, im warmen Wind gegen die Eisenstangen schlug. Wie von einem

Schlagzeug tönte hin und wieder ein gedämpftes Geräusch von den Baugruben durch den Verkehr. Jim schnippte die Zigarette in einen Gully, fingerte aus der Packung die nächste. Und sie kam näher, mit einem unentschlossenen, törichten Gesichtsausdruck kam sie näher, ging da, wo er nach Mae suchte, dann stolperte sie, riß den Kopf zur Seite, hob ihn und zuckte zurück, als sie Jim erkannte. Nirgends so viele Idioten und Spanner und Mörder, hatte Albert behauptet, um Mae, die sich vor einem Terroranschlag fürchtete, zu beruhigen. Die Toten, hatte er gesagt, würden nie da sein, wo man auf sie wartete. Wie schlafwandelnd lief Isabelle auf ihn zu, und er grinste, faßte sie am Arm, dann um die Taille, drückte so fest zu, daß sie aufstöhnte, und er tat, als wollte er sie küssen. Sie sah in seine Augen, schaute auf seinen Mund.
Er sah wütend aus, sie wollte etwas erklären, doch schließlich mußte er auf sie gewartet, mußte ihr aufgelauert haben, und sie fragte etwas, das er nicht verstand, ob er gestern nacht hier gewesen sei, offensichtlich enttäuscht, als er sie losließ, einen Schritt zurücktrat und auflachte, da war er, in einem engen T-Shirt, unter dem sie seinen kräftigen Oberkörper sah, wie sich die Muskeln abzeichneten, und wieder drehte er sich bloß um, rief ihr über die Schulter etwas zu, *–see you*, ein Versprechen, eine Drohung, bevor er mit schnellen Schritten davonging. Field Street, las sie auf dem Straßenschild, verwirrt, ernüchtert. Irgendwo war ein Fehler. Rückwärts müßte man gehen, zurücklaufen, zurückspulen, was gewesen war bislang, um es zu löschen oder zu bestätigen. Aber hier gab es nur eine leere Straße, etwas, das hell und öde war, so daß sie loslief, langsam erst und dann schneller, zur Euston Road und weiter nach Westen, sie rannte jetzt auf die Warren Street zu, wo sie aufgehalten wurde von einer Menschentraube, von Zeitungsverkäufern, Gürtelverkäufern, Berufstätigen, Touristen, aus jemandes Hand fiel ein kleiner Strauß, die

Blüten wurden zertreten, vier Schüler umschlossen Isabelle einen Moment, grinsten sie über verrutschte, zerknitterte Krägen an, ein Mann hievte einen Kontrabaß vor sich her, rammte damit Isabelle, der Tränen des Schmerzes, der Kränkung in die Augen schossen, und als sie ungeschickt aus dem Gewühl herausschlingerte, sah sie eine Blumenverkäuferin, die aus Eimern die letzten Sträuße packte, hinter ihr erschien eine jüngere Frau, griff nach den Eimern, leerte das Wasser mit einem Schwung auf die Straße, sie kam Isabelle seltsam bekannt vor, nur war sie dünn, fast mager, und als sie sich aufrichtete und zur Seite drehte, sah Isabelle ihr Gesicht, entstellt von einer Narbe, die von der Schläfe bis zum Kinn reichte, flammendrot, häßlich. Als wäre die Wunde nicht genug gewesen, war sie schlecht verheilt, und das Gesicht war gezeichnet, ein Inbild der Bösartigkeit, die Menschengesichter zerstörte. Aber vielleicht war es ein Unfall, dachte Isabelle. In ihrem Erschrecken achtete sie nicht darauf, daß die Ältere sie beobachtete, näher kam, das Gesicht zornig, verächtlich, und Isabelle mit einer Handbewegung wegscheuchte, ohne ein Wort zu sagen, wie man ein gaffendes Kind verjagt.
Schamrot lief sie weiter, an kleinen Lädchen vorbei, an einem Café, vor dem eine grüne Bank stand, an der großen Blindenanstalt vorbei, und da war die letzte Querstraße, die sie von Jakob trennte, da die große schmiedeeisern vergitterte Tür.

25 Jakob balancierte den Stapel aus Ordnern, Notizen, Kopien vorsichtig zu Benthams Zimmer, stieß mit der Schulter die Tür auf, und da saß Bentham, hinter dem Schreibtisch, richtete sich auf, maßvoll neugierig, in den Händen hielt er eine kleine Figur. –Sehen Sie sich das an, nein, legen Sie erst die Unterlagen irgendwo ab, er winkte ins Zimmer, –Sie müssen ihn anfassen, hier. Streckte die Figur Jakob hin, der ratlos dastand, balancierend, unsicher. –Hinter Ihnen, auf der Truhe ist noch Platz, und Jakob drehte sich um, das oberste Blatt löste sich, glitt in einer Kurve zu Boden. Die Holzfigur, ein Buddha, war warm und glatt, ohne sich in die Hand zu schmiegen, –ja, sagte Bentham, er paßt sich der Hand nicht an, man kann die Körperhaltung nur mit den Fingern nachvollziehen, Stück für Stück, ihre Strenge erschließt sich erst allmählich. Er nahm von Jakob die Figur entgegen. –Ich habe ihn von einer Bekannten aus Israel erhalten, das einzige, was sie von ihrem Vater geerbt hat, er war Direktor des Ostasien-Museums in Köln gewesen, hatte eine große Privatsammlung, die er gestiftet hat. Zum Glück in zweiter Ehe mit einer arischen Frau verheiratet, deswegen hat er überlebt, das heißt, er ist 1943 an gebrochenem Herzen gestorben. Sie, die Tochter, war schon in Israel. Ich habe für sie einen Restitutionsprozeß geführt – und verloren.
Bentham stellte den Buddha wieder auf seinen Schreibtisch, schaute Jakob an, winkte, als wäre noch jemand im Zimmer, dann stand er auf, ging zur Kommode und beugte sich über die Unterlagen. –Graf Helldorf, sagte er, ach so.
–Er war der Polizeipräsident, anscheinend hat er gegen riesige Bestechungssummen ein paar wohlhabenden Familien die Ausreise ermöglicht, referierte Jakob. Ein Mittelsmann hat für ihn den Kaufvertrag für die Treptower Villa unterschrieben, deswegen bin ich erst jetzt auf seinen Namen gestoßen. –Seit 1931 SA-Führer in Berlin-Branden-

burg, nicht wahr? sagte Bentham. Was für eine unerfreuliche Person. Und hingerichtet, oder?
Jakob nickte. –Im August 1944, in Plötzensee, nach dem 20. Juli verhaftet. Deswegen ist das Ganze kompliziert, er gilt ja als Widerstandskämpfer und unbedenklich, dazu kommt eben der Mittelsmann. Es gibt einen Kaufvertrag mit einer angemessenen Summe, aber aus Briefen von Millers Vater geht hervor, daß der tatsächliche Kaufpreis nicht einmal ein Zehntel davon betrug. Nach dem Krieg haben die Erben des Mittelmanns das Haus bekommen, Krüger heißen sie. Der Mann hat wohl Jura studiert und sich eingebildet, er könne die Sache selbst in die Hand nehmen. Er sagt, die Unterlagen seien während des Kriegs vernichtet worden, und er argumentiert, daß die Villa von seinem Großvater in gutem Glauben erworben wurde. Mit anderen Worten, er hat keine Ahnung.
–Helldorf soll wirklich ein paar Leuten geholfen haben, sagte Bentham.
Und Miller, erzählte Jakob, war in Berlin gewesen, auf eigene Faust, in Berlin und in der Nähe des Sees Stechlin, wo die Familie ein Landhaus gehabt habe, und er war hämisch empfangen worden, da wie dort, in Treptow zudem konsterniert von dem verwahrlosten Zustand des Hauses, das inzwischen in Einzelwohnungen unterteilt war, im Erdgeschoß und Keller ein Laden für Computer- und Fantasy-Spiele. Er hatte Jakob die Kopie eines rücksichtslos auf deutsch verfaßten und unverschämten Briefs zugeschickt, von Krüger eben, der meinte, die Dinge allein und durch Einschüchterung erledigen zu können. Jetzt überlegte er wohl, einen Anwalt zu nehmen – Bult, den Anwalt, der um die Seehofer-Grundstücke in Erscheinung trat und den Pressesprecher für die Demonstranten, vielmehr Gegendemonstranten gegeben hatte.
–Seehofer-Grundstücke, fragte Bentham, fiel dort nicht der Israelvergleich? Was Israel den Palästinensern antäte,

das täten die zurückkehrenden Juden den ansässigen Deutschen an?
Wieder nickte Jakob. –In Treptow hat Krüger zunächst mit Investitionsvorrang argumentiert, das ist angesichts des verwahrlosten Zustands des Hauses natürlich lächerlich. Ich nehme an, Bult wird ihn zurückpfeifen.
–Aber wissen Sie, sagte Bentham achselzuckend, am Ende wirkt der alte Grundsatz der Römer immer noch nach. Gutwillig ersessen, wie es bei ihnen heißt, und das in einem tausendjährigen Reich.
–Ich muß wohl hinfahren, sagte Jakob. Bentham betrachtete ihn. –So recht begeistert Sie der Gedanke nicht? Sie wollen bei uns bleiben? Dann halten Sie das Verfahren am Laufen. Bereiten Sie sich gründlich vor. Ist sowieso besser, lehrreich dazu.
Er bückte sich, suchte etwas in einer Schublade, schien Jakob zu vergessen. Maudes Klopfen erst ließ ihn den Kopf wieder heben, aber sie suchte Jakob. –Ihre Frau ist unten, sagte sie strahlend, als wäre diese Ankündigung ihr besonders lieb. –Ich habe ihr gesagt, daß Sie gleich herunterkommen, das letzte richtete sie streng an Bentham, der zustimmend nickte, noch einmal Jakob betrachtete. –Nur zu, sagte er, gehen Sie ein Stück spazieren. Das tut immer gut.
Isabelle stand im Eingang, das Treppengeländer mit der Hand umklammernd, ihre Unruhe war Jakob nicht angenehm, er lotste sie hinaus, faßte sie fest um die Taille. Auf der Straße küßte er sie erst, sah ihre weiche, angenehme Haut, den Leberfleck, der ein Eigenleben zu haben schien, wie ein Tierchen, anschmiegsam und darauf gefaßt, jederzeit in einer Erdhöhle zu verschwinden. –Isabelle, sagte Jakob. Sie schaute zu ihm auf, lächelte verlegen, –ich wollte dich nicht stören, es war so ein merkwürdiger Vormittag.
–Aber du störst nicht.

–Ich meine, in dein Büro kommen, unangemeldet, antwortete sie. Es ist nur wegen gestern, ich habe mich um dich gesorgt.
–Um mich? Aber warum um mich?
–Jakob? sagte sie, gehen wir nach Hause?
Er hörte, wie ihre Stimme klang, unscheinbar, hell. Gehen wir nach Hause? Er spürte, daß sein Körper reagierte, schneller als sein Verstand. Sie wollte nach Hause, sie wollte mit ihm ins Bett gehen; er wußte, daß sie recht hatte, wie leicht es war, zu tun, was sie sagte, etwas, das den Eindruck von Bedrohung und Niederlage verschwinden ließ, den er nur vergessen hatte, weil er mit Bentham sprechen sollte. So leicht, dachte er, miteinander zu schlafen, selbst ohne Begehren oder Leidenschaft, zärtlich, weil sie verheiratet waren, weil es ihre Liebe war und sie gemeinsam lachen könnten über die Beschämung, die er vergessen wollte. –Es war nichts, nur ein paar Idioten, sagte er vage. Sie nickte zögernd. –Schau, laß uns heute abend essen gehen. Ich muß noch ein paar Sachen erledigen. Oder hast du Angst, alleine?
Am Ende der Straße drehte sie sich noch einmal um, winkte ihm zu. Jakob ging hinauf, aber die Tür zu Benthams Zimmer war geschlossen, nicht angelehnt, sondern tatsächlich geschlossen, und es gab Jakob einen Stich, als wäre das die Strafe für etwas. Die Eisenbahngesellschaft war ein komplizierter, anregender Fall, –Eisenbahngesellschaft? amüsierte sich Hans, als sie telefonierten, und Jakob lachte auch, –aber wie willst du Railway Company übersetzen? Er traf sich mit dem Mandanten, der so überzeugt war, als Deutscher ein Riesengeschäft, sagte er, aufzuziehen, nur deshalb, weil seine Züge pünktlich sein würden und nicht auf der Strecke liegenbleiben und nicht entgleisen, sobald das Herbstlaub die Gleise bedeckte oder ein Zentimeter Schnee, es war ein großer, stumpfgesichtiger Mann, der Alistair und Anthony zum Lachen brachte,

wie er kam, laut atmend, gutmütig und etwas bedrohlich. Den größten Teil des Tages verbrachte Jakob mit Lesen, bestellte bei Mister Krapohl eine ganze Reihe von Geschichtsbüchern, die Krapohl um weitere Bände ergänzte, –aber Bajohr, dann müssen Sie auch Bajohr lesen, und Friedländer, es ist nur der erste Band erschienen, aber das ist eines der besten Bücher, und Krapohl räumte für Jakob ein Regal leer, um alles zusammenzutragen, die Bücher und das, was sich im Netz fand, über den Fall der Wertheimschen Grundstücke in der Leipziger Straße, über den Besitz, der inzwischen von Beisheim erworben und bebaut war, las Briefe der Seehofer Grundstücksbesitzer, die Protokolle des Verwaltungsgerichts Berlin. –Ich habe mich noch nie so sehr mit Deutschland beschäftigt, sagte Jakob am Telefon zu Hans, –ich frage mich, ob ich all diese Bücher in Berlin hätte lesen können. –Warum nicht? sagte Hans empfindlich, und Jakob las ihm eine Passage aus Friedländers Buch *Das Dritte Reich und die Juden* vor, wie Kinder einen Juwelierladen stürmten im Juni 1938, wie sie ihn plünderten und ein kleiner Junge dem jüdischen Besitzer ins Gesicht spuckte.

Am frühen Nachmittag begann Jakob, immer wieder aus dem Fenster den Himmel zu prüfen, die Wolkengeschwindigkeit, das Blau dazwischen, ob die Sonne einen schönen Abend versprach, den frühen Abend, den Bentham zu seinen Spaziergängen bevorzugte, denn wenn ihm selbst auch das Wetter gleichgültig war, forderte er Jakob doch nur bei schönem Wetter auf, ihn zu begleiten, zu einem kurzen Gang durch Regent's Park, bis zum Zoo und dann wieder zurück. Unmöglich herauszufinden, ob er Jakob damit einen Gefallen tun wollte oder seine Gesellschaft suchte. Jakob hielt sich dann einen halben Schritt hinter Bentham, der unbeirrt voranschritt, nur manchmal den Kopf nach rechts oder links wandte, so daß Jakob sein Profil sah, die stark gewölbten Augenbrauen, die Nase, den vollen Mund,

erstaunlich für einen Mann dieses Alters, und wie all das nicht wirklich zusammenpaßte und schwerfällig schien, aber doch anmutig und beweglich wirkte. Daß Jakob ihn so ausgiebig anschaute, mußte Bentham bemerken, Anzeichen gab es dafür aber nicht, statt dessen Hinweise auf Blumen, Passanten, Bäume, auf Hunde, die herbeigerannt kamen, wenn sie Bentham sahen, und dann respektvoll, schwanzwedelnd innehielten. Jakob lächelte, lächelte über alles, was Bentham ihm zeigte, Enten, Pärchen, die auf dem Rasen lagen und sich küßten, die Wölfe im Gehege, ihr langbeiniges, unruhiges Hin und Her; wie ein Kind, dachte Jakob über sich selbst und war verlegen. Er liebte den Park wirklich, aber wenn er alleine hinausging, weil es nieselte, weil Bentham nicht in die Kanzlei gekommen war, weil Wochenende war, hoffte er vor allem, Bentham zu treffen und hielt unablässig Ausschau, nach einem jetzt zumeist hellen Anzug, etwas eingezwängt darin die Schultern, was die schmalen Hüften betonte, die dabei massige Figur, die elegant war, mit Tanz- oder Tanzbärschritten rascher vorankam, als man vermutete, gedankenversunken und doch alles beachtend, was angenehm oder belustigend war.
Alistair ließ hin und wieder eine Bemerkung fallen, wenn er zu Jakob in den dritten Stock kam oder wenn sie zusammen essen gingen. Er erkundigte sich zwar nach Miller oder Jakobs Lektüre, aber es war deutlich, daß er kam, etwas zu überprüfen, das ihm durch den Kopf ging, er warf einen Satz wie eine Angel aus, sicher, daß Jakob anbeißen würde. Benthams Anwesenheit im selben Stockwerk störte ihn nicht, unbekümmert, wie er war, gab er sich auch keine Mühe, leise zu sprechen. Er war, empfand Jakob, arglos und dabei auf sanfte Weise boshaft, als wollte er seine eigene Liebe zu Bentham ausschöpfen. Ein Vogel, sagte er über Bentham, dem die Federn ausfielen, die Flügel lahm wurden, trotz unbeirrter Eitelkeit, die ja schwerlich zu übersehen sei, und manchmal gehöre zur Eitelkeit

eben die Schärfe des Verstandes, sogar des juristischen Verstandes, merkte Alistair schon im Hinausgehen an. Wie sehr, sagte er, Bentham es genieße zu verwirren, einen jungen Mann zu verwirren, fügte er bei anderer Gelegenheit an. Allerdings halte Bentham Verwirrung für etwas durchaus Wünschenswertes, generell gesprochen, nicht nur bei jungen Männern, denn wie solle man bei allzu großer Gewißheit über das Verhältnis von Juristerei und Historie nachdenken, darüber, wie juristische Entscheidungen Dinge gleichsam umkehren wollten, welch trickreiche Art von Fortsetzung Reparationen etwa bedeuteten. Reparationsforderungen insgesamt, sagte Alistair einmal, seien etwas Merkwürdiges, ob er, Jakob, sich vorstellen könne, wie solch ein Thema vom eigenen Alter beeinflußt werde? Verlustrechnungen und deren Begleichung, so müsse Jakob sich das vorstellen. Die Schönheit eines Geliebten und dessen Tod, und wie man noch einmal dagegen räsoniere, klug genug, nicht kämpfen zu wollen, wo es aussichtslos sei. Worauf sich letzteres bezog, begriff Jakob zunächst nicht, ahnte nur, daß es in Zusammenhang stand mit Maudes Fürsorge Bentham gegenüber, die gleichmäßig und jahrelang eingespielt wirkte.
Den knirschenden, an seinen Seilen ächzenden Aufzug benutzte Jakob nie, er stieg die Treppen hinauf und hinunter, die Hand fest um das dick überstrichene Geländer geschlossen. Im Halblicht, das durch die Fenster drang oder aus den Lampen sickerte, leuchtete der abgetretene Teppich, man spürte aber, wie fadenscheinig er war. Es waren Benthams Kanzleiräume seit bald vierzig Jahren, erfuhr Jakob durch seinen hintersinnigen Informanten Alistair, und natürlich sei die Adresse für einen damals noch jungen Anwalt alles andere als selbstverständlich gewesen, zumal für einen Immigranten. Es habe sich um ein Geschenk gehandelt. Hier war Maude, die dazukam, eine sehr viel unbefangenere Erzählerin, 1967, korrigierte sie, hätte Mi-

ster Bentham, damals zweiunddreißig Jahre alt und ein junger, schöner Mann, die Räume von einem Gönner – Alistair kicherte – zur Verfügung gestellt bekommen, bald allerdings selber erwerben können, da die Kanzlei nach kurzer Zeit zu den feinsten der Stadt gezählt habe, mehr als ungewöhnlich, denn Bentham sei alleine in London angekommen, mit einem Pappschild um den Hals, mit nichts, zur Adoption freigegeben; schließlich seien seine Eltern nachgefolgt und so der Ermordung entgangen, ohne aber je Fuß zu fassen, zumal ihr zweiter Sohn bald nach ihrer Ankunft starb. –Was für ein Schicksal! fügte sie, noch im nachhinein ängstlich um das Kind besorgt, hinzu. Aber Schicksal, dachte Jakob, war eben das falsche Wort. Auch er hatte, wenn er von diesen Geschichten hörte, an Schicksal gedacht, an verhängte Grausamkeit, an Unausweichliches. Die Wiedervereinigung war ihm als Chance erschienen, einen winzigen Teil des Unrechts dem Gesetz doch noch zu unterwerfen. Aber erst jetzt begann er, die Nazizeit als menschengemacht zu begreifen, als Politik, Handlung, Willen.

Daß Benthams Kindheit nicht der Grund für Maudes umständliche Fürsorge war, mit der sie ihn verabschiedete, wenn er abends aufbrach, nicht immer ganz sicher auf den Beinen, mit einer Geste, als wollte sie alle guten, liebenswürdigen Geister zu seinem Schutz anrufen, begriff Jakob, als er Bentham eines Abends unweit des Coliseums erspähte. Sein Herz setzte vor Freude einen Schlag aus, im nächsten Augenblick krampfte es sich aber zusammen, denn Bentham wartete, offenkundig vergeblich, auf jemandes Ankunft, einsam in seiner Eleganz und vollkommenen Haltung. Die Passanten betrachteten ihn verwundert, drängten sich an ihm vorbei, und Jakob war froh, außer Hörweite keine despektierlichen Bemerkungen aufschnappen zu können, denen der Mann in seinem weißen Anzug, mit einer schwarzen Fliege und hellen, makellosen Schuhen

ausgesetzt schien. Er war sicher, nicht von ihm entdeckt zu werden, denn es war augenfällig, daß Bentham nur sehen würde, auf wen er wartete, und Jakob ging weiter, einer Verabredung mit Isabelle entgegen, flüchtete sich zu ihr und merkte, daß er gekränkt war. Es gab jemanden, der in Benthams Leben die entscheidende Rolle spielte.
Als Alistair tags darauf in seiner Zimmertür auftauchte, fühlte Jakob sich wie ein Mäuschen, herausgelockt von dem katzenverspielten Hintersinn der Einfälle Alistairs, von seinem geschmeidigen Körper, den niemals leeren Händen, die ihn in ihrer unbekümmerten Beweglichkeit zu verspotten schienen. –Bentham geht heute sicherlich früh, und ich habe mit Isabelle ausgemacht, daß wir uns *Sunset Boulevard* anschauen, im National Film Theatre. –Aber warum soll Bentham heute früh nach Hause gehen? fragte Jakob, ärgerlich, sich diese Blöße zu geben. –Heute wäre der Geburtstag seines Lebensgefährten, antwortete Alistair, nun komm schon, ich hole dich in einer Stunde hier ab, Isabelle erwartet uns am NFT, wir fahren mit meiner Vespa, oder willst du lieber laufen? Jakob willigte in den Plan ein, bestand aber darauf zu laufen, und Alistair winkte ihm zu, verschwand. Auf der Dachrinne hockten nebeneinander geplustert Tauben, Jakob hörte sie gurren, trat ans Fenster. Ein Vorgänger oder Besucher hatte Zigarettenstummel in die kupferne Dachrinne geschnippt. –Rauchen Sie nur weit aus dem Fenster gelehnt, hatte ihm Maude gleich zu Anfang gesagt, und hier rauchte er, was er lange nicht mehr getan hatte, spähte hinunter auf die Straße, lauschte den Stimmen, den Autos, den Sirenen. Im Haus war es schon still, anscheinend war Bentham wirklich aufgebrochen, weder sein leises Husten noch das Telefon ließen sich hören. Als Jakob später den Fußgängersteg von Waterloo Bridge überquerte, neben den rhythmisch stampfenden Zügen, die nach ihrer Reise vom Kontinent an Geschwindigkeit und Kraft zu verlieren schienen, kam zielstrebig ein

jüngerer Mann auf ihn zu, durchschnitt das Gedränge in seiner Aufmachung, ein glitzerndes, enges Jäckchen, darüber ein dicht gelockter, schöner Kopf, blieb vor Jakob stehen und lächelte ihn an, streckte sogar die Hand aus, berührte, als Jakob stumm verneinte, seine Schulter für einen winzigen Moment und ging weiter. Ein verwirrendes, hartnäckiges Bedauern blieb zurück, so daß Jakob die Szene Isabelle und Alistair schilderte, den hübschen, jungen Mann, der ihm anscheinend ein Angebot gemacht habe, oder wie solle er das verstehen? fragte Jakob, als Isabelle zum Tresen gegangen war, den lachenden Alistair, der tat, als hätte er derlei von vornherein gewußt. –Aber warum solltest du einem anderen Mann nicht gefallen? Jakob betrachtete Isabelle, die sich mit drei Gläsern und einer Flasche Wein näherte, sie lächelte Alistair an. Er hätte, dachte Jakob, eifersüchtig werden können und war es nicht. Als er fragte, ob sie ihn nach Berlin begleiten wollte, verneinte sie.

Nachdem sie Jakobs Vorgehen in Berlin besprochen hatten, erhob sich Bentham und bedeutete Jakob sitzen zu bleiben. –Lassen Sie sich jedenfalls Zeit. Übrigens bin ich nächste Woche für ein paar Tage ebenfalls nicht hier.
Er trug zu dem hellen Anzug diesmal eine weiße Fliege mit schwarzen Punkten.
–Ich treffe Miller morgen noch einmal, er hat noch weitere Briefe seines Großvaters gefunden.
–Es gräbt sich immer etwas aus, brummelte Bentham, sogar bei mir wird es irgendwann soweit sein. Wer weiß? Ich traf Miller gestern, er erzählte von dem Haus so begeistert, als garantierte es ihm das ewige Leben. Sicher, wir haben eine Vergangenheit, da steht uns die Zukunft ja zu.
–Es steht ihm doch wirklich zu, wehrte sich Jakob. Es war Diebstahl, ein nachlässig kaschierter Diebstahl, weil von Helldorf nichts zu befürchten hatte.

–Ja, Diebstahl, sicher. Aber will man das Gestohlene zurück? Früher war ich mir sicher, früher – er zeigte auf den Buddha auf seinem Schreibtisch –, als ich Mrs. Pinkus vertrat. Es war die Idee, man könnte etwas Einschneidendes tun, etwas, das die Wahrheit wiederherstellt, die Wahrheit, nicht weniger. Als könnte Deutschland uns Juden den Beweis liefern, daß es doch Wahrheit und Gerechtigkeit gäbe, für uns, für die ganze Welt. Wenn man daran nicht mehr glaubt – und wie absurd das jetzt scheint! –, argwöhnt man, ein kleines Maß Auserwähltheit steckte doch darin, das Leid erst, dann das Wiedererrichten der Gerechtigkeit, was ich natürlich sage, ohne boshaft zu sein. Vieles, was richtig ist, ist nicht sehr hellsichtig. Der Impuls, meine ich, war richtig. Schließlich sind unsere Familien umgebracht worden, und viele von denen, die man nicht umgebracht hat, überlebten nicht. Dann hatte ich diesen Prozeß, und der Richter war schon in den Arisierungsverfahren Richter gewesen, es war eine Farce.
–Aber deswegen können wir doch nicht aufgeben.
–Ich würde eher sagen, es wurde kaum angefangen.
Jakob senkte verwirrt den Kopf. Bentham ging auf und ab.
–Sie haben die Möbel Ihrer Großeltern hierherbringen lassen? Ich habe auch alte Möbel, zusammengekauft natürlich, als könnte ich mir so eine Vergangenheit schaffen, denn zu erben gab es ja nichts. Inzwischen würde ich sie wohl austauschen, aber ich bin zu träge, und sentimental bin ich auch. Es sind über dreißig Jahre, die sie bei mir stehen. Auch eine Art Wohnrecht. Sie haben ihren Platz in meinem Gedächtnis gewissermaßen gutwillig ersessen. Aber ich frage mich, jetzt, wo ich wirklich alt werde, was das alles bedeutet. Vergangenheit, Kästchen und Schächtelchen, Briefe, Fotos, was man sich wünscht, um weiter glauben zu können, daß man doch noch entwischt, dem Alter, dem Tod. Miller hat ebenso wie ich weder Kinder noch andere Verwandte. Und doch – wir sind nicht bereit,

unsere Wahrheit aufzugeben, wir verteidigen unsere Rechtsauffassung, unser Leben gegen die Zumutungen, die alten, die neuen. Schließlich können wir das, Miller und ich, während so viele andere umgebracht worden sind. Und natürlich hat Deutschland eine Verpflichtung. –Das ist doch das mindeste? fragte Jakob. Bentham wandte sich ab, schob auf Jakobs Schreibtisch Unterlagen und Bücher von rechts nach links, griff nach einem Papier, schaute neugierig, was da geschrieben stand. –Ja, das ist das mindeste, stimmte er zu. –Es ist auch nett, er schaute Jakob an, daß Sie hier sind. Und Sie verstehen sich so gut mit Alistair. Am Ende hebt es wirklich die Stimmung, wenn man wenigstens ein winziges Rädchen wieder zurückdreht, nicht wahr?

Jakob flog von London City Airport. Er schaute aufs Wasser und dachte an den Film, den er mit Alistair und Isabelle gesehen hatte, *The Hours*, er versuchte, sich das Gesicht Meryl Streeps vorzustellen, aber das Wasser schob sich davor, eine Art bildlose Zerstörung, und er dachte, daß er einmal ein Buch von Virginia Woolf lesen wollte. Lies *Jacob's Room*, hatte Alistair vorgeschlagen. Die meisten Passagiere, die am Gate warteten, waren Touristen, vergnügte Reisende, die plauderten, prahlten, einer dem anderen berichteten, was sie offensichtlich gemeinsam erlebt hatten. Ein langer, magerer Mensch umarmte eine kleine und kugelige Frau, sie schloß die Augen, stumm vor Glück, und Jakob hörte, wie sie summte, glücklich ganz und gar, dachte er.

Von Tegel fuhr Jakob gleich in die Mauerstraße, wo Schreiber ihn erwartete und doch keine Zeit hatte, alles war in Hast und Hetze, der Anwalt der gegnerischen Partei sagte ab, als Jakob schon in Treptow war, so strich er, von zwei Hunden im Vorgarten verbellt, um die Villa herum, bis ein Mann ihm etwas zurief, giftig und drohend,

und die beiden Hunde am Halsband zum Gartentor führte, als wolle er sie auf Jakob hetzen.
Er ging Richtung Park und weiter zum Sowjetischen Ehrenmal, ein Kindergarten war nicht weit davon, zwischen den noch hellgrünen Büschen sah er bunte Flecken, hörte ihre Stimmen, so hell und selbstsicher, als riefen sie glücklich: Hier bin ich! Die Vögel zwitscherten und tschilpten, staunend beobachtete Jakob die vielen Spatzen, sie scharrten im Staub, es war sehr trocken, Sommer beinahe. Als er die Spree erreichte, sah er die Bucht, überlegte, ein Boot zu mieten für eine Stunde, sah die Inselchen, Liebesinsel und Kratzbruch, dann lag rechts der verlassene Vergnügungspark, in dem Dinosaurier verfielen, große Schwäne, die nackten Arme irgendwelcher Karussells. Auf einer Bank hockte ein Penner, grinste ihn frech an, winkte einer entgegenkommenden jungen Frau, die mit verweintem Gesicht einen Kinderwagen schob, anzüglich zu. Nun führte der Weg, schmaler geworden, direkt am Fluß entlang, der Wald rechts nur ein Streifen, am gegenüberliegenden Ufer eine Fabrik, unhörbar für Jakob fuhren Lastwagen ihre Ladung davon. Ein kleiner Steg ragte ins Wasser, doch ließ keine Fähre sich blicken, nur ein Lastkahn fuhr vorbei, *Wrocław* hieß das Schiff, einen Menschen sah man darauf nicht, aber eine Wäscheleine, buntbedruckte Schürzen flatterten, und ein Fahrrad lehnte an der Reling. Der Steg dünstete den Geruch von warmem Holz und Sommer aus, plusterige Wolken glitten vorbei, und wie bekümmert über einen Verlust, dachte Jakob an Bentham. Er erinnerte sich an Fontanes *Stechlin*, an die Bootsfahrt, den Ausflug zum Eierhäuschen, eine sich anbahnende Liebe. Rückerstattung *war* eine Farce, wo es letztlich nicht um Orte, sondern um verlorene Lebens- und Erinnerungszeit ging, um die Erinnerung, die einem vorenthalten oder genommen war. Er wünschte sich, ins Wasser zu springen, kopfüber und mit geschlossenen Augen, in eine andere Haut zu schlüpfen,

klarer, frischer und so lebendig wieder aufzutauchen, wie er niemals gewesen war. Erstaunt fragte er sich, ob er je etwas verloren hatte – seine Mutter hatte er verloren, aber seiner Kindheit trauerte er trotzdem nicht nach. Sein Elternhaus bedeutete ihm wenig, die Erinnerung an seine Mutter viel, und beides zusammen ergab vielleicht eine Umrißlinie, die er nur ausfüllen mußte. Den Teil einer Umrißlinie, ergänzte er bei sich, denn Isabelle und Bentham gehörten auch dazu.

Als er sich der U-Bahn-Station wieder näherte, nahm er sein Handy und wählte Andras' Nummer, der ein wenig verwundert, aber erfreut klang, und sie verabredeten sich für den Abend.

Als Andras, eine halbe Stunde verspätet, die so langsam verging, als paßte der ganze nachmittägliche Spaziergang hinein, durch die Tür des Cafés *Lenzig* trat, erschrak Jakob, denn Andras wirkte größer, kräftiger geworden, auch schien er mühelos zu wissen, worüber Jakob mit ihm sprechen wollte.

–Hat Bentham nicht recht? sagte Andras. Du hast doch tatsächlich geglaubt, daß du eine Art Gerechtigkeit wiederherstellst. Dazu immerhin braucht man die Juden, während man die Jewish Claims Conference hier oft genug lieber im Orkus verschwinden sähe. Und die Vergangenheitsgespenster oder ihre Nachkommen, die allerdings Gespenstern ziemlich ähneln, spielen dem Staat den Beweis zu, daß in der Bundesrepublik alles bestens vonstatten gegangen und erledigt ist, daß sich nur die DDR mit ihrer lauten Unschuld vergangen hat. Die Politik spielt vergangenes Recht gegen das Recht der Vergangenheit aus, und das unter dem Decknamen Wahrheit.

–Was meinst du? fragte Jakob.

–Das Agieren der Bundesrepublik wird gerechtfertigt. Vielleicht wollen viele gar nicht, daß hier Juden leben, aber das ist der Preis, der zu bezahlen ist, um sich als Rechtsstaat behaupten zu können. Die anderen Folgen der Nazizeit läßt man doch hübsch in Ruhe, wärmt sie jetzt neu und anders auf, indem eben die Opfer der Deutschen, der Bombenkrieg, Schritt für Schritt in den Vordergrund marschieren. Verstehe mich nicht falsch, natürlich bin ich dafür, daß der gestohlene Besitz zurückerstattet wird, meinethalben als Besitz, nicht als Entschädigung. Aber trotzdem verstehe ich, wenn man es bizarr findet. Die Nachkommen der Vertriebenen und Ermordeten bewerben sich um die ausgestrichene Vergangenheit ihrer Vorfahren. Und gibt es ein deutsch-jüdisches Zusammenleben? Ich bin gar nicht sicher.

–Du lebst doch hier, ist das kein deutsch-jüdisches Zusammenleben? Und Rückerstattung heißt ja nicht, daß man hier leben muß.

–Nein, man muß hier nicht leben – dann ist das, wofür du arbeitest, allerdings doch eher Entschädigung, meinst du nicht auch? Mieteinnahmen und so weiter. Die lächerlichste Entschädigung für die Zerstörung dessen, was einer für sein Leben halten wollte. Und ich, ich lebe hier als Ungar, als Deutscher, wie du willst. Wer weiß schon, daß ich jüdisch bin? Peter weiß es nicht, Isabelle nicht. Keiner fragt, ich reibe es keinem unter die Nase. Warum sollte ich? Ich weiß selbst nicht genau, was es für mich bedeutet. Bin ich Jude? Ja, natürlich. Vor allem aber Exil-Ungar. Eine Exotik läßt die andere verschwinden. Daß es Israel gibt, läßt mich hier ruhiger leben.

–Warst du jemals in Israel?

–Mehrmals, es gibt bei Tel Aviv ein paar Verwandte, nicht so viele allerdings wie in Budapest. Andras lehnte sich zurück. Sie müssen ihre Geschichten gar nicht erzählen, es genügt, einen Tag mit ihnen zu verbringen. Ein bißchen ähnelt es einer ständigen Prozession, zu Läden und anderen Verwandten und Erledigungen, alles ein ständiges Aufrufen dessen, woran sich nur die Älteren noch erinnern.

Für uns zerläuft das, meine Schwester und mein Schwager leben nicht anders als du und Isabelle, nehme ich an. Wenn ich dort bin, kramen meine Eltern aber noch einmal alles aus, was sie mir vorenthalten mußten, weil sie mich weggeschickt haben. Sie bilden sich ein, es wäre die Kindheit, dabei habe ich meine Kindheit ja bei ihnen verbracht. Ich war so lange nicht da, deswegen kleben an mir die Geschichten derer, die weggegangen, und derer, die dageblieben sind. Ihre Sehnsucht, ihr Ehrgeiz, ihre mißratenen Lieben und Ehebrüche und Lügen.
Jakob warf einen Blick aus dem Fenster, als könnte er zu seiner Wohnung hochschauen, die er unverändert vorgefunden hatte.
–Ich frage mich, ob es klug war, nach London zu gehen, sagte er. Es kommt mir vor, als würde mir dort etwas entgleiten, ich weiß nur nicht, was.
–Deswegen wolltest du mich sehen? Andras fragte freundlich, beinahe liebevoll.
–Heute nachmittag dachte ich, daß es eine Art Umrißlinie gibt, um das eigene Leben herum, und daß das genügt – aber ich weiß nicht, was es bedeutet. Die Dinge verändern sich.
–Die Dinge?
Jakob schwieg. Dann sagte Andras: –Warum soll man nicht an zwei Orten leben? Wozu diese angeblichen Entscheidungen? Vielleicht findet man sich irgendwann in seine eigenen Umrisse hinein und begreift, daß es ausreichend ist, mehr als ausreichend.

Am nächsten Tag hatte Jakob einen Termin im Verwaltungsgericht. Hans holte ihn ab, sie gingen essen, beide vorsichtig, enttäuscht, und vergeblich suchte Jakob nach etwas, das er Hans sagen könnte. Komm zu Besuch, wollte er sagen und unterließ es. Hans brachte ihn nach Tegel. Zum Abschied umarmten sie sich lange, und als er Hans

lächeln sah, tapfer und betrübt und liebevoll, streichelte er vorsichtig seinen Arm.
Das Flugzeug näherte sich Heathrow, kreiste in einer Schleife über der Stadt, Regent's Park war zu erkennen, die Great Portland Street, und Jakob versuchte vergeblich, vom Sicherheitsgurt gehalten und von einem strengen Blick der Stewardeß ermahnt, sich aufzurichten, um vielleicht die Devonshire Street zu entdecken.
Die folgenden Tage kam Bentham nichts ins Büro, und keiner sagte Jakob, wo er war.

26 Es war Magda, die ihn verließ, einstweilen, sagte sie, für eine gewisse Zeit vielleicht nur, um einen unerfreulicheren Abschied zu vermeiden, der sicher käme, wenn man zu lange ausharre und nicht mehr genau wisse, was man erwarte, was man erhoffe. An der Erwartung scheitern wir also, dachte Andras und wunderte sich, daß die kleine, erste Bitterkeit rasch verschwand. Häufiger noch als sonst lief er durch die Stadt, unaufmerksam und in Kreisen, passierte wieder und wieder die gleichen Straßen und Plätze, fand sich nur manchmal weit draußen, in Weißensee, in Marzahn, da, wo Richtung Nordosten die Plattenbauten ausfransten, in Felder übergingen. Zum Unglücklichsein kam es nicht wirklich, er lief nur, ohne sich für das Wohin sonderlich zu interessieren, geradeaus eben, und ihm war dabei friedlich zumute. Es gab in allem eine Pause, sogar in seiner Sehnsucht nach Isabelle, und sein Ärger über ihre letzte ausführliche Mail vor zwei Monaten, aufgeregt wegen des Kriegs und bemüht witzig, in der sie davon schrieb, sie wären aufgefordert, sich mit Kerzen und Batterien einzudecken, verklang, obwohl er ihre Re-

aktion idiotisch und peinlich fand, die Mischung aus Naivität und unglaubwürdiger Ironie, mit der sie ein Vorratslager unterm Bett schilderte. Denn letztlich, dachte Andras, blieb sie unbehelligt, sie hatte ein bemerkenswertes Talent selbst da unbehelligt zu bleiben, wo etwas sie tatsächlich traf, wie bei Alexas Auszug, bei Hannas Tod, bei ihrer Hochzeit, nicht eine Katze mit sieben Leben, sondern eher wie ein Welpe, dem nie etwas zustößt, weil er so niedlich ist und folglich unverletzlich. Nach Isabelle sehnte er sich nicht, nach Magda nicht, und doch füllten sie den Raum, in dem er lebte, die Spaziergänge und Nachtstunden, wenn er am offenen Fenster stand, in der Zone städtischer Dunkelheit, die das untere Ende der Choriner Straße von den Lichtern des Alexanderplatzes abtrennte. Er hatte wieder angefangen zu rauchen, mühsam zuerst, hustend, es schmeckte nicht, aber Herr Schmidt hatte ihm eines Abends, als sie sich im Treppenhaus begegneten, eine Zigarette angeboten, und Andras verliebte sich in den roten Lichtpunkt, in die glimmend vergehende Zeit. Am Fenster stehend, hinter sich den Geruch von Staub, die Wohnung verkam ein bißchen, da ihn niemand besuchte. Das rote Sofa, auf dem er mit Isabelle gesessen, das Bett, in dem er mit Magda geschlafen hatte. Ihre Körper, so unterschiedlich sie waren, verschwammen ineinander, Magdas trokkene Magerkeit, der weiche Körper Isabelles, das Erfüllte, das Unerfüllte. Er war nicht sicher, ob der Unterschied allzu groß war. Oft wachte er zu spät auf, um rechtzeitig in der Agentur zu erscheinen, dann rief Peter ihn an, wütend, fordernd. Andras beeilte sich pflichtschuldigst, erschien mit zerknirschtem Gesicht in der Dircksenstraße, begann gleich zu arbeiten, und während sich alles doch noch rechtzeitig bewerkstelligen ließ, lauschte er auf die Geräusche von der Straße, die Schritte, Frauenstimmen, die heraufklangen, ging wohl auch ans Fenster, sah Mädchen vorbeischlendern und überlegte, was ihn noch anging, ob er noch teilnahm, wenn er ein Kleid, eine Bewegung der Hüften, schlanke Arme oder Knöchel bewunderte, all das, was ihn lockte und was sich doch entfernt hatte. Verzicht war es allerdings nicht. Es kam vor, daß er sich gekränkt fühlte, prüfte, ob ein Frauenblick ihn streifte, ob eine Frau, die ihm gefiel, seinen Blick erwiderte, ob er sie, die mit einem anderen Mann am Tisch saß, ablenken konnte, ob zufällige Berührungen, flüchtige, an der Kinokasse oder in einem anderen Gedränge, willkommen waren. Als er die dreißigjährige Claire kennenlernte, war er beglückt von ihrer Hoffnung, ihren begeisterten, schüchternen Berührungen, doch dann verschwand er auf Nimmerwiedersehen. Nicht ohne Mißtrauen prüfte er, ob die Entscheidung notwendig gewesen war. Von Claire blieben ihm die sanften, ganz und gar rehbraunen Augen im Gedächtnis, etwas darin, das gewichtlos schien, leicht bis zur Selbstaufgabe, kaum faßbar. Es gefiel ihm, denn alles, was er war, was für ihn Bedeutung hatte, wanderte mit leichten Bewegungen an die Oberfläche, glitt die Luftfläche entlang wie Blätter, wie die wattigen Pappelsamen, die so leichthin davonwehten. Einer der Spaziergänge führte ihn in den Westen, zum Waldfriedhof, es war ein strahlender Tag Ende Mai, eine Trauergemeinde in schwarzen Kleidern strömte voller Fusseln vom Grab zurück Richtung Ausgang. Hannas Grab hatte er seit der Beerdigung nicht mehr besucht, jetzt wußte er, wie gepflegt es war, daß Peter wohl keine Woche ausließ, zu jäten oder pflanzen und die Erde zu glätten. Der Sandstein mit Hannas Namen verwischte schon, hellgrünes Moos bedeckte die Regenseite des Steins, es war etwas Tröstliches daran. Bei einem zweiten Besuch, gegen Abend, sah Andras unter einer Hecke Wildschweine davonrennen, es sollte auch Füchse und andere Tiere geben, in den Gärten der Heerstraße und bis hinein nach Charlottenburg. Er beschrieb es in einer Mail Isabelle, den Duft der Akazien und Linden, das Schattenspiel der Blätter im Straßenlicht,

die teils pompösen, teils lächerlich schiefen Zäune, die von der Straße Grundstücke und Häuser abtrennten, die gespenstisch breite Straße Richtung Spandau, schließlich die Zufahrt zum Olympiastadion. *Erinnerst Du Dich,* schrieb er, *an diesen Spruch von Bush, nichts ist, wie es war? Die Heerstraße scheint sich seit den dreißiger Jahren nicht verändert zu haben, der Waldfriedhof auch nicht. Alles unverändert. Und wie sehr sich alles doch verändert haben muß, Hanna ist tot, Du bist verheiratet und lebst in London, ich werde womöglich doch nach Budapest aufbrechen. Vielleicht verbringe ich auch nur ein paar Monate dort, meine Wohnung behalte ich auf jeden Fall, Herr Schmidt ist ja auch noch da, er hat sich auf dem Dachboden häuslich eingerichtet, und die Hausverwaltung sucht zwar einen Käufer, hat aber noch immer keinen gefunden, so bleiben wir beide, ganz zufrieden mit dem provisorischen Zustand.*
Er nahm an, daß Peter ihr von dem bevorstehenden Umzug der Agentur erzählt hatte. In der Dircksenstraße sollte die Miete erhöht werden mit dem fälligen, neuen Vertrag, Peter hatte vorgeschlagen, aus Mitte wegzuziehen, statt über die Miete zu verhandeln, –umziehen, sagte er so heftig, daß Andras erschrak, und dann schwiegen sie, weil sie beide an Hanna dachten. Andras hatte es übernommen zu prüfen, ob sie nicht in die Potsdamer Straße ziehen könnten, und in einem Hinterhaus zwei Drucker gefunden, die an einer Kooperation interessiert waren. Nichts hat sich verändert, dachte er, als er nach dem Treffen die Potsdamer Straße hinunterging, als wäre er, zwanzig, fünfundzwanzig Jahre zurück, auf dem Nachhauseweg, während Tante Sofi am Klavier saß, spielte, so leicht und fehlerlos spielte, daß Onkel Janos und Andras still auf dem Sofa saßen, und Onkel Janos weinte. Es gibt nicht mehr als das hier, sagte Onkel Janos zu Andras, du verstehst das nicht, du wartest, so wie ich gewartet habe. Er lachte, hoffentlich

begreifst du es wenigstens rechtzeitig. Andras schüttelte den Kopf, um die Traumbilder zu verscheuchen. Händler packten das Obst, die ersten Wassermelonen, wieder in ihre Kisten, rollten sie davon in hohen Eisengestellen, klapperten und hörten nicht auf zu rufen, riefen weiter aus, was sie den ganzen Tag lang gerufen hatten, Tomaten, Melonen, billige Auberginen! Ein Kilo Äpfel 39 Cent! Bückten sich nicht nach dem, was auf dem Boden lag, eine alte Frau wartete geduldig in einiger Entfernung darauf, es aufsammeln zu können; Andras wollte ihr fünf Euro geben, sie schüttelte aber den Kopf, sah ihn nicht dabei an. Zwei Jungen rannten aus dem Eiscafé gegenüber, der Besitzer hinter ihnen her, schrie aufgebracht, mußte sich nachäffen lassen von den jungen Männern, die vor seinem Café saßen. Ein Streifenwagen näherte sich, hupte, fuhr weiter. Die Passanten bewegten sich jetzt langsamer, gleichmäßig, verschwammen im allmählich dämmrig werdenden Licht. Vor einer Teestube saßen schweigend ein paar Männer, musterten Andras, und er ging weiter, am Haus vorbei, in dem er mit Tante Sofi und Onkel Janos gewohnt hatte, drehte sich zu spät erst um und blieb nicht stehen. Auf irgendeine Nachricht von Isabelle hatte er doch gewartet, eine Antwort auf seine Mail, einen Gruß wenigstens, ein Zeichen des Fernbleibens, eingeritzt in die so leichte Oberfläche der Zeit. Er lachte auf, über sich selbst und seine Sentimente. Hanna fehlte ihm, sie fehlte ihm wirklich, sie hätte ihm wegen Isabelle den Kopf zurechtgesetzt, Isabelle, die er nicht mehr vermißte, an der er trotzdem hing, auf eine Art, die er nicht recht begriff, und so hatte er Magda verloren. Noch immer hing er an dem unschlüssigen, verwirrten Mädchen, das Isabelle gewesen war, als er sie kennenlernte. Unschlüssig, dachte er, ist mein Leben und ihres auch. Wir wissen, daß es Ursache und Wirkung gibt, aber trotzdem scheint das für uns nicht zu gelten, nicht wirklich. Wie sollen wir dann sagen, ob sich etwas verändert hat oder nicht?

Und die Zukunft mischte sich nicht ins Spiel, sie verwandelte sich in Gegenwart, das war alles. Der Plan, in die Potsdamer Straße umzuziehen, das alte Büro aufzugeben, ließ sich ebenso leicht umsetzen wie die Entscheidung, nicht länger zu malen. Isabelle würde wieder dazukommen oder nicht. Er hatte sich über die Lüge seines Onkels (daß er als Arzt arbeite, aber eigentlich nur Krankenpfleger war) nicht gewundert und nicht über das hingebungsvolle Scheitern seiner Tante. Budapest war, wie er es auch drehte und wendete, verblaßt, ein Schemen, wenn auch auf eigene Weise lebendig, und seine Eltern hatten getan, was sie tun mußten, denn sie glaubten, wenigstens ein Kind zu retten, als sie es dahin schickten, wo sie selbst ermordet worden wären. Alles dumm und ernst. Es war genug entschieden in seinem Leben, und wie ein irrsinnig gewachsener, unliebsamer Gast dehnte sich die Vergangenheit, rekelte sich wie eine alte Katze, lag riesengroß auf Tisch und Bett, die Krallen abgebrochen, doch immer noch eine Masse Fell und Fleisch, die einen fortgetrieben hätten, wenn man gewußt hätte, wohin. –Mein Lieber, zieh hier endlich aus, hatte Magda ihm gesagt, ob nach Budapest oder innerhalb Berlins ist ganz gleichgültig, in diesem Loch verkommst du ja. Es wäre leicht gewesen, zu ihr zu ziehen, er war sicher, daß sie auf seine Frage gewartet hatte, zwei Zimmer und ein Bad für ihn, und abgetrennt, sie würde sich nicht einmischen, wußte er, ihm einen Schlüssel aushändigen zur hinteren Wohnungstür. –Noch eine Möglichkeit, die du ausschlagen kannst? hatte László kommentiert. Und dann war Magda gegangen. László versuchte noch einmal, ihn nach Budapest zu holen, er kam nach Berlin, fünf Kilo schlanker, seit er ins Sportstudio ging: –Direkt über dem Fluß, ein herrlicher Ausblick, Power Walking auf der Stelle, erklärte er grinsend, und daß Andras neue Hemden kaufen müsse. –Schenk die Lederjacke deinem Penner, du siehst fürchterlich aus. Aber es war unmöglich, mit Andras

Pläne zu machen. –Worauf wartest du denn noch, was interessiert dich denn? fragte László schließlich verzweifelt. Nichts weiter, nur die ersten warmen Abende, dachte Andras, die Akazien, und daß Isabelle nicht antwortet. Die Vergangenheit interessierte ihn nicht, sie war die riesige osteuropäische und jüdische Katze, ungebeten wuchs sie, beanspruchte Platz. Er konnte ihr nur ausweichen, indem er unauffällig an ihr vorbeischlich.
Dann fand er eine Nachricht von Isabelle, kurz und leichthin geschrieben, dabei eine Zeichnung, ein Mädchen rannte in einem roten Mantel, rannte hastig, wie in Panik davon, und er las, *Das Nachbarskind ist das Vorbild, obwohl ich es auf der Straße noch nie gesehen habe, es darf wahrscheinlich nicht aus dem Haus und ist sehr blaß.*
Über das neue Büro schrieb sie nichts, schickte nur eine Vollmacht an Peter, Hans kümmerte sich um den Vertrag, und Andras sagte László, daß er für drei Wochen nach Budapest kommen würde. –Fahr nur, sagte Peter verärgert, es reicht ja, wenn einer da ist, der sich um alles kümmern kann. Du könntest allerdings ein paar neue Kunden aus Budapest mitbringen. Wenn hier keiner Akquise macht, muß man sie eben aus Budapest oder London importieren. Wie denkt ihr euch das eigentlich? Wir leben schließlich alle drei von der Agentur!
Sie arbeiteten diese Nacht bis zwei Uhr morgens, und als sie sich am nächsten Tag wiedertrafen, nebeneinander im Fenster lehnten, sagte Peter: –Das war es doch, was wir wollten? Eine Grafik-Agentur? Sonja kam an die Tür, zwei Telefone in der Hand, winkte verzweifelt, da ein drittes klingelte, aber die beiden Männer ignorierten sie, lehnten am Fenster in der Sonne, sie fühlten sich wohl miteinander, –wenn Isabelle käme, wäre es auch nicht leichter, sagte Peter, aber wahrscheinlich vermißt du sie.
–Ich vermisse sie gar nicht, das ist es ja. Weißt du, ich war neulich auf dem Friedhof bei Hanna. Und Magda meldet

sich wirklich nicht mehr. Aber ich bin nicht niedergeschlagen. Wir machen weiter, es geht doch eigentlich sehr gut, wir sind bloß älter und vielleicht schneller müde, das ist alles. Ich habe mir vorgestellt, irgendwann kommt der Zeitpunkt, an dem man weiß, jetzt gilt es, und dann trifft man eine Entscheidung. Womöglich stimmt das gar nicht. Als ich Jakob getroffen habe, bekam ich es mit der Angst. Als würde er etwas suchen, blindlings, und Isabelle rennt irgendwo hin, wie das Mädchen mit dem roten Mantel.
–Für mich gilt nichts mehr, seit Hanna tot ist, sagte Peter langsam. Ich dachte, es liegt daran, an ihrem Tod. Die Arbeit läuft weiter, die Wohnung hat sich kaum verändert, Sonja zieht zu mir, ich wollte es dir schon länger sagen. Er lachte und fuhr sich mit der Hand durch das kurze, graue Haar. –Am Ende kriegst du noch deine Isabelle, obwohl ich gar nicht weiß, ob ich dir das wünschen soll. Magda ist ein anderes Kaliber.
Sonja kam mit einem Zettel ins Zimmer, und Peter trat auf sie zu, küßte sie auf den Mund. –Ich habe es ihm gesagt. Nun gib uns schon deinen Segen, Andras!

Ein paar Nächte später schreckte er aus dem Schlaf, schaltete mit zittrigen Händen das Licht ein, schaute auf die Uhr. Fast vier Uhr, zu spät, um Magda anzurufen. Aber nicht von ihr hatte er geträumt, sondern von Isabelle, sie stand in einem kahlen Zimmer im Neonlicht, nackt und älter, als sie in Wirklichkeit war, eine alternde Frau in einem kindlichen Körper und mit leerem, hilflosem Gesicht. Andras stand auf, ging ins Bad, zum ersten Mal störte ihn, daß der Spiegel voller stumpfer Flecken war. Er wickelte sich ein Handtuch um die Hüften und ging ans Fenster, zündete sich eine Zigarette an, hustete. Das Bild wich nicht, er suchte nach Isabelles Gesicht, das er liebte, doch was er sah, blieb fremd und bedrückend, als wäre dies ihr endgültiges Gesicht, so ängstlich und kalt. Aber, dachte er, sie war nicht alleine im Zimmer gewesen, und er erinnerte sich an den grauen Teppich, fleckig, abgetreten, selbst im Traum mußte sie sich wieder anziehen und gehen, und wer immer dort war, würde zurückbleiben. Um sechs Uhr duschte Andras, zog sich an, ging hinaus, traf den Zeitungsausträger, der vor ihm ausspuckte, der Morgen roch staubig, und in dem aufsteigenden Licht war nichts tröstlich, ein Zeitschriftenhändler lud Pakete von einem Laster, der Verkehr nahm endlich zu, zwei Polizisten musterten ihn gleichgültig, ein Zug fuhr vorbei. Wie er daran festhielt, daß Isabelle blieb, was er liebte, unversehrt, durchsichtig, ohne besondere Wünsche, ohne etwas, das befremdete, abstieß, ohne etwas, das weiterführte, aus der Gegenwart heraus in das Wirrwarr von Hoffnung oder Begehren oder Ehrgeiz. Altmodisch, dachte er, auf ihre Weise, aber vielleicht war sie manchmal gemein.

László hatte ihn überredet, drei Wochen wenigstens in Budapest zu verbringen, –deiner Schwester, deinen Eltern zuliebe. Morgen würden sie fliegen.

Im Büro fand er eine Mail von Isabelle. *Unser Nachbarskind habe ich heute zum ersten Mal auf der Straße gesehen, im Schlepptau ihres Vaters. Es war wie eine Szene aus einem Ken-Loach-Film. Sie hat strähniges Haar und ist sehr blaß. Ihr Vater ließ sie auf der Straße stehen und rannte wutentbrannt weiter, ich habe nicht verstanden, was er gebrüllt hat. Er brüllte, und ich stand am offenen Fenster, so wie Du es oft tust. Das ist London, für mich, dazu natürlich Jakob und alles, was wir mit Alistair unternehmen. Plötzlich hatte ich Sehnsucht nach der Dircksenstraße, und dabei ziehen wir wirklich um, schreibt Peter. Hans hat den Vertrag gefaxt. Peter schreibt auch, daß du nach Budapest fährst. Gute Reise, Isabelle.*

Abends traf er vor seiner Wohnungstür Herrn Schmidt, wartend, aufgerichtet und sehr verlegen. –Hören Sie, Ihre Freundin war hier, sagte er Andras, so leise, als wäre es ein

Geheimnis. Mit den roten Haaren, Sie wissen schon. Dann verbeugte er sich leicht und stieg die Treppen hinauf, bevor Andras etwas erwidern konnte.
Eine Nachricht hatte Magda nicht hinterlassen. Langsam packte er Hemden und Wäsche und Hosen in einen Koffer, und bevor er sich schlafen legte, stellte er den Wecker. Um acht Uhr sollte László ihn abholen.

27

Der Pianist hatte abgesagt und jemand anderes sprang für ihn ein; ein älterer Mann, der ungepflegt wirkte, sagte es ihnen am Eingang, einer der Alten, die in der Gegend, in einem der Häuser des sozialen Wohnungsbaus, wohnten und sich über das billige Konzert und eine Tasse Tee freuten. –Aber der Tee ist lausig, flüsterte Jakob Isabelle zu, den Plastikbecher vorsichtig auf dem Handteller balancierend. Sie stellten sich an den Rand der Eingangshalle, betrachteten die schäbigen Wände, den abgetretenen Fußboden, das hin- und herströmende Publikum, regelmäßige Gäste die meisten, so schien es, die lächelten und nickten, zwischen Krücken und Rollstühlen, und dazwischen leuchtete eine Frau im hellroten Kleid, mit einem violettfarbenen Fächer. Jakob und Isabelle weckten das Wohlwollen der anderen, sie waren die Jüngsten, sie standen dicht nebeneinander wie Kinder, die sich in eine Versammlung Erwachsener eingeschlichen haben, amüsiert, erwartungsvoll. Man lächelte ihnen zu, grüßte sie mit einem Kopfnicken, anerkennend, daß sie hier waren, in der Conway Hall, ein Mann nickte heftiger, um seine Freude auszudrücken, junge Leute, die sich für Musik interessierten, und die beiden glänzten zwischen den schlaffen, schlecht gekleideten Körpern, den Armen voller Altersflekken, dem dünnen Haar, den fetten oder igelmageren Beinen, – wie in einem Fellini-Film, flüsterte Jakob und zeigte auf ein Paar dick geschwollener Füße, bläulich verfärbt, in Sandalen. Sie hatten am Nachmittag, bevor sie zur Conway Hall aufgebrochen waren, miteinander geschlafen, und als sie aus dem Haus gingen, hängte Isabelle sich bei Jakob ein. Es war Sonntagnachmittag, sie fuhren bis zur Warren Street und stiegen aus, um durch die stillen Straßen bis zum Red Lion Square zu laufen, – wie still es ist an einem Sonntag, sagte Isabelle zu Jakob, alle halten ihren Mittagsschlaf, die ganze Stadt so friedlich, und Jakob nickte, aber sie gingen gerade an einer der Videokameras vorbei, und hier war das Neue Europa, überwacht, vorbereitet, zählte die Tage, dachte Jakob, er legte seinen Arm um Isabelle. Waren sie in Sicherheit? Ja, sie waren in Sicherheit, an einem Sonntagnachmittag, auf dem Weg zum Red Lion Square, der abseits lag, so daß sie sich verliefen, vorbei an der Red Lion Street, und in den verlassenen Straßen – niemand, den man fragen konnte – umherirrten. Aber es war genug Zeit. Die Bedrohung war noch eine Maskerade, wie Bush auf seinem Kriegsschiff, wie das Ende des Krieges, wollte er Isabelle sagen, etwas, woran wir uns erinnern werden, als wäre es irreal und geschmacklos, aber irgendwann wird das Wirklichkeit werden und uns bedrohen. Sie gingen Hand in Hand. Bentham hatte ihm von der Conway Hall erzählt, wo es Kammermusikkonzerte gab, jeden Sonntag, seit dreißig Jahren oder länger, und jedenfalls war die Conway Hall 1929 eröffnet worden, zu Ehren des frommen Amerikaners Conway, der Geld gestiftet hatte, der die Welt verbessern wollte, und deswegen gab es jetzt die Konzerte für drei Pfund, dazu eine Tasse Tee, was nicht ganz stimmte, sagte sich Jakob, als sie den Tee aus Plastikbechern tranken, denn man zahlte fünfzig Cent extra. Es war alles sehr staubig. Die Leute begrüßten sich, einige nahmen ihre Plätze ein, man sah nun doch elegante Frauen in langen Kleidern, Männer in hellen Anzügen, und Jakob hielt unruhig nach Bentham Ausschau, der nicht gesagt hatte, daß er kommen wollte, aber Jakob behielt die Tür im Auge, denn noch war Zeit, bis die Musik begann. Dann wurden die Türen geschlossen, das Licht legte sich matt auf die Stuhlreihen, die Empore, das hölzerne Podest, die Wände waren rissig und gelblich verfärbt, der Holzboden abgetreten, er knarrte unter Jakobs Schuhen, wenn er die Füße bewegte. Wie ärmlich das alles war, verschroben, lächerlich. Der alte Mann zu seiner Rechten stieß ihn in die Seite, versehentlich, ohne es zu bemerken. Schlaffes, altes Fleisch, dachte Jakob und heftete seinen Blick auf die Bühne, auf der eine Frau in einem gelben Umschlagtuch, mit weißen, engen Hosen stand und etwas ankündigte, worauf Stühle gerückt wurden, noch einmal verzögerte sich der Beginn des Konzerts, und drei Männer machten sich an dem Flügel zu schaffen. Isabelle küßte ihn auf die Wange, stand auf, um wieder hinauszugehen, Tee zu trinken, wie unverdrossen sie ist, dachte Jakob und stand ebenfalls auf, trat in die laue Frühsommerluft, der kleine Platz lag aufgerissen da, zur Hälfte von Bauzäunen abgetrennt, ein Nachzügler eilte über Holzbohlen, die den aufgerissenen Asphalt, die Wasser- und Abflußrohre bedeckten. Da ist sie, dachte Jakob, er spürte, wie Isabelle sich näherte, bevor er sie sah, und er schämte sich, als er sich umdrehte, sie beobachtete. Vor zwei oder drei Stunden hatten sie im Bett gelegen. Er hatte ihren Bauch und ihre Hüfte gestreichelt, die weiche, warme Haut, er hatte gewußt, daß es nichts Angenehmeres für ihn gab, und jetzt war er mißvergnügt, undankbar, weil seine heimliche und eigentlich unberechtigte Hoffnung, Bentham zu sehen, sich nicht erfüllte. Eine Klingel schrillte. Er küßte Isabelle, bevor sie hineingingen, die Frau mit dem gelben Umschlagtuch stand vor dem Podium, winkte, der Flügel war verschwunden, an seiner Stelle stand ein

Cembalo, vor dem ein schlecht rasierter Mann ungeduldig darauf wartete, endlich anfangen zu können. –Keine Klaviermusik! rief er ins Publikum und hob die langen, braun gefleckten Hände. Als er begann, erschrak Jakob, aber alles schien in Ordnung, er versuchte zuzuhören, der Klang des Cembalos war ungewohnt, er schaute auf seine Füße und wieder zu dem Mann, der dort spielte, jeder Ton so deutlich wie ein spitzer, kalter Regentropfen. Es war unbarmherzig, wie er spielte, rachsüchtig, und das Publikum saß bewegungslos, eingeschüchtert, kein Laut, kein Rascheln oder Räuspern war zu hören, Jakob spürte Isabelles Körper nicht, sah nur den rechten, nackten Arm, glatt, ohne Gänsehaut. Sie saß unbewegt, sie hatte ihn vergessen.

Es war ein regnerischer Junitag, der Park beinahe leer, nur am unteren Teich spielten zwei Kinder mit einem Holzschiffchen, eine Frau mit gerötetem, angespanntem Gesicht joggte vorbei, Jakob folgte ihr mit den Blicken und dachte an den Mörder, der vier Frauen mit einem Backstein erschlagen hatte, einem Backstein oder einem anderen stumpfen Gegenstand. Die eine mußte ihn gesehen haben, denn sie hatte mit ihrer Mutter in Norwegen telefoniert, als sie angegriffen wurde, und die Mutter, so stand in der Zeitung, hatte den kurzen Angstschrei gehört, das flehentliche *Bitte nicht!*, bevor die Verbindung abgebrochen war. In Batterfield Park sollte heute der zweite Mord nachgestellt werden, alle Zeugen waren aufgefordert, sich dort einzufinden, alle, die an jenem Tag vor zwei Wochen mittags dort gewesen waren, um spazierenzugehen oder zu joggen oder ihre Hunde auszuführen. Die Tote hatte man in einem Gebüsch gefunden, gegen drei Uhr.
Wieder begann es zu nieseln. Jakob lief einen Hügel hinauf, auf eine Gruppe alter Bäume zu, Isabelle hatte ihn nicht begleiten wollen. Sonntag war ein Tag, mit dem sie

beide nicht viel anzufangen wußten. Sie waren auf dem Portobello Market gewesen, im East End, in Greenwich, in der Durham Collection und letzten Sonntag in der Conway Hall. An einem der nächsten Wochenenden wollten sie nach Kew Gardens, bevor die letzten Rhododendren verblüht waren.
Er beschäftigte sich mit dem Transportwesen, mit dem Schienennetz, der Koordination der unterschiedlichen Eisenbahngesellschaften. Durch Miller hatte er einen Mann kennengelernt, der ein Haus im Ostteil Berlins vor fünf Jahren wieder in Besitz genommen hatte und dort lebte, –es ist der einzige Platz, wo ich heute leben möchte, hatte er zu Jakob gesagt, der großzügigste, lebendigste Platz in Europa! Besuchen Sie mich, wenn Sie wieder zu Hause sind! Für einen Moment hatte Jakob so etwas wie Heimweh gehabt. Aber er mochte London, im Vergleich zu London kam Berlin ihm menschenverlassen vor. Er war froh, daß Isabelle sich auch nach dem Überfall in King's Cross nicht fürchtete. Er selbst war ängstlicher seither. Man gewöhnte sich aber an alles, an die Obdachlosen, die quer über dem Gehweg lagen und über die man hinwegsteigen mußte. An die Plakate, die nach Zeugen für Überfälle suchten. An die Drogenhändler um Camden Lock herum, die einem folgten und ihr Angebot zuflüsterten; er glaubte, einen ihrer Nachbarn, einen jungen Mann, der ein paar Häuser weiter wohnte, dort gesehen zu haben, einmal war ihnen der Mann die Leighton Road entlang gefolgt, und Jakob war es vorgekommen, als würde Isabelle ihn kennen, doch er hatte sie nicht gefragt, er hatte kein Recht dazu. In Berlin hatten sie nicht mehr Zeit miteinander verbracht als hier, aber es hatte keine Geheimnisse gegeben. Jakob stolperte, rechts vom Weg war ein dichtes, dunkel aussehendes Gebüsch, er erschrak. Inzwischen hatte er den östlichen Rand des Parks erreicht, rechts erhoben sich hinter dichten, überwucherten Zäunen kleine Villen. Das

mußte der Weg zu einem der Badeteiche sein. Nach ein paar Metern stieß er auf ein Schild *Kenwood Ladies Pond.* Heute, an einem verregneten und kühlen Sonntag, war niemand dort, jedenfalls hörte man keinen Laut. Er ging den Pfad ein paar Schritte entlang, leise und konzentriert lauschend, erreichte ein kleines Tor, das offenstand. *No men permitted beyond this point.* Zögernd ging er trotzdem hindurch, jetzt sah er rechts eine Liegewiese und etwa zehn Meter weiter die Wasserfläche zwischen dünnen Baumstämmen. Eine Ente quakte. Sie watschelte durch das Gesträuch ins Freie, auf den Teich zu, den Jakob nun in seiner Gänze sah, bleiern, schimmernd, von einem Lufthauch bewegt, dunstig, und die Grenze zwischen Wasser und Luft zerrann. Jakob hatte den Zaun erreicht, einen vor nicht langer Zeit reparierten Zaun, der ihn aufhalten sollte, mit seinen frischen, noch nicht einmal gestrichenen Planken, er beugte sich darüber, spürte das Holz in der Leiste, preßte sich einen Moment dagegen, dann stieg er über den Zaun, das Gras unter seinen Füßen war nachgiebig und feucht. Von einem Holzponton führte am gegenüberliegenden Ufer eine weiße Leiter ins Wasser, Jakob hörte, da die Ente verstummte, das sachte Geräusch des Regens auf dem Wasser, schaute sich nach einem Unterstand um, fand unter dem dichten Laub einer Kastanie ein wackeliges Bänkchen, fünf Meter vom Ufer. Er hatte sich kaum gesetzt, als alarmiert wieder die Ente zu quaken begann, im Schilf konnte er sie nicht sehen, aber offenkundig flüchtete sie tiefer ins Wasser, und da knackten Zweige, Schritte, die sich auf der gegenüberliegenden Seite des Teichs einen Weg durchs Gehölz bahnten, unterdrücktes Gelächter folgte, keine Frauenstimme, und Jakob zog sich vorsichtig hinter einen duftenden Busch zurück, dessen weiße Blüten sein Gesicht berührten. Ein junger Mann tauchte auf, nackt bis auf die Unterhose, seinen kräftigen, hübschen Körper spielerisch jemandem präsentierend, der noch von Blättern und Zweigen verborgen wurde, ein Arm, sehr weiß gegen die gebräunte Haut des anderen, zeigte sich, dann der gedrungene Leib, ein schwerer, behaarter Oberkörper auf zu kurzen Beinen, äffisch, plump, das Gesicht von den dichten Zweigen verborgen, während der Junge sich stolz präsentierte, die Arme ausbreitete, auflachend mit den Hüften wippte, zwei Finger unter den Bund der Unterhose schob, den Gummi schnalzen ließ, wobei er die Bauchmuskeln anspannte. Plötzlich hielt er inne. Aber es war nicht Jakob, es war die Ente, die der Junge entdeckt hatte, und er lief ein paar Schritte ins Wasser, scheuchte das Tier, vergaß seinen Zuschauer, um sich desto galanter umzudrehen, noch einmal ans Ufer zu waten und die Unterhose abzustreifen, sehr langsam, possenhaft und zärtlich seinen älteren Freund – oder Freier – im Auge behaltend. Er stellte sich hin, ruhig, ergeben, und falls er den Älteren verspottet hatte, gab er jetzt nach, bot sich als Geschenk, faßte mit der Hand nach seinem Penis, drehte sich um. Jakob fühlte sich ausgeschlossen, und obwohl er Zuneigung, sogar Liebe empfand, für den Jungen, für Isabelle, Alistair, Bentham, spürte er seine Hände in den nassen Zweigen des Jasmin nutzlos und kalt. Der Junge ließ sich ins Wasser fallen, kam prustend, mit nassem Haar wieder an die Oberfläche, ruderte, verlor das Gleichgewicht, doch weder der Grund des Teichs noch die aufgestörte Oberfläche boten Halt, und dann stolperte er ans Ufer, wo der Ältere jetzt wartete, in einem Hemd, in Unterhosen, ein großes, blaues Handtuch bereithaltend, in das er den Jungen einwickelte, um ihn warmzureiben, mit kräftigen, sicheren Bewegungen. Die Gesichter der beiden konnte Jakob nicht erkennen. Er strich sich mit den Fingern über die Augen, als könnte er so den schneidenden Schmerz lokalisieren, und begriff, daß es unmöglich war, denn er verstärkte den Schmerz, der sich ausbreitete, ein Echo jeder Regung der beiden, die versunken waren in ihre

Berührung, nicht hörten, daß Jakob sich umdrehte, stolperte. Er drehte sich noch einmal um. An der Bewegung, mit der er das Handtuch hob, wie er die rechte Hand einen Augenblick auf die Schultern des Jüngeren sinken ließ, erkannte Jakob schließlich Bentham, im Profil, halbnackt, das Gesicht verdeckt, überdeutlich sah Jakob jetzt die ziemlich kleine Hand, zu klein für die kräftigen, weißen Arme, wie sie zärtlich die Schulter hinaufstrich, den Hals, der sich darbot, streichelte. Jakob achtete nicht darauf, ob er Lärm machte, als er über die Wiese auf den Hauptweg zurücklief, denn sie würden ihn nicht bemerken, dachte er, keiner rief hinter ihm her, und schon nach ein paar Metern fing er an zu zweifeln, jeder Schritt Richtung Sportplatz und Schule verstärkte seine Zweifel, daß es wirklich Bentham gewesen sei, und ihm stiegen Tränen in die Augen, so daß er wieder stolperte, aufpassen mußte, da er die Straße erreichte, daß er nicht überfahren würde, und dann machte er einen Umweg, denn so konnte er nicht nach Hause kommen. Aufgelöst. Erregt. Er suchte nach einer Formulierung, die ihn belustigte, die er Isabelle vortragen könnte, um aus etwas eine Anekdote zu machen, das ihn erschütterte. Zwei nackte Männer im Park, und er als Spanner im Gebüsch, einem Gebüsch für Frauen. Er würde ihr nicht sagen, daß es Bentham war. Er war sich nicht sicher. Wie sehr Nacktheit veränderte, dachte er, bis zur Unkenntlichkeit, als hätte jeder von ihnen zwei Körper, und nicht einmal das reichte aus, denn seine Nacktheit in Isabelles Augen war etwas anderes als die Blöße der beiden Männer. Aber die Geste, die Bewegung, mit der die Hand auf die Schulter des Jungen sank, gehörte zu Bentham. Jakob wurde sich bewußt, daß er sie gesehen, aber nie gespürt hatte, daß diese Vertraulichkeit Alistair vorbehalten blieb. Er hatte das Gefühl zu schwanken, den Weg nach Hause nicht zu finden, nach Hause, wo Isabelle ihn erwartete. Er würde ihr nichts erzählen, wußte er plötzlich mit Gewiß-

heit; vielleicht war es ein Geheimnis, ob es nun Bentham gewesen war oder nicht, vielleicht kam es nicht darauf an, ob ein Geheimnis, etwas, das man nicht weitererzählen durfte, der Wahrheit entsprach, der Wirklichkeit entsprach. Zwei Männer, entblößt, ausgelassen. Oder war er naiv, und der Spaziergang war für den Älteren eine schreckliche Demütigung? Zieh dich aus, hier, in der Junikälte, am *Ladies Pond*, wo du nichts zu suchen hast und unter Hohngelächter vertrieben wirst, wenn dich jemand entdeckt? Doch nur Jakob hatte sie gesehen, zu feige, zu beschämt oder aufgewühlt, etwas zu rufen. Er hätte nur seinen Namen rufen müssen, Benthams Namen – aber natürlich war das unmöglich. Er wußte, daß er niemals nachfragen würde, nicht morgen, nicht übermorgen. Vielleicht war, was er gesehen hatte, eine fröhliche Szene: Liebe. Übermut. Ein Spiel. Vielleicht war er Zeuge geworden, wie ein alternder Mann gedemütigt wurde. Ein alter Körper, dachte Jakob wieder, als könnte es ihn abstoßen oder beruhigen. Die Unterhose eines alten Mannes. Aber dann begriff er, daß nicht das Alter des Alten ihm nachging, weil er damit längst vertraut war, sondern wie jung der junge Mann gewesen war. Er hatte sich selbst als ein Geschenk gedacht, jetzt stellte er sich den eigenen Körper vor, der im Wasser nicht posieren konnte, ohne lächerlich zu sein. Er wurde nicht gebraucht, Bentham war auf seine Umarmung nicht angewiesen.
Wie sollte er Isabelle gegenübertreten, fragte Jakob sich, als er schließlich in die Lady Margaret Road einbog. Er hätte sich aber nicht sorgen müssen, denn sie war nicht da. Auf ihrem Tisch lag eine Tuschezeichnung. Das Mädchen kletterte auf einen Baum, unten stand ein alter Mann und schaute hinauf. Isabelle veränderte sich auch, spürte er, es war, als beträten sie, jeder für sich, unbekanntes Terrain, und er fürchtete sich vor dem, was es mit sich bringen mochte. Er setzte sich in ihr Zimmer, um auf sie zu warten.

Diesmal war er froh, daß Bentham die ganze Woche nicht in die Kanzlei kam. Als am Donnerstag Jakob als einziger im oberen Stockwerk zurückblieb – Mrs. Gilman hörte er in der Bibliothek staubsaugen –, betrat er das leere Zimmer, schaltete das Licht nicht ein, blieb neben der Tür stehen. Er stand dort, bis Mrs. Gilman die Treppe hinaufkam. Um halb neun verließ er schließlich die Kanzlei und beschloß, zu Fuß nach Hause zu gehen. Regent's Park war noch offen, es war ein lauer Abend, Paare lagen im Gras, schlenderten umarmt und Hand in Hand. Jakob fühlte sich ruhig und zufrieden, als hätte er eine schwierige Aufgabe gelöst. Der Park war großzügig hingebreitet, man sah bis Primrose Hill hinauf, ein Stück Landschaft mitten in der Stadt, freundlich, wohlwollend, um das Leben in der Stadt zu erleichtern, die Anspannung zu mildern. Ebenso wie die anderen Männer seines Alters in Anzug, die Krawatte gelöst oder in die Tasche gesteckt, kam er von der Arbeit und ging nach Hause. Sein Körper war zuverlässig, er atmete, spürte die Muskeln seiner Beine, fühlte sich wohl. Die Schuhe waren neu und handgearbeitet. Der Sommerabend täuschte ihn vielleicht, aber was lag daran? Er dachte an Bentham, an Isabelle und Alistair und auch an Hans, mit einer Zärtlichkeit, die ihm neu war. Man mußte Entfernungen nicht verringern, nicht einmal überbrücken.

Bald erreichte er den nordwestlichen Ausgang, es tat ihm leid, vom Park Abschied nehmen zu müssen, aber da stand schon der Wärter, bereit, das Tor zu schließen. An der Ampel sah er Maude. Fröhlich rief er ihren Namen. Sie schaute sich erschrocken um, dann kam sie rasch auf ihn zu. Er roch ihr Parfüm, ein altmodisches Parfüm, das ihn an seine Tante erinnerte, sie trug ein hellblaues Kleid, darüber einen weißen Sommermantel. –Ich treffe meine Freundin am Kino, erklärte sie, als sie seinen Blick bemerkte. –Dabei weiß ich nicht einmal, was für einen Film

wir anschauen werden. –Nun, sie wird es gut ausgesucht haben, sagte Jakob freundlich und hielt Maude, die auf die Straße trat, ohne zu bemerken, daß ein Auto kam, am Arm fest. –Es ist albern, sagte sie, aber ich mache mir immer Sorgen um Mister Bentham, wenn er nicht ins Büro kommt. Sie zögerte. Sie mögen ihn, nicht wahr? Er macht das seit Jahren, seit sein Lebensgefährte umgekommen ist. Mietet sich in einem Hotel für ein paar Tage ein. Trifft wohl auch, Sie wissen schon.
–Ich wußte nicht, daß sein Freund ums Leben gekommen ist, sagte Jakob verlegen.
–Bei einem Motorradunfall vor fünfzehn Jahren, sie sind verunglückt, Mister Bentham ist fast nichts geschehen, aber Graham war auf der Stelle tot. Und jetzt, in seinem Alter, erträgt er die Einsamkeit nicht.
–Vielleicht ist es gut, wie er es macht? Sicher weiß er, was er tut.
Maude sah ihn an, empört, fragend. –Gut? Mit jungen Männern, von denen man nicht weiß, woher sie kommen?
–War Graham so alt wie er?
–Zwanzig Jahre jünger. Ich sollte darüber gar nicht sprechen. Aber ich sorge mich um ihn, und keiner weiß, was geschieht, bis er zurückkommt, und natürlich stellt man keine Fragen.
–Alistair sagt er auch nicht, wo er hingeht? Jakob bereute die Frage, als er sah, wie verletzt Maude war.
–Alistair soll er es sagen, wenn er es mir nicht sagt?
Inzwischen hatten sie das Kino beinahe erreicht. Eine Frau in Maudes Alter kam winkend auf sie zu. Vor dem Eingang standen dicht gedrängt Leute, ein Bettler zwängte sich dazwischen, der Verkehr auf der Kreuzung war ins Stocken geraten. Jakob verabschiedete sich hastig und lief die Kentish Town Road hinauf. Eine Frau, die drei kleine Kinder bei sich hatte, verstellte ihm den Weg, eines der

Kinder trug eine Augenklappe, die Frau streckte ihm einen Zettel hin und hielt ihn flehend am Arm. Ungeduldig machte er sich frei, sie trat demütig zur Seite, murmelte leise vor sich hin, –Irak, wir sind aus dem Irak, hörte Jakob, und er lief schnell weiter, die Tasche fest umklammert. Ein paar Meter weiter mußte er stehenbleiben, weil eine Menschenmenge den Bürgersteig versperrte, einige riefen, johlten, darüber klang die Stimme eines Mannes, eines Predigers, so schien es, aber Gelächter und Zwischenrufe waren zu laut, als daß Jakob ihn hätte verstehen können. Dann wurde es aber leiser, und alle hörten zu. Jakob schaute zu der jungen Frau hinüber, die neben ihm stand, betrachtete das rundliche, dunkle Gesicht. Über der Nase berührten sich die Augenbrauen, zwei zarte Linien, die einander begegneten. Er beugte sich zurück, hoffte, sie weiter unbemerkt betrachten zu können, als sie den Kopf umwandte und ihn aus mandelförmigen Augen ansah, die fast schwarze Iris von makellosem Weiß umgeben. Nach einem Moment löste sich etwas in ihrem Blick, wich das Mißtrauen, und ärgerlich spürte Jakob, daß er rot wurde, aber er konnte sich nicht losreißen; nur eine winzige Veränderung, dachte er, zwischen Mißtrauen und Wärme, ablesbar an der Stellung der Augen, der Linie der Augenbrauen, eine Nuance, die weniger einer Sprache als einem Code ähnelte, und wieder fühlte er sich ausgeschlossen. Gleich würde sie sich abwenden. Wortfetzen von dem, was der Prediger rief – ein kräftiger Mann mit dickem, zerzaustem Haar und einem kühnen Gesicht –, drangen an sein Ohr. Die Frau wandte sich ab. Was war es gewesen, das er zuletzt in ihrem Blick las? Enttäuschte Neugierde. Mitleid.

–Auf Jesus wartet ihr, auf Mohammed? Auf das Home Office? Der Prediger hatte sich halb umgedreht und stand Jakob jetzt gegenüber. –Die Verzweiflung der Hingeschlachteten wird euch erreichen, die Rache des Kriegs und der

Angst. Ihr werdet Staub fressen, nicht den Staub der Schlange, sondern den schwarzen Staub der Untergrundschächte, auf dem Geröll, den Gleisen werdet ihr euch entlangschleppen und beten, noch einmal das Tageslicht sehen zu dürfen. Euer Schweiß wird sich schwarz färben, und die Todesangst euer Gesicht verzerren, zu der Maske, die es jetzt schon ist. Man kann wer weiß wie viele Scheinwerfer auf euch richten, das Licht hilft nichts, ihr hockt in eurer Dunkelheit, und nachts befällt euch die Ahnung, nicht wahr? Wenn die Angst hochsteigt, als wärt ihr Verbrecher auf den Sandbänken der Themse, angekettet, während die Flut kommt. Auf was wartet ihr, um euch zu retten? Welche Grausamkeit hat sich noch nicht in eure Augen gebrannt? Welchen Angstschrei habt ihr noch nicht gehört?
Er machte eine Pause und wandte das Gesicht zum Himmel, schaute dann wieder in die Menge, die unruhig zu werden begann – worüber hatten sie gelacht? fragte sich Jakob –, einige gingen, andere gesellten sich dazu, und Jakob wurde nach vorne gedrängt, stemmte die Beine in den Boden, um nicht die Frau anzurempeln, deren schlanken Hals er vor sich sah, so nah, daß er einzelne Härchen unterscheiden konnte, Flaum, der heller war als ihr Haar, den Wirbel, der hervortrat wie ein Knopf, delikat, zerbrechlich. Er steckte seine Hände in die Hosentaschen, kämpfte gegen den Wunsch, den Nacken zu streicheln, den Kopf sachte zu sich herzudrehen.
–Ihr harrt aus. Geduldig, blind, und schließlich erinnert ihr euch an nichts mehr. Die Straße, seht ihr? Seht ihr die Bettler? Seht ihr die Toten? Erinnert ihr euch denn an nichts? Wißt ihr nichts? Ihr habt recht, Jesus zu vergessen, für euch ist er nicht gestorben, am Kreuz ist er gestorben, fragt die Toten, für wen. Fragt euch lieber, für wen ihr denn lebt, für wen ihr atmet, für wen es Sommer wird, für wen alles blüht und die Spannung sich ins Unerträgliche steigert. Seht ihr die Schönheit, selbst hier, wie lange es

dämmert, wie die Dunkelheit zögernd herbeischleicht, um euch zu umfangen, während die Sirenen schrillen, während einer sich in seinem Dreck wälzt, während ein paar Meter weiter, ein paar Stunden später einer umkommt, erschossen, erstochen, weil ihr die Augen verschließt, weil ihr nichts sehen wollt, weil die Totenfahrt längst schon bezahlt ist durch euren Raub. Diebe sind wir, wie wir hier leben. Jeder Tag auf dem Rücken derer, die gebückt nach einem Unterstand, nach einem Aufschub suchen. Steht noch dahin, sagt ihr, ob uns das Unglück trifft. Aber es wird treffen, es wird uns treffen und unsere Herzlosigkeit. Wir haben kein Recht zu überleben. Wir sind nackt. Noch leben wir, das ist alles.
–Was soll das? flüsterte Jakob, beugte sich ein Stück nach vorne, damit sein Atem die glatte Haut vor ihm erreichte. Sie richtete sich eine winzige Spur auf, drehte den Kopf ein wenig, zum Zeichen, daß sie ihn hörte, bewegte die Schultern nicht. –Er ist gleich fertig, sagte sie nur.
–Vielleicht lebt noch, wen Sanitäter auf die Tragbahre hievten. Vielleicht lebt einer mit von Glassplittern zerschnittenem Gesicht. Vielleicht lebt einer, dem der Arm, dem das Bein abgerissen wurde. Vielleicht winselt einer in einem der Gefängnisse, die wir bezahlen, hofft auf den Tod. Was haben wir, was halten wir in Händen? Daß uns noch nichts zugestoßen ist. Sollen wir dafür dankbar sein? fragt ihr, und ich sage nein. Dankbar nicht, aber demütig. Richtet euch auf und seid demütig und duldet nicht, was ihr an Unerträglichem seht. Ist der Krieg vorbei? Er ist vorbei, ruft ihr, und ihr wißt, daß ihr lügt. Ihr wißt, daß die zukünftigen Toten schon das Zeichen auf der Stirn tragen. Ihr wißt, daß Menschen nächtelang schluchzen und sich fürchten. Sie sehen ihre Kinder sterben. Sie sehen ihre Liebsten sterben. Sie sehen den Staub, der sich nicht setzen will, denn wir wirbeln ihn auf.
–Mein Gott, sagte Jakob. Der Redner richtete sich auf, als

hätte er Jakob gehört. –Sie werden es begreifen, bald schon, rief er Jakob zu, Sie werden es begreifen, und heute, heute und eines Tages werden Sie glücklich sein. –Aber was will er, sagte Jakob noch einmal, während die Menge sich zerstreute, gleichmütig, ungerührt, obwohl sie so geduldig zugehört hatte. Es war jetzt fast dunkel, Jakob fühlte, wie Augen ihn neugierig musterten, und die Frau, die vor ihm stand, drehte sich endlich um, lachte ihn an. –Ich heiße Miriam, sagte sie. Wie auf ein Zeichen ließen die anderen Blicke von ihm ab, verschwanden Richtung Untergrundbahn, liefen nach rechts und links, und der Prediger packte einen Beutel, einen Schlafsack, verschwand auch. –Dir ist kalt, Miriam griff Jakobs Hand wie die eines Kindes. –Ich mache dir Tee, sagte sie, als wäre es selbstverständlich, komm nur, es ist nicht weit von hier, und da ging sie neben ihm, hielt seine Hand, ging mit schnellen Schritten, so freundlich, dachte Jakob benommen, so zuversichtlich. Er zitterte, als sie ein Zimmer betraten, in dem nur ein Tisch und ein Sofa standen, über einem niedrigen Bücherregal hingen Fotos, es wirkte einladend und doch traurig. –Darf ich dir die Schuhe ausziehen? fragte sie, als er auf dem Sofa saß, streifte ihren Pullover ab, schlüpfte aus den Jeans, kniete halb nackt vor ihm, lächelnd, löste die Schuhbänder, streifte die Schuhe von seinen Füßen, nahm den rechten Fuß in ihre beiden Hände. –Jona heißt er, der Prediger, wir kennen uns seit Jahren, er war einmal mein Lehrer, dann traf ich ihn auf der Straße, wild damals, verzweifelt. Als er anfing zu predigen – aber es ist ja keine Predigt! –, dachte ich, er sei verrückt geworden. Er zeigte auf einen der Zuhörer und sagte mir, ich solle ihn mit nach Hause nehmen. Er behauptet, daß man immer wieder Menschen trifft, die man lieben könnte, auch wenn es das Leben nicht zulasse, nur ein Zufall, sagte er, der uns nicht blind für diejenigen machen darf, denen wir Zuneigung entgegenbringen. Und ich ge-

horchte tatsächlich, ich weiß nicht warum. Mit Sex hat das nichts zu tun. Miriam lachte leise, ließ den rechten Fuß zu Boden gleiten, hob den linken in ihren Schoß. –Gleich koche ich dir eine Tasse Tee.
Er saß auf dem Sofa, wach und schläfrig zugleich, sah auf das Bücherregal, die Fotos, auf das heitere Leben, das sie abbildeten, er sah Miriam, die ein Kind an ihre Brust drückte, strahlend den Fotografen anlachte und dabei das Kind neckte, das heller war als sie, grüne Augen hatte und ebenfalls glücklich aussah, übermütig, viel zu glücklich, dachte Jakob bedrückt, als wäre etwas in der Atmosphäre des Zimmers, das die Dauer dieses Glücks unmöglich machte. –Wer ist das? fragte er Miriam, als sie mit einer Teekanne und zwei Bechern ins Zimmer trat, –auf dem Foto?, und beobachtete, wie sie die Kanne, zwei Becher auf einem Hocker abstellte. Sie hatte einen kurzen Rock angezogen. –Mein Sohn Tim, sagte sie. –Unser Sohn, Jonas und mein Sohn. Wir waren verheiratet, aber nach ein paar Monaten verschwand er, ließ mich vor Sorge fast verrückt werden, schrieb einen einzigen Brief, der unleserlich war, weil er Wasser über die Tinte gekippt hatte, ließ nur den Schatten seiner Schrift als Lebenszeichen, und ich zog aus meiner Wohnung in Clapham aus, hierher. Tim kam zur Welt. Meine Eltern unterstützten mich, ich konnte sogar wieder studieren. Sie zog mit ungeduldigen, schmalen Händen an ihrem Rock. –Du hörst nicht zu, sagte sie, doch Jakob hörte sie nicht. Sie hockte sich vor das Sofa. Seine Hände zitterten wieder, seine Füße, sie zog seine Füße in ihren Schoß, streichelte sie. Aber Isabelle würde das nie tun, dachte er, sie scheute sich, in ihren Zärtlichkeiten war immer etwas Beiläufiges oder sogar Heimliches, als fürchtete man, einander oder sich selbst zu beschämen, aufzudekken, was verborgen bleiben sollte. Er schloß die Augen, spürte, wie Miriam ihm die Strümpfe auszog, jeden Zeh erst vorsichtig berührte, streichelte, er wollte sich aufrich-

ten, aber etwas zwang ihn aufs Sofa zurück, etwas, das ihm das Herz zusammenpreßte und Tränen in die Augen trieb. Das Foto, dachte er, der kräftige Kinderkörper, der sich aus Miriams Armen wand, ungeduldig zappelnd, um gleich loszurennen, und er rannte, rannte, überglücklich und wild, über die regennasse Straße, der Asphalt gleißte im Abendlicht, Tim drehte sich um und winkte, was der Autofahrer nicht sah, denn er sah Tim nicht, sah nichts als das grelle Licht, spürte nur den Aufprall. Da bremste er. Jakob schauderte, etwas zersprang, sein Körper bäumte sich auf, er öffnete die Augen und starrte Miriam ungläubig an, streckte die Arme nach ihr aus, verwirrt von seiner Sehnsucht und seinem Kummer. Warum nur, dachte er wieder und wieder, wie kann sie es ertragen? War es so? fragte er sich. Er umarmte sie, das Zittern war anders jetzt, unauffälliger, wie ein dünner Stoff um seine Liebe und seine Bangnis, Erinnerungen mischten sich mit Miriams Geruch, mit dem Geruch des Juniregens in Hampstead Heath, er sah die beiden Männer, den jüngeren auftrumpfen, spotten, aber es war soviel Zärtlichkeit darin wie in der Geste, mit der ihn der ältere sorgsam trockenrieb. Während er Miriam an sich preßte, hoffte er, der ältere möge wirklich Bentham gewesen sein. Er wiegte sie und wußte, daß er gleich gehen müßte, weil sie es so wollte. Betäubt, gehorsam folgte er ihrem Signal, und als er das Haus verließ, achtete er nicht darauf, wo er gewesen war, lief blindlings, bis er eine Straße wiedererkannte, an den Kanal gelangte, dessen schwarzes Wasser faulig roch und träge dahinfloß, zum Park, zu der Voliere, deren Bewohner längst auf den Ästen, im Laub verborgen schliefen. Jakob paßte sich in die Dunkelheit ein wie in eine Decke, obwohl sein Herz heftig schlug, obwohl er seine Tasche mit feuchter Hand umklammerte, aufgelöst, fuhr es ihm durch den Kopf, und doch ging er ganz vernünftig an Camden Lock vorbei, bog rechts ein, achtete auf den Mann, der ihm entgegenkam, auf das Auto links von ihm, hörte die Bässe, die durch die geschlossenen Fenster dröhnten, hinter denen eine Frau saß, rauchend. Sie bremste, beobachtete ihn im Rückspiegel. Beschleunigte, ließ ihn zurück. Nur eine Bewegung des Fußes, ein winziger Moment, in dem sich entschied, ob man das Fenster öffnen, jemanden ansprechen wollte, eine ungeklärte Koppelung von Blick und Muskel. So wurde er gewogen und für zu leicht befunden. Überdeutlich nahm er alles wahr, er spürte seine eigenen Füße in den Schuhen, den Strümpfen, eine vertraute Reibung, und er blieb stehen, um sich an Miriams Hände zu erinnern, an ihre Finger, die sie zwischen seine Zehen geschoben hatte, an die Kuppe des Daumens, mit der sie die Nägel gestreichelt hatte, etwas murmelnd, das er nicht verstand. Es war ein winziges Stück Zeit, das sich nun zwischen sie drängte, bereit, sich auszubreiten, und plötzlich erschien ihm die Uhr, die er unter seinem Jackettärmel hervorschüttelte, wie eine Spieluhr, auf der winzige Figuren sich im Kreis drehten, Miriam und er selbst, Isabelle, Bentham, kreisend auf ihrer Bahn, und mitten unter ihnen der Tod mit einer Sense. –Nein, wir sehen uns nicht wieder, hatte Miriam gesagt, es sei denn, Jona will es so, sie hatte ihm zum Abschied zugewinkt, heiter, sogar liebevoll, als wüßte sie, was ihn erwartete, und wollte ihm Mut zusprechen.

Besitz, hatte Bentham gesagt, ist ein Modus des Verlustes, wir tun nur so, als verliehe er uns Stabilität und Dauer. Eigentlich ist es ein Spiegel der Vergänglichkeit, in den wir so unverwandt starren wie in die Spiegel in unseren Badezimmern – letztlich sieht man in beiden nur, daß wir älter werden und sterben, allerdings gibt es natürlich Momente von Schönheit, nicht wahr? Jakob strich mit dem Finger über seine Uhr, die halb elf anzeigte, strich über das Glas, unter dem die Zeiger, jeder in seinem Rhythmus, sich bewegten, sichtbar oder unmerklich, und er lauschte zu einem Wohnhaus, aus dessen offenen Fenstern Stimmen klangen. Er dachte an die Gemälde Watteaus, die er mit Isabelle angeschaut hatte, Gemälde, auf denen der Tod nicht sichtbar, aber doch anwesend war, in den grazilen Bewegungen, die die Zeit festhielten für einen unmeßbaren Augenblick, der Vergänglichkeit und Verlust in sich barg. Hier war die Lady Margaret Road. Der weiße Fuchs rannte unter einem parkenden Auto hervor, sprang auf eine Mauer, balancierte darauf entlang und verschwand in einem der Gärten der Countess Road. Im Fenster des Erdgeschosses stand Isabelle, eine Umrißlinie, die sich nicht rührte, vielleicht wartete sie auf ihn, vielleicht hatte sie den Fuchs beobachtet. Jakob winkte ihr, er war sehr glücklich. Sie drehte sich aber um und trat ins Zimmer zurück, ohne ihn zu sehen, und gegen das Licht erschien sie angespannt und schmal.

28

Dave hatte ihr gesagt, daß andere Leute nicht in der Stadt wohnten, sondern auf dem Land, wo jeder einen riesigen Garten mit Apfelbäumen hatte und Tiere, nicht nur eine Katze wie Polly, sondern auch Hunde und Schafe, manchmal sogar ein Pony, auf dem man reiten konnte, wenn man wollte, das man vor einen kleinen Kutschwagen spannte, und dann fuhr man übers Land, an Bächen vorbei und durch Felder, bis man hungrig war und nach Hause zurückkehrte. Alle setzten sich an einen langen Tisch und aßen, bis sie müde waren. Die Kinder gingen jeden Morgen zusammen zur Schule, liefen durch den Garten ans Tor und warteten, bis die anderen kamen, auch auf Sara würden sie warten, und dann zusammen in die Schule laufen, mit ihren Schultaschen und Butterbroten

und etwas zu trinken, denn mittags, in der Pause, aßen sie gemeinsam, es gab auch Suppe und Pudding, und dann spielten sie, bis die Glocke läutete. In Windeseile lernte man dort Lesen und Schreiben, erklärte ihr Dave, und dann brachte er ihr ein Heft, gab ihr einen Stift, der aus Vaters Tasche gefallen war, malte Buchstaben auf. Eine Schlange, sagte er, S wie Schlange, S wie Sara, und der Stift war grün, die Schlange war grün, auf den Fingern Flecken, die sie versteckte, die Hände in den Taschen, den Stift unter der Matratze, einen Stift ihres Vaters, grün, und er suchte ihn, suchte. Dann verschwand Dave, mehrere Tage, keiner sagte etwas, als wäre er nie dagewesen, Mum weinte nicht, und Dad lag auf dem Sofa, schlief auf dem Sofa, den halben Tag lang und die Nacht auch, Mum gab ihr in der Küche zu essen, Brot und Käse, den Dave nicht mochte. Er kam nicht.
Mit dem Finger malte sie das S auf die Tischplatte, ans Fenster, nachdem Mum und Dad fort waren, weil sie arbeiteten, in einem Supermarkt Arbeit gefunden hatten, sagte Mum. Sara hauchte gegen das Fenster, malte ein S, das sich auflöste, und draußen war es warm, die Bäume wuchsen, grüne Blätter, dünne Äste, schnurstracks in die Luft hinein oder in den Himmel, der lange hell blieb, so lange, daß die anderen Kinder immer öfter in den Garten kamen, über die Mauer kletterten, aber sie klopften nicht an die Tür, warfen nicht mit Bällen, weil sie jemanden suchten oder sich versteckten und gleich weiter, in den nächsten Garten kletterten. Dave kam nicht. Am nächsten Morgen weckte sie ihre Mutter, schickte sie zu dem Laden unten in der Falkland Street, gleich rechts um die Ecke und ein paar Meter, dahin, wo in den Kisten Gemüse lag, ohne daß jemand darauf aufpaßte, und im dunklen Laden stand ein Mann, der sie seufzend anschaute und sagte, daß sie nicht genug Geld für all die Dinge hatte, die auf der Liste standen. Auf die Rückseite des Zettels malte sie ein S, weil

der Mann fragte, wie sie heiße, und er fragte, ob sie zur Schule ginge. Es war falsch gewesen, das zu erzählen, Dave hätte es ihr erklärt, aber Dave war nicht da, und ihr Vater kam und packte sie am Arm, zog sie mit auf die Straße, und sie hockte sich neben die Mülltonnen, weil er gesagt hatte, daß man sie einsperren würde. Durch die Fensterscheibe sah sie drinnen Polly, die einmal auf der einen, dann auf der anderen Fensterbank auftauchte, sich schließlich auf die Sofalehne legte und einschlief. Aus dem Nachbarhaus kam erst der Mann, dann später die Frau, der Mann sah sie nicht, die Frau lächelte ihr zu, aber als sie wieder zurückkam, war sie nicht alleine, ein anderer Mann war bei ihr, von dem sie sich verabschiedete, und sie tat, als würde sie Sara nicht sehen. Abends hielt vor dem Haus ein Auto, und ihr Vater stieg aus, nahm sie auf den Arm, ihre Mutter deckte den Tisch, es waren zwei Männer dabei, streichelten ihr über den Kopf, dann wurde sie ins Bett geschickt, und keiner fragte sie, ob sie hungrig war. Sie legte sich in Daves Bett, und obwohl er weg war, erzählte sie ihm, daß sie gar keinen Hunger mehr hatte, daß sie auch dahin wollte, wo es den großen Garten voller Apfelbäume gab. Dave hörte immer zu, das Kissen roch nach ihm, aber am Morgen war es naß, und sie schämte sich, weil sie Angst hatte, ins Bett gemacht zu haben.
Sie stand an der Gartentür und lauschte, ob sie etwas hörte, aber nur Polly strich miauend um ihre Beine und rieb sich an der Tür, weil sie hinauswollte. Die anderen Kinder würden mit Steinchen nach Sara werfen und über sie lachen, weil sie zu kurze Sachen anhatte oder viel zu lange, die Dave früher einmal getragen hatte, und weil sie noch nicht in die Schule ging und weil ihr Vater ihre Haare schnitt, weil er kein Geld fürs Haareschneiden ausgab, nicht für ein Kind. Sie sagte es nicht einmal zu Dave, daß sie immer so bleiben würde, daß sie fürchtete, immer ein Kind zu bleiben wie jetzt, da sie nicht wuchs, da sie klein

blieb und in die Hosen machte oder ins Bett. Sie war zurückgeblieben, sagte Dad, und obwohl sie nicht genau verstand, was das bedeutete, wußte sie, daß es sich nicht wiedergutmachen ließ. Es war nicht wie eine Krankheit, die wieder weggehen konnte, wenn sie im Bett blieb und tat, was Mum sagte. Mum sagte ihr auch nicht, was sie tun sollte, und es gab Krankheiten, die nicht wieder weggingen, die so schlimm waren, daß niemand darüber redete. Oder es war keine Krankheit, sondern etwas, das sie getan oder gesagt hatte, und die Kinder wußten es und lachten deshalb, warfen mit Steinchen gegen die Scheibe und zeigten mit dem Finger auf sie, weil sie nichts lernte und nicht wuchs.

Sie preßte das Ohr gegen die Glasscheibe. Polly miaute. Wenn sie den Mut hätte, die Tür zu öffnen und hinauszugehen, wäre es fast so wie bei den Leuten, die nicht in der Stadt wohnten, sondern auf dem Land, wo sie Schafe und einen Hund und sogar ein Pony hatten. Immerhin hatte sie Polly, und sie könnte über das Gras bis zu dem Baum an der Ziegelmauer laufen und sich vorstellen, daß es ein Apfelbaum voller Äpfel wäre und daß Dave käme und sie an der Hand faßte, um weiterzulaufen, in den Wald, zu einem Teich mit einem Ruderboot, in dem Dave sie über den Teich rudern würde. Er hatte versprochen, sie in den Park mitzunehmen, aber er war seit Tagen nicht nach Hause gekommen. Sie berührte den Schlüssel, der in der Tür steckte. Dann umfaßte sie ihn und tat, als würde sie ihn im Schloß herumdrehen. Der Schlüssel ließ sich nicht bewegen. Jetzt versuchte sie es mit beiden Händen, mit aller Kraft, ihre Hände, die heiß wurden, schmerzten, sie rutschten ab, und da war der brennende Wunsch, den Schlüssel umzudrehen, die Tür zu öffnen und in den Garten hinauszulaufen, von der Veranda hinunter, die voller Gerümpel stand, und über das Gras hin zu der Ziegelmauer, wo ein großer Fleck Sonne durch den Baum schien.

Dann bewegte sich der Schlüssel mit einem Ruck, und es gab einen Luftstoß, aber es duftete auch und war warm, wärmer als in der Wohnung, und Polly zwängte sich durch den Spalt, lief die zwei Stufen hinunter, blieb stehen und drehte sich nach Sara um. Auf der Terrasse stand ein Tisch, umgestürzt, ein kleiner Tisch, weil man dort draußen sitzen konnte und essen, jetzt, wo sie einen Garten hatten, es war wie ein Versprechen gewesen, alle vier, die dort zusammensaßen, nachdem Mutters Tante Martha gestorben war, und Dad hatte Sara auf seine Schultern gehoben, um mit ihr in den Garten zu gehen, hatte gesagt, daß sie hier bleiben würden. Alles war voller Versprechungen gewesen, und Sara würde, sobald sie umgezogen wären, in den Kindergarten kommen, hatte Dad gesagt, und dann gab es doch etwas, das alles sein ließ wie vorher. Weil sie nicht wuchs, weil es vielleicht ihre Schuld war. Dave kam nicht mehr. Neben dem Tisch stand ein Stuhl mit drei Beinen, sie sah auch ihren alten Bär Tod, der eines Tages verschwunden gewesen war, Dave hatte ihr dann erzählt, Tod wäre fortgereist, mit dem Zug weit weggereist, sagte Dave, um sie zu trösten, aber da lag er, halb unter dem Tisch, halb unter dem Stuhl, aufgequollen, der Bauch sogar aufgeplatzt; sie schaute weg. Sie machte einen Schritt, hielt mit weit ausgestrecktem Arm noch die Tür, dann einen zweiten Schritt und noch einen, stand schon auf der ersten Stufe, der zweiten, während Polly alles Gras überquert hatte und an etwas roch, an einer Pflanze, die dort an der Mauer wuchs, dort, wo die Sonne war. Das Gras war feucht, sie spürte es durch die Strümpfe, ohne Schuhe, nur in Strümpfen durfte man nicht hinausgehen, sie hob die Beine sorgfältig, um es gutzumachen, ein Plastikeimer lag da, sogar eine kleine, grüne Schaufel, sie dachte, daß sie die Strümpfe vielleicht ausziehen könnte, damit sie nicht naß und dreckig würden. Neben dem Eimer glänzte etwas, eine große Scherbe, der Boden einer Flasche, und neben der Glasscherbe stand ein winziges Pferd, braun und mit einem weißen Fleck auf dem Kopf, mit einem schwarzen Sattel auf dem Rücken. Vorsichtig streckte sie die Hand danach aus. Es war wirklich ein Pferd. Sie nahm es fest in die Hand, umschloß es, dann spreizte sie die Finger und betrachtete es wie einen Käfer, der davonkrabbeln könnte. Da war es noch immer, und es hatte alle vier Beine. Sie richtete es auf, es galoppierte ihre Handfläche entlang. Wenn sie es absetzte, konnte es immer weitergaloppieren, über Hügel und Ebenen hinweg, in dem warmen, duftenden Wind, an einer riesigen Blume, groß wie ein Baum, vorbei und zwischen den Gräsern hindurch, durch eine Steppe, die nicht endete, immer weiter. Die Glasscherbe war ein See, aus dem das Pferd trank, Sara hielt es am Zügel, wartete, bis es sich satt getrunken hatte, dann stieg sie auf, und los ritten sie, immer schneller, bis sie die sengende Sonne erreichten, wo ein riesiges Ungeheuer lauerte, ein Untier mit Krallen und einem ungeheuren Schweif, der nach ihnen schlug, um sie zu töten. Aber sie wichen aus, mit einer schnellen, geschickten Bewegung brachten sie sich in Sicherheit, hinter einem Hügel, und beobachteten das riesige Tier. Es war ein Drache. Er lag still da, um sie zu täuschen, nur sein fauchender Atem verriet, daß er nicht schlief. Die Flanken hoben sich, senkten sich, furchtlos lag er da, man mußte das Schwert finden, das ihn besiegte, das seinem Drachenkörper die Wunde zufügte, man mußte furchtlos und kühn sein, – und wenn der Tod kommt, fürchten wir uns nicht, flüsterte Sara. Sie strich über den zitternden Rücken des Pferdes und sprach ihm Mut zu, dann sang sie sogar ein Lied, leise, und das Ungetüm schlief tatsächlich ein, schlief im Gras, hingestreckt, vertrauensvoll. – Wir fahren zur Hölle, flüsterte Sara. Wir gehen unter und ihr mit uns. Mit dem Finger strich sie über den zitternden Rücken des Pferdes und flüsterte ihm beruhigend zu. – Aber wir ergeben uns nicht.

Der Lohn war die Freiheit, der Lohn war ein goldener Schatz, und jeder Wunsch ging in Erfüllung. Edelsteine, und der Zauberbaum, zu dessen Füßen das Untier lag, der Baum, den man berührte, vor dem man sich verneigte, damit die Wünsche sich erfüllten, und zu Füßen des Baums das Untier. Schlimm war, daß es noch lebte. –Wir müssen es töten, flüsterte sie dem Pferd zu, das den Kopf hob und die Mähne schüttelte und zustimmend wieherte, –müssen es töten, mit einem Hieb. Denn noch schlief es, doch wenn es aufwachte, war alles verloren, –mit einem Hieb, wiederholte Sara und schaute sich suchend um, denn jeder Kampf hatte seine Waffe, sagte Dave, sagte Dad, und da lag eine Keule, lag für sie bereit, ein dicker, nicht allzu langer Ast, den Sara aufhob, hoch über den Kopf schwang, in die Luft, mit beiden Händen umklammert, und Pollys Schnurrbarthaare zitterten, sie gab einen kleinen zufriedenen Laut von sich, schlug ihre Augen auf. –Es ist das Untier, flüsterte das Pferd schaudernd, du mußt es erschlagen, um den Zauber zu brechen, siehst du seine Augen, du wirst niemals wachsen und groß werden, wenn sein Blick dich trifft, es schlug die Augen auf, beide Augen, dunkelgrün, schläfrig, wenn du je in die Schule willst wie alle anderen, ein kleiner Laut, als wollte Polly etwas sagen, schläfrig, aber das Pferd beschwor Sara, und so hob sie die Arme, reckte sie hoch in den Himmel, um den Schlag gegen den Feind zu führen, der den Kopf hob, zum Angriff bereit, und Sara reckte sich, weiter hinauf, ein einziger Schritt noch nach vorne, und dann schlug sie zu.

Pollys Schrei zerriß die Stille, mit gesträubtem Fell jagte sie den Baum hinauf, fauchend, auf den untersten Ast, der ihr keinen Halt bot, da sie mit dem verletzten Hinterbein abglitt, mühsam auf die Mauer zukroch, springen mußte, nur ein winziges Stück, das Mauer und Ast trennte, und sie stieß sich ab, schrie noch einmal vor Schmerz auf und sprang hinüber. Auf der Mauer schien sie sich sicherer zu fühlen. Sie leckte das Hinterbein und die Pfote, ließ den Blick nicht von Sara, die noch immer hoch aufgerichtet dastand, starr, übers Gesicht liefen ihr Tränen, aber sie empfand nichts als Entsetzen, etwas, das kalt und schneidend war, während sie Polly sah, die dahockte, fauchte, als Sara die Arme sinken ließ, die kalten Arme, als hätte sie jemand mit weißer Farbe übergossen, weißer, leuchtender Farbe, die ihr den Atem nahm und sie zeichnete, wie damals, als ihr Vater zum Spaß ihren Arm bis zur Schulter in einen Farbeimer gestoßen hatte, damit man sie leichter finden würde, damit wir dich leichter erkennen, und da stand sie. Bückte sich nach dem braunen Pferd, hielt es in der Hand, schleuderte es über die Mauer, aber es war zu spät. Polly zuckte zusammen, kroch einen Meter weiter, entfernte sich von Sara so weit wie möglich. Erst jetzt bemerkte Sara, daß im Nachbarhaus ein Fenster offenstand und die Frau sie beobachtete. Sie gab kein Zeichen von sich, beobachtete nur stumm, es war eine endlose Zeit, bis sie sich weiter hinauslehnte, um besser zu sehen, und dann rief sie –was ist passiert? Brauchst du Hilfe? Sara kauerte im Gras, schlang die Arme um die Schultern. Die Sonne war inzwischen von Wolken verdeckt. Das Gras roch feucht und kalt. Sie schüttelte wieder und wieder den Kopf, rührte sich aber sonst nicht vom Fleck. Da war Polly. Sie wollte zu Polly etwas sagen, sie wollte sich entschuldigen, Polly zu sich locken, um sie zu trösten, aber es kam kein Laut aus ihrem Mund, und Polly klagte jetzt leise, ein gleichmäßiger, unaufhörlicher Ton. Sara hörte es, dann beugte sie den Kopf und erbrach sich, einmal und noch einmal, gelben, bitteren Schleim, der im Gras einen gelben Fleck machte und bitter roch, ihr Magen tat weh, sie preßte die Hände auf den Bauch und wagte nicht, zu schluchzen, schluckte die Tränen, kauerte sich ein bißchen weg von dem Gestank, hob den Kopf nicht mehr. Gleich würde die Scham kommen. Dave, wenn er käme, würde sofort wissen, was geschehen war. Er würde gehen, ohne sie anzusehen. Er würde nicht wiederkommen. Irgendwo war Polly. Alles war still. Vielleicht starb sie jetzt. Vielleicht würde sie, Sara, auch sterben. Es war kalt geworden. Dann kamen erste Tropfen, dick, eisig. Sie bewegte sich nicht. Bald war sie durchnäßt, kauerte, spürte nichts mehr, nur ein kurzer Regenschauer, der vorüberging, und das Fenster im Nachbarhaus klapperte, wurde geschlossen. Kurz darauf öffnete sich die vergitterte Glastür, die in den Garten nebenan führte.

29

Sie hatten für den Garten keine Verwendung gehabt, da es nur ein langes, schmales Stück Rasen war, eine Wiese inzwischen, die sie nicht gemäht hatten, ein Rotdorn wuchs nahe an der Mauer, die höher war, als Isabelle gedacht hatte. Als sie die Arme ausstreckte, erreichte sie eben den Mauersims, der ihren Fingern keinen Halt bot. So stand sie einen Augenblick, versuchte sich hochzuziehen, rutschte ab. Sie ging wieder hinein und holte einen Stuhl, dessen Beine in der Erde versanken, aber besser war es doch. Nach drei Anläufen fand sie eine Lücke für ihren rechten Fuß und Halt für die Hände, zog sich hoch und glaubte, es geschafft zu haben, als sie abrutschte, erst mit dem Kinn, dann mit dem Ellenbogen gegen die Mauer schlug, der Stuhl kippte zur Seite, und sie fiel ins feuchte Gras. Den Schmerz spürte sie erst, als sie wieder den Fuß in die Bresche schob, die ihm nicht ausreichend Halt bot, Mörtel rieselte heraus, sie bohrte mit der Schuhspitze nach, und endlich konnte sie sich abstoßen, das linke Bein auf den Mauersims schwingen. Am Ellenbogen hatte sie eine Schürfwunde, ein stechender Schmerz, der sich zwischen den Rippen hindurch bis in die Lunge hinein fortsetzte, nahm ihr fast den Atem, er packte sie, raffte beinahe wohltuend zusammen, was die letzten Monate verstreut gewesen war, vage Schrecken und Hoffnungen und Enttäuschungen, die in einem weitmaschigen Netz hängenblieben. Es war zu weitmaschig, die Agentur, ihre Ehe, ihre Zeichnungen, London, Alistair und Jim, die Geräusche aus der Nachbarwohnung. Es kam ihr vor, als müßte sie noch einmal von vorne anfangen, und die Zeichnungen waren ihre einzige Spur. Sie kniete sich hin, stützte sich mit den Händen ab, blickte zurück auf das Haus, in dem sie wohnte, und dachte an das, was Andras ihr in seiner letzten Mail geschrieben hatte. *Das Mädchen mit dem roten Mantel erinnert mich an diesen Film,* Wenn die Gondeln Trauer tragen. *Es hat etwas Gemeines an sich, als wäre die Kindheit nur ein Versteck, aus dem man den anderen auflauert.* Der Schmerz ebbte ab und wurde diffus, sosehr sie ihn festzuhalten versuchte. Da lag das Mädchen, zusammengekrümmt. Es trug eine Art Trainingshose, darüber ein nicht sehr sauberes T-Shirt, das zu klein war. Isabelle betrachtete den Streifen Kinderfleisch ohne Freundlichkeit. Der Garten war übersät von Müll, altem Spielzeug, auf der Terrasse standen Bierflaschen und Küchengerät, eine Pfanne, einen Putzeimer entdeckte sie. Auswurf, Tüten voller Müll, und das Kind stellte sich tot wie ein Tier, der Stock lag noch neben ihm im Gras. Es hörte nicht auf zu nieseln, sie fröstelte. – Steh endlich auf! Hatte sie laut gerufen? Jedenfalls drehte das Mädchen den Kopf zur Seite und beobachtete sie, hielt jede Bewegung, jede Einzelheit in Isabelles Gesicht mit ihren Augen fest, angespannt, konzentriert. Mit einem Satz sprang Isabelle hinunter, wütend, denn sie wußte nicht, wie sie wieder auf die Mauer und zurück in ihren Garten gelangen würde. Was für eine Idiotie, dachte sie widerwillig, zögerte, dann beugte sie sich endlich zu dem Mädchen, packte es an den Schultern und richtete es auf. –Steh endlich auf! Das T-Shirt war feucht, sie zog ihre Strickjacke aus, die am Ellenbogen zerrissen war, und wickelte sie um das Kind. Und weiter? Das Mädchen ließ die Augen nicht von ihr, Isabelle hielt es noch immer an den Schultern, versuchte, dem insistierenden Blick auszuweichen, es war ein Kampf, der unentschieden endete. Es war ein Kampf. –Wie heißt du? fragte Isabelle unfreundlich, und während sie auf die Antwort wartete, kam von dem Baum die Katze, mißtrauisch noch, jeden Schritt in der Luft verzögernd, setzte sich vor die beiden. –Polly, sagte Sara. Sara, sagte sie dann und ließ die Augen nicht von Isabelle, klammerte sich daran fest, als müßte sie sonst untergehen. Der Garten, in dem trotz allem frisches Gras wuchs, in dem sogar eine Rose geduldig ein Stück Mauer entlangkletterte, diente als Gefängnis. Von hier aus war die Mauer höher, die Erde anscheinend tiefer eingesunken oder nie aufgeschüttet worden, und Isabelle hatte sich in diese lächerliche Lage selbst gebracht, würde Müll zusammensuchen müssen, um sich auf die Mauer zu hieven, oder durch die fremde Wohnung gewalttätiger, unbekannter Nachbarn auf die Straße gehen und dann ohne Schlüssel vor dem eigenen Haus stehen. Da saß die Katze, aufmerksam, abwartend. Sie bewegte sich nicht, das Kind zitterte, und Isabelles Hand erstarrte, sie fühlte, wie ihr Gesicht hart wurde, aber es gab keinen Ausweg, und sie drehte sich zu dem Kind, um seinen Blick zu erwidern. Sie fühlte sich, als wäre der Abstand zwischen ihnen ausgelöscht, als schmeckte sie in ihrem eigenen Mund den bitteren, sauren Geschmack von Erbrochenem, in ihrem Hirn Angst und Schuld. Die Katze gab einen Laut von sich, klagend, aus ihrer Nase rann ein bißchen Blut, sie nieste. Was mache ich hier? dachte Isabelle. Unsanft faßte sie Sara wieder an der Schulter, drehte sich zum Haus zurück. Jakob war nicht da. Jim, dachte sie, aber sie wußte nicht, wo er wohnte, in der Nummer 43 schon oder weiter

unten. Dem Kind sagen, es solle Jim rufen, dachte sie. Sie trat einen Schritt zurück, um das Gesicht genauer zu mustern, die etwas stumpfe Nase, die hohe Stirn, aschblonde, strähnige Haare. Der Mund mit den dünnen Lippen öffnete sich, es kam aber nichts heraus, dann, nachdem Isabelle sie geschüttelt hatte, kniete sich Sara in das feuchte Gras, kniete ungeschickt und stieß etwas wie einen Ruf aus, unverständlich, und einen zweiten. Lächerlich zu glauben, daß diese dünne Stimme über die Gartenmauern reichen könnte, eine Stimme, die kaum etwas Kindliches hatte, eigentlich auch nichts Menschliches, genausogut konnte man von der Katze erwarten, daß sie zu sprechen anfing, und Isabelle bückte sich zu Polly, hob sie auf. Das Tier schmiegte sich in ihre Arme, warm und zutraulich. Jede zärtliche Bewegung Isabelles übertrug sich wie in einer logischen Umkehrung auf Sara, die immer noch kniete, zitterte, jedesmal zitterte, wenn Isabelles Hand durch Pollys Fell fuhr, als würde sie von elektrischen Stößen getroffen. –Aber ich will dir helfen, sagte Isabelle ärgerlich. Sara fing an zu weinen, Isabelle beobachtete sie verblüfft, ein lautloses, stoßhaftes Weinen. Vorsichtig setzte Isabelle Polly ab, schaute sich um. Auf der Terrasse stand ein umgestürzter Tisch, die Beine ragten waagrecht ins Leere. Der verwahrloste Garten diente nur dazu auszusortieren, was man nicht länger brauchte, was kaputt war. Eine Amsel landete auf der Mauer, schüttelte das Gefieder, tirilierte. Von irgendwoher roch es nach Fäulnis. Ein paar Meter entfernt wartete ihr Arbeitszimmer, ihr Computer, ihre schöne, saubere Wohnung. Das Kind weinte, die Katze strich an ihren Beinen entlang, schnurrend. –Was hast du mit ihr gemacht? fragte Isabelle. Sie ist verletzt.
Aber anscheinend war es nur eine Platzwunde, das Blut trocknete schon. –Nun komm schon, es ist nicht so schlimm, sagte Isabelle ungeduldig. Sie nahm die Terrasse, den Garten noch einmal in Augenschein. Es könnte überall

sein, dachte sie, in Bosnien, in Bagdad, es war immer die Gegenseite ihres eigenen Lebens. Als wäre das Maß Leid festgesetzt, nur die Verteilung offen. Schüchtern richtete Sara sich aus der Hocke auf, streckte ihre Hand nach Polly aus, um sie zu streicheln, aber die Katze sprang mit einem Satz zur Seite. –Du hast sie geschlagen, sagte Isabelle kalt, was erwartest du? Das Mädchen hob den Kopf, sah Isabelle an, ihre Augen waren jetzt grau, herausfordernd, –es ist meine Katze, sagte sie trotzig. Sie stand auf, sie stellte sich dicht vor Isabelle, schuldbeladen, bereit, sich zu verteidigen, zwiespältig, dachte Isabelle und fühlte sich herausgefordert, abgestoßen. Zielstrebig wandte sie sich der Mauer zu, die Amsel flog auf, Sara und die Katze wichen nicht von ihrer Seite. Es wäre ein leichtes, dem Kind heraufzuhelfen, und da war das Mädchen schon, dicht neben ihr, atmend, säuerlich riechend, beide Arme nach oben gereckt. Aber Isabelle hob die Katze auf, setzte das Tier oben ab und fing an, nach Halt für sich selbst zu suchen, nach einer Lücke oder einem Vorsprung für ihre Füße, und da die Mauer auf dieser Seite mangelhafter gebaut oder nie ausgebessert worden war, fand sie, wonach sie suchte, rutschte mit den Händen wiederholt von den nassen Ziegeln ab, stützte sich schließlich an dem Baumstamm ab. Der Stoff ihrer Bluse zerriß. Oben, auf dem Mauersims sitzend, schaute sie nach dem Mädchen. Es unternahm keinen Versuch, ihr zu folgen. Mit sprachlosem Entsetzen starrte es Isabelle an, alles Kindliche war aus seinem Gesicht verschwunden, es gab nur noch Ausweglosigkeit und Leid darin; Isabelle mußte lachen. Ein paar Worte würden genügen, Sara zu beschwichtigen, sie könnte ihr die Hand entgegenstrecken und sie ebenfalls hinaufziehen, zu der Katze, die schnurrte, was für ein albernes Schauspiel, dachte Isabelle, wie idiotisch, sich einzumischen. Entschlossen sprang sie in ihren eigenen Garten hinunter, faßte mit beiden Händen die Katze und setzte sie in das

Gras, das hier frischer aussah und angenehm roch. Die Tür zu ihrem Wohn- und Arbeitszimmer stand offen, ihr Leben, von außen betrachtet, wirkte geordnet und einladend, unberührt, dem Anschein nach, wie ein Geburtstagspäckchen, das auszupacken man noch keine Lust verspürt hatte. Es lag aber bereit. Die Katze rieb ihren Kopf an Isabelles Wade, miaute. Man könnte, fuhr es Isabelle durch den Kopf, sie genauso wieder auf die Mauer heben, auf die Seite hinunterstoßen. Alles war zweideutig. Hatte sie dem Mädchen geholfen, wie es ihre Absicht gewesen war? Später würde sie durch die zu dünnen Wände den Geräuschen aus der benachbarten Wohnung lauschen und wissen, was dort geschah, beinahe so, als wäre sie beteiligt. Sie war sich sicher, daß Sara alleine nicht wieder in die Wohnung kommen würde, die Tür war geschlossen gewesen und hatte bestimmt ein Schnappschloß. Zwei oder drei Stunden, dachte Isabelle, bis Saras Eltern nach Hause kamen. Bis Jakob aus dem Büro kam. Sie hob die Katze auf, das plumpe Ding, das sich schwer machte, unsicher, was als nächstes geschehen würde, nachdem sie gerade erst in einen fremden Garten geschwebt war. Zurücksetzen, auf die andere Seite – was hatte sie nur gemacht, fragte sich Isabelle. Das Tier schien ihre Gedanken mühelos zu lesen, wenn auch die Anspannung fast unmerklich war, eine winzige Verschiebung der Beine und des Kopfes, es bereitete sich darauf vor, fallengelassen zu werden. Dann erschlaffte der warme Körper wieder, als sei Polly zu dem Schluß gekommen, sie müsse eine derartige Behandlung doch nicht fürchten, sie machte es sich bequem, mit leisem Maunzen, ein Bild von einer Katze, dachte Isabelle, als sie sich beide in der Glastür spiegeln sah, während sie die zwei Stufen heraufstieg.

Mit dem Fuß stieß sie die angelehnte Terrassentür auf und setzte Polly im Wohnzimmer ab. Es war aber offenkundig, daß sich das Tier unwohl fühlte, sich nur setzte, weil die

Tür sogleich geschlossen wurde, betäubt vielleicht von den veränderten Gerüchen und Bewegungen, und hätte es sich äußern können, würde es sich wohl an die Seite des Mädchens gewünscht haben, das hinter der Mauer heulen oder kotzen mochte, an der verschlossenen Tür rütteln, eine Strafe fürchtend oder die Dämmerung. Daß das Telefon klingelte, war Isabelle willkommen, ebenso Peters Stimme, die nüchtern von einer weiteren Anfrage berichtete – ein Hörbuchverlag wünschte ein Cover, originell und nicht zu teuer, –das ewige alte Lied, sagte Peter, und er sei mit dem Umzug, Andras mit seiner Reise nach Budapest beschäftigt. Also bist du dran, sagte er, bis Andras zurückkommt, mußt du mir helfen, László versucht ihn zum Bleiben zu überreden, aber er wird keinen Erfolg haben. Peters müde Stimme war weder freundlich noch unfreundlich, und er fragte nicht, wie es ihr ging. Polly maunzte, folgte Isabelle die Treppen hinauf in die Küche, beroch das Schüsselchen Milch, das für sie auf den Boden gestellt, verfolgte, wie in einem zweiten Schälchen ein Stück kaltes Fleisch zerkleinert wurde. Es machte Isabelle Spaß, die Katze zu füttern, und als sie an Sara dachte, die jetzt vermutlich heulend im Garten hockte, aber immerhin eine Katze hatte, schien sie ihr ein vergleichsweise glückliches Kind. Gesättigt machte Polly einen Rundgang, lief wie ein Geheimpolizist die Treppe hinauf, die letzten beiden Zimmer zu kontrollieren. Das Schlafzimmer, Jakobs Arbeitszimmer, das er jedoch nie benutzte. Die Kanzlei war wie eine Obsession, die keine Nachfrage duldete. Isabelle wollte allerdings auch nicht erklären müssen, wie sie ihre Tage verbrachte; ihrer beider Schweigen war wie eine Anzahlung, dachte Isabelle, man würde sehen, worauf. Sie ließ die Katze oben, ging selber ins Erdgeschoß, öffnete eines der Fenster zur Straße, es dämmerte schon, der Himmel hatte sich mit dichteren Wolken bezogen, kühler Wind wehte in Böen. Auf der Straße ging ein dicker Mann mit einem riesigen Turban vorbei, zwei Kinder in Schuluniform liefen so gesetzt wie ältere Damen. Jeden Moment könnte Jakob die Straße heraufkommen und sie sehen, winken. Polly sprang auf die Fensterbank und erschreckte sie, Isabelle griff sie sicher mit beiden Händen, hielt sie aus dem Fenster. Die Katze wand sich, versuchte sich zu befreien. Isabelle ließ sie los. Das Tier schien verwundert, knickte kurz ein, vielleicht war es zu alt, um springen zu können, doch dann richtete es sich auf, zwängte sich durch die Gitterstäbe des Törchens und verschwand unter einem geparkten Auto.

In der Küche standen drei Flaschen Rotwein, die eine noch halb voll; Jakob hatte Sushi mitgebracht, Alistair war eine halbe Stunde später gekommen, sie hatten nur wenig gegessen, am meisten trank Isabelle. Alistair hob sie in die Luft und wirbelte sie herum. –Wie handlich deine Frau ist! Und ihr war übel gewesen, aber das war vergangen. Jakob trank auf ihre Gesundheit, sie leerte ihr Glas, Alistair schenkte sogleich nach. Beide waren aufgestanden, traten zu ihr, aufgerichtet, erwartungsvoll, Jakob wandte den Kopf zu Alistair, über sich hinweg spürte sie die Blicke, spürte am Rücken die Hände, Jakobs Hand, die über ihr Haar, ihre Stirn, vor ihre Augen glitt, sie im Scherz zuhielt, eine andere Hand tastete nach ihrem Po, streichelte die Pobacken, fuhr mit dem Finger den Spalt entlang, soweit es die Stoffhose zuließ, und sie wartete, daß die Hand wieder hinaufglitt, den Bund suchte und sich hinein- und vorwagte, sie hörte sich aufseufzen, als Finger an den Knöpfen, an dem Reißverschluß nestelten, ihr Mund öffnete sich, es mußte Alistair sein, der sie um die eigene Achse drehte, schwindelig war ihr nicht, sie war hellwach, jemand schob ihr sachte den Daumen in den Mund, die Augen mußte sie jetzt selber schließen, jemandes Atem traf ihr Ohr, blies sanft hinein, das mußte Jakob sein, ein Blick von ihr würde alle drei aufhalten, noch war es zu früh, in ein paar Minuten könnte sie die Augen öffnen. Sie hielt den Atem an, eine Zunge, es mußte Jakobs Zunge sein, liebkoste ihre Ohrmuschel, und wenn es Jakob war, kniete Alistair vor ihr, umfaßte ihre Beine, steckte den Kopf zwischen ihre Oberschenkel, und sie hörte etwas, spürte nahe eine Bewegung, vielleicht Jakobs Hand, die Alistairs Haar, seinen Nacken streichelte, und gleich würde sie die beiden nackten Männer sehen, sie müßten sich endlich ausziehen, dachte Isabelle ungeduldig, Jakob, der Alistair umschlang, der sie in den Armen hielt. Aber keine Hand berührte ihre Brüste, die Zunge zog sich aus ihrem Ohr zurück, eine Hand kraulte sie bloß am Nacken, es kitzelte und war nicht länger angenehm, einer von ihnen verdarb alles, verriet alles. Noch wollte sie es nicht glauben, sie preßte die Augenlider zu, streckte sich, als könnte sie ihren Körper noch einmal anbieten, spürte die Lust verebben, faßte im Reflex nach ihrem Slip, an dem eine Hand zog, nicht zärtlich, sondern unwirsch, es mußte Alistair sein, sie berührte seine Hand, wie ein Stoß traf sie sein Zorn, Fingernägel bohrten sich in ihren Arm, er zwang ihre Hand in den Slip und tiefer, bis ihre Finger die noch feuchte Scham berührten und sie den Griff und seine Wut vergaß, zärtlich nach der weichen Haut tastete, etwas, das dünn und unendlich alt schien, das nicht sie selbst, sondern eine alte Frau war, ein Körper, der nicht mehr Lust, sondern Mitleid hervorrief. Ihre Hand wurde weggezogen, Jakob, dachte sie, der alles beendete. Er lieferte sie der Beschämung aus, sie spürte Alistairs Befremden und war machtlos dagegen. Jakob hob sie hoch, er nahm sie auf seine Arme, trug sie, alleine konnte sie tatsächlich nicht laufen, die Treppen hinauf und ins Schlafzimmer, legte sie aufs Bett, deckte sie zu, er zog sie nicht aus. Ihre Hand ruhte noch immer über ihrer Scham, die Augen hatte sie nicht geöffnet. Schritte hörte sie, leise Stimmen, die beiden waren noch da, viel-

leicht küßten sie sich, und Isabelle lag da, spürte die Demütigung Teil ihres Körpers werden.
Später übergab sie sich. Ein bißchen Selbstbeherrschung, und man schafft es immer ins Badezimmer, hatte ihre Mutter ihr vorgehalten, und so war es. Jakob würde es nicht erfahren, nicht, weil er so fest schlief, sondern weil er sich unten, in Isabelles Arbeitszimmer, hingelegt hatte. Am Morgen allerdings kam er noch einmal herauf, kniete neben dem Bett, streichelte sie, die scheinbar schlief, denn sie stellte sich schlafend, damit er glauben konnte, es wäre nichts geschehen. Und das war die Schlinge, die sie selbst sich um den Hals legte. Sie hätte die Hand nach ihm ausstrecken und ihn an sich ziehen, mit ihm schlafen sollen, um sich zu versöhnen. Als er gegangen war, lag sie still da und lauschte dem Regen, durch die geschlossenen Fenster spürte man, daß es kühl geworden war. Gegen elf Uhr allerdings schien die Sonne, Isabelle trug die zwei leeren und die halbvolle Flasche zu den Mülltonnen, kühl war es noch immer. Daß ein Auto vor dem Nachbarhaus hielt, registrierte sie erst, als die Beifahrertür zuschlug, der vierschrötige Mann auf die Haustür zustapfte, sie wortlos musterte, als eine blonde Frau hinten ausstieg, etwas rief, die Stimme klang heiser. Sie trug grüne Trainingshosen und ein rosa Sweatshirt, vermutlich war sie hübsch gewesen früher, vermutlich war sie kaum älter als Isabelle. Der Mann kam noch einmal vor die Tür, zog wütend den Schlüssel aus dem Schloß. –Warum kann dieses verdammte Gör nicht mal die Tür aufmachen?
–Du und dein fetter Arsch, erwiderte die Frau; dann schlug die Tür zu.
Die Straße, noch feucht, glänzte wie frisch gewaschen, Isabelle hatte nicht geduscht, sie trug die Kleider vom Vortag. Irgendwann war Alistair gegangen, war sicherlich, wie Jakob, längst im Büro, mit anderem beschäftigt, das nicht neu war, aber nichts war neu, und war das nicht gut so,

war es nicht das, was sie gewollt hatten? Sie sehnte sich plötzlich nach Berlin. Die Demütigung des vergangenen Tages blieb, und sosehr sie sich auch bemühte, nicht daran zu denken, fragte sie sich doch, ob Saras Eltern erst jetzt, nicht gestern abend, zurückgekommen waren.

Die Straßen waren nicht dunkler als die in Berlin, doch brannte in kaum einem der Fenster Licht, und die Straßenschilder in Sanskrit verunsicherten sie. In jedem Haus konnten Flüchtlinge, versklavte Arbeiterinnen versteckt sein. Männer musterten sie, Halbwüchsige sprachen sie an, um sie in eines der unzähligen indischen oder bengalischen Restaurants zu locken. Es war nicht ihr erster Ausflug ins Eastend, aber der erste, den sie alleine unternahm. Sie war durch zwei langweilige Kleiderläden (weite, bestickte Kittel, Kapuzenjacken, Stiefel in grellen Farben) geschlendert, hatte einen kleinen Mörser aus Holz in einem indischen Supermarkt gekauft, von außen Buchläden, Schaufenster voller Kassetten und CDs angestarrt und sich gefragt, was an den teils renovierten, teils verfallenden, beinahe dörflichen Häusern die Berühmtheit des Stadtviertels rechtfertige. Es war öde hier und etwas feindselig. Ein hünenhafter Mann folgte ihr hartnäckig, sie suchte schließlich Zuflucht in einem der beiden Bagel-Shops auf der Brick Lane, stand an der verspiegelten Wand gegenüber der Theke, aß einen Bagel, trank zwei Becher sehr heißen, starken Tee, und der Hüne beobachtete sie von draußen so sehnsüchtig, daß sie kurz davor war, ihn hereinzubitten und zu einem Becher Tee einzuladen. Die Frau, die zwischen Würstchen, einem riesigen Stück Braten und der Kasse blitzschnell hantierte, musterte sie aus den Augenwinkeln. –Der geht wieder, keine Sorge. Es geht überhaupt alles am Ende. Isabelle nickte, unsicher, ob sie richtig verstanden hatte. –Deiner ist er ja wohl nicht, ich meine, dein Freund? Sie schnitt eine Scheibe Fleisch ab, zerteilte sie. –Am besten man macht es so, zer-

teilt sie in kleine Stückchen, statt alles auf einmal zu nehmen. Ehemann, Liebhaber, Freund, Vertrauter. Ist für alle besser so, und du siehst aus, als hätten die Hühner dir das Brot weggefressen. Zögernd stellte Isabelle sich näher an die Theke. –Wir sind erst seit ein paar Monaten hier.
–Na, so klingt das auch. Aus Deutschland, wie?
–Aus Berlin.
–Hör zu, ich hab' eine Tochter in deinem Alter, auch hübsch, und bestimmt ein gutes Mädchen. Und auch so ein Pflänzchen-rühr-mich-nicht-an, alles immer nur ein bißchen auf Abstand. Bloß gegen den Krieg war sie den halben Tag unterwegs gewesen, das schon, weil es im Grunde eine Art Prinzip ist, nicht wahr? Schau dich an, Mum, sagt sie, von dem ersten Mann verprügelt, vom zweiten verlassen, und die ganzen Jahre hier geschuftet. Schau dich an, Mum. Klar, sage ich ihr. Aber ich habe die beiden Kerle geliebt, auch wenn sie nicht viel getaugt haben. Dem einen bin ich heulend hinterhergerannt, na und? Und ich hab' dich, sage ich ihr. Du willst dir mein Unglück ersparen? Gut und schön. Aber was hast du dann am Ende gehabt?
–Sie kann doch noch Kinder bekommen, wenn sie so alt ist wie ich.
–Wird sie aber nicht, und wenn, dann wird nicht einmal das was ändern. Ich sage es dir nur, weil du mich an sie erinnerst. Auch nicht glücklich. Und irgendwo braut sich was zusammen. Wäre mir egal. Nur denke ich, es wird etwas Unglückliches sein.
Isabelle schaute auf die Straße, sie war leer. –Will mich nicht einmischen, sagte die Frau, dein Galan hat sich jedenfalls verzogen. Die Frau nickte abschließend, als wäre es jetzt genug Tee, genug Wärme an einem kühlen Tag im Juni, zuviel geredet, verschwand in den hinteren Teil des Ladens, wo, auf riesigen Blechen übereinandergestapelt, Bagel darauf warteten, in den Ofen geschoben zu werden.

Den kleinen Mörser vergaß Isabelle, nach fünfhundert Metern wollte sie nicht mehr umkehren. Flush Street, Plumbers Row, sie lief weite Schleifen, hier war noch eine Galerie, dort eine kleine Druckerei, zwei junge Frauen in Röckchen, die kaum den Schritt bedeckten, kamen ihr entgegen, wichen nicht aus, drängten sie vom Bürgersteig; dann hatte sie in den Seitenstraßen die Orientierung ganz verloren, steuerte eine Telefonzelle an, wählte die Nummer vom Büro, Jakob war mit Bentham spazieren, sagte ihr Maude, Alistair aber zur Stelle, und er beschrieb ihr ein Restaurant in Plumbers Row, wo sie alle drei sich in einer Stunde treffen könnten. –Geh einfach zurück zur White Chapel Gallery und laß dir den Weg erklären. Oder soll ich dich dort abholen?

Aber es war Jakob, den sie als ersten sah, und sie rannte auf ihn zu, als hätte er sie erlöst, als wäre er doch der Ritter, der sie großmütig beschützen würde. Er schloß sie in die Arme und führte sie auf dem kürzesten Weg zu *Bengal's Secret*, wo Alistair schon in der Schlange stand, –so ist es hier immer, rief er ihnen zu, aber es lohnt sich, ihr werdet sehen. Und so füllte sich, als sie einen Platz zugewiesen bekamen, der Tisch mit dem, was Alistair bestellt hatte, Fleisch und Gemüse und Reis, immer neue Kannen mit Wasser wurden ihnen gebracht, –London zehrt, erklärte Alistair ernsthaft, ihr eßt viel zu wenig. –Und dann gehen wir etwas trinken, sagte Jakob, er schien sehr gut gelaunt, aber Alistair fuhr sich oft und öfter durchs Haar, war blaß und sagte, daß er schleunigst nach Hause müsse, umarmte sie beide und war davon, während Jakob und Isabelle sich noch einmal verliefen, Hand in Hand durch die Straßen irrten, bis sie ein Taxi anhalten konnten.

Am nächsten Morgen erwachte Isabelle beruhigt und heiter. Ein Tag löschte den nächsten aus, dachte sie, und in der Nachbarwohnung blieb es still. Aber das Vergessen hatte seinen Widerpart und Gegner; Polly tauchte, wann immer Isabelle ans Fenster oder vor die Tür trat, auf der Straße auf. Einmal sprang sie auf die Fensterbank im Erdgeschoß, miaute, bis Isabelle auf sie aufmerksam wurde, und verschwand wieder.

Ein paar Tage lang arbeitete Isabelle fast ohne Unterlaß, ging nur zum Einkaufen hinaus, telefonierte mit Peter, mit der Lektorin des Kinderbuchverlags, mit den jungen Leuten, die den Hörbuchverlag aufmachten und von ihrem Entwurf begeistert waren. Auch mit Andras sprach sie, er war aus Budapest zurückgekehrt, mißmutig, als wäre eine Niederlage, was seine eigene Entscheidung war. Isabelle hörte seiner Stimme an, daß sein Mißmut noch andere Gründe hatte, mochte aber nicht danach fragen, als würde seine Antwort einen sicheren Rückzug für sie selbst abschneiden. Andras war weniger zurückhaltend. –Was ist eigentlich mit dir los? Wo ist deine nette, helle Schulranzenstimme geblieben? Veränderst du dich womöglich?

Daß es ihr gutginge, beharrte Isabelle, und das war die Wahrheit, aber Andras hatte trotzdem recht. Sie veränderte sich. Sie wußte nicht, wie und was es bedeutete. –Du klingst, als fändest du dein bisheriges Leben recht eintönig, beharrte Andras, und Jakob, was ist mit Jakob? fragte er, doch sie wußte keine Antwort.

Jakob kam gegen neun nach Hause, sie aßen zu Abend, und er ging früh zu Bett. Er fragte nicht, warum sie auf einmal so häuslich war. Vielleicht gefiel es ihm. Sie umarmten sich liebevoll, dabei blieb es. Und da war Polly. Als Isabelle, es ging schon auf Mitternacht zu, aufstand und sich in ihr Arbeitszimmer setzte, hörte sie von draußen eine Stimme rufen und rufen, –Sara, Sara, wo bist du? Dann war es wieder still. Eine halbe Stunde später sprang Polly triumphierend auf die Fensterbank. Heftig stieß Isabelle sie herunter.

Tags darauf, sie war mit der U-Bahn von Camden Town gekommen, stand vor dem Ausgang der Kentish Town Station Jim, als habe er auf sie gewartet. –Da bist du ja, sagte er und grinste sie an.

30

Es geht alles nach Plan, sagte er sich, aber das war Unsinn, eines nach dem anderen ging schief. Er hatte wahrhaftig einen Brief erhalten, ordentlich in einem Umschlag an ihn adressiert, mit ein paar Rechnungen und Reklameheften durch den Schlitz in der Tür geschoben, und zufällig lag er obenauf. Sein Name. Damian hatte ihm einen Brief geschrieben, nach mehr als einem Jahr, wie umsichtig, dachte Jim höhnisch, als er den Absender entziffert hatte. Damian also. Nur sein Name, keine Adresse. Die andere Post lag in einem Karton in der Küche, Rechnungen, die von irgendwo abgebucht wurden, Rechnungen, die Jim bezahlt hatte, und jetzt der Umschlag mit Jims Namen, in großen Druckbuchstaben, damit es garantiert jeder lesen kann, dachte Jim aufgebracht und ließ den Brief liegen. Aber am nächsten Tag öffnete er ihn doch, nestelte das Blatt aus dem Umschlag, das war Damian, der ihn dazu zwingen konnte, den Umschlag zu öffnen und diese vier Zeilen zu lesen, als hinge wer weiß was davon ab. Daß es ihm ausgezeichnet gehe, daß er deswegen viel länger, Monate länger, geblieben sei als geplant. Aber wo? fragte sich Jim und drehte Blatt und Bogen. Jetzt würde er allerdings zurückkommen, *also hoffe ich, mein Alter, daß Du eine andere Unterkunft findest. In drei Wochen bin ich zurück.*

Es war ein Rausschmiß, nicht mehr und nichts anderes, Jim zerriß den Brief in Schnipsel, trat gegen das Sofa. Das war es. Und er wußte nicht, wohin. Leutselig, ekelhaft. Weil Damian Geld hatte, weil er seine Eltern hatte, die das

Geld hatten, und er, Jim, mußte dankbar sein für all die Monate, die er hier gewohnt hatte, ohne einen Cent zu bezahlen. Er schaute sich um, es war ziemlich aufgeräumt, so, wie es Mae gefallen hätte, und eines Tages, hatte er gedacht, würde er sie hierherbringen und sagen, dies ist dein Zuhause. Eine nette kleine Wohnung in einer netten kleinen Straße. Ein Zuhause. Eines Tages, hatte er gedacht, würde er sie finden. Ihre Vermißten-Poster waren längst durch andere ersetzt, mit anderen Gesichtern und anderen Namen, und nur einmal hatte Jim zwei Verrückte davorstehen sehen, die irgend etwas vor sich hinbrabbelten.
Er war in das Pub auf der Holloway Road gegangen, aber die braunhaarige Kellnerin war nicht dagewesen, und dann hatte er ein Mädchen aufgelesen, aber bevor sie in die Lady Margaret Road eingebogen waren, hatte er ihr einen Geldschein in die Hand gedrückt und sie weggeschickt. Er dachte, daß er verrückt werden würde, wenn er nicht bald mit einer Frau schlief, aber gleichzeitig ekelte ihn der Gedanke daran. Dave war zwei Nächte bei ihm geblieben, nach einer Prügelei mit seinem Vater, das war die einzige Abwechslung gewesen, obwohl Dave ihm die Ohren vollgejammert hatte, daß seine Schwester eine ganze Nacht im Garten verbracht habe, daß ihr Vater ihn rausschmeißen wolle, endgültig, weil Dave gedroht habe, in der Schule zu sagen, daß seine Schwester nicht in die Schule gehe, und wer den Ärger bekommen würde, – wie ich ihn hasse, hatte Dave gesagt und angefangen zu weinen, nicht wie ein Kind, sondern wie ein Erwachsener. Ein stilles, erwachsenes Weinen. Dave bettelte ihn an, er solle ihn mitnehmen, aber Jim hatte keine Lust, sich Ärger einzuhandeln. Er wollte ihn nicht zu Albert schicken. Er hatte Dave das Sofa überlassen, obwohl er selbst lieber auf dem Sofa als im Schlafzimmer, in dem Doppelbett, schlief. Einmal brachte Dave die Kleine mit zu *Pang's Garden*, sie aß langsam ihre Pommes und starrte ihn andächtig an, weil er ihr Pommes

kaufte, weil er ihr eine Cola kaufte. Weggehen, dachte er, als er sie sah, ein häßliches, kleines Ding mit hartnäckigen Augen. Sie beobachtete aufmerksam, wie aus der Luke über der Küche ein herausgeputztes Mädchen herunterkam, vergnügt und mit einer Schleife im Haar, die enge Treppe, eher eine Leiter, herunterbalancierte. Hishams Jungen fielen ihm ein, und er spuckte aus. Liefen aufgeputzt und vergnügt herum, während die beiden Kinder hier, richtige Engländer, abgerissen und verängstigt aussahen und ihn anstaunten wie den lieben Gott, weil er ihnen Pommes und eine Cola spendierte. Die Kleine nervte ihn, weil sie sich an seinem Gesicht förmlich festsaugte mit ihren Augen, und dann streckte sie ihm die Hand hin und sagte, –Danke, Sir. Hartnäckig sah sie aus, zutraulich, schuldbewußt. Dave wollte Sachen für ihn erledigen, sagte er, aber Jim weigerte sich. Sie gingen zu dritt zurück, als wären sie eine Familie, dachte Jim, das war es, was man denken mußte, wenn man sie sah, zu dritt nebeneinander. Er stellte sich vor, daß er mit Mae und mit zwei Kindern wohnte, daß sie aufs Land zogen, weil das hier kein Leben war. Und Damian kam zurück und jagte ihn aus der Wohnung.
Als es eines Mittags klingelte, griff Jim ein Messer und riß die Tür auf. Aber es war nicht Damian, es war Hisham, und Jim, erleichtert, aufgebracht, verlor die Fassung. –Woher hast du beschissener Bastard meine Adresse? Er tobte, Hisham ging an ihm vorbei ins Zimmer, ohne etwas zu sagen, und Jim griff einen Teller, warf nach ihm, schleuderte einen Stuhl mit solcher Kraft, daß Hisham Mühe hatte, auf den Beinen zu bleiben, und der Stuhl zerbrach. Es war Jim recht, er würde Damian eine Wüste hinterlassen, in seinem Kopf war etwas Klares, Helles, und Hisham bückte sich, um die Scherben aufzulesen, mit seinem ruhigen, irgendwie bekümmerten Gesicht, wie eine Krankenschwester, wenn der Patient sich die Schläuche aus den Armen zerrt, und Jim lachte, lachte. Hisham würde auch

noch helfen aufzuräumen, wenn Jim es nur zuließ, es stachelte ihn an, er trat gegen den Fernseher, den Hisham im letzten Moment festhielt, rannte in die Küche, riß die Schränke auf, alles, woran er sich gewöhnt hatte, so eine hübsche Küchenzeile, mit Bedacht von Damians Mutter ausgesucht, die jetzt irgendwo auf den Kanal-Inseln oder in der Schweiz ihren fetten Arsch auf den Polstern rekelte, immer eine Sonnenbrille im Gesicht, weil sie sich für ihren Sohn schämte, immer bereit zu bezahlen, damit man sie nur in Ruhe ließ, und Damian würde sie anrufen, etwas von Einbrechern faseln, die Polizei anrufen, und dann würde Mum die Renovierung bezahlen, ein neues Leben vielleicht, nicht wahr? Es gab immer ein neues Leben, man mußte nur von neuem anfangen, den Dreck wegräumen, von vorne beginnen, unverzagt, ein guter Mensch werden, ein gutes Leben führen, so wie Hisham, der aussah, als würde er gleich in Tränen ausbrechen vor Kummer, und wahrscheinlich betete er schon zu Allah, daß er Jim retten möge, da der verfickte Christengott sich um anderes zu kümmern hatte, etwa um die Schlachtopfer seines Konkurrenten, die auf ihren Beinstümpfen durch Bagdad oder New York wackelten. So war es gut. Irgendwo gab es eine Heimstatt für die Unglücklichen und Verfolgten, denn die Hand des Herrn wacht über euch. War das nicht so? Er wischte mit der Hand die Gläser aus dem Schrank und zertrat sie, mit nackten Füßen, weil es hell war, weil er etwas in Hishams Gesicht sah, das er nicht begriff und vor dem er Angst hatte, und da war es, was er fürchtete, dieses Fremde, das von ihm Besitz ergriff, ein Engel, der ihm die Flügel um die Schultern legte, der ihm die Augen verschloß, damit er nicht sah, was ihm widerfuhr. Sein Garten, der Garten mit dem Kirschbaum in der Mitte und der Mauer drum herum, wo Mae auf ihn wartete, weil sie leben wollte, weil sie beide auch ein Anrecht hatten auf ihr Leben. Sie lächelte ihm zu, zufrieden, gesund, sie breitete die Arme aus, nur drängte sich immer jemand dazwischen, jemand, der es ihnen nicht gönnte, daß sie lebten, daß sie glücklich waren. Sie hätte ihn nie aus eigenem Antrieb verlassen, und es war richtig, auf sie zu warten, sich nicht in die Irre führen zu lassen, nicht von Albert und nicht von Isabelle, die ihn mit ihren kindischen, tollen Augen aufforderte, sie zu küssen, denn so war es, sie bot sich ihm an, er müßte nur ein Wort sagen, schon hinge sie ihm am Hals. Mae liebte ihn. Es gab etwas Helles, es war nur eine Handbreit von ihm entfernt, er mußte nur danach greifen, bevor es zu spät war, bevor Damian ihn rausschmiß. Mit der linken Hand schwenkte er triumphierend die Pfanne, schnellte herum, denn Hisham war hinter ihm, fahl wie der andere Engel, der ihn nicht beschützte, sondern verriet, der Todesengel. Aber er würde es ihm austreiben, sich einzumischen. Jim fühlte, daß Mae in der Nähe war, nur einen winzigen Schritt entfernt, er versuchte sich zu konzentrieren, nur ein winziger Schritt, bis er bei ihr war, und in seinem Kopf splitterte etwas, während er ausholte, da war es, wie er es mit Mae kannte, hell, aber es zersplitterte, und er würde Hisham töten. Sie sahen sich an. Dann schlug Hisham die Augen nieder, drehte sich um, als wollte er nicht schuld, nicht Zeuge sein. Er bot Jim den Hinterkopf, verharrte, ohne sich zu schützen. Fing leise an zu reden, zu leise, als daß Jim ihn hätte verstehen können. –Scheißkerl, sagte Jim. Jetzt war es weder hell noch dunkel. Nur die Küche, die Scherben, Jims Füße, die bluteten. –Scheißkerl. Einen Moment war es still. Als wäre die Luft mit etwas vermischt, dachte Jim, vollgestopft mit etwas, das einen nicht atmen ließ. –Besser so als anders, sagte Hisham langsam. Schau dir das an. Er zog eine Schublade, eine zweite auf, suchte etwas, fand es nicht. –Mein Gott, sagte er zu Jim, jetzt hol wenigstens Klopapier.

Töricht gehorchte er, verstand nicht, was Hisham wollte, der sich bückte, ihm die Füße vorsichtig abtupfte, seinen

Fuß anfaßte. –Das geht so nicht, du mußt dich hinsetzen, am besten aufs Sofa. Seine Stimme hatte jeden Ausdruck verloren. Sie gingen ins Wohnzimmer. Nichts, dachte Jim, war zerstört, am Ende blieb alles heil. Er betrachtete seine blutenden Füße, die Hisham vorsichtig hochhob, auf ein Kissen legte, bevor er sich wieder daranmachte, sie abzutupfen. –Was hast du mit Albert? fragte Jim. –Nichts, sagte Hisham. Geld. Ich brauchte Geld, er wußte, daß ich ein paar Adressen habe. Er hat mich erpreßt. Hisham blickte auf. –Wenn du Geld brauchst für deine Familie, setzte er an, zuckte mit den Achseln. –Ich habe keine Familie, sagte Jim trotzig, zog die Füße weg. Woher hast du meine Adresse?
Hisham warf das blutige Klopapier auf den Tisch. –Was glaubst du? Daß es schwer ist, dich ausfindig zu machen, dich oder deine Freundin zu finden?
–Ich habe dich nicht um Hilfe gebeten. Ich habe dich nicht gebeten, das Kindermädchen zu spielen.
–Halt die Klappe. Hisham stand auf. –Wenn ich gewußt hätte, was dabei rauskommt, hätte ich es bestimmt nicht getan.
Jim ließ sich zurückfallen, verschränkte die Arme hinter dem Kopf, versuchte, gleichmütig auszusehen. Er hatte Angst. Es gab keine guten Nachrichten, nicht für ihn, und Hisham würde nicht ihr Überbringer sein.
–Zwei Brüder meiner Frau sind verschwunden, kapierst du? Ich weiß, was das heißt, wenn man jemanden sucht und nicht einmal weiß, ob er noch lebt.
–Was geht mich das an? Steckst du deswegen deine Nase in meine Angelegenheiten? Jims Blick wanderte durch das Zimmer. Da lag der Stuhl, da die Hälfte des Tellers. –Was ist hier eigentlich los? murmelte er. Die letzte halbe Stunde, seit er Hisham die Tür geöffnet hatte, verschwamm, löste sich auf wie Rauch, in dieser Luft, die zu dicht war, zu voll von etwas, das er nicht begriff. Was ist das, dachte er, es ist

wie ein Schmerz, warum will Hisham mir weh tun? –Laß, sagte er, du mußt mir nichts erzählen.
–Ich habe sie gefunden, sagte Hisham ruhig, ich habe Mae gefunden. Mae.
–Laß, wiederholte Jim, aber es war zu spät, er richtete sich auf, folgsam wie ein Kind, legte die Hände auf die Knie, spürte, wie die Schnittwunden pochten, und der Teppich würde voller Flecken sein. Es ist nichts, dachte er. Sein Kopf war leer. Isabelle fiel ihm ein, wie sie vor ihm stand und auf etwas wartete. Vielleicht konnte Hisham ihm helfen, ein Zimmer zu finden, bestimmt hatte er ein Auto, er könnte ihn hier abholen und ihm helfen umzuziehen, ein Zimmer zu finden, außerhalb von London vielleicht, in irgendeinem Vorort. Jetzt ging Hisham, als wäre es seine Wohnung und Jim sein Gast, in die Küche, öffnete den Kühlschrank, kam mit zwei Bierflaschen zurück, brüderlich, hilfsbereit, streckte ihm ein Bier hin, und Jim nahm es, trank in großen Schlucken.

Als er aufwachte, wurde es gerade hell. Er lag auf dem Sofa unter einer Decke, die Schuhe standen einer neben dem anderen ordentlich davor, das Zimmer war aufgeräumt. Auf dem Tisch stand ein Glas Wasser, er wußte nicht, wozu. Neben dem Glas lag ein Briefumschlag. Er nahm das Glas, roch daran, es roch nach nichts, anscheinend war es wirklich nur Wasser. Seine Füße taten weh. Noch einmal roch er an der durchsichtigen Flüssigkeit. Er mußte eingeschlafen sein, bevor Hisham gegangen war. Das Licht gefiel ihm, und er stand auf, schlüpfte vorsichtig in die Turnschuhe und ging, möglichst leicht auftretend, zu der Tür, die in den Garten führte. Kein Garten, dachte er, nur ein verkommenes Stück Gras und Abfall, zwei oder drei Tüten, die er selbst achtlos hinausgeworfen hatte. Das Gras war feucht von Tau oder von Regen, er wußte nicht, ob es nachts geregnet hatte. Hisham würde er nicht wie-

dersehen. In den Zweigen eines Baumes, der hinter der Mauer wuchs, machte sich ein Eichhörnchen zu schaffen. Jims Kopf war leer und klar, nicht mehr als ein paar dünne Linien darin, wie die Kondensstreifen der Flugzeuge im leeren Himmel, Linien, die keinen Sinn ergaben, so wie Hisham keinen Sinn ergab, keine seiner Handlungen oder Entscheidungen, jedenfalls nicht für Jim. Weder Rachsucht noch Haß, eher das, was Jim gestern hatte glauben wollen, eine Art Brüderlichkeit, als wollte Hisham ihn zurückholen, ohne zu begreifen, daß es für Jim kein Zurück gab, keine Frau und keine Neffen, kein Restaurant. Aber er hätte ihm nicht trauen dürfen. Am Ende war Hisham schlimmer als Albert oder Ben. Unberechenbar. Grausam.
Jim ging in die Küche, öffnete die Schränke, suchte etwas zu essen, setzte Teewasser auf, fischte einen Teebeutel aus der Schachtel, wartete. Dann holte er unter dem Spülstein Besen und Kehrschaufel hervor, fegte die Scherben zusammen. Der Teekessel pfiff. So ist es, dachte er, wenn man Fieber hat. Da sind Gedanken, aber sie funktionieren nicht, sie kippen um. Auf dem Tisch im Wohnzimmer der Umschlag. Hatte ihm ein Bier gebracht, und ihm dann den Umschlag hingestreckt. –Ich dachte, Albert steckt dahinter, ich dachte, er hat Mae aus dem Verkehr gezogen.
Jim machte eine heftige Handbewegung, Tee schwappte über den Tassenrand. Er hatte den Umschlag nicht angerührt. Aber Hisham hatte nicht lockergelassen. –Deine kleinen erbärmlichen Lügen. Schau es dir an, ich habe sie fotografiert, damit du sie dir übers Bett hängen kannst.
Er wußte, wie man sich auf körperliche Schmerzen vorbereitete, was man tun mußte, um sie ertragen zu können, aber das hier war etwas anderes. Für einen Augenblick schöpfte er Hoffnung. Wenn es anders war – vielleicht täuschte er sich? Hisham hatte ein Foto herausgezogen. –Erkennst du sie noch? Ich habe ihr gar nicht gesagt, daß ich weiß, wo du bist. Aber etwas fehlt, dachte Jim, immer

fehlt etwas. Er war eingeschlafen, nicht wahr? Hisham war gegangen, weil er eingeschlafen war, und hatte den Umschlag auf dem Tisch liegenlassen. –Erst dachte ich, ich mach dich kalt. Hisham hatte weiter und weiter geredet, als wäre seine Stimme in Jims Kopf, wie Linien, oder etwas wie eine Schraffur, etwas, das dunkler wurde, dichter. Ich habe geschlafen, dachte Jim. Es ist nichts, wollte er sagen. Inzwischen war die Sonne aufgegangen, das Eichhörnchen war verschwunden. Er ging hinein, nahm unschlüssig den Umschlag vom Tisch. Er würde weggehen. Die Sonne schien ins Zimmer, und er hatte Angst.

Eine kleine Stufe, nichts weiter, eine kleine Stufe da, wo die Müllcontainer standen, und er stolperte, schlug hin, lag zusammengekrümmt da, das Kinn aufgeschlagen, aus der Nase blutend. Rappelte sich auf, hockte sich hinter die Container, die ihn vollständig verdeckten, wischte sich das Blut aus dem Gesicht, aber es war zuviel, zuviel Blut. Dann erlosch das Licht über der Seitentür, nur aus den Fenstern fielen schmale Streifen über den Hof. Sie würden zu zweit sein, hatte Pete, der Türsteher, gesagt, zwei junge Burschen, und da waren sie, der eine trug einen kleinen Rucksack über der Schulter, sie unterhielten sich unbekümmert, sicher, daß keiner sie stören würde. Die Musik wurde lauter. Ein Drittel von dem Gewinn, hatte er Pete versprochen. Soviel Geld wie möglich. Ein paar kleine Dealer ausräumen und sich dann aus dem Staub machen, erst einmal nach Glasgow, den Rest verkaufen und weitersehen. Er hatte nur ein paar Tage, irgend jemand würde ihn erkennen. –Hast du keine Angst? Pete hatte gegrinst. Die machen dich kalt, oder?

Albert rief nicht mehr an, vielleicht hatte er das Hisham zu verdanken. Ging nicht ans Telefon, wenn Jim anrief. Kein einziger Auftrag, als existierte Jim nicht mehr. Kein Anruf von Ben. Vorsichtig hob er den Kopf, suchte in der

Jacke nach einem Taschentuch, um das Blut abzuwischen. Es war Petes Idee gewesen, vor dem Seiteneingang, im Hof zu warten, er hatte Jim versichert, daß die beiden ihre Deals im hinteren Flur abwickeln würden, und im Club selbst würde Jim sofort auffallen. – Zu alt, mein Lieber, hatte Pete ihm gesagt, du könntest dich vielleicht als amerikanischer Tourist ausgeben, allerdings mußt du dann das Maul halten, und wie soll das gehen? Wenn du den Mund aufmachst, glaubt dir kein Schwanz, egal wie bekifft, daß du Ami bist. Ein Drittel für Pete, falls es sich lohnte, noch einmal hierherzukommen. *Broken Night*, was für ein beschissener Name für einen Club. Zwei Bands und zwei DJs oder so ähnlich. Ecstasy, und immer ein paar, die Hasch oder Kokain oder Heroin wollten. – Gibt es immer, hatte ihm Pete versichert und grinsend gefragt: Und deine Kröten? Für was hast du sie rausgeschmissen? Für Kokain? Oder gleich immer auf dem Heimweg verloren?
Er mußte Wasser finden, um sich das Blut abzuwaschen. Hinten war der Chill-out-Room, dort würden auch die Klos sein, gleich am Seiteneingang. Vorsichtig richtete er sich auf, um das T-Shirt nicht zu beschmutzen, aber es hatte aufgehört zu bluten, und er ging auf den Seiteneingang los, in dem die beiden Dealer verschwunden waren. Tatsächlich stand der eine im Flur, nicht älter als achtzehn, musterte Jim genervt, zischelte etwas, als Jim hinter ihm nach der Klotür Ausschau hielt. – Wasser hilft dem seiner Visage auch nicht mehr, hörte Jim, als er die Tür endlich gefunden hatte, er zuckte zusammen, stieß die Tür hinter sich zu und ging zum Waschbecken. Der Spiegel war flekkig, Rost hatte das Metall zerfressen, die nackte Glühbirne an der Wand flackerte. – Scheiße, murmelte er, verdammte Scheiße, er fing an zu weinen. Er sah sofort, daß nichts passiert war, das Blut war nur verschmiert, ein breiter Streifen von der rechten Schläfe bis zum Kinn. Jim drehte den Wasserhahn auf, stand da, ohne sich zu waschen,

starrte sein Spiegelbild an. Es war wirklich Mae gewesen auf den Fotos, er hatte sie sofort erkannt, das eine Foto von rechts aufgenommen, im Profil, sie wirkte müde, anders müde, als er es in Erinnerung hatte, ruhig und gleichzeitig traurig, auf eine unwirkliche, fremde Weise, obwohl er sie sofort erkannte, ein bißchen, als wäre das Bild vom Computer gemacht, hatte er gedacht. Sie lächelte nicht, sie stand da, als würde sie ihr Gesicht dem Polizeifotografen hinhalten, als hätte er gesagt, jetzt das zweite Foto von links, im Profil, aber am Ende reichte das alles nicht, und man mußte es mit dem Computer machen, was kein Problem war, kein Problem, ein Foto im Computer zu verändern. Ein Foto bewies nichts. Und jetzt umdrehen, so stellte er sich das vor, jetzt die andere Seite, und das war, fiel ihm ein, Hisham gewesen, der fotografiert hatte, der gesagt hatte, dreh dich um, ich will noch ein Foto, ja, genau so, du mußt dich nicht schämen, es ist nicht deine Schuld. Doch anscheinend hatte sie sich trotzdem geschämt und gezögert, die rechte Seite hinzuhalten, war das nicht so, die rechte und die linke Wange, auf die eine Wange wirst du geschlagen, die andere hältst du hin? Aber es war mit dem Messer. Der Schnitt mußte einen Muskel oder Nerv verletzt haben, der Mundwinkel war hochgezogen, wie von einem Krampf oder einem nervösen Tic, die Narbe zog sich vom rechten Auge bis zum Kinn, ein schneller, langer Schnitt, schlecht verheilt, uneben. Dann das Foto, das sie von vorn zeigte.
Hinter ihm wurde die Tür aufgerissen, ein Junge stürzte an ihm vorbei in eine der Kabinen und übergab sich. Jim beugte sich zu dem Wasserstrahl, wusch sich, er hörte den Jungen würgen und ging zu ihm hin. –Verdammt, kannst du mal einen Schluck Wasser trinken und dann abhauen hier? Der Junge richtete sich auf, nickte ängstlich, kam brav aus der Kabine, trank gierig. –Raus hier, sagte Jim und nahm ihn am Arm, –an der Luft ist es besser. Er führte

ihn durch den Seiteneingang in den Hof und auf die Straße. –Verpiß dich, da drinnen wird's auch nicht lustiger. Er schaute ihm nach, wie der Junge davontrudelte, bemüht, lässig auszusehen, und einmal drehte er sich um, winkte. Jim stellte sich neben dem Seiteneingang auf. So lange, wie die beiden drinnen blieben, hatten sie vermutlich das meiste verkauft, wenn sie rauskamen. Dann hatte er Glück. Der erste kam raus, wartete einen Moment, sah ihn nicht, trabte los. Der Hieb traf ihn so überraschend, daß er nicht aufschrie. Jim packte ihn, schleppte ihn hinter die Mülltonnen. Er hatte ein Messer in der Hand, durchsuchte die Taschen, fand ein paar hundert Pfund, Tabletten, fünf Briefchen Kokain. Der zweite kam raus, schaute sich kurz um, rannte los. Gleichgültig schaute Jim ihm hinterher und wieder auf den Burschen vor sich. Es war nur der Körper, etwas Schlaffes, das Gesicht sah er nicht, und dann stöhnte der Junge, bewegte sich, da war seine Stimme, und Jim kniete neben ihm, das Messer in der Hand, während der Junge vergeblich versuchte etwas zu sagen, einen Namen zu sagen, dachte Jim, aber das war unvollständig, verstümmelt. Ein Fenster wurde aufgestoßen, Musik schwappte heraus wie eine Flüssigkeit. Er ekelte sich plötzlich. Nur ein paar Minuten, dann würde der Kerl aufwachen oder der zweite zurückkommen. Er schlug noch einmal zu.
In *Pang's Garden* bestellte er eine Tüte Pommes und eine Frühlingsrolle, er setzte sich auf den Holzkasten, aß. Die Nase war geschwollen, aber die Platzwunde am Kinn nicht tief. Er drehte sich um und schaute auf die Straße, um Dave zu sehen, falls er vorbeiging, aber da waren nur ein paar kichernde Frauen, die sich hereindrängten, eine hatte ein Kind dabei, ein kleines Mädchen mit verrotzter Nase, das erschreckt sein Gesicht anschaute. Er hätte Mae nicht wiedererkannt, nicht, wenn er sie von vorn gesehen hätte. Von weitem vielleicht doch, ihren Körper, ihren Kopf, wie

sie sich bewegte, aber nicht das Gesicht. Sie hatte ihn verleumdet. All die Monate, die er in Damians Wohnung gewartet hatte, und sie war nicht gekommen. Hisham war gekommen, Hisham, der ihn zusammengeschlagen hatte, auf Befehl Alberts, und Jim dann eingeladen hatte – weil er wußte, daß Jim ihm trotzdem vertraute. Er hatte seine Adresse ausfindig gemacht, er hatte Mae gefunden. Dave kannte die Adresse, Isabelle kannte sie vielleicht. Sie warf sich ihm an den Hals. Sie bewohnte mit ihrem Mann ein ganzes Haus und warf sich ihm an den Hals. Würde mit ihm schlafen, wenn er es wollte. Aber er wollte nicht, nicht das. Als er aufstand, rempelte er das kleine Mädchen an, das sich schweigend an seine Mutter klammerte. Sie schaute zu ihm auf, grünen Rotz in den Nasenlöchern, schniefte, rieb sich mit ihrer kleinen, rosa Hand; er ekelte sich. Dann lief er los, es war windig, aber die Luft war nicht klar, sondern stickig, und er machte einen Umweg, um Isabelle zu sehen. Da war noch Licht. Er wollte klingeln, es war fast Mitternacht. Isabelles Mann sah er im ersten Stock, sie ließ sich nicht blicken. Der Mann räumte anscheinend auf, mit einer Blumenvase kam er ins Erdgeschoß, ging zum Fenster, schaute hinaus, dann verschwand er. Schließlich tauchte sie doch auf, hatte vielleicht im hinteren Zimmer gesessen, sie trat auch ans Fenster, schob es hinauf und lehnte sich auf die Fensterbank. Hastig duckte Jim sich hinter ein parkendes Auto. Er konnte ihr Gesicht erkennen, glatt und leuchtend. Aber da stolzierte die fette schwarz-weiße Katze von Daves Schwester durch die Stäbe des Gittertörchens, sprang auf die Fensterbank, als wüßte sie sich willkommen, miaute. Doch Isabelle griff sie nur, um sie hinunterstoßen zu können, mit beiden Händen, mit einer wütenden, angewiderten Bewegung, Jim grinste, er gönnte beiden, Katze wie Frau, das Mißvergnügen dieser Begegnung. Die Katze knickte ein, fauchte, lief schnurstracks auf das Auto zu, hinter dem er sich verbarg, ging ihm direkt in die Falle, rannte fast gegen seine Beine, und er packte sie, mit beiden Händen, während Isabelle das Fenster heftig herunterzog, sich wegdrehte, als wäre die Sache mit der Katze endgültig erledigt, doch da war die Katze, in seinen Händen, und er stand auf, hielt sie fest, während sie versuchte, ihn zu kratzen, ging bis zur Ecke der Asham Street und schleuderte sie mit aller Kraft über die Mauer dort. Er hatte aber zu kurz geworfen. Der Kopf schlug auf der Kante auf, und das Tier fiel diesseits der Mauer wie ein Stein zu Boden, blieb dort liegen, im Lichtkreis einer Straßenlampe. Jim drehte sich um, aber Isabelle war nicht mehr da. Wenn sie ihn beobachtet hatte, würde sie es niemals zugeben, dachte Jim zornig. Sie würde niemals zugeben, daß es sie mit Befriedigung erfüllte, wie die Katze dalag, mit gebrochenem Genick. Er kniete sich neben das Tier, betrachtete den dicklichen Leib. Nein, das Genick war in Ordnung, der Schädel war zerschmettert, Blut sickerte heraus. Vorsichtig berührte er das Fell, drehte die Katze zur Seite, um zu sehen, ob sie noch lebte. Er schauderte. Katzen hatten ihren Stolz, sie besaßen eine Seele, vielleicht hatten sie wirklich sieben Leben. Nein, sie lebte nicht mehr. Jetzt tat es ihm leid. Drüben war inzwischen alles dunkel. Aber Isabelle war keinen Deut besser, dachte Jim, sie hatte die Katze von der Fensterbank gestoßen, haßerfüllt, und morgen hatte sie es vergessen, weil es ihr gleichgültig war. Doch er würde sie finden, morgen, er würde sie daran erinnern, er würde sie morgen oder übermorgen abpassen. Sie war nicht besser als er.

31 Obwohl die Rasenflächen sich schon bräunlich verfärbten, war es so mild und angenehm in der Sonne, daß sie sich an den Teich setzten und Tee tranken, –natürlich, sagte Bentham, gibt es hier nur schlechten Kaffee und schlechten Tee; er aß die Hälfte von Jakobs Muffin und sah zufrieden aus. –Das ist natürlich lächerlich, wenn man an eine richtige Tee-Mahlzeit denkt. Wir sind früher gerudert und dann nach Hause gelaufen, wo unsere Haushälterin schon den Tisch gedeckt hatte, es gab Kuchen und Marmelade, Toast natürlich. Sie wollte, daß wir Obst essen. Sie hat damit geprahlt, wie gesund sie sei, daß sie nie krank wurde. Und wirklich hatte sie nie eine Erkältung. Aber dann entwickelte sich eine Geschwulst, und sie wurde wunderlich.
–Ein Tumor? fragte Jakob.
–Nein, nicht im Kopf, aber sie wurde trotzdem seltsam. Wir bemühten uns, möglichst lange darüber hinwegzusehen, bis sie eines Tages anfing, die Sofas und Sessel aufzuschlitzen. Sie sah es selbst am nächsten Morgen und schrieb uns einen Brief, in dem sie bat, daß wir nicht nach ihr suchen sollten. Graham war verzweifelt, und ich auch. Sie hatte Zeichen in einen Schrank geritzt, wir haben lange überlegt, ob wir ihn restaurieren lassen.
Er brach noch ein Stück Muffin ab und warf es einer Ente zu. –Schade, daß es kaum noch Spatzen gibt. Jemand hat mir gesagt, daß Spatz auf hebräisch *dror* heißt, Freiheit. Anscheinend sind sie ausgewandert. Seit ich ihren Namen kenne, ihren hebräischen Namen, meine ich, sind sie mir noch lieber.
–Und Sie haben sie wirklich nie gesucht, Ihre Haushälterin?
–Nein. Wir haben sie auf Umwegen unterstützt, Graham fand eine Möglichkeit. Wir haben den Schrank gelassen, wie er war. Die Vergangenheit findet immer Gegenstände, an denen sie sich ablesen läßt.

–Stimmt es, daß Sie Bensheim hießen? fragte Jakob.
–Ja, meine Eltern haben den Namen in Bentham anglisiert. Ich bin sogar vor ein paar Jahren nach Deutschland gefahren, um mir das Städtchen anzusehen. Ein hübscher Ort.
Der Wind wurde um weniges stärker, ein Junge setzte vorsichtig sein Segelboot ins Wasser, die weißen Segel neigten sich bedenklich, aber der Kiel hielt das Boot, und als seine Mutter lachend zu ihm rannte, war es zu spät, das Boot war schon auf Reise gegangen, es richtete sich auf und gewann an Fahrt. Der Junge aber begriff noch nicht, daß es ihm außer Reichweite geriet, stolz lachte er seine Mutter an, sie standen Hand in Hand am Wasser, und es war möglich, daß das Schiffchen das gegenüberliegende Ufer erreichen, sich dort an Land holen lassen würde. Jakob konnte die Augen nicht von der Mutter abwenden, sie erinnerte ihn an Miriam, hoch aufgerichtet stand sie da, und wenn es auch mit Tränen enden mochte, dachte Jakob, so würde sie ihren Sohn doch trösten können. Glücklich fühlte er, daß Bentham die Szene ebenso gut gefiel wie ihm, und einen Moment spürte er Benthams Hand auf seinem Arm.
–Die Landschaft dort ist im Frühling wunderbar, so anmutig und freundlich, daß ich mir ausgemalt habe, wie es wäre, jedes Frühjahr an der Bergstraße zu verbringen, man würde wohl jedes Jahr von neuem staunen, wie ein Mensch nur staunen kann. Das ist überhaupt das beste, Staunen über jede Art von Schönheit, auch wenn sie flüchtig, auch wenn sie käuflich ist. Ich habe es ernsthaft in Erwägung gezogen. Es gab ein kleines Haus, eine kleine Villa, in der ich als Mieter willkommen gewesen wäre.
–Und Ihr Lebensgefährte?
–Er war ganz einverstanden, unbefangener als ich, versteht sich. Dann ist er allerdings verunglückt. Ich hatte nie damit gerechnet, von uns beiden übrigzubleiben.
Bentham schwieg eine Weile. –Übrigbleiben scheint meine

besondere Spezialität zu sein. Wenn man jemanden liebt, dann glaubt man mit all der Zutraulichkeit dieser Liebe an einen gemeinsamen Tod.
–Außer meiner Mutter habe ich nie jemanden verloren, sagte Jakob.
–Das reicht auch, denke ich, in Ihrem Alter? Es ist übrigens nicht so sehr der Schmerz, der zerstörerisch ist. Eher die Blindheit, die er mit sich bringt, der Wunsch, die Augen nicht zu öffnen, nichts zu sehen, was einen vom Bild des Geliebten entfernen könnte, und es dauert lange, bis man begreift, was zur Vergangenheit dazugehört, daß sie sich weder berühren noch verändern läßt, egal wie gewaltsam man sich in ihre Nähe drängt. Daß man alles verliert, wenn man nicht hinnimmt, was vergangen ist, aus dieser unbarmherzigen Distanz, die einen vor allem deshalb quält, weil sie die eigene Distanz zu den Dingen ist.
–Und zu denen, die lebendig sind?
Bentham lachte. –Sie meinen, das sei doch wichtiger? Da haben Sie recht. Aber jemand wie ich ist mit einer abwesenden Geographie aufgewachsen, mit einem Zuhause, das als Foto, als Adresse, als Name existierte, aber unerreichbar blieb. Ich kannte die Biegung des Treppengeländers in unserem Frankfurter Haus auswendig, nicht aus der Erinnerung, sondern von den Fotos, ebenso die Kommode, die im ersten Stock stand, darüber ein Spiegel. Für mich war das immer das Bild der Wohlproportioniertheit, einer sinnvollen Anordnung. In England gab es für mich nichts dergleichen. Man muß erst lernen, daß man zurückkommt und etwas Neues findet, das ist der Sinn der Zwiesprache mit den Toten, mit dem, was man verloren hat.
Jakob suchte die junge Frau und das Kind mit den Augen. Sie standen am anderen Ufer, der Junge hatte einen Stock gefunden und beugte sich, während seine Mutter ihn fest an der Hand hielt, so weit als möglich nach vorne.
–Ich kann mir nicht vorstellen, hier für immer zu leben,

sagte Jakob unruhig. Dabei würde ich es gerne. Ich bin gerne hier.
–Warum sollten Sie auch hierbleiben?
–Es kommt mir so absurd vor, sich davon bestimmen zu lassen, wo man geboren ist.
Bentham lachte. –Aber man sucht es sich ja nur selten aus. Immerhin sucht man sich überhaupt manches aus. Er stand auf. –Hören Sie, jetzt gehen wir noch ein Stück, ich werde Sie mit dem Fazit meiner endlosen Rede wenigstens verschonen. Gibt es wahrscheinlich auch nicht, das Fazit, meine ich. Außerdem, offen gestanden, liebe ich diesen Park zwar, und schauen Sie nur, da stehen die beiden noch immer und warten auf die Ankunft ihres Schiffleins. Aber ein Whisky, das wäre jetzt gut, es ist so eine nette Gewohnheit.
Sie gingen Richtung Südosten, überquerten die Devonshire Street, Bentham einen halben Schritt voran, und Jakob schwieg, bis sie das Pub erreichten, wo ein alter Kellner Bentham mit einem knappen Kopfnicken begrüßte und zwei Whisky an den Tisch brachte.
–Maude wäre nicht erbaut, sagte Bentham. Nicht wegen des einen Whiskys, sondern weil sie weiß, daß ein zweiter folgen wird. Nett von Ihnen, daß Sie ein so geduldiger Begleiter sind. Und ich habe nicht einmal gefragt, wie es Ihnen und Ihrer Frau geht.
–Es geht uns gut, sagte Jakob, zögerte. Er lächelte. –Es geht mir wirklich gut. Bentham saß zufrieden, ein bißchen abwesend da, das Glas in der Hand. Ich bin glücklich, wollte Jakob sagen, aber der Satz war wie ein Holzpüppchen, das man behutsam aufstellte und das sich doch nur einen Augenblick hielt, bevor es umkippte. Nicht schlimm, dachte Jakob, man kann es im Gleichgewicht halten, muß nur ganz leicht nachhelfen, mit einem Finger. –Aber es ist verwirrend. Ich meine, die Vorstellung, daß sich das Leben wirklich verändert.

–Sie meinen, verändert, und man weiß doch nicht was und wie?
Aber Jakob fühlte, daß er auf unsicheres Terrain geriet, und verstummte. Mit einem Finger ganz leicht über Benthams Hand oder Gesicht streicheln, die schweren Lider und die Brauen, damit er sich später besser an sein Gesicht erinnerte, das war es, was er wollte. Es war Begehren und doch wieder nicht, nicht das, was er für Isabelle empfand, wenn er ihr Gesicht liebkoste, obwohl es ihm jetzt vorkam, als wäre auch dann jede Berührung ein Hilfsmittel des Auges. Er trank und spürte, wie der Alkohol wirkte, wie die Gedanken ihr Gewicht veränderten, so daß sie ihn in ihrer Klarheit nur verwunderten, ohne ihm weh zu tun. Daß er jemand war, der weder nahm noch gab, seine Anteilnahme echt, die Teilnahme aber bloß vorgetäuscht war. Er würde die Hand nicht ausstrecken, die altersfleckige Haut zu berühren; er spürte, daß Bentham von ihm nichts erwartete, und war traurig, ohne sich aufzuraffen, es zu ändern. Sein Glas war leer, er war zwar unbesorgt, aber er wußte, daß er später erschrecken würde.
–Es macht die Leute durchaus angenehm, wenn sie bloß zugucken, Bentham winkte dem Kellner, der die Gläser füllte. –Außer für diejenigen, die sie lieben, fügte Bentham hinzu und trank.
–Was machen Sie, wenn Sie für ein paar Tage nicht ins Büro kommen? fragte Jakob.
Bentham sah ihn überrascht an. Jakob spürte, daß er rot wurde.
–Und jetzt werden Sie rot, das ist nett. Fragen Sie nur. Ich gehe in ein kleines Hotel, nicht immer dasselbe, aber meistens. Ein kleines Hotel, das man zwielichtig nennen würde, wenn es nicht so überaus zivilisiert und gepflegt wäre, mit guten Zimmern und einem guten Service. Eine gewisse Anzahl junger Männer geht dort ein und aus, um sich etwas Geld zu verdienen. Ich habe nichts dagegen, für Lie-

besdienste zu zahlen – das ist eine Frage des Alters, und die jungen Männer, die dort Zutritt haben, sind, nun, handverlesen, Studenten meistens, gebildet, wohlerzogen. Nicht fürchterlich jung zudem, eben jung. Man sieht sich in der Lobby, verabredet sich eventuell zum Abendessen oder in die Oper und beendet den Abend auf die eine oder andere Weise. Eine sehr sinnvolle Einrichtung. Sie sind dafür zu jung, oder zu alt, wie man es nimmt. Sonst sollte ich es Ihnen vielleicht empfehlen.

–Ich bin ja verheiratet, antwortete Jakob töricht.

–Man soll in diesen Dingen gewissenhaft sein, Sie haben ganz recht, allerdings auch nicht allzu streng. Übrigens verbringe ich dort oft ein paar Tage, um der Leere meines Hauses zu entgehen. Die Gegenstände, an denen sich die Vergangenheit ablesen läßt – man erträgt sie nicht immer.

Zwei Männer betraten das Pub, grüßten Bentham, blieben an der Theke stehen.

–Kollegen, merkte Bentham an. Er wiegte den Kopf, als wollte er sich mit seinem Gewicht vertraut machen, die Beschaffenheit der Sätze prüfen, abwägen, was sie für Jakob bedeuteten, dachte Jakob und wurde wieder traurig, weil er wußte, daß es die erste Rate auf den Abschied war. Er wurde in seine Schranken gewiesen, spürte es physisch, und wußte, daß er weder Ausweispapiere hatte noch die Kraft, sich über jene Schranke hinwegzusetzen. –Es kommt nicht darauf an, sagte Bentham, bei welchem Namen man es nennt, Charakter, Unvermögen, Schicksal – Begrenztheiten gibt es immer. Nur, was wollen Sie damit, was machen Sie daraus? Es bleibt ja Ihr Leben. Bentham lächelte. Wenn Graham fand, ich sei allzu melancholisch, erinnerte er mich daran, daß Vergnügtheit eine zivilisatorische Errungenschaft ist. Wieder schien er sich umstandslos in Jakobs Gedanken auszukennen, brummte etwas, das auf Nachsicht hindeutete. –Mit mir sollen Sie jedenfalls nicht ringen, der Engel bin ich ja nicht. Seine Arme, eingezwängt in den Ärmeln des Jacketts, die kurzen, beweglichen Hände lagen jetzt ruhig auf dem Tisch zwischen ihnen, und Jakob nickte dankbar, hob endlich die Augen und fand Benthams Blick. Er spürte die Sekunden langsam verstreichen, als wäre auf seinem Herz ein Sekundenzeiger angebracht, jede einzelne eine winzige Bewegung des Erinnerns, vorweggenommen, aufbewahrt und endlich ohne Furcht, sie könnten sich mißverstehen. Er fühlte, daß er noch einmal errötete, wußte, daß diesmal Bentham nichts dazu sagen würde, bemerkte auch, daß er anfing zu zittern, alle Kräfte anspannte, ihm war, als würde er wie ein Handschuh von innen nach außen gestülpt. Aber wie geht es weiter, wie werde ich es ertragen, dachte er, und wie leicht es mit Isabelle war, wo die vorgezeichneten Schritte das Geständnis von Liebe ersetzt hatten.

Es waren bis zur Kanzlei nicht mehr als fünf Minuten, Maude öffnete ihm die Tür, er nahm Isabelles und Alistairs Nachricht entgegen, lief kurz hinauf in sein Büro, die Schlüssel und einen Pullover zu holen, und da er sich unfähig fand, die angegebene Adresse aus eigener Kraft zu erreichen, hielt er ein Taxi an. Ausgestiegen, sah er nach wenigen Schritten schon Isabelle und fand seine Befürchtung, daß er ihr kühl entgegentreten könnte, widerlegt. Sie kam auf ihn zugesprungen und fiel in seine Arme, und er hielt sie gerne fest. *Bengal's Secret*, das Restaurant, in dem Alistair sie erwartete, war nicht weit, und dankbar registrierte er, daß Alistair die Führung übernahm, bestellte, ihn ohne viel Fragerei essen ließ, er sah, daß Alistair seinerseits müde war.

Sie ging kaum aus dem Haus, sie schien die meiste Zeit zu arbeiten, traf keine Verabredung mit Alistair, mochte abends nicht ausgehen, es war, als wollte sie auf Jakob Rücksicht nehmen, denn er ging früh zu Bett, auch wenn er lange nicht einschlief, von unten hörte er manchmal eine Tür oder ein Fenster, das nach oben oder unten geschoben wurde; er war froh über Isabelles Anwesenheit, froh alleine zu liegen. Aus Feigheit hatte er, als Alistair vor Isabelle kniete, den Kopf zwischen ihren Schenkeln, ihm signalisiert zu gehen, sie hatten sich an der Tür mit einem Kuß verabschiedet, Alistair hatte beruhigend und zärtlich Jakobs Haar gestreichelt, jetzt bereute Jakob, daß er ihn fortgeschickt hatte. Mittags war Alistair einmal in sein Büro gekommen, hatte sich auf die Truhe gesetzt, einen Taschenspiegel aus dem Jackett gezogen und sich aufmerksam darin betrachtet. Dann war er zu Jakob getreten, der am Schreibtisch saß, und hatte ihn auf die Haare geküßt und umarmt. –So hübsch, hatte er gesagt, sind wir beide nicht mehr; er hatte gebrummelt, Bentham imitiert, Jakobs Schläfe gestreichelt und war wieder gegangen. Bentham kam nicht in die Kanzlei, Maude kommentierte es genausowenig wie sonst, um Bentham schien sie sich diesmal nicht zu sorgen, Jakob aber brachte sie manchmal ein Stück Kuchen oder Obst oder eine Tasse Tee ins Zimmer. Tagsüber war zuviel zu tun, als daß er Zeit zum Grübeln gehabt hätte. Eine englische Investitionsgesellschaft interessierte sich für den Ankauf mehrerer Wohnblöcke im nördlichen Prenzlauer Berg. Die Gleise der zum Verkauf stehenden Eisenbahngesellschaft waren in desolatem Zustand. Millers Fall entwickelte sich gut, er war bei Sahar gewesen und berichtete, sie habe ihm geweissagt, daß er etwas, das mit Wasser zu tun habe, verlieren werde – das Seegrundstück folglich, und so schlug er selbst eine Entschädigung vor, eine Summe, die dem Gegner akzeptabel schien und groß genug war, die Villa in Treptow zu renovieren. –Bentham findet das sinnlos, ich weiß, sagte Miller. Ich bin zu alt, nach Berlin zu ziehen, ich würde das Haus für mich umbauen und am Ende doch verkaufen. So ist es, wenn man keine Kinder hat. –Aber Bentham hat auch keine Kinder, hatte Jakob eingewendet. –Natürlich

nicht; er hat den jungen Mann hier, Ihren Kollegen, und dazu mehr Mut als ich. Für einen alleinstehenden Menschen ist der Ablauf der Zeit am Ende widersinnig. Zeit ist, daß Kinder groß werden und ihrerseits Kinder bekommen – oder die ziemlich nackte Tatsache, daß es Tage und Stunden gibt und daß man stirbt.
Zweimal rief Hans im Büro an, sie sprachen darüber, im Herbst gemeinsam wandern zu gehen; Jakob dachte, daß sie es nicht tun würden. –Du fehlst mir, sagte Hans. Allmählich beneide ich dich sehr, weil du verheiratet bist.
Gerade ausgestreckt, die Hände hinterm Kopf verschränkt, lag Jakob Nacht für Nacht im Bett und hoffte, daß Isabelle noch nicht schlafen kommen würde. Die Zeit verging viel zu schnell. Er lag nackt unter der Decke, ohne sich zu bewegen, als könnte er so seinen Körper überreden preiszugeben, was er tun sollte. Aus dem Schlaf schreckte er gegen Morgen schweißgebadet, erleichtert, Isabelle neben sich zu wissen. Sie sprach neuerdings im Schlaf, er konnte nicht verstehen, was sie sagte, aber anscheinend träumte sie häufig von einer Katze. War er sicher, daß sie fest schlief, stand er auf, ging von Zimmer zu Zimmer, stand im Eßzimmer oder unten, in Isabelles Zimmer am Fenster und schaute auf die Straße. Er freute sich, wenn er den weißen Fuchs sah, der auf dem Weg nach Hampstead Heath die Mülltonnen durchsuchte, ihm gefiel, wie sicher sich das Tier bewegte, wie selbstverständlich es die Straße überquerte, in der es so fehl am Platz war. Einmal schien der Fuchs Beute gemacht zu haben, zerrte etwas, das wie eine Katze aussah, ein Stück den Bürgersteig hinunter, ließ es dann liegen. Jakob öffnete das Fenster, um besser zu sehen, aber er konnte nichts erkennen. Er erschrak, als hinter der Wand eine Männerstimme laut wurde, nicht verständlich, aber erkennbar zornig, und kurz darauf etwas gegen die Wand schlug, als sollte es hindurchbrechen. Eine zweite Stimme kam dazu, jünger, schien es, vielleicht auch eine

Frauenstimme. So unangenehm es Jakob berührte, er konnte sich doch nicht losreißen. Ob das eine Ausnahme war, fragte er sich, oder ob Isabelle das nachbarliche Krakeelen täglich hörte und ihm nichts davon sagte? Und wenn es so war, warum? Er war gänzlich aufgewacht, er fühlte sich wie animiert und schämte sich dafür. Dann knallte eine Tür, und er ging nach oben. Wieder im Bett, fürchtete er, das Fenster nicht ordentlich gesichert zu haben, er schreckte bei jedem Geräusch hoch. Einbrecher gab es, Gewalt gab es; als er aufstand, war er erleichtert, alles unversehrt zu finden.
Die Stadt war schläfrig, ein heißer Tag folgte dem anderen. Bentham kehrte zurück, er war glänzender Laune, hatte für Jakob einen neuen Klienten, einen Londoner Hotelier, der auf Borkum zwei große Hotels kaufen wollte, ein jüngerer Mann, erzählte Bentham, der sich darauf freute, auf einer Insel, die den beschämenden Ehrentitel »Judenfrei« getragen hatte, als erster Jude eines der größten Hotels zu besitzen, von dort aus für die mutmaßlich überwiegend stumpfe Kundschaft historische Fahrten zu unternehmen. Alistair war Feuer und Flamme bei dem Gedanken, eine Ortsbegehung anzusetzen. –Wo ist sie denn, diese Insel? –Sehr weit im Norden, antwortete Jakob, er war aber niemals auf Borkum gewesen und mußte einen Atlas zu Rate ziehen. –Morgen kommt er zu Ihnen, sagte Bentham zu Jakob, John Pilger heißt er. –Pilger? fragte Jakob. –Warum nicht? Bentham sah die beiden amüsiert an, Alistair zupfte Jakob am Ärmel. –Wir gehen jetzt essen und besprechen alles. Anthony und Paul kamen die Treppe hinauf. –Ihr dürft nicht mit, rief Alistair ihnen zu, aber wir fahren auf eine Nordseeinsel voller Seehunde und essen zwei Tage nur Krabben und Walfisch. Anthony boxte Jakob in die Seite, der mit leicht geöffnetem Mund dastand und nur halb hörte, was die anderen ihm an Bestechungsversuchen, Morddrohungen des Gemeinderates vorhersag-

ten, er senkte die Augen, um Bentham nicht anzustarren, und war glücklich, Alistair legte den Arm um seine Schulter. –Es wird herrlich, sagte Alistair.
Als er nach Hause kam, hatte Isabelle Nudelauflauf vorbereitet; das Telefon klingelte, und sie bat ihn, zwei Eier darüber zu schlagen, doch er vergaß, daß man sie vorher verquirlen mußte, und er lachte, als er eine Viertelstunde später über den Nudeln zwei Spiegeleier sah, die gerade verbrannten. Isabelle lächelte auch, sie war aber verärgert, und ihre Stimme war kalt und so unerbittlich, daß er erschrak. Nur ein kleiner Ausbruch, dachte er, trotzdem empfand er Abneigung und Angst. Nach dem Essen machten sie einen kurzen Spaziergang, sie nahm seine Hand und erzählte, daß Peter und Andras nächste Woche mit dem Büro umziehen würden. –Willst du nach Berlin fahren? fragte Jakob, doch sie schüttelte abweisend den Kopf. Als sie zurückkamen, legte er in die Schale auf der Kommode Geld und sah, beschämt, den verwelkten Rosenstrauß, den er ihr vor einer Woche mitgebracht hatte. Es war leicht, sich nach einem Streit zu versöhnen, sie aber stritten nicht miteinander, und wo man schwieg, gab es keine Versöhnung. Er hätte sie gerne gefragt, warum sie einander fremd wurden, allerdings war er nicht sicher, ob er sich nicht nur einbildete, daß sie einander in Berlin näher gewesen waren. Vielleicht war es nur eine veränderte Entfernung, vielleicht war sie mit etwas beschäftigt, über das sie nicht sprach, und er dachte an den Lärm der Nachbarn, den er nachts einmal gehört hatte. Still hielt er sich in ihrer Nähe und schaute sie an, als könnte er ihrem Gesicht ablesen, was zu tun sei. Er wollte ihr von Miriam erzählen, wenn sie ihm nur ein Zeichen gab, er wollte gutmachen, was er versäumt hatte. Isabelle saß an ihrem Tisch, über die Grundrisse des künftigen Büros in der Potsdamer Straße gebeugt. –Von der Wartburgstraße ist man in zehn Minuten da, mit dem Fahrrad, sagte sie. Sie hob den Kopf und

lächelte. Man las, dachte er, Gesichter nicht mit bloßem Auge, ohne daß sich Erwartung und Mißtrauen hineinmischten, nie begnügte man sich mit dem Anschein, immer wollte man hin zum Mittelpunkt, doch vielleicht war das die falsche Richtung. Er lachte. Dieser winzige Punkt, nicht einmal stecknadelkopfgroß, um den erbittert stritt, was Mittelpunkt sein wollte. Isabelle sah ihn fragend an.
–Ich dachte, was für eine bizarre Idee das ist: ein Mittelpunkt, wenn der mittelste Mittelpunkt doch keine Ausdehnung haben darf.
–Wolltest du oder sollte ich der Mittelpunkt sein? fragte Isabelle.
–Eben nicht, sagte Jakob, weder du noch ich, weder Berlin noch London.
–War es je anders? sagte Isabelle kühl und wandte sich wieder dem Grundriß zu.
Und andererseits, dachte er, als er schon im Bett lag, konnte es ohne Mittelpunkt keine Umlaufbahn geben. Er lauschte ins Erdgeschoß, wo Isabelle noch saß; zwischen ihnen lag aber ein Stockwerk, und trotz der offenen Türen ließ sich nichts hören. Als er schon beinahe eingeschlafen war, bildete er sich ein, einen dumpfen Aufprall zu hören. Aber das kann nicht sein, sagte er sich; dann blieb es still, und er schlief ein.

32

Sie gingen in ein Café, aber das war nicht das Richtige, sie spazierten Richtung Kanal und den Kanal entlang bis zur Voliere, Jim hatte feuchte Hände und versuchte sie zu küssen; sie fühlte sich wie ein Teenager. Als sie die Voliere erreichten, brach er in Tränen aus, es war so unangenehm und lächerlich, daß sie sich hilfesuchend umdrehte, als könne Jakob überraschend auftauchen, ihr zu helfen. Aber Jim, noch Tränen in den Augen, packte sie an den Schultern, lachte sie aus, er zog sie an sich, und sie gehorchte. – Magst du sie nicht, die Schwachen? Er stieß sie ein Stück zurück, hielt sie an den Armen fest, fing an, ihr etwas zu erzählen, eine Geschichte, sagte er, eine wahre Geschichte, vom Blumenmädchen und vom verräterischen Prinz, doch sie konnte kaum folgen, er merkte es, redete noch schneller, sie wußte nicht, ob das Cockney war, er provozierte sie, zog sie an den Haaren, dann hob er sie hoch und trug sie, die mit den Beinen strampelte, bis an den Kanal, hielt sie übers Wasser, als wollte er sie gleich hineinfallen lassen. – Kommst du mit zu mir nach Hause? fragte er, fragte wieder und wieder, lachte, setzte sie behutsam ab und küßte sie zärtlich auf die Schläfe. – Siehst du, sagte er plötzlich ernst, auf dich habe ich gewartet, mein Leben lang. Er nahm ihre Hand, legte sie auf sein Herz, dann zog er das T-Shirt über den Kopf und blieb mit nacktem Oberkörper vor ihr stehen. Sein glatter, kräftiger Brustkorb war blaß, die Adern zeichneten sich im hellen Sommerlicht überdeutlich ab, Jim sah es auch. – Ich bin der Winter, ich bin der Tod, sagte er, ohne sich zu rühren, du mußt mich ins Leben küssen. Seine Blöße schockierte sie, auf der Brücke, die vom Zoo über den Kanal in die Voliere führte, standen Leute, gleich würden sie applaudieren, dachte Isabelle, als Jim vor ihr auf die Knie sank. – Sag nicht, daß du dich schämst, flüsterte er ihr zu. – Komm, küß mich, hier, vor allen. Sie beugte sich vor, ratlos, es war heiß, der Wind sehr warm, ihr schien, als hätte sie kein eigenes Gewicht, doch registrierte ihr Gehirn weiterhin wie ein nimmermüdes Auge jede Bewegung; sie wollte sich aufrichten, er ließ sie nicht. Er liebte sie nicht, er log. Seine Lippen glänzten, er lächelte. – Küß mich, wiederholte er, ich gebe dir noch eine Minute.

Zwei Stunden später waren sie noch immer nicht bei ihm zu Hause, sie wurde müde, sie hatte die Orientierung verloren, nur daß sie nach Osten liefen, konnte sie dem Stand der Sonne ablesen, es war bald sechs Uhr. Sie hatte den ganzen Nachmittag nichts getrunken, aber sie traute sich nicht, Jim um eine Pause zu bitten, und er lief weiter, hielt ihre Hand fest in seiner, lief ein Stückchen vor ihr, er zog sie fast. Als er schließlich stehenblieb – sie hoffte, die Straße zu erkennen, doch war das nicht der Fall –, stolperte sie. Jim stellte sich vor sie hin, die Hände in den Hosentaschen. –Woher soll ich wissen, ob ich dir trauen kann? sagte er plötzlich. Dann drehte er sich um und ging davon, sie starrte hinter ihm her, ohne Erstaunen und ohne Wut, sie war zu müde, sie wollte wissen, wo sie war und wie sie nach Hause kam. Die Häuser sahen aus wie sozialer Wohnungsbau aus den siebziger Jahren, dann kamen kleinere, einzeln stehende Häuser, rosa, gelb und hellblau gestrichen, sie lief mechanisch weiter, um eine größere Straße oder U-Bahn-Station zu erreichen; in einem der kleinen Häuser sah sie durch ein offenes Fenster eine Frau in der Küche stehen, sie hätte nur zu rufen brauchen, aus einem anderen Fenster verbellte sie ein Hund. Es war aber nicht weit, sah sie, sie waren in einem Bogen wieder Richtung Kentish Town gelaufen, und als sie die U-Bahn-Station erreichte, wo Jim sie ein paar Stunden zuvor abgefangen hatte, blieb sie stehen. Der Gemüsehändler, der seinen Stand dort hatte, packte eben zusammen, er rief ihr einen Gruß zu, sie dachte, daß sie einkaufen müßte, für Jakob, für zu Hause, für ein weiteres Abendessen, das ihr ebenso schal wie tröstlich schien, ein leerer Abend, ohne Fernsehen, weil sie beide keine Lust gehabt hatten, in London vor dem Fernseher zu sitzen – so, als wären sie Besucher, denen die Zeit kostbar war. Die Zeit war aber nicht kostbar, hier ebensowenig wie in Berlin. Sie kaufte Kartoffeln, Petersilie und Schnittlauch, der Gemüsehändler hatte unterhalb des rechten Auges eine Narbe, die sie an etwas erinnerte; was es war, fiel ihr nicht ein. Unruhig schaute sie nach rechts und links, ob Jim vielleicht käme. Der Gemüsehändler bemerkte ihren Blick, er sagte etwas, während hinter ihr Leute aus der U-Bahn-Station vorbeidrängten, dicht an dicht, und sie verstand nicht, was er sagte, sie wußte nicht, was Jim gemeint hatte, warum er ihr nicht traute und was sie ihm beweisen sollte. Der Händler stand plötzlich mit einem Sprung neben ihr und stieß jemanden schimpfend zur Seite, sie hielt eine Zehn-Pfund-Note in der Hand, er grinste frech, streifte ihre Brust und zählte langsam das Rückgeld ab. Dann gab er ihr eine Avocado, weil sie bildhübsch aussehe, sagte er grinsend.

Sie stand vor dem Haus, näherte sich dem Fenster, aus dem schwacher Lichtschein drang, als sie aber durch die Scheiben blickte, sah sie sich selbst, vor dem Haus, ihr eigenes Gesicht, das sich der Scheibe näherte, mit den Händen rechts und links das Tageslicht abschirmte, und während sie ihre eigene Gestalt kalt musterte, wußte sie, daß sie träumte. Auf ihr Klingeln öffnete niemand, sie fühlte sich billig, sie wußte, daß sie ihm nachlief, würdelos, aber sie sehnte sich so sehr nach ihm, daß sie dort blieb, vor dem Haus, bis eine Stimme aus einem der oberen Stockwerke sie aufschreckte, und dann rannte sie, durch eine dieser Straßen, die sich so allmählich krümmten, daß man die Biegung immer erst im nachhinein spürte, sie hetzte an den imposanten, grauen Fassaden vorbei. Das ist doch die Regent's Street, dachte sie, und dann war sie im Park, weite Grasflächen waren abgesperrt, weil dort frisch ausgesät war, erklärte ihr ein alter Mann, der eine Taube in der Hand hielt, aber sie sah genau, daß das Gras dicht und hoch wuchs. Durch das Gras näherte sich eine Katze, und Isabelle ging langsam davon, als könnte sie die Katze täuschen, sie wußte, daß sie aufwachen und nackt sein würde, in einem Zimmer, das hell beleuchtet war, sie bedeckte mit den Händen ihre Scham. Als sie aufwachte, fand sie sich aufgerichtet im Bett, ihr Unterhemd schweißnaß. Jakob war längst fort. Von der Straße hörte sie Lärm, als sie zum vorderen Fenster ging, sah sie ein kleines Baufahrzeug hin- und herfahren, dort, wo vor ein paar Tagen schon der Asphalt aufgebrochen worden war, daneben stand eine Betonmischmaschine, die sich drehte. Die Sonne schien hell ins Zimmer. Es war ein Unterhemd von Jakob, das sie trug, sie streifte es ab, als wäre es eine Berührung, dann duschte sie und zog sich an.

Mit der Kaffeetasse trat sie im Erdgeschoß wieder ans Fenster und schob es hoch. Zwei Männer standen vor dem Fahrzeug, es war ein kleiner Bagger, sie lachten, ihre braungebrannten Oberkörper berührten sich, sie beugten sich über die Grube zu ihren Füßen und lachten. Der eine sprang in die Grube, in der er bis zum Oberkörper verschwand, reckte sich, hob den Spaten. Der andere rief etwas, gestikulierte, hielt die Fäuste über dem Kopf, eine über der anderen, und drehte sie gegenläufig, eine brutale, vulgäre Bewegung, und der andere klopfte sich auf die Schenkel vor Vergnügen, machte sich ein Vergnügen daraus, mit den Händen auf seinen nackten Oberkörper zu schlagen, und da sie die Betonmischmaschine ausgestellt, ihr monotones Kreiseln unterbrochen hatten, hörte Isabelle das Klatschen so deutlich, als sei es neben ihrem Ohr. Sie trank in großen Schlucken den Kaffee, drehte sich um und sah auf ihrem Tisch die Grundrisse des Büros liegen, auf der Kommode den Schlüssel, Hannas Schlüssel, der nicht mehr passen würde, wenn sie nach Berlin zurückkäme. Die Bücher und Unterlagen wurden schon zusammengepackt, die Regale abgeschlagen, –muß ich jetzt deine Schreibtischschublade ausräumen, oder wie stellst du dir das vor? hatte Andras gefragt, aufgebracht, enttäuscht, daß sie nicht einmal zum Umzug nach Berlin kam, –für ein paar Tage, du hast dir nicht einmal das neue Büro angeguckt! Den Mietvertrag, der ihr von Peter zugefaxt worden war, hatte sie unterschrieben, ihrem Anteil entsprechend, ein Drittel Mietvertrag, ein Drittel Kaution, ein Drittel Auslagen, –du könntest mir eine Vollmacht geben, hatte Andras vorgeschlagen, aber Isabelle zog es vor, selber zu unterschreiben. Und schließlich war da Hans, der sich um die Wartburgstraße kümmerte, der den Mietvertrag durchgesehen hatte, auf alles aufpaßte, –der getreue Hans, wie Alistair mit seinem starken Akzent sagte. In ihrer Schublade hatte Andras die alten Fotos gefunden, Alexas Fotos, –ich habe sie in einen Umschlag und zwischen irgendwelche Bücher gepackt. –Alexas Fotos, sagst du? –Wer soll sie denn sonst gemacht haben, hatte Isabelle ungeduldig erwidert. Die Schlüssel. Fotos. Sie würde ihn nicht bitten, ihr die Fotos nach London zu schicken. Tastete ins Leere. Jakob im Büro. Ihr Körper, der immer noch nach Schweiß roch, obwohl sie geduscht hatte, Nachtschweiß, Angstschweiß. Entschlossen griff sie sich den Schlüsselbund und ging hinaus auf die Straße. Jetzt war da Jim, stand vor den beiden Bauarbeitern, die zu ihm aufsahen, als erteile er ihnen seine Befehle. Der eine, kleinere der Arbeiter sah, wie Isabelle sich näherte, Schritt vor Schritt setzte, und da drehte Jim den Kopf zur Seite, um zu sehen, was hinter seinem Rücken vorging, Isabelle trat in den Schatten einer Platane und wieder heraus, als wären ihre eigenen Bewegungen ein Teil des Spiels von Licht und Schatten auf dem Asphalt, das mit jedem Windstoß neue Muster entstehen, alte vergehen ließ. Inzwischen hatte Jim sich ganz zu ihr gedreht, stand breitbeinig da, sagte grinsend etwas zu den beiden Bauarbeitern, die auflachten; wie in einer vorab gedrehten Szene lief sie weiter, wußte, sie würde ihm gehorchen, sie würde sich umarmen und auf den Mund küssen lassen. Ihr Rock war zu kurz, der Wind fuhr darunter, hob ihn hoch, wieder lachten die Männer, der kleinere bückte sich, den Kopf schief gelegt, schielte unter den Rock, und ihr war, als würden seine Hände sich an ihr zu schaffen machen, rasende Wut stieg in ihr auf, sie trat mit zwei raschen Schritten auf ihn zu, der sie verblüfft anguckte, und gab ihm eine Ohrfeige. Das Geräusch schockierte sie. Und da war Jim, trat blitzschnell hinter sie und umfaßte sie von hinten, der andere bog sich vor Lachen, während ihr Opfer blöde dastand, unentschieden, ob er ebenfalls lachen oder Genugtuung verlangen sollte. – Ok, einen Kuß kriegst du, verkündete Jim, hielt Isabelle so fest, daß sie aufstöhnte, sein rechtes Bein hatte er zwischen ihre Schenkel geschoben. Der Geohrfeigte näherte sich, er grinste zufrieden, die Wut schoß wieder in ihr hoch, sie trat, so fest sie konnte, in seine Richtung, während sie sich an Jim preßte. – Laß nur, winkte der Mann ab, ist ja dein Pferdchen. Jim lockerte seinen Griff, legte seine linke Hand auf ihre Brust, – aber sie soll tun, was ich ihr sage, er drückte ihre Brust, knetete sie. Dann schob er sie sachte vorwärts, bis sie am Rand des Aushubs stand. Die beiden Männer packten ihre Spaten und T-Shirts, holten aus einer Tüte zwei Bierflaschen und trollten sich. Jim ließ sie nicht los, er rieb sich an ihrem Po, während sie hinunterstarrte, wo drei Ratten erschlagen in dem flachen Wasser lagen, die Ratten ebenso schmutzigbraun wie das Wasser, und daneben die Katze, aus deren Bauch die Eingeweide quollen, stinkend, das Fell leuchtete aber vor dem dunklen Hintergrund. Jim trat neben sie, beobachtete ihr Gesicht, dann griff er einen langen Stock, schob ihn unter den Hals der Katze und hob sie ein paar Zentimeter aus dem Wasser, aus dem einen Auge war Blut gesickert und eingetrocknet, die Ratten hatten am Bauch angefangen zu fressen, doch man konnte deutlich sehen, daß der Schädel eingedrückt war. Jemand mußte sie in die Baugrube geworfen haben, ins flache Wasser. – Sie werfen Sand drauf und machen alles dicht, sagte Jim, wenn du der Katze ein Gebet sagen willst, dann mußt du's jetzt tun. Er stocherte mit der Spitze seiner Turnschuhe gelangweilt im aufgehäuften Sand. – Siehst du den Kopf? Hübsch eingeschlagen. Sie muß ein paar Tage woanders gelegen haben, sonst hätten die Ratten sie längst erwischt. Ein Windstoß blies ihr den Gestank ins Gesicht. Von einem Baum stürzte eher als daß sie flog eine Möwe, mit einem hellen, aggressiven Schrei, touchierte den Asphalt neben ihnen, stieg wieder auf, wiederholte das Manöver noch einmal und schneller, diesmal landete sie unglücklich, Jim schlug mit dem Stock nach ihr, sie riß sich wieder hoch, beinahe senkrecht aufsteigend. Isabelle würgte. Er nahm ihr die Schlüssel aus der Hand, die Schlüssel, die warm und feucht waren wie ihre Handfläche, er steckte den Finger durch den Schlüsselring, klimperte vor ihrem Gesicht. –In ein paar Tagen haue ich ab. Blaß stand sie vor ihm, die Übelkeit niederkämpfend. –Ich gehe, kapierst du? Er drehte sich um und ging auf ihre Haustür zu, fand den richtigen Schlüssel, öffnete die Tür. –Komm schon, rief er gleichgültig, trat auf die Schwelle, wartete, bis sie ihm folgte. Er schien zu wissen, daß Jakob nicht da war, und selbst wenn, dachte sie, wäre es eine Niederlage für Jakob, der sich nicht wehrte, der sich in Sicherheit gebracht hatte. Jim ließ die Tür zufallen, schloß sie hinter ihnen ab, steckte den Schlüssel ein. Auf dem Treppengeländer hing Jakobs Unterhemd wie eine weiße Fahne. Isabelle hielt sich am Geländer fest, mit beiden Händen, –Scheißkerl, sagte Jim unmotiviert, das Telefon klingelte, er bedeutete ihr stehenzubleiben, nicht zu antworten. Das Band sprang an, sie lauschten beide Isabelles Ansage, den Atemzügen des Anrufers. Das ist Andras, dachte sie, richtete sich auf. Es war Andras. Er sagte seinen Namen, zögerte. –Sonja ist schwanger, sagte er, wollte ich dir nur erzählen. Isabelle traten Tränen in die Augen. Jim musterte sie neugierig, dann wendete er sich ab, ging die Treppe hinauf, arbeitete sich vom obersten Stockwerk, vom Schlafzimmer, nach unten vor, jedes Möbelstück musternd, die Hände in den Hosentaschen, als wollte er demonstrieren, daß er nichts anfaßte, wie ein Kind, das brav den Eltern

folgte, bei fremden Leuten zu Besuch, gelangweilt und doch neugierig auf dieses fremde Leben. Er sah mißmutig aus, als sei vereitelt, was er sich vorgenommen hatte. Den Schlüssel zog er wieder aus der Tasche, spielte damit.
Sie schloß die Augen und lehnte sich an die Wand, erwartete, daß er zu ihr kommen würde, es geschah aber nichts, vor ihren Augen setzte sich ein violetter Fleck kreisend in Bewegung und verging wieder, danach waren es nur noch Schemen, kein Licht mehr, obwohl es doch Reste von Licht sein mußten, eine private Unterwelt der Netzhaut, ein Totenreich für wenige Minuten, drei tote Ratten, eine tote Katze, noch immer der pelzige Geschmack im Mund, und es war so still, daß sie die Augen aufschlagen mußte, um Jim zu sehen, dessen Atmen sie nicht hörte, dessen Schritte sie nicht hörte.
–Es ist deine Schuld, weißt du das? sagte er. Die Katze, das ist deine Schuld. Er stand in der Flügeltür zwischen den Zimmern und sprach, ohne sie anzusehen. –Du hast sie von der Fensterbank gestoßen, erinnerst du dich? Behutsam, spöttisch jedes Geräusch vermeidend, legte er den Schlüssel auf die Kommode. –Nachts, und du dachtest, keiner würde dich sehen. Er richtete plötzlich seinen Blick auf sie, gehässig, neugierig, er maß sie präzise, als wollte er ihren Ort und Standpunkt bestimmen. –Klar, du stößt sie runter und machst das Fenster zu. Du mußt nichts begreifen, du mußt nicht begreifen, daß Dinge geschehen sind. Daß es wie eine Narbe brennt, daß wir nichts verzeihen, nie etwas verzeihen, weil das nichts ändert, weil wir uns nur abwenden können oder eben nicht. Aber es ist alles aufgelistet, egal, ob einer es weiß oder nicht. Und ich habe dich gesehen.
–Jim? Isabelles Stimme klang piepsig. –Es ist so nett, dein Gesicht zu sehen, fuhr Jim fort, man denkt immer, dir ist nichts zugestoßen, dir wird nichts zustoßen. –Jim? Vergeblich versuchte sie, ihrer Stimme Halt zu geben.

–Ach, sei ruhig. Er wandte sich zum Gehen, dann fiel ihm ein, daß er die Tür abgeschlossen hatte. Als er sie wieder anschaute, verzog er das Gesicht. –Wie hübsch du bist. Du siehst ihr ähnlich. Nur sieht man in deinem Gesicht nichts, alles glatt und fein. –Wem sehe ich ähnlich? Jim? Wer ist es, dem ich ähnlich sehe? Er antwortete nicht. –Jim? Ich habe der Katze nichts getan. Es war ein Unfall, es muß ein Unfall gewesen sein.
–Nein, du hast der Katze nichts getan. Gar nichts hast du getan, nicht wahr? Du würdest jetzt mit mir schlafen, wenn ich es wollte. Warum eigentlich? Weil du mich hübsch findest? Oder vögelt dich dein Mann nicht? Du würdest ihn betrügen, und dann würdest du sagen, daß du nichts getan hast, nicht wahr? Ich will aber gar nicht. Er nahm den Schlüssel. –Gib mir hundert Pfund.
Sie starrte ihn an. –Ja, Jim grinste, ich sehe, daß da Geld liegt. Ich will aber, daß du es mir gibst. Persönlich, gewissermaßen. Verstehst du? Als kleines Geschenk.
Das Telefon klingelte, sie wollte danach greifen. Jim schüttelte den Kopf. –Nein, meine Kleine. Das Telefon läßt du liegen. Du kommst hierher und gibst mir das Geld. Wieder hörten sie die Ansage, dann Alistairs Stimme. –Wenn du nach Hause kommst, ruf an, wir wollen später essen gehen. Sie ging zur Kommode, bemüht, soviel Abstand wie möglich von Jim zu halten. Es waren Zwanzig-Pfund-Noten, sie nahm alle. –Abzählen, befahl Jim. Ich möchte genau hundert.
Sie zählte, streckte ihm das Geld hin. Er wartete, nahm es, –und einen kleinen Kuß, zum Abschied. Seine Lippen waren kalt. Er hob die Hand, faßte sie am Kinn, sie zuckte zurück, doch er streichelte sanft ihre Wange, verhielt kurz bei dem Leberfleck, stupste ihn und ließ sie los. –Ich werde es dir beibringen, du wirst sehen, ich bringe dir bei, wie man etwas nicht vergißt. Dann ging er; den Schlüssel ließ er stecken.

33 Polly kam nicht zurück. –Der kleine Schmarotzer, sagte ihr Vater gleichgültig, ist doch gut, wenn sie weg ist. Sara preßte sich ans Sofa, schmiegte das Gesicht an die Überdecke, flüsterte dem Tiger etwas zu. –Hör auf, alles abzulecken! Der Schlag traf sie unvorbereitet, aber es tat nicht weh, weil das Polster nachgab. –Verdammte Scheiße, müßt ihr zwei die ganze Zeit heulen! Ihre Mutter stand auf und ging in die Küche, wenn Dad das sagte, manchmal lief sie aus dem Haus, dann folgte er ihr. Rannte ihr hinterher und brüllte. Rannte ihr hinterher, und beide kamen nicht zurück, erst am nächsten Tag oder zwei Tage später, Mum fragte als erstes, ob Dave zurück sei, und Sara log, er sei dagewesen, er habe gesagt, er würde Polly suchen und wiederkommen, und Dad lachte höhnisch und fragte, ob Polly auch dagewesen sei und Dave suchen würde. –Von mir aus können beide wegbleiben, sagte er, Mum ging in die Küche, um zu weinen, und Sara verkroch sich hinters Sofa.
Sie machte jetzt wieder jede Nacht ins Bett, aber keiner merkte es, weil Dave nicht kam, und Mum schimpfte nur, weil es stank, und sie riß das Fenster auf und fing an zu schimpfen. Daß man die Matratze wegschmeißen müsse. Sie sagte es anklagend, und Dad starrte sie fassungslos an. –Eine neue Matratze? Für das Kind? Ist dir klar, daß sie zurückgeblieben ist? Sie wächst nicht, brüllte er und zog Sara hinter dem Sofa heraus, –schau dir das an. Er packte sie am Arm und hielt sie fest. –Oder nennst du das wachsen? Weißt du, ich frage mich allmählich, ob sie von mir ist. Schau sie dir an. Taugt vielleicht als Köder in 'ner Mausefalle. Neue Matratze! Hör mal, mein Leben hab' ich mir anders vorgestellt. Sie pinkelt ins Bett, das ist es. Und wo ist die Katze, die ihr so fettgefüttert habt? Am Herzinfarkt krepiert oder wie?
Manchmal stand er ganz still und stierte auf den Tisch, der leer war bis auf einen Aschenbecher, ordentlich, sauber,

das braune Holz abgewischt, man konnte die Maserung erkennen, Linien und Bögen, auseinanderlaufend, ineinander übergehend, darin Inseln aus Astlöchern. Sara wischte den Tisch ab, rieb jedes einzelne Astloch mit dem Handtuch nach, aber das sah er nicht, nur den leeren Tisch. Der Tisch, an dem Mum und er und Dave und Sara gesessen hatten, und Polly war ihnen um die Beine gestrichen, schnurrend, bettelnd. –Fahrt zur Hölle. Er sagte es oft, und Sara wollte Dave fragen, was er meinte, aber Dave war nicht da. –Weißt du noch, wie wir eingezogen sind, vor zwei Jahren? fragte Mum in der Küche. Sie rauchte. Sie ließ die Asche auf den Boden fallen. Überall gab es winzige Staubkörnchen, schwebend, wie mit Fallschirmen, Prinzessinnen, die ihren Prinzen suchten. –Wie deine Puppen, nur kleiner, hatte Dave erklärt, –sie gleiten sacht, wie aus einem riesigen, blauen Himmel, siehst du? Aber Sara sah sie nicht mehr. Die Asche fiel auf den Boden, und sie starrte den Rauch an, der von der Zigarette aufstieg. –Wo ist Polly? fragte Mum.
Die Frau hatte ihr die Jacke umgehängt und nicht wiedergewollt, eine blaue Wolljacke, weicher als alles, was Sara kannte. Hinter dem Sofa versteckt, hinter dem Sofa und unter der Decke mit dem Tiger, wo keiner suchen würde. –Sara! rief Mum. Ist Polly nicht zurückgekommen? Zwei- oder dreimal war Polly zurückgekommen, nachdem die Frau sie mitgenommen hatte auf die andere Seite des Gartens, und dann nicht mehr. Dad wiegte den Kopf, starrte den leeren Tisch an. Er und Mum und Dave und Sara, die Katze unterm Tisch, –verdammte Scheiße, rief er und hieb auf den Tisch. Zu essen bekomme ich wohl auch nichts mehr?
–Siehst du, hatte Dave ihr gesagt, wenn er diesen Gesichtsausdruck hat, dann fängt er gleich an zu pfeifen, und dann dauert es noch fünf Minuten, bis er ausrastet, siehst du? Er hatte Sara bei der Hand genommen und sie ins Kin-

derzimmer gezogen. Aber jetzt war er nicht da. Sie zwängte sich hinters Sofa und tastete nach der Jacke. Vielleicht mußte sie die Jacke zurückbringen, damit Polly wiederkam, die Jacke zu der Frau bringen, weil sie ihr gehörte, weil man eines gab und ein anderes bekam. So, wie man etwas gutmachte, wie Dave ihr gesagt hatte, daß sie es gutmachen mußte, wenn sie ihn geärgert hatte. Nur war das mit Polly anders, und sie wußte es. Ihre Schuld. Schuld. Weil sie Polly geschlagen hatte. Weil sie nicht gut war, nicht wuchs. Die Jacke versteckt, unters Sofa gequetscht und dreckig. Sie lutschte, kaute. Weil die Frau sie gesehen hatte, gesehen, im Garten, mit dem Pferd, mit ihrem Spieß, mit ihrer Lanze, so wie sie früher mit Dave gespielt hatte, daß sie den Tiger mit einer Lanze umbrachten, –du mußt genau aufs Auge zielen, hatte Dave ihr gesagt, dann ist er tot. –Ich wollte nur den Drachen erschlagen, flüsterte sie. Sie mußte es Dave sagen, mußte es der Frau sagen und ihr die Jacke zurückbringen. –Jetzt ist sie schon wieder hinter dem Sofa, brüllte Dad. Kannst du dich nicht endlich ordentlich um sie kümmern? Du wolltest noch ein Kind, schrie ihr Vater, als hätten wir nicht schon genug am Hals. Er zog sie hinter dem Sofa hervor. –Verschwinde, kapierst du? Sie rannte ins Zimmer. Dave würde Polly lebendig machen. Sie war tot, deshalb kam sie nicht. Dave würde sie lebendig machen. –Soll er doch sehen, wo er bleibt, hörte sie ihren Vater, sich bei uns durchfressen, und wenn er alt genug ist, mitzuhelfen, haut er ab?
Komm, little cat, flüsterte Dave ihr zu. Sie vergrub ihr Gesicht in seinem Kissen. Komm! Aber dann sah er Polly, wandte sich ab und ging.

Am nächsten Morgen drehte sie sich um und horchte. Das Bett war naß, sie zog die Decke über die nasse Stelle und wickelte sich hinein. Jetzt war niemand mehr da. Von der Straße hörte sie die Glocke, der Mann mit seinem Handwagen zog vors Haus und rief, sie rannte schnell ans Fenster, sah, wie er mit der Glocke bimmelte, aber er rief nicht nach ihr, der Karren war leer, er winkte nicht und sah nicht zu ihr her, obwohl sie zurück ins Zimmer gerannt war, die Puppe holte, mit der sie nicht mehr spielte, die Puppe ans Fenster hielt, die aufgerissenen Beine fest umklammert, sie schwenkte die Puppe, damit er endlich hinsah und sich erinnerte, damit er wußte, daß sie hier war, mit ihrer Puppe, die er auf den Zaun gespießt hatte, damit er wußte, daß sie Polly suchte. Aber er schaute nicht zu ihr hin, bückte sich, packte die beiden Stangen des Karrens und zog, kam kaum von der Stelle, und da näherte sich der Bus, der die Alten abholte, der Fahrer klappte das Trittbrett aus, klingelte gegenüber, es war ein anderer Mann, der schnell die Alte von gegenüber in den Bus hievte und wieder losfuhr. Die Glocke war jetzt schon viel weiter entfernt, bimmelte leiser.

Nachmittags kletterten die Kinder in den Garten, kamen zur Verandatür, preßten ihre Gesichter an die Scheibe und grimassierten. Sara duckte sich hinter einen Stuhl. Sie suchten im Gras, der eine Junge setzte sich einen Eimer auf den Kopf, balancierte ihn auf dem Kopf, die anderen stellten sich im Kreis auf und klatschten, dann liefen sie zur Mauer, kletterten weiter in den nächsten Garten, in dem die Frau wohnte, die Polly mitgenommen hatte.

Am nächsten Tag war das Brot aufgegessen und die Milch ausgetrunken. Sara schlief noch einmal ein, auf dem Fußboden, blinzelte, als sie aufwachte, gegen die Sonne, die durch die Verandatür schien; da war wieder der Staub, langsam glitt er durch die Sonnenstrahlen, herab und herab, schwebte lautlos, tanzte nicht mehr, sondern glitt zu Boden, als wären sie tot, die Prinzessinnen tot, weil der Prinz nicht kam. Sie zog unter dem Sofa die Jacke hervor, schüttelte sie aus, so gut es ging, breitete sie auf dem Boden aus, die Arme ausgestreckt, blau, leuchtend, streichelte vorsichtig darüber. –Die wichtigen Dinge gehen nicht verloren, sagte Dave, sie tauchen wieder auf, aber er sah traurig aus, als er es sagte. Sie hob die Jacke auf und ging los, die Jacke schleifte auf dem Boden, sie mußte den Arm höher halten.

Hinter ihr fiel die Tür ins Schloß. Zögernd ging sie durchs Törchen, stand auf dem Trottoir und schaute auf das Nachbarhaus, die Jacke in beiden Armen haltend. Ein Mann mit einem gelben Rucksack lief vorbei und lächelte sie an. Um die Ecke spielten die Kinder, Sara hörte sie rufen und preßte sich an ein Auto. Einen Moment glaubte sie, Polly hinter dem Fenster im ersten Stock zu sehen, aber es war nur etwas Weißes, das sich nicht bewegte, sosehr sie auch hinschaute, und dann war es eine Blume, –wonach hältst du Ausschau, fragte ein Mann freundlich, und Sara preßte die Jacke an sich und sagte –auf meinen Bruder, ich warte auf meinen Bruder, er holt mich ab.

Später versteckte sie sich zwischen dem Auto und dem Baumstamm, wenn ein Passant kam, und dann wurde es Nacht, überall sonst brannte in den Wohnungen Licht, nur bei ihr zu Hause und bei der Frau, die Polly mitgenommen hatte, blieb es dunkel. Sie hoffte, daß ihre Eltern nach Hause kommen würden, nur, damit sie das Licht anmachten, damit es nicht aussah, als würden sie alle vier nie wieder dort wohnen. Sie starrte die Fenster an. Tante Martha hatte dort gewohnt und war gestorben, und dann war sie mit Mum und Dad und Dave und Polly eingezogen, und Dave war weg. Er hatte ihr erklärt, daß Erwachsene starben, Kinder nicht, aber er hatte auch gesagt, daß man die wichtigen Sachen wiederfand, daß sie wieder auftauchten, und jetzt war es zu spät. Leise sagte sie ihren eigenen Namen, Sara, und dann rief sie leise nach Polly. Polly und Sara. Sie kauerte an dem Baumstamm, der gefleckt war wie eine Schlange. Ihr war kalt, aber sie durfte die Jacke nicht anziehen, falls die Frau doch noch kam. Sie fürchtete einzuschlafen und die Frau zu verpassen, sie murmelte abwechselnd die Namen vor sich hin, Sara, Polly. Vielleicht konnte Polly sie nicht sehen, weil sie weg war. Ihr war kalt. Sie stand auf, und dann fing sie an zu rufen. Als von hinten Hände ihre Schulter festhielten, schrie sie auf.

Er war nett gewesen, er hatte ihr und Dave eine große Tüte Pommes gekauft, Dave hatte gesagt, daß Jim ein Freund von ihm war, –was machst du hier, fragte er und sagte, daß sie keine Angst haben müsse, und er wußte alles. Er wußte, daß Dave nicht wiederkam und Polly verschwunden war, daß die Frau Polly mitgenommen hatte, er nickte und nahm die Jacke und sagte, daß er ihr helfen würde, er guckte die Jacke lange an und roch daran, er grinste dabei, und dann hielt er sie fest am Arm, zog sie die Straße hinunter, weg von dem Haus, –aber Polly, sagte sie, Polly ist da drinnen. Er zog sie weiter, über die Asham Road und weiter die Straße hinunter, und sie hatte Angst, weil sie ihn angelogen hatte. Im Garten, versuchte sie zu erklären, daß sie im Garten gewesen war, mit einem Stock, aber sie konnte es nicht sagen, und er merkte nichts, sie wünschte so sehr, daß er fragen würde. –Little cat, hatte Dave gesagt, ich merke immer, wenn du nicht die Wahrheit sagst. Aber Jim merkte nichts, und vielleicht sagte er selbst nicht die Wahrheit. Er hielt sie fest. Er führte sie auf ein Haus zu und ein paar Stufen hinunter, schloß die Tür auf, –dein Bruder kommt bestimmt hierher, er kommt manchmal, um hier zu schlafen, sagte er, vielleicht kommt er nachher noch, und schob sie vorwärts in ein dunkles Zimmer und schloß die Tür hinter sich ab.

34 Bevor sie klingeln konnte, öffnete Alistair ihr die Tür zur Kanzlei, als hätte er auf sie gewartet. –Alles nur eine Idee unseres kleinen Gehirns, sagte er zusammenhangslos. And our little life is rounded with a sleep. Er ging mit hinaus, lehnte sich an die spitz zulaufenden Eisenstäbe, innen war daran ein Fahrrad angeschlossen. –Bentham bat mich heute, ihn beim Spazierengehen zu begleiten, dabei nimmt er in letzter Zeit meist Jakob mit. Er war schwermütig, das ist nicht selten, nur Jakob gegenüber ist er immer heiter, als wollte er ihn schonen, wer weiß. Wir gingen in den Regent's Park, die übliche Strecke, es waren nicht allzu viele Leute unterwegs, wegen des kühlen Windes, weil es bedeckt war, weil der Park scheußlich aussieht, so vertrocknet, wie er ist. Über das Gras, nicht weit von dem kleinen Rondell, lief eine Frau in Zeitlupe, ihre Hände machten seltsame, eigentlich anmutige Bewegungen, tasteten vor jedem Schritt in der Luft, als wäre viel zu schnell, was man selber tut. Es hat mich so an die Zeitlupe der Aufnahmen von den Twin Towers erinnert, weißt du noch? Wie die Menschen aus den Fenstern stürzten?
Isabelle zog ihre dünne Lederjacke fester um sich und verschränkte die Arme. –Du frierst? fragte Alistair. Jakob kommt gleich runter. Was ist mit dir? Er musterte sie erstaunt und ohne Spott. Dein Gesicht ist ganz anders. Er beugte sich zu ihr und küßte sie auf den Mund, hielt sie an den Schultern und küßte sie weiter, als Jakob in der Tür auftauchte. Dann löste er sich abrupt von ihr, drehte sich zu Jakob um. –Du erlaubst schon, dachte ich mir. Der Spott kehrte in seine Augen zurück, und Isabelle fror bei seinem Anblick, als wisse er alles über sie und Jim und richte über sie. Er warf ihr einen Blick zu, schob sie zu Jakob hin. Wieder spürte sie Hände auf ihren Schultern, auf ihren Lippen andere Lippen, aber es berührte sie nicht. Sie wich einen Schritt zurück, musterte die beiden, wischte sich übers Gesicht. Alistair grinste, stellte sich neben Ja-

kob, lehnte sich an ihn, sie rückten enger zusammen, nur Isabelle erschrak, als um die Ecke ein Motorrad raste, aufheulend weiter beschleunigte, dahinter ein Polizeiwagen, aus dem Beifahrerfenster lehnte sich ein Polizist, hielt etwas, vielleicht eine Waffe. Alistair hatte seinen Arm um Jakob gelegt. Eine schwarze Limousine bremste scharf, fuhr wieder an. Wie auf Kommando wandten sich die beiden Männer Isabelle zu, forschend, abwartend. Sie schaute zum Haus, hoffte Bentham zu sehen oder Maude, jemanden, der ihr ein Zeichen gab, erklärte, was vor sich ging, aber das Haus schien leer, sogar die Fenster der Bibliothek, die Mister Krapohl meist geöffnet hielt, waren geschlossen. Wieder heulte eine Sirene, weiter entfernt diesmal, und eine zweite kam dazu, eine dritte. –Scheiße, was ist denn passiert? Alistair richtete sich auf, ließ seinen Arm sinken. Die Sirenen heulten, heulten, –es muß in der Nähe der Great Portland Street sein, sagte Alistair. Er zog ein Handy aus der Tasche und wählte. –Anthony, wo bist du, in der U-Bahn? Great Portland Street? Lauschte, –ja ja, ist gut, ich wollte nur wissen, was los ist, die ganzen Sirenen. –Was ist mit dir? fragte Jakob erstaunt. –Keine Ahnung, Alistair steckte das Handy wieder in die Tasche, grinste. –Hört ihr den Hubschrauber? Jakob und Isabelle hoben die Köpfe, es ist nichts, dachte Isabelle, doch da tauchte über den Dächern ein Hubschrauber auf, stand in der Luft, lärmend, bedrohlich. –Das sind Krankenwagen, sagte Alistair. Bentham hat mir erzählt, ein Freund von ihm, der im Außenministerium arbeitet, habe Informationen, daß britische Soldaten im Irak foltern. Daß sie Leute erschossen haben, aus Versehen. *Unlawful killings*, nennen sie das. Ein achtjähriges Mädchen. –Was heißt, er hat Informationen? fragte Jakob. –Es gibt Berichte, sagte Alistair, vielleicht sogar Fotos, und Bentham hat sich darüber fürchterlich aufgeregt. Mein Gott, habe ich zu ihm gesagt, wer glaubt schon, daß sie nicht foltern. Die Amerikaner, die

Engländer. Aber Bentham war entsetzt, er war niedergeschlagen. –Mir hat er gar nichts gesagt, murmelte Jakob. Isabelle schaute ihn an. –Jakob? fragte sie, aber er hörte sie nicht. Der Hubschrauber kreiste, gewann an Höhe, flog in einer scharfen Kurve nach Süden. –Wovon redet ihr überhaupt? fragte sie heftig. Etwas klapperte, es war Krapohl, der die Fenster hochzog. Isabelle wollte ihm winken, aber er schaute nicht zu ihnen hinunter. Sie drehte sich unruhig zur Straße, die jetzt still dalag, die Sirenen waren auch verstummt. –Irgendwann wird es uns hier erwischen, sagte Alistair, und warum sollten auch ausgerechnet wir unsere Ruhe haben? Isabelle sah Jakob an, der in sich zusammengesackt war. Warum tut er nie etwas? dachte sie, warum wehrt er sich nicht? Sie spürte, wie er mit etwas kämpfte, und er fragte nicht, wie es ihr ging, er schien sie vergessen zu haben. –Nun schaut euch an, wie wir hier rumstehen, Alistairs Stimme klang boshaft.
–Ich möchte nach Hause gehen, sagte Jakob still. Er löste sich von dem Gitter, zögerte nur einen Augenblick, dann lief er los, ohne sich umzudrehen. Isabelle und Alistair standen reglos. –Was ist denn? fragte Isabelle hilflos und spürte, daß sie mit den Tränen kämpfte. –Was ist denn nur?
–Das solltest du wissen, erwiderte Alistair.
–Aber was war das mit Bentham, was hat das mit euch zu tun, die Fotos und all das?
–Was das mit uns zu tun hat? Wenn Engländer im Irak foltern und Kinder erschießen? Alistair zuckte mit den Achseln. –Wahrscheinlich nichts. Hauptsache, uns geht es gut. Er grinste Isabelle an, kalt, boshaft. –Es ist aber nicht deswegen, sagte Isabelle.
–Kann schon sein, sagte Alistair. Komm, wir gehen etwas trinken. Dann hat Jakob Zeit, sich zu beruhigen. Oder streitet ihr gar nicht?
Isabelle schüttelte den Kopf. –Wir streiten nicht. Jakob war schon um die Ecke verschwunden, sie dachte, daß er

nicht nach Hause gehen würde. Wahrscheinlich wußte er nicht, wohin mit sich. –Worüber sollten wir auch streiten? Alistair trat auf sie zu, nahm ihr Gesicht in seine Hände. –Was du so denkst, sagte er, was wohl in deinem Kopf vorgeht?

Zwei Stunden lief Jakob durch Camden, in der Hoffnung, die Straße wiederzuerkennen, in der Miriam wohnte, aber er fand sie nicht. Schließlich fuhr er ins Büro zurück. Mister Krapohl räumte noch in der Bibliothek Bücher aus einem Regal in ein anderes, sonst waren alle gegangen, von Alistair und Isabelle keine Spur. Jakob überlegte, Alistair auf seinem Handy anzurufen, dann entschied er sich dagegen. Es ist nichts passiert, dachte er, aber er war unruhig. Auf seinem Schreibtisch lag ein Zettel von Maude, Mister Miller hatte angerufen und bat um Rückruf. Der zweite Zettel lag darunter, er war von Bentham. *Lassen Sie uns nach Berlin fahren. Mir würde eine kleine Reise guttun, Schreiber ist begeistert. Wenn Sie einverstanden sind, fliegen wir morgen um elf Uhr von Heathrow. Wenn nicht, rufen Sie mich bitte kurz zu Hause an. Ich habe drei Flüge reserviert, falls Ihre Frau uns begleiten möchte.*
Jakob hielt den Zettel in der Hand, dann faltete er ihn sorgfältig zusammen. Er sah Bentham so deutlich vor sich, als wäre er bei ihm. Dann packte er zusammen, was er an Papieren für die Reise brauchte.

Isabelle kam erst gegen Mitternacht, sie wirkte angetrunken, fiel ihm um den Hals und fragte nicht, wo er gewesen sei. Als er ihr sagte, er wolle morgen mit Bentham nach Berlin fliegen, schien sie zu erschrecken. Sie ging in die Küche und holte sich ein Glas Rotwein. –Wie lange denn? Jakob zögerte. –Nur zwei oder drei Tage. Ihr Gesicht sah klein aus. –Gleich morgen früh? fragte sie.
Sie ging zu Bett und schlief sofort ein. Er streichelte die

Decke über ihrer Schulter, sie atmete gleichmäßig, und er schämte sich, daß er sie nicht gefragt hatte, ob sie mitkommen wolle. Zwei Anzüge und Hemden hatte er schon gepackt.
Am Morgen schlief sie noch, als er aufstand, er überlegte, sie aufzuwecken. Doch dann schrieb er nur auf einen Zettel, daß er sie später anrufen werde, legte Geld auf die Kommode in ihrem Arbeitszimmer – in der Schale lag nur eine einzige Zwanzig-Pfund-Note – und ging hinaus. Wie ein Dieb, dachte er, aber als er in die U-Bahn einstieg, war er aufgeregt und glücklich. Sobald sie in Tegel gelandet wären, würde er Isabelle anrufen.

35 –Ich weiß nicht, sagte sie, und als Andras ungeduldig fragte, –warum weißt du nicht, wie es dir geht?, gab sie keine Antwort. Man hörte ein Rauschen in der Leitung, und es war schwer, sich vorzustellen, daß es nicht tatsächlich eine Leitung, etwas Dünnes, aber Solides gab, das sie auf irgendeine Weise verband. Andras drehte sich um, öffnete das Fenster, obwohl es draußen kühl war, herbstlich schon, und beugte sich ein Stück hinaus, als müsse er die Entfernung zwischen sich und Magda einmal noch vergrößern. Er hielt das Telefon fest umfaßt, damit es nicht hinunterfiel, und da Isabelle nichts sagte, hielt er, dachte er bei sich, ihr Schweigen in der Hand, hielt es aus dem Fenster, konnte es tragen, wohin er wollte. Sie sagte nichts. Und nachdem er den Fernsehturm betrachtet hatte, das im Tageslicht blasse Aufleuchten und Verlöschen der Reklametafeln, wandte er sich zurück, trat zum Tisch, an dem Magda saß, nahm ein Papier und einen Stift und schrieb, *wenn du mich noch willst, ziehe ich zu dir.* Magda

lächelte, berührte leicht seine Hand und ging ins Schlafzimmer. –Isabelle, was ist mit dir? fragte er noch einmal. Sie sagte noch immer nichts, er konnte hören, wie sie atmete, flach, schabend, wie ein Tier, dachte er, das im Käfig hin- und herläuft, er ärgerte sich darüber. –Andras, kannst du mich besuchen kommen? Er spürte, wie das Telefon in seiner Hand feucht wurde. Drei Monate früher, er spürte einen stechenden Schmerz, wenn sie ihn drei Monate früher gefragt hätte, wäre er nachts ins Büro gelaufen, um einen Flug zu buchen. –Andras, sagte Isabelle, kannst du kommen?

–Ist etwas passiert? fragte er, geht es dir nicht gut? Ihr Atmen stockte, für einen Moment war es ganz still. Im Schlafzimmer raschelte etwas, vermutlich hatte Magda sich mit einem Buch hingelegt, wartete, bis er fertig telefoniert hatte. Vom Dachboden konnte er Schritte hören, armer Herr Schmidt, dachte Andras, was sollte aus ihm werden, wenn er auszog und die Besitzer anfingen, das Haus zu sanieren? Er ging wieder ans Fenster, schaute nicht hinaus, sondern drehte sich um und betrachtete das alte Sofa von Tante Sofie und Onkel Janos. Erinnerst du dich an das rote Sofa, wollte er sagen, aber er unterließ es. Sie wußte auch so, daß er nicht kommen würde. Zu spät, dachte er, nur war das nicht die richtige Beschreibung, denn die Zeit und was in ihr geschah war nie ein und dasselbe, nie eine Linie, die unregelmäßig verlaufen mochte, sich aber zurückverfolgen ließ. Die Zeit verbindet nichts, dachte er. Sie zerstückelt auch nichts; verbindet nicht, zerstückelt nicht, wie halten wir das nur aus. Als wäre, was Isabelle und ihn verband, ebenso ausgedient wie das Sofa, ein Gegenstand, der nicht länger gebraucht wurde, gleichgültig, wie viele Erinnerungen sich damit verknüpften. –Ich glaube nicht, sagte er, korrigierte sich. Nein, Isabelle, ich komme jetzt nicht nach London. Sie schwieg, dann lachte sie, lachte mit der vertrauten, geliebten Stimme, Schulranzenstimme,

dachte er, noch einmal, und er sah das Mädchen mit dem roten Rock vor sich, rennend. –Zeichnest du viel? unterbrach er ihr Lachen. –Malst du wieder? fragte sie zurück, es war etwas unangenehm Scharfes in ihrer Stimme. –Ich ziehe zu Magda, sagte er, vielleicht fange ich bei ihr wieder an zu malen.
–Deswegen kommst du nicht?
Es gab Andras einen Stich ins Herz. –Und Sonja ist wirklich schwanger? fragte Isabelle, und ihr seid in die Potsdamer Straße umgezogen, und du ziehst zu Magda, nach Charlottenburg? Es wird nichts mehr so sein, wie es war, sagte sie, dann legten sie beide auf.
Magda war beim Lesen eingeschlafen, er deckte sie behutsam zu, schrieb ihr einen Zettel und ging hinaus. Auf der Torstraße war nur wenig Verkehr, er dachte, daß er Jakob anrufen könnte, dann tauchte plötzlich wie aus dem Nichts ein Auto auf, hupte, und Andras sprang auf den Bürgersteig, stolperte. Mit den Händen konnte er den Sturz aufhalten, so daß seinem Gesicht nichts passierte, aber sein Knie war aufgeschlagen, die Handflächen brannten, beide Ballen waren aufgeschürft. Eher verblüfft als erschreckt setzte er sich auf und betrachtete durch den Riß des Stoffes sein Knie. Anscheinend war er auf ein spitzes Steinchen oder eine Scherbe gefallen, aus einer etwa drei Zentimeter langen Wunde quoll das Blut, sammelte sich und lief, unter dem Stoff, das Schienbein entlang. In der Jackentasche suchte er nach einem Taschentuch, fand nichts, blieb sitzen, um abzuwarten, bis das Blut geronnen war. Es dauerte nicht lange. Als er vorsichtig aufstand, traten ihm Tränen in die Augen, ärgerlich schüttelte er den Kopf, aber er weinte doch und mußte über sich selbst lachen. Sein Herz pochte unruhig, als er die Straße wieder überquerte, humpelnd, lachend, tränenblind die Choriner Straße hinaufging.
Magda war gerade aufgewacht. Mit großen, verwunderten

Augen schaute sie ihn an, nahm vorsichtig seine Hände und führte ihn ins Bad. –Hast du kein Kodan? fragte sie und wusch, als er, unfähig zu sprechen, den Kopf schüttelte, mit lauwarmem Wasser vorsichtig die Wunden aus. –Die Hose kann in den Müll, konstatierte sie, vor ihm kniend. –Mein armes Herz. Er ließ sich zum Bett führen und zudecken.
In der ersten Abenddämmerung spürte er, wie Magda aufstand, sich hinausschlich, dann schlief er wieder ein. Als er aufwachte, fand er in der Küche Croissants und frische Milch, auf dem unbenutzten Teller lag ein Zettel, ein Lastauto war darauf gemalt und ein Fragezeichen. Er rief Peter an und fragte, ob noch leere Umzugskisten da seien.
–Sechs Stück, sagte Peter, wozu brauchst du sie?
–Ich ziehe zu Magda, wenn es geht noch heute. Erstaunt bemerkte Andras, daß er ängstlich in das Schweigen horchte. –Peter? Bist du noch da? Warum sagst du nichts?
–Du ziehst zu Magda? Wirklich? Andras, ich fasse es nicht. Das ist ja großartig. Ich dachte schon, du willst bis an dein Lebensende Isabelle nachweinen.
Eine Stunde später klingelte es, und Peter stand vor der Tür, die leeren Kartons neben sich. –Ich muß gleich wieder runter, Sonja wartet im Auto. Peter zögerte, dann grinste er verlegen, umarmte Andras kurz, verschwand.

Nur das Wichtigste, dachte er, zwei Kartons mit Kleidern, zwei mit Büchern, zwei mit Papieren, den Rest räume ich dann auf. Als er beinahe fertig war, fiel ihm ein, was er geträumt hatte, einen ähnlichen Traum wie vor ein paar Monaten. Sie stand in einem kahlen Zimmer nackt im Neonlicht, älter und kleiner, als er sie erinnerte, eine alternde Frau mit einem Kinderkörper. Ihr Gesicht konnte er nicht sehen, sie verbarg es in den Händen.
Er würde, dachte Andras, ihr eine Mail schreiben und vorschlagen, ob sie nicht für ein paar Tage nach Berlin kom-

men wolle. Das neue Büro war immer noch nicht fertig eingerichtet, in Isabelles Zimmer, sie hatte ein eigenes Zimmer mit einem Fenster vor der Kastanie im Hof, standen die Kisten und der Computer unausgepackt, es war so viel zu tun, und warum sollte es nicht eine Art Neuanfang sein, *new concept – new life*, für sie auch. Es klopfte, klingelte nicht, sondern klopfte. Einen Augenblick durchfuhr es Andras, daß Isabelle vor der Tür stehen würde, und sein Herz schlug aufgeregt. Aber es war Herr Schmidt. Er hatte einen kleinen altmodischen Koffer aus Pappe in der Hand. –Ich dachte mir, daß Sie bald ausziehen, sagte er mürrisch in Andras' erschrockenes Gesicht. –Es tut mir leid, Andras hob hilflos die Hand. –So ist das, sagte Herr Schmidt, gestern habe ich einen Koffer gefunden, heute ziehe ich aus. Es könnte auch anders sein. Ich habe am Bahnhof übernachtet, obwohl ich es nicht mußte. Die Imbißstuben sind sehr gut. Freundlich. Und dann der Koffer, leer, beim Briefkasten, Sie wissen doch, an der Brücke. Kein Zufall, dachte ich, also zieht er aus, und ich ziehe auch aus. Er griff nach dem Koffer und nickte und ging die Treppen hinunter. –Aber können wir Sie nicht irgendwo hinbringen? rief Andras. Und wollen Sie nicht den Kocher mitnehmen? Doch Herr Schmidt schüttelte den Kopf, winkte und stieg weiter vorsichtig die Stufen hinunter, ohne sich noch einmal umzudrehen.

36 Er gab ihr eine Decke und sagte, sie dürfe auf dem Sofa schlafen, so wie ihr Bruder. Es war halb zehn Uhr abends, und ihm gefiel, wie sie dalag und vielleicht wirklich gleich einschlief. Um halb elf ging er noch einmal nach draußen, er schloß die Tür hinter sich ab, ging die Straße hinauf, und als er die Fenster der Hausnummer 49 dunkel fand, war er verärgert, als wäre sein Plan vereitelt. Er hatte einen Plan. Er würde morgen nach Glasgow fahren, seine Sachen waren schon gepackt, die Tasche stand griffbereit im Schlafzimmer, er mußte sich nur noch aufraffen. Pete, der Türsteher vom *Broken Night*, hatte ihn gewarnt, es seien zwei nicht so nett aussehende Männer dagewesen, um nach ihm zu fragen. Zufällig war Jim in ihn hineingerannt, auf der Iron Bridge, er schuldete Pete immer noch das Geld, er hatte nicht vorgehabt, ihm seinen Anteil zu geben, und dann war Pete so anständig und warnte ihn, hatte grinsend gesagt, es wäre eh nur eine kleine gute Tat gewesen, um sein Karma günstig zu stimmen, und was Jims Karma anginge, könne er ihm nur raten, aus der Stadt zu verschwinden, denn wenn er jetzt wiedergeboren würde, dann womöglich als Regenwurm oder als Spatz. Aber es gibt ja kaum noch Spatzen, dachte Jim, als er die Lady Margaret Road wieder hinunterging, nicht einmal das; ihm war, als hätte Isabelle ihn betrogen. Das Kind lag auf dem Sofa und schlief, anscheinend tat es nicht nur so, denn als Jim ein Feuerzeug dicht an seine dünnen Haare hielt, zuckte es nicht, atmete ruhig weiter. Schlief. Es sah sogar nett aus, es war nett, nach Hause zu kommen und ein schlafendes Kind vorzufinden, nur war es nicht sein Zuhause, morgen wollte er abhauen, und er trank ein Bier, ging ins Schlafzimmer, obwohl er meistens im Wohnzimmer schlief, damit er die Tür hörte, damit er die Sachen im Auge behalten konnte, aber auf dem Sofa schlief das Kind. Er zog seine Jacke aus, warf sie zu Boden und streckte sich auf dem Bett aus. Mitten in der Nacht

hörte er das Kind wimmern, es hatte ihn aufgeweckt. Anscheinend war es aufgestanden, statt weiterzuschlafen, Jims Hand ballte sich wütend, ein Geräusch, als wäre es gegen den Tisch gestoßen, wahrscheinlich die Ecke des Glastisches, idiotisches Ding, der Glastisch, das Kind, und vielleicht war es durstig. Aber er war zu müde und zu faul, um aufzustehen, womöglich war es keine gute Idee gewesen, das Kind hierher zu bringen, wenn Isabelle nicht da war, er wußte nicht einmal, ob sie nicht weggefahren war. Er lauschte, ein leises Wimmern war zu hören. Dann schlief er wieder ein.

Etwas im Traum ließ ihn morgens hochschrecken, er duckte sich, vor irgend etwas, das häßlich war. Als er die Augen öffnete, stand vor ihm das Mädchen, so wie er es gestern gefunden hatte, ein spitzes Gesicht, nicht hübsch, und dann merkte er, daß sie roch. –Kannst du dich nicht waschen? Du stinkst. Sie zog sich einen halben Schritt zurück, als er sie musterte, bemerkte er einen dunklen Fleck auf ihrer grauen Hose, eine Art Jogginghose, oben zusammengeschnürt. Das war es, dachte er, sein Fehler, daß er falsche Entscheidungen traf, daß er nicht die richtige Entscheidung traf, Ben nicht wegschickte, Mae gegenüber zu nachgiebig war, und jetzt das Kind, das er sich aufgehalst hatte. Es stand ganz starr da, gleich fing es an zu heulen, und dann wollte es bestimmt etwas zum Frühstück, Milch und Cereals oder Brot mit Marmelade. Er richtete sich auf und sah belustigt, wie das Mädchen aufstand, ins Wohnzimmer floh, sich auf das Sofa setzte, die Hände auf den Knien und mit gesenktem Kopf, mit jedem Schritt, den er sich näherte, wurde es steifer. Wenn er sie berührte, würde sie entzweibrechen wie eine Porzellanpuppe mit einem Sprung. Aber plötzlich hob sie mit einem Ruck den Kopf und schaute ihn direkt an, gezielt, unnachgiebig. Er mußte wegsehen. Er ging ins Bad, zog sich aus, rasierte sich. Spitzte die Lippen, wie er es oft tat, als müßte er eines Tages von alleine pfeifen können, aber es kam nur Luft und Spucke. Als er geduscht hatte, war er noch immer wütend. Er wickelte sich ein Handtuch um die Hüften, ging ins Wohnzimmer. Sie saß da, ohne sich zu rühren. –Steh auf, herrschte er sie an, sie gehorchte, verbissen, widerwillig. –Vielleicht machst du uns wenigstens Frühstück, oder wie stellst du dir das vor, daß ich dich bediene? Sara schob sich hinter dem Tischchen hervor, er trat ihr in den Weg. Atmete ihren Geruch ein, begriff endlich. –Shit, hast du in die Hose gemacht? Hast du in die Hose und auf mein Sofa gepinkelt? Jim faßte sie an der Schulter, wie ein Vogel, so mager, dachte er. Er zwang sie, den Kopf zu heben. Aber sie weinte nicht. Sie stierte vor sich hin, mit fast übermenschlicher Konzentration, weinte nicht. Stand da. Das letzte Hindernis, bevor er sich nach Glasgow aufmachte, sie und Isabelle, bevor er diese ganze beschissene Stadt hinter sich lassen konnte, die alles kaputtmachte, nichts übrigließ. Es war schon zehn Uhr. Jim wandte sich um. Etwas Helles tauchte vor seinen Augen auf, blendete ihn, er mußte die Augen schließen. Ein grelles, weißes Licht. –Wasch dich wenigstens, sagte er, ich habe nichts zum Anziehen für dich. Er ging in die Küche, hörte ihre Schritte, die Badezimmertür, die sie hinter sich schloß, Wasser. Setzte Teewasser auf. Suchte Kekse, Toast. Zog ein Tablett heraus, stellte zwei Becher darauf, grinste, Hisham wäre zufrieden mit ihm, kramte in aufgerissenen Packungen, die noch von Damian waren. War da nicht Honig? Kein Honig, aber ein Glas Marmelade, oben eingetrocknet, aber nicht schimmelig. Mae hatte Frühstück gemacht, wie es sich gehörte, mit Eiern und Schinken, sie hatte einen Toaster gekauft, ohne ihn zu fragen, einen Toaster, um morgens das Brot zu rösten. Er trug das Tablett ins Wohnzimmer, nahm die Dekke, faltete sie zusammen, roch daran, fuhr mit der Hand über das Sofa, nicht mehr schlafwarm, trocken. Sie hatte das Bad nicht gefunden und sich dann hingestellt, um in

die Hose zu machen, das Sofa zu schonen. Fehlte nur Isabelle, dachte er. Isabelle, die Eier in der Pfanne briet und fragte, ob er Schinken wolle. Er goß die Tassen voll, löffelte Marmelade auf einen Keks. Sein Handy klingelte. Auf dem Display war keine Nummer, es war nur verdammte Neugierde, daß er antwortete, wieder eine seiner idiotischen, falschen Entscheidungen, er hoffte tatsächlich, Hisham könnte ihn anrufen. Aber da war nichts, nur ein Atmen in der Leitung, eine Frau, dachte er, mühsames Atmen und keine Antwort, als er fragte, wer da war, wer in der Leitung war, verdammt? –Wer ist da? rief er, und dann legte sie auf, und er rief: Mae? Bist du das? Mae?
Das Mädchen war aus dem Bad gekommen wie eine Maus, leise, verschlagen, hatte ihn belauscht, sie ging zum Tisch und fing an zu essen, stopfte Kekse in sich hinein, er drehte sich angewidert zur Seite, schob seine Teetasse weg, stand auf und nahm seine Tasche, schloß hinter sich ab und ging. Sollte Damian sie doch finden, als kleinen Gruß von seinem dankbaren Jim, halb verhungert oder ganz verhungert, denn es würde ihr nicht gelingen, die Fenster zu öffnen, nicht einmal, wenn sie auf einen Stuhl kletterte, würde sie an die Sicherung oben drankommen, und hören würde sie auch niemand. Kleines Abschiedsgeschenk. Das Handy hielt Jim in der Hosentasche fest, lauschte, ob es noch einmal klingelte, betastete es mit den Fingern, aber es blieb stumm. Er lief die Kentish Town Road hinunter, kaufte sich beim Bäcker zwei Scones, kaute. Losfahren, dachte er, zum Bahnhof und losfahren, er tastete mit den Fingern über das Plastik, zog das Handy heraus. Da war die Brücke, der Kanal; Jim drückte auf den grünen Hörer, lauschte dem Freizeichen, nichts, und ohne es auszuschalten, warf er es ins Wasser. Ein Junge neben ihm grinste verblüfft. –Mister, warum haben Sie es nicht mir geschenkt? Jim schaute in die glasigen Augen. –He, Mister, haben Sie vielleicht ein Pfund für mich? Zittrige Hände, die sich vor-

streckten, – oder eine Zigarette? bettelte der Junge weiter, und Jim griff in die Tasche, suchte nach einer Münze, aber da war nichts, keine Münze, kein Geldschein, nichts, alles in der Jacke, die er gestern getragen hatte. Er durchwühlte die Tasche, zwischen den Kleidern knisterten kleine Zellophanbeutel, Arzneischachteln, – versuch bloß nicht, schlau zu sein, hatte Albert gepredigt, hat eh keinen Sinn, das Geld bei dir, der Rest in einer Tasche, die du abwerfen kannst, und er hatte alles richtig gemacht, nur lag die Jacke im Schlafzimmer, kleines Abschiedsgeschenk, verhöhnte er sich, das wolltest du doch, nicht wahr? Der Junge stand noch immer da, duckte sich, – zieh Leine, zischte Jim ihn an, und er gehorchte, Jim richtete sich auf, umklammerte den Griff seiner Tasche. Ein Grüppchen Touristen blieb neben ihm stehen, unterhielt sich laut, sie redeten über ihn, er merkte es an ihren Blicken, die nicht einmal verstohlen waren, sondern sachlich, zwei Männer, die redeten, zwei Frauen, die zuhörten, die hübschere zog gelangweilt mit dem Schuh unsichtbare Linien auf den Bürgersteig, die Handtasche hielt sie fest in beiden Händen. Wie ein Schwimmer von einem Felsen stieß Jim sich von der Brüstung ab, noch einmal, dachte er, lief schon mit zügigen Schritten hinauf, nicht einmal Kleingeld für einen Autobus, summte, an *Pang's Garden* vorbei, zum letzten Mal, er würde, dachte er, ein Taxi zum Bahnhof nehmen, bei *Peace Cabs* eines bestellen, da standen die Männer, höflich, mit ihren leisen, angenehmen Stimmen, und liebenswürdig, höflich nickten sie ihm zu, überreichten ihm ein Kärtchen. Heute noch? Heute mittag, das war gut, eine gute Zeit, er müsse nur anrufen, diese Telefonnummer, zehn Minuten vorher, von wo? Von der Lady Margaret Road, und zur Liverpool Street Station? Kein Problem, nickte der eine ihm beruhigend zu, aber die zwei anderen waren abgelenkt, schauten zur anderen Straßenseite, wo eine alte Frau sich hinter ihrem Hund herschleppte und eine junge Frau entlanggging, als hätte sie weiche Knie, lässig, in einem kurzen Rock, sie hob die Füße nicht, schlurfte in offenen Sandalen, mit ihren weichen, weißen Füßen, er fluchte, überquerte zwischen den drängenden, hupenden Autos die Straße, aber sie schaute sich nicht um, lief weich und sexy, die Sohlen schleiften auf den Steinen des Bürgersteigs, so langsam alles, als wollte sie es ihm leichtmachen, bot sich schon wieder an, schamlos, selbst die Muftis bemerkten es, über die Straße hinweg. Er ließ sich zurückfallen, holte dann wieder auf. Der Rock klebte an ihrem Po, an ihren Schenkeln, einladend, abstoßend. Sie merkte nicht, daß er dicht hinter ihr war, hörte weder seinen Atem noch seine Schritte, ganz in Gedanken, mit sich selbst beschäftigt, zufrieden, dachte Jim, zufrieden mit sich selbst und mit ihrem Tag, der sorglos vor ihr lag, bis gegen Abend ihr Mann auftauchen würde, um für sein teures Geld wenigstens ein Abendessen und ein paar freundliche Sätze zu bekommen. Schläfst wohl nicht mit ihm, hatte er gefragt, und was kriegt er für sein Geld? Wippend, wie mit weichen Knien ging sie, vielleicht war es Absicht, vielleicht spürte sie sehr wohl, daß da hinter ihr ein Mann herging, sich aufgeilte an ihrem kleinen Po, hübsch rund und sexy, sie bogen schon in die Leighton Road ein, er drei Meter hinter ihr, den Blick auf ihr honigbraunes Haar gerichtet, auf ihren Po, auf die Bluse mit hellgrünen und blauen Karos, folgte ihr oder trieb sie vor sich her, um ihr eine Überraschung zu bereiten. Viel zu hastig aufgebrochen vorhin, dachte er, ohne Geld, ohne Abschied, aber das können wir ändern. Streckte den Arm aus, rief ihren Namen, faßte sie, bevor sie sich umdrehen konnte, am Arm, und da war ihr Gesicht. Überrascht, kindlich, sie schob sich näher, als wollte sie ihm in die Arme fallen, erleichtert. Er mußte wegschauen. Sie schämte sich nicht, hielt ihm das Gesicht hin, mit aufgerissenen Augen, mit leicht geöffnetem Mund, unschuldig, plapperte drauflos, daß ihr Mann verreist sei, ohne sie mitzunehmen, daß sie einen Freund gebeten habe zu kommen, das alles mit der Miene jemandes, der Rechte hatte, der getröstet werden würde, aber er wolle, dieser Freund wolle nicht kommen, wegen einer anderen Frau, sie schob sich näher an ihn, er mußte zurückweichen, hielt sie am Arm, hielt sie fest, auf Abstand, und dann zog er sie voran. Hell, dachte er, blinzelte geblendet, die Sonnenbrille auch in der Jacke, er erinnerte sich an das, was Damian gesagt hatte, von der Helligkeit, in der die Sachen verborgen waren, spürte den warmen Arm unter seinen Fingern. Er sehnte sich nach Mae, sehnte sich zum Gotterbarmen nach ihr.

37 Nach all dem Licht draußen war es in der Wohnung dunkel, ihre Augen gewöhnten sich mühsam daran, sie sog die dumpfe, säuerliche Luft ein, Jim stolperte, sie rempelte ihn an, spürte den festen Körper, –er ruft nachher noch einmal an, sagte sie, ich wette, daß er noch einmal anruft und fragt, ob er nicht doch kommen könnte, und ehrlich gesagt weiß ich gar nicht, ob ich das dann noch will, Schulranzenstimme, hatte Andras gesagt, und sie galoppierte los, –du hättest die Fotos sehen sollen, die Alexa von mir gemacht hat, sie waren in meinem Schreibtisch, wo hätte ich sie auch sonst aufbewahren sollen? Nacktfotos, ich glaube, das Schlimmste ist, daß sie nicht pornographisch sind, wahrscheinlich hat Alexa eine ganze Sammlung, ich sollte sie meinen Eltern schenken, kannst du dir das vorstellen, sie sitzen in ihrer Schuhschachtel, so nenne ich ihr Haus, eine Schuhschachtel, irgendwas Teures, nicht Prada, aber teuer, solide, und ihre Reaktion, wenn ich ihnen diese Fotos schicke, damit sie wieder wis-

sen, wie ich nackt aussehe? Sie verstummte. Er drehte sich weg und schloß die Tür ab. –Jim? Du hast neulich gesagt, daß ich jemandem ähnlich sehe? Er stand im Halblicht vor ihr, nicht ganz so groß wie Jakob und Alistair, aber kompakter, voll konzentrierter, zorniger Energie. Er hatte die Tasche abgestellt. Sie bückte sich, griff danach, –laß das, sagte er scharf, –ich wollte sie doch nur aus dem Weg stellen, damit du nicht stolperst. Aufmerksam schaute sie in sein Gesicht, sie konnte nicht deuten, was sie sah, und Jakob würde versuchen, sie anzurufen, nicht Andras. Er wollte sie los sein, Jim wollte sie los sein. –Jim? sagte sie, was wolltest du mir zeigen? Nervös nestelte sie an dem obersten Knopf ihrer Bluse, er mißdeutete ihre Bewegung, lachte auf, spreizte die Beine ein bißchen. Rechts von ihr, da, wo ein Sofa und ein Glastisch standen, bewegte sich etwas, unter einer Decke verborgen, ein Kopf schob sich heraus, ein Kinderkopf und zwei dünne Ärmchen kamen zum Vorschein, streckten sich, hielten etwas Dunkles, und dann erst begriff sie, als Sara sich aufrichtete, mit ihrer alten, blauen Strickjacke, rasch warf Isabelle einen Blick auf Jim, der lauernd dastand. Sara krabbelte vom Sofa, kam näher, hielt ihr die Jacke hin. –Ihre Jacke, sagte sie, ich habe Ihre Jacke, damit Sie mir Polly wiedergeben. Isabelle wich einen Schritt zurück, –Unsinn, sagte sie, das ist nicht meine Jacke, sie roch den säuerlichen Geruch deutlicher, machte eine Handbewegung, als könnte sie das Kind wegschieben. Das Mädchen hielt inne, überrumpelt. –Polly? sagte es fragend. Sie haben Polly mitgenommen, Sie haben mir die Jacke dagelassen? Es drehte hilfesuchend den Kopf zu Jim. –Sag ihr, wo Polly ist, forderte er Isabelle grinsend auf. Er trat näher. –Sag ihr, was du mit ihrer Dreckskatze gemacht hast, sie konnte seine Wärme spüren, den angespannten, erhitzten Körper. Aber er war abgelenkt, als wäre ihm etwas eingefallen, das er vergessen hatte, er drängte sich an Isabelle vorbei, griff nach einem

Umschlag, der auf dem Fernseher lag, –das war es, sagte er, davon hast du doch geredet, von den Fotos. Unschlüssig hielt er den Umschlag in der Hand, als zerfalle etwas, dachte Isabelle, zerfällt in seine Teile. Sara ließ die Jacke sinken, sie sah Jim flehentlich an. Langsam legte er den Umschlag zurück, und Sara nahm ihn, streckte ihm den Umschlag wieder hin, als wäre er, da die Jacke nichts bewirkte, etwas, das sie anbieten könnte, streckte Isabelle den Umschlag hin, –laß das, Jims Stimme überschlug sich, er riß den Umschlag an sich, zerriß ihn, Schnipsel fielen zu Boden, bunt, sah Isabelle, Schnipsel von Farbfotos, dazwischen weißes Papier, das, was der Umschlag gewesen war. Im Zimmer war es heller geworden, da die Sonne ein Stück tiefer gerutscht war. –Aber Sie haben mir gesagt, daß die Frau weiß, wo Polly ist. –Hältst du endlich die Klappe? Deine Scheißkatze, tot ist sie, kapierst du? Tot, wiederholte er, wegen ihr, er zeigte auf Isabelle, weil sie deine Katze nicht leiden konnte, weil es ihr egal ist, was mit deiner Katze passiert. Er drehte sich ganz zu Sara, warf den Kopf in den Nacken, Schauspieler, dachte Isabelle, aber das war es nicht, es war kein Schauspiel, nicht für Jim und Sara, die einander gegenüberstanden, und während es wieder dunkler wurde, vermutlich, weil eine Wolke vor die Sonne geglitten war, roch sie den abgestandenen Rauch, die alte Bettwäsche, die staubigen Polster, nie gelüftet, auf dem Glastisch stand ein Glas. –Jim, sagte sie, ich möchte gehen. Sie drehte sich um, ging auf die Tür zu, die abgeschlossen war, der Schlüssel steckte nicht. –Jim, laß mich gehen. Ich habe sie von der Fensterbank geschubst, das ist alles. Keine Katze stirbt, bloß weil man sie im Erdgeschoß von der Fensterbank schubst! Ihre Stimme klang schrill, empört, als würde es etwas nützen, sich zu empören, –Jakob wollte anrufen, sagte sie, aber sie wußte, daß er sich keine Sorgen machen würde. Und selbst wenn, dachte sie. Interessiert beobachtete Jim, wie sie die

Tür losließ, einen halben Schritt ins Zimmer trat. –Jim? Es gelang ihr, ihre Stimme zu kontrollieren. –Du lügst, sagte Jim. Er verzog das Gesicht, gestikulierte ins Leere, um einen Gedanken zu fassen oder zu verscheuchen, seine Hand traf dabei Sara, die neben ihm stand, nicht fest, aber er schien froh, endlich auf Widerstand zu treffen, auf irgend etwas, das ihnen erlaubte vorwärtszukommen. Isabelle richtete sich ein bißchen auf. –Sara, sagte sie beherrscht, Sara, hast du Jim erzählt, was du mit deiner Katze gemacht hast? Daß du sie mit einem Stock geschlagen hast, mit einem dicken Stock? Erstaunt hielt Jim still. –Was sagst du? Aber es war die Gemeinheit, die schiere Gemeinheit ihrer Denunziation, die ihn aufmerken ließ, die wieder in Gang setzte, was stillgestanden hatte wie ein kaputtes Uhrwerk, und sogar die Wolke gab die Sonne wieder frei, so daß es heller wurde und sie sein Gesicht sehen konnte, das sich veränderte, es war, als schaute man einem primitiven Film zu, einem Daumenkino. Da war es, er nahm eine Spur auf, alles Überflüssige mit einer gekränkten, hochmütigen Geste zur Seite wischend, sie sah, wie er einatmete, er suchte noch, suchte etwas, so, wie sie auch. –Vielleicht sollte ich dich mitnehmen? sagte er zu Isabelle, willst du mitkommen, mit deinem hübschen, unschuldigen Gesicht? Er trat auf sie zu und stellte sich hinter sie, seine Hände spielerisch um ihren Hals, dann abwärts gleitend, unter den Stoff der blaugrünen Bluse, fester, konzentriert. Sara gab einen wimmernden Laut von sich. Mit einem Fluch löste er sich von Isabelle, schnellte vor, zwei Schritte, holte aus, die Hand zur Faust geballt, zog Isabelle schon wieder an sich, während Sara noch einen Moment schwankend dastand, bevor sie fiel, blutend. Der kleine Schrei war aus Isabelles Mund gekommen, aber seine Hand preßte sich auf ihren Mund, lockerte sich wieder, streichelte die Lippen, drängte sie sacht auseinander, –nichts passiert, murmelte er in ihr Ohr, komm schon, lockte er, liebkoste sie, bis ihre Lippen sich öffneten, ihre Zunge seinen Finger berührte. Das Kind drehte sich zur Seite, richtete sich auf, es hustete einmal, das Blut lief ungehindert übers Kinn und wurde vom T-Shirt aufgesaugt. Der Finger zog sich aus Isabelles Mund zurück, Sara schaute zu den beiden auf, fuhr sich unsicher übers Kinn, spuckte, spuckte noch einmal, Isabelle schloß die Augen, Übelkeit schüttelte sie, eine leichte Ohrfeige traf sie, sie hörte seine Stimme, auflachend, –du wolltest doch, daß sie bestraft wird. Er beugte sich nach rechts. –Mach die Augen auf! Schob sie vorwärts, auf das Mädchen zu, das seine Hand ausgestreckt vor sich hielt, einen kleinen, verschmierten Zahn darauf, ohne zu weinen. Ich kann nichts tun, dachte Isabelle wieder und wieder, spürte den warmen Körper, schmiegte sich an ihn, aber unbarmherzig schob er sie auf das Mädchen zu, das ihnen entgegenblickte, diese winzige, riesige Entfernung, Jim murmelte etwas, seine Hände gaben Isabelle einen kleinen Stoß, ließen sie allein. Sie drängte zu ihm zurück, als könne er sie trösten, sie wollte die Augen schließen, umarmt werden, aber er stieß sie weg. –Du würdest überall betteln, nicht? sagte Jim. Weißt du, was du bist? Wie ein schwarzes Loch, man kann alles in dich reinschütten, und es verschwindet spurlos. Jäh faßte er sie wieder und drehte sie um. –Nichts sieht man in deinem Gesicht, grade mal ein bißchen Angst. Er musterte Isabelle aufmerksam, sein Mund verzog sich. –Das Mädchen stinkt, merkst du das nicht? Er griff ihren Nacken, zwang sie hinunter. –Sie hat sich vollgepinkelt. Ließ sie los, trat zurück. –Sie hat in die Hose gemacht, sagte er ruhig, zieh sie aus. Ich will, daß du sie nackt ausziehst. Nein, dachte sie, nein, aber sie bückte sich, Sara zuckte zurück, versuchte auszuweichen, der Zahn fiel aus ihrer Hand zu Boden. –Mach schon, sagte Jim gleichgültig, schaute sich suchend um, als wüßte er nicht, was er tun sollte, ging in die Küche, kam mit einem Messer wieder. Isabelle gehorchte, folgte der Bewegung ihrer eigenen Hände ungläubig, Hände, die nach dem T-Shirt des Kindes griffen und es über seinen Kopf zogen, nicht grob, nicht vorsichtig, sondern präzise und geschickt, als hätte sie diese Szene hundertfach geprobt. Alexa müßte hier sein, dachte Isabelle, mit ihrer Kamera, sie fing an zu weinen, legte das T-Shirt beiseite, zog den jetzt schlaffen Körper zu sich, nestelte an dem Knoten und streifte Hose und Unterhose zusammen bis zu den Knöcheln herunter, hob das Kind hoch. Sara stand jetzt nackt vor ihr, wischte sich über die Nase, verschmierte das Blut, sie weinte nicht, starrte Isabelle an, ängstlich und getröstet, dann spuckte sie aus, vorsichtig, spuckte einen zweiten Zahn aus, sie schien nicht zu begreifen, was das war, fragend blickte sie zu Isabelle, die vor ihr kniete, blaß, vor Angst und Scham atemlos. Jim trat Sara leicht mit der Schuhspitze, einmal, ein zweites Mal, als prüfe er einen Gedanken. Im Garten hörte man plötzlich Kinderstimmen, ein Junge schrie laut Kommandos, die anderen antworteten kreischend. – Dave, sagte Sara, ohne sich zur Gartentür zu wenden. Isabelle schaute sie an, das spitze Kindergesicht, das trocknende Blut. – Dein blöder Bruder, sagte Jim abwesend, die rechte Hand spielte mit dem Messer. – Fahren wir alle zusammen, kaufen uns ein Häuschen, nicht wahr? Mit einem Garten und einem Kirschbaum in der Mitte. Dann ging er zu dem Mädchen. – Nein, bettelte Isabelle, weinte, ohne sich zu bewegen. – Nein? grinste Jim, aber helfen wirst du ihr nicht, oder? Vom Fleck rühren wirst du dich ihretwegen nicht? Hastig fingerte Isabelle die Knöpfe ihrer Bluse auf, streifte den Rock, die Unterhose ab, verhakte sich in den Sandalen, saß nackt auf dem Boden. – Will ich nicht, beschied Jim, nachdem er sie gemustert hatte. Die linke Hand fuhr in ihr Haar. Er zog straff, soviel er davon halten konnte, stellte den Fuß auf ihre Schulter, um sie am Aufstehen zu hindern, setzte die Klinge am Scheitel an, machte eine rasche Bewegung. Ließ das abgeschnittene Haar achtlos fallen. – Gut so, sagte er, als hätte er endlich gefunden, was er suchte. – Jetzt kann dein Mann dir wenigstens einmal ansehen, daß du etwas erlebt hast. Er stand da, müde. Dann ging er ins Schlafzimmer, kam mit einer Jacke überm Arm zurück, zögerte kurz, raffte mit zwei Handbewegungen ihre Kleider zusammen und hob sie auf, ging zur Tür, griff seine Tasche und ging zur Tür hinaus. Er schloß von außen ab. Sie sah durchs Fenster, wie er die Treppen hinaufstieg, seine Beine, dann nur noch seine Füße, die Kleider, die zu Boden fielen. Von draußen hörte man einen Vogel, die Kinder nicht mehr.

38 Wie ein Tier verkroch sich das Mädchen hinter dem Sofa, als Isabelle aufstand, ihr war kalt, sie schaute sich um, sah eine Decke, aber es ekelte sie, etwas anzufassen, ziellos ging sie hin und her, dann ans Fenster, sah die Kleider, wo Jim sie hatte fallen lassen, ein älterer Mann, anscheinend einer der Hausbewohner, öffnete das Törchen, blickte irritiert auf den Haufen, schob ihn mit einem Fuß zur Seite. Sie klopfte, nackt wie sie war, nicht ans Fenster, streckte sich aber, als er im Haus verschwunden war, nach dem Sicherheitsriegel und probierte, ob sich das Fenster hochschieben ließ. Es würde leicht sein hinauszuklettern. Sie schloß es wieder, zog den Vorhang halb zu, damit man sie nicht sehen konnte. Vom Sofa kam ein leises, gleichmäßiges Geräusch, Isabelle beugte sich vor, wo zwischen Lehne und Wand Sara kniete, ein Stück von der blauen Jacke im Mund, lutschend, kauend, das Gesicht verschwollen. Es war so still. Isabelle kam es vor, als ob einzig Sara sie daran hinderte zu gehen. Alle weiteren

Schritte waren klar und einfach, sie mußte im Schlafzimmer nach etwas zum Anziehen suchen oder warten, bis es dunkel war, hoffen, daß niemand die Kleider fortnahm, dann nackt die wenigen Stufen hinauflaufen, die Kleider holen. Sie mußte das Kind zum Arzt bringen. Am Ende würde sie all das getan haben, wußte sie, es war sinnlos, etwas aufzuschieben. Aber es war nicht dunkel, und sie stand da, zitternd, wünschte, sie könnte dem eigenen Körper ausweichen, den sie vor sich sah wie auf den Fotos von Alexa, nackt und fremd.

Sara kroch hinter dem Sofa vor, einen Zipfel der Jacke fest in der Hand. –Dave, sagte sie, ohne aufzuschauen. Isabelle roch den Urin, bevor sie den dunklen Streifen auf dem Teppich sah. –Polly, sagte Sara und fing an zu weinen, lautlos, die Tränen liefen aus ihren Augen, als würde sie es nicht bemerken, Isabelle hörte, wie sie auf den Teppich tropften, wo die Schnipsel des Umschlags, der Farbfotos verstreut lagen, Büschel von ihrem Haar.

Im Schlafzimmer fand sie auf dem Bett ein T-Shirt und eine Jeans, beides schmutzig, Jims Geruch so intensiv, daß sie würgte, aber sie schlüpfte herein, hastig, spürte an ihrer Scham den harten Stoff, die Hose mußte sie hochkrempeln, am Bund mit der Hand festhalten, da war kein Gürtel, noch ein Unterhemd, das sie für Sara mitnahm ins Bad, wo sie kein Licht anschaltete, und sie mußte rufen, Saras Namen rufen. Aus einer der oberen Wohnungen hörte man ein Radio, viel zu laut, eine Stimme, die hell jubelnd aufstieg, irgendeine Arie, dann setzte das Orchester ein, jemand schrie etwas, und das Radio wurde leise gestellt. Über dem Rand der Badewanne lag ein Handtuch, sie hielt eine Ecke unter das warme Wasser, wollte rufen, aber es gab nur ein kleines, ängstliches Ausatmen, sie hielt die Hand vor die Augen, preßte sie gegen die Stirn, als hätte irgend etwas in ihrem Inneren sich gelöst, als zerbreche es, etwas, das man nie aufsammeln und kleben würde, weil man zu müde oder zu ratlos war, weil man wußte, daß ein Stück doch fehlte, daß es sich nie zu dem zusammenfügen würde, was man gewollt hatte. Jakob, dachte sie vorsichtig, als könnte er ihren Gedanken hören und sie hier sehen. Sie würde ihn nicht anrufen. Daß man ihr nichts ansah, hatte Jim gesagt. Sie wagte durch das Halbdunkel einen Blick in den Spiegel und schreckte zurück. Aber wenn sie sich kämmen würde, die Haare zusammenbinden, würde keiner merken, daß ein Büschel fehlte. Sie nahm das feuchte Handtuch und ging ins Wohnzimmer. Da lag Sara, die Jacke im Mund. –Sara, Isabelle flüsterte, kniete vor ihr. Umfing vorsichtig mit den Händen das Gesicht, aus dem sie die Augen leer anblickten. Griff mit der Rechten nach dem Handtuch, wischte über das verkrustete Blut. Stand auf, ging ins Bad, spülte das Handtuch aus, kehrte zurück. Jede Bewegung legte ein kleines Stück Zerstörung frei, die aufgeplatzte Lippe, die blutige Lücke, wo zwei Zähne fehlten, die Nase, die gebrochen war, einen Bluterguß, geschwollen. Vorsichtig hob sie das Kind auf, es fand mühsam auf die Beine, trottete dann hinter ihr ins Bad. Es ließ sich das Gesicht, die Hände mit warmem Wasser waschen, ein weiteres Handtuch, kalt, auf die Schwellung legen. Folgte Isabelle ins Wohnzimmer, zum Fenster, schaute zu, wie Isabelle nach ihrer Handtasche suchte, hinauskletterte. –Polly, sagte Sara. Isabelle nickte, log. –Komm, vielleicht ist sie wieder zu Hause. Sie lief die paar Stufen hinauf, es dämmerte schon. Die Kleider waren nicht mehr da, ein Stück blaugrünen Stoffs guckte aus der Mülltonne heraus, über dem Rest lag eine aufgeplatzte Mülltüte. Sara versuchte auf die Fensterbank zu klettern, rutschte zurück, versuchte es noch einmal, gab auf. Isabelle sah das verschwollene Gesicht, streckte die Hand aus, um ihr zu helfen. Sie mußte sich hineinlehnen, das Kind klammerte sich an ihre Hand, ließ plötzlich los und schaute sie mißtrauisch an. Aber was soll ich tun, dachte Isabelle, Tränen liefen ihr übers Gesicht, sie drehte sich weg. Dann lief sie los.

Dave klingelte, klingelte noch einmal, reckte sich zum Fenster, klopfte, ging zurück auf die Straße und stellte sich auf die Zehenspitzen. Da war das Sofa, der Tiger darauf. –Sara, rief er, Sara, bist du da? Er starrte die Frau, die mit einer Hand eine viel zu weite Hose festhielt, mißtrauisch an. –Dave, wiederholte sie, du bist Dave, nicht wahr? Er nickte, verstand nur einen Teil dessen, was sie sagte, mit der freien Hand die Straße hinunterzeigend, –sie ist bei Jim, sagte sie, wiederholte noch einmal, bei Jim. Sie zitterte, Dave wußte nicht, ob er etwas tun mußte, aber da wandte sie sich ab, und zögernd fing er an, die Straße hinunterzugehen, zu Jims Wohnung. Er spürte ihren Blick, drehte sich noch einmal um, winkte hilflos, sie schüttelte den Kopf, anscheinend weinte sie, und er rannte los. Niemand öffnete, doch dann sah er das offene Fenster, beugte sich hinunter. –Sara, rief er leise, Sara, bist du hier? Auf dem Sofa bewegte sich etwas, unter einer Decke tauchte ihr Gesicht auf, ein heller Fleck. Er hockte sich auf die Fensterbank, sprang hinein. –Little cat, flüsterte er, was ist passiert?

Isabelle saß unten, noch immer in Jims Kleidern, es wurde dunkel, sie schaltete das Licht nicht ein. Irgendwann stand sie auf, holte sich aus der Küche ein Glas Wasser, trug es hinunter, vergaß es, bis später ihr Blick auf den runden Arbeitstisch fiel, auf dem das Glas in einem schwachen Lichtstrahl stand, der durch die Blätter der Platane von der Straße ins Zimmer drang, unstetig, da ein leichter Wind die Blätter hin und her bewegte. Es klang, als würde es regnen, aber sie stand nicht auf, um nachzuschauen. Das Telefon klingelte, klingelte, hörte auf, bevor der Anrufbeantworter ansprang. Das Blinken signalisierte fünf Nachrichten. Bei jedem Auto, das vor dem Haus verlangsamte, bei jedem Geräusch, das hereindrang, hob sie den Kopf, aber dann war sie vielleicht eingeschlafen, denn plötzlich waren Stimmen in der Wohnung nebenan, in einem Aufruhr, aus dem sich erst allmählich einzelne Geräusche lösten, etwas, das gegen die Wand stieß, mehrmals hintereinander, eine Männerstimme, von Stille gefolgt, die sie dazu brachte aufzustehen, unmöglich zu sagen, wie lange das andauerte und wer Kräfte zu einem neuen Ansturm sammelte, sie stand auf, trank das Glas Wasser in einem Zug leer, roch den Geruch der Kleider, ihre Hand hielt mechanisch die Hose fest. Wieder klingelte das Telefon, diesmal sprang der Anrufbeantworter an, sie hörte Jakobs Stimme, –ich habe dich den ganzen Tag nicht erreicht, aber obwohl er besorgt klang, war seine Stimme so klar und glücklich, daß sie auf den Apparat zuging, –mit Bentham, sagte er, wir waren eigentlich nur spazieren und treffen Schreiber erst morgen, sie lauschte zur Wand hin, und Jakob zögerte, –es tut mir leid, ich hätte dich fragen sollen, ob du mitkommen willst, ein Pochen an der Wand lenkte sie ab, wie ein Klopfzeichen, –sei nicht böse, sagte Jakob, sie nickte mechanisch mit dem Kopf, ging auf die Wand zu und preßte ihr Ohr dagegen, hielt den Atem an. –Morgen oder übermorgen, sagte Jakobs Stimme, bevor die Verbindung abbrach und ein erneuter Schlag gegen die Wand, wie von einer Faust, sie zusammenzucken ließ. Die Hose rutschte über ihre Hüften, sie schluchzte, verfing sich mit dem Fuß in einem der Hosenbeine, stolperte, aber da war sie beim Telefon, wählte die drei Ziffern, die vorsorglich auf dem schwarzen Plastikgehäuse des Geräts klebten, umklammerte den Hörer, wiederholte die Adresse zweimal, bevor sie in die Frage nach ihrem Namen hinein auflegte und wieder den schweißigen Geruch des T-Shirts roch.

Das Polizeiauto war, langsam von oben die Straße herunterkommend, vorbeigefahren, auf Höhe der Kirche etwa mußte es gewendet haben, das Blaulicht kreiste einige Male durchs Zimmer, bevor es verlosch und die Türen zuschlugen, fast übertönt von dem Zornesbrüllen, das jäh abbrach. Sie hockte sich unter das Fenster, an die kalte Heizung gepreßt, stand erst wieder auf, als ein zweites Blaulicht näher kam, durchs Zimmer kreiste wie ein Suchscheinwerfer, und dann sah sie, wie ein Sanitäter Sara behutsam zum Krankenwagen trug, ein zweiter hinter ihm, der den Kopf schüttelte und etwas sagte, der erste, das Kind in den Armen, ging zum Beifahrersitz, nahm eine Decke entgegen, wickelte Sara behutsam in die Decke, setzte sie in den Wagen. Dann wurde der Motor angelassen, und als er verklang, hörte Isabelle die Frauenstimme, schluchzend, erstickt, anscheinend stand sie in der Haustür, eine Männerstimme forderte sie ungeduldig auf, sich ins Auto zu setzen, Isabelle hockte sich wieder hin, hörte kurze Zeit später vier Autotüren zuschlagen, und als sie wieder aufstand, hinausschaute, war die Straße leer.

39 Jakob sah noch, wie Bentham auf die Eingangstür zuging, von Maude und Alistair begrüßt wurde, Alistair blickte kurz auf, winkte ihm zu, dann setzte sich das Taxi in Bewegung, bog links ab und fädelte sich in den Verkehr auf der Great Portland Road ein, um gleich darauf am Regent's Park entlang Richtung Norden zu fahren. Es ist aber nichts passiert, dachte Jakob, Alistair sagt, daß sie nur einen Schock hat. – Schicken Sie Alistair, wenn Sie Ihre Frau nicht erreichen! hatte Bentham schließlich ungeduldig verlangt. – Sie müssen doch wissen, ob etwas passiert

ist, und dann hatte Alistair sie zu Hause angetroffen, –aber sie wollte mich nicht reinlassen, du solltest sofort kommen, sie mußte die Polizei rufen, weil die Nachbarn sich geprügelt haben. Jakob hatte nicht verstanden, was geschehen war, das Mädchen, hatte er gedacht, es ist bestimmt das Mädchen, und Bentham hatte darauf bestanden, daß sie noch am Nachmittag zurückflogen.

Das Taxi erreichte die Kentish Town Road, bog langsam in die Lady Margaret Road ein, im Morgenlicht traten die viktorianischen Fassaden so plastisch hervor, daß es Jakob vorkam, als sähe er sie zum ersten Mal, die Straße lag friedlich da, Fenster leuchteten in der Sonne, das Laub der Platanen zeigte die ersten Anzeichen des Herbstes, es war September. Ein Mann mit einem Karren versperrte die Straße, hielt das Taxi auf, er bimmelte mit einer Glocke, stand vor der Kirche mitten auf der Fahrbahn, rief dem Pfarrer etwas zu, unablässig die Glocke schwingend, der Pfarrer gestikulierte heftig. Jakob hielt die Blumen, die er auf dem Flughafen für Isabelle gekauft hatte, vorsichtig von sich weg, damit kein Wasser auf seine Hosen tropfte. Isabelle stand in der Tür, als er ausstieg und zahlte, er warf einen Blick auf das Nachbarhaus, in das Fenster, hinter dem über der Lehne des Sofas die Decke mit dem Tiger ausgebreitet war, aber die Katze, die sonst dort gelegen hatte, fehlte, und Jakob fragte sich, wo sie jetzt war. Dann winkte Isabelle schüchtern, sie ließ die Tür los und lief auf ihn zu. Aber was ist passiert? fragte sich Jakob, warum trägt sie diese Kleider? Sie roch nach Schweiß, er mußte sich überwinden, sie zu umarmen. Sie schmiegte sich nicht an ihn, ihre Augen waren geschlossen, er betrachtete einen Moment ihr Gesicht, es zog ihm das Herz zusammen. –Es wird anders jetzt, sagte er leise. Ihr Gesicht war fremd und traurig, aber da waren all die Jahre, die er auf sie gewartet hatte, darauf, ihr Gesicht wiederzusehen, und hier war es, die glatte Stirn und der Leberfleck auf der linken Wange, das klare, ovale Gesicht, unsicher, verstört. –Es wird wieder gut, sagte er, er legte die Blumen auf seinen Koffer und schloß Isabelle in die Arme. Man muß Erbarmen haben, hatte Bentham gesagt, dachte er, aber worum war es gegangen, worüber hatte er gesprochen? –Es wird wieder gut, murmelte er und versuchte vergeblich, sich zu erinnern, was Bentham genau gesagt hatte, er blickte über ihre Schulter die Straße entlang, die Häuser standen noch immer da, solide, plastisch, ihre geschmückten Fassaden, mit Säulen geschmückt, mit Simsen, die keine Funktion hatten, und niemand kam von da her, wo er den Mann mit dem Karren, den Pfarrer gesehen hatte, gestikulierend, aufgeregt, keiner der Anwohner war zu sehen, nicht einmal hinter einer Fensterscheibe, es war alles verlassen, als wären sie einer Warnung gefolgt, dachte Jakob, einer Warnung, die Straße zu räumen, nur er und Isabelle hatten nichts begriffen. Er drehte den Kopf zu den leeren Fenstern, zu dem Sofa mit der häßlichen Überdecke, aber der Geruch war hier, er kam aus diesen Kleidern, aus den Männerkleidern, die Isabelle trug. –Wir müssen hineingehen, sagte Jakob. Er bückte sich und hielt die Blumen, die gerade von seinem Rollkoffer rutschen wollten, fest. –Isabelle? sagte er, wir können hier nicht stehenbleiben. Sie öffnete die Augen und sah ihn an. –Ja, antwortete sie und ging langsam auf die Tür zu, die ins Schloß gefallen war.

Katharina Hacker
Tel Aviv
Eine Stadterzählung. 1997
edition suhrkamp 2008

»Eine Geschichte, die unbedingt zu erzählen ist und nicht für sich selbst, sondern um der Stadt willen. Man fällt nicht leicht von der Erdkruste. Die Blicke verhaken sich. Sie werfen Anker.«
Tel Aviv heißt diese Geschichte aus einer Stadt, in der Menschen unterschiedlichster Herkunft und Sprachen um eine neue Heimat und um neue Lebensentwürfe ringen. Dorthin reist die junge Ich-Erzählerin aus Deutschland, es wird ihr erster Winter in Tel Aviv werden. Sie erzählt in knapper Sprache von Begegnungen und Ereignissen, aus denen die Geschichte dieser Stadt sich zusammensetzt; sie berichtet von Freunden, beobachtet Menschen in den Cafés und auf den Straßen, die Nachbarn oder das Sterben der Alten. Unter den kühlen Blicken und klugen Fragen dieser Erzählerin werden die Dinge und die Menschen zu anderen.
Die Stadterzählung *Tel Aviv* hält zwischen den »Gegebenheiten« der vielen Geschichten und den »imaginierten Gegebenheiten« im Blick der Erzählerin eine poetische Schwebe – so fragil, so flüchtig, wie sich Menschen in der Großstadt bewegen.

»Ein Tel Aviv, das mit Figuren à la Chagall ausgestattet ist.«
Harald Hartung, FAZ

»Ganz nebenbei ist *Tel Aviv* auch literarisch ein Kleinod. So kühl und unprätentiös Katharina Hacker auch erzählt, so erhält ihre Sprache durch Ausflüge ins Surrealistische doch eine fast magische Atmosphäre.«
Berliner Morgenpost

Katharina Hacker
Morpheus oder Der Schnabelschuh
1998
edition suhrkamp 2092

»Soll ich Ihnen eine Geschichte erzählen? Wenn Sie mich zum Essen einlüden ... Hier, genau hier, wir sind schon da.«
Katharina Hacker nimmt in sieben Geschichten Motive der griechischen Antike auf und stellt sie in unerwartete Zusammenhänge. So fühlt sich etwa ein Hotelier durch seltsame Geräusche eines rollenden Steines beunruhigt, die aus dem Zimmer eines geheimnisvollen Gastes dringen.
Sisyphos im Hotel, Ariadne am Strand, Morpheus, Sohn Hypnos', des Schlafs, bilden die Personnage der Erzählungen, ebenso Minotaurus, Elpenor, Mnemon und Charon, der den Fahrrädern und Autos nachsieht.

»Auf dem Hintergrund der klassischen Dichtung wirken Hackers Geschichten wie Schattenrisse, sie deuten auf den Reichtum dieses Erbes hin und lassen erkennen, daß die Mythologie der Humus unserer Kultur ist.«

Maike Albath, DeutschlandRadio

»Es ist dies eine schöne, hermetische und doch klare Sprache, bei der jedes Wort an seinem Platz steht und keines überflüssig ist.«

Martin Halter, FAZ

Katharina Hacker
Der Bademeister
Roman
2000

Ein Schwimmbad mitten im Prenzlauer Berg ist geschlossen worden. Es verrottet langsam, aber durch seine Gänge streift noch jemand ruhelos, der dort sein ganzes Berufsleben verbracht hat: ein ehemaliger Bademeister.
Immer seltener verläßt er das Bad, bald nicht einmal mehr, um zu Hause zu übernachten. Assoziationsreich spricht er mit sich selbst oder imaginierten Zuhörern. In Bruchstücken, die sich erst nach und nach zu einem Bild fügen, erfährt man so die Lebensgeschichte des Bademeisters. Daß ihm etwa ein Studium verwehrt blieb, hat auf eine dunkle Weise mit Verfehlungen des Vaters zu tun. Weitere Geschichten gewinnen Kontur: Der Vorgänger des Bademeisters war während des Dienstes von zwei Männern abgeholt worden und nie wieder aufgetaucht, das Bad in den Jahren des Nationalsozialismus zu Zwecken benutzt worden, über die niemand zu sprechen wagte. Immer neu nimmt der Erzähler Anlauf, um sich seiner selbst zu vergewissern, unter die Oberfläche der sichtbaren Dinge zu gelangen und endlich nach einer Schuld zu fragen, vor der zur rechten Zeit die Augen verschlossen wurden.

»*Der Bademeister* ist ein großartiges Buch über das Unbewußte in der deutschen Geschichte. Über Verdrängung und die Folgen.«
Carsten Hueck, Handelsblatt

Katharina Hacker
Eine Art Liebe
Roman
2003
suhrkamp taschenbuch 3692

Eine deutsche Studentin, die in den Jahren zwischen dem ersten Golfkrieg und Yitzhak Rabins Ermordung in Israel studiert, erzählt die Geschichte dreier Personen: eine Geschichte, die Vergangenheit und Gegenwart verbindet. Sie erzählt von Jean, einem französischen Trappistenmönch, der unter seltsamen Umständen in Berlin angekommen ist, von Moshe, der als Kind unter anderem Namen in Frankreich die Nazi-Herrschaft überlebt hat und vom eigenen Entschluß, die dunkle Vergangenheit auszuleuchten. Das Rätsel um Jeans Tod ist der Anlaß für die Recherche der Erzählerin und Beginn aufkommender Fragen über Freundschaft und Verrat.

»Katharina Hacker ist ein großartiger Roman geglückt: klug konstruiert, sprachlich herausragend und zutiefst berührend.«
Brigitte extra